Monika Kunstmann

Goodbye Zepelin

© 2016 Monika Kunstmann

Herstellung und Verlag: BoD – Books on Demand Norderstedt
ISBN: 978-3-7412-9600-0

Hinweis: Die in diesem Buch geschilderten Handlungen haben sich so oder ähnlich zugetragen. Personen und Namen wurden geändert. Ähnlichkeiten mit lebenden oder verstorbenen Personen wären zufällig und nicht beabsichtigt.

1

Die Frau saß ihr nun schon eine halbe Stunde lang in einem leeren Zugabteil gegenüber und starrte aus dem Fenster. Sie war etwa sechzig Jahre alt, mittelblond und etwas korpulent.
Martina wurde langsam nervös: Dieser Regionalzug ist ein langweiliges Transportmittel! Er hält an jeder Milchkanne...
„Nächster Halt: Bützow", hörte sie und verdrehte die Augen. Seit sie heute früh, um fünf Uhr, in Rostock diesen Bummelzug bestiegen hatte, ließ sich hier niemand blicken!
Martina überlegte, wie sie ein Gespräch anfangen könnte, um die Dame aus ihren Gedanken zu reißen. Sie richtete sich auf und sagte: „Entschuldigung? Fahren Sie auch bis nach Hamburg?"
Die Frau sah sie an, als hätte sie einen Geist gesehen, aber sie nickte. Vielleicht hätte ich winken und sagen sollen: Hallo, ich bin's, Martina, ich hätte gern ein wenig geplaudert... dann wäre sie nicht so aufgeschreckt, egal. Martina ließ sich nicht beirren: „Ich will noch weiter, bis nach Passau. Es geht hoffentlich schneller voran, wenn ich in Hamburg in den Intercity umgestiegen bin."
„Bestimmt... von Bahnsteig Drei nach Acht, etwa dreißig Minuten Aufenthalt."
Oh, sie hat gesprochen! Martina war zwar erstaunt, aber nicht zufrieden: „Darf ich aus Ihrer Antwort schließen, dass Sie auch noch weiter wollen? Das wäre toll. Sieben, acht Stunden sind nicht so schnell vergangen und..."
„Ja, ich mache Urlaub auf einem Flusskreuzfahrtschiff."
„Das ist ja Klasse, ich auch, aber bei Ihnen klingt das nicht nach Urlaub, warum?"
Die Frau beugte sich etwas vor und schaute direkt in Martinas blaue Augen: „Das ist für mich kein schöner Urlaub, weil mein Mann nicht mitkommen konnte. In unserem privaten Reisebüro herrscht Hochbetrieb. Jetzt bin ich sauer... irgendwie!"
„Ach, ich reise auch ohne männliche Begleitung. Ein Jahr lang habe ich meinem Mann nachgeheult, der mich nach zwanzigjähriger Ehe wegen einer Jüngeren sitzen lassen hat, aber das ist endgültig vorbei.

Ich lebe um zu reisen und reise um zu leben. Was soll´s. Trübsal blasen hilft nicht." Martina zuckte mit den Schultern und wartete auf den nächsten Satz ihrer Gesprächspartnerin, aber die hatte ein Bein über das andere geschlagen, sich einen Fussel vom Knie ihres dunklen Hosenanzugs gezupft und schaute ins Leere.

Meine Güte, die muss doch zu knacken sein: „Ich gehe in Passau auf die MS Deutschland... natürlich nicht auf *die* Deutschland, das Traumschiff ist ja auf dem Meer zu Hause..." Verblüfft unterbrach sich Martina selbst, denn ihr kam blitzartig eine ausgestreckte Hand mit ein paar Goldringen entgegen: „Sie werden es nicht glauben: wir haben das gleiche Schiff! Ich freue mich, Sie kennen zu lernen. Ich heiße Hansen, Anita Hansen... nennen Sie mich ruhig beim Vornamen. Augenscheinlich bin ich die Ältere, Sie sind doch höchstens..."

„Fünfundvierzig... also wäre es nett, wenn Sie mich auch duzen: Martina Brehm, alle Welt nennt mich nur Tina."

„Angenehm, ich dachte schon, ich muss als einsame Alleinreisende durch die Lande ziehen." Anita war vor Freude aufgestanden und hielt noch Martinas Hand: „Verzeihung, ich wollte mich nicht aufdrängen, aber wenigstens können wir uns unterhalten und uns so die Zeit vertreiben."

„Gern, ich habe mein Buch vergessen und mir selbst Handyverbot erteilt", freute sich Tina.

„Und ich habe eine Handyphobie... meint mein Gatte jedenfalls, ich nutze es tatsächlich zum Telefonieren... ja und manchmal für Fotos. Aber ich alte Frau kann auch Computer."

Inzwischen fuhr der Zug in Schwerin ein: „Schwerin Hauptbahnhof" dröhnte es aus dem Lautsprecher.

„Ach Gott", sagte Anita, hier holen mich ganz alte Erinnerungen ein!"

„Würdest du mir davon erzählen?" Tina sah sie gespannt an.

„Das habe ich bisher nur selten getan. Mein Leben nehm ich gern persönlich."

Weil Frau Hansen sich zurücklehnte, die Arme über der Brust verschränkte und auf den Bahnsteig schaute, dachte Tina: das war´s dann wohl. Ich habe es vermasselt...

Eine Lautsprecherdurchsage ließ sie aufhorchen. Sie verstand nur Bruchstücke: „…müssen wir um Ihre Geduld bitten, …wird der Zug wegen eines Unfalls auf den Gleisen Verspätung haben… weitere Durchsagen abwarten…"

„Ich verstehe nur Bahnhof", stöhnte Anita, „hast du das mitbekommen?"

Tina beeilte sich zu sagen: „Ein Unfall auf den Gleisen, hoffentlich nichts Schlimmes, denn dann kommen noch Feuerwehr, Polizei und Krankenwagen… das kann dauern!"

Auf dem Bahnsteig wurde es unruhig. Die Menschen, die gerade noch auf den Zug zugestürmt waren, bremsten ihren Laufschritt und fast jeder von ihnen zog ein Handy aus der Tasche. Anita zuckte mit den Schultern: „Anstatt den Zugführer dahinten zu fragen, gehen sie den Providern ins Netz!"

„Sie haben sich dran gewöhnt und brauchen das allwissende Ding, wie die Luft zum Atmen. Wenn ich mir vorstelle, ich würde mein Handy verlieren… Gott, ich wäre tot! Meine Telefonnummern, meine Mails, meine Fotos, mein Navi… manchmal fasse ich schon auf die Zeitung, um zu zoomen oder die Zeilen weiter zu schieben. Deshalb habe ich mir vorgenommen, es im Urlaub nur in Notfällen zu gebrauchen. Ich glaube, ich bin schon süchtig…"

„Dafür siehst du zu gut aus Tina, von Sucht keine Spur."

Tina schüttelte ihre schulterlangen blonden Haare und strich sich eine Strähne aus der Stirn. Sie klapperte mit den Augen und sagte kernig norddeutsch: „Dat is ja ma richtig nett, nich?"

„So bin ich."

„Aber du bist nicht gerade gesprächig, Anita. Mir geht dein Satz nicht aus dem Kopf: Mein Leben nehm ich gern persönlich. Wer kann es denn noch persönlich nehmen? Tag für Tag wird man beeinflusst: durch die Medien, die Freunde oder Kollegen, durch das Internet, die Eltern, einen Partner… und man ist durchsichtig, wird überall gescannt, gefilmt, geprüft… oder sehe ich das falsch? Wo bleibt man, mit seinen Wünschen, Hobbys und Zielen… buchstäblich auf der Strecke, wie wir jetzt. Es ist doch, als ob man wie Schneewittchen im Glassarg liegt und eigentlich nicht tot ist. Bleibt einem nur zu hoffen, dass irgendwann der Retter, der Prinz auf dem weißen Pferd, kommt und einen da wieder rausholt."

„Was für ein Vergleich", grinste Anita, bist du auch so eine Märchentante, wie ich? Ich habe früher Märchenbücher gesammelt und noch heute sind meine Regale damit vollgestopft."

„Du lenkst ab... ich habe sie nicht nur in den Regalen, ich habe sie auch alle gelesen."

„Wie ich... oh, nein, sieh mal da. Das ist kein guter Beginn für einen Urlaub!" Am Fenster wurde ein schwarzer Sarg vorbei getragen.

„Noch mehr Erinnerungen... hoffentlich setzt dieser Zug sich bald wieder in Bewegung!" Anita schüttelte sich.

„Willst du mir nicht verraten, woran du hier erinnert wirst? Wir haben doch so viel Zeit."

„Also gut... wo fange ich an... am Anfang am besten:"

Die unedlen Schlossdamen von 1968
Der Schaffner auf dem Bahnhof Bützow rief: „Einsteigen bitte!"
Diesen Zug darf ich nicht verpassen, ständig komme ich zu spät, ärgerte ich mich. Die Ausbilder in der Fachschule rügten mich deshalb: „Anita, Sie sind ein freundliches Mädchen und mit Ihrem sonnigen Gemüt stecken Sie jeden von uns an, aber...."

„Pünktlichkeit ist eine Zier, manchmal geht es ohne ihr", hämmerte ein Sprichwort in meinen Ohren, während ich dem Zug entgegenrannte. Meine halblangen, mittelblonden Haare torkelten über meinen Kopf und hingen ständig vor meinen Augen. Um sie zurecht zu schütteln, machte ich energische Bewegungen. Wie beim Tango. Hoffentlich denkt niemand, ich sei nicht richtig im Kopf. Für meine siebzehn Jahre, fand ich für mich selbst, war meine Figur gut und sportlich. Bei der Größe von einem Meter siebzig wog ich fünfzig Kilo und mit meinen langen Beinen nahm ich jede Hürde.

Der Schaffner pfiff und rief: „Zurücktreten bitte!"
Meine Reisetasche flog einem kräftigen, älteren Herrn entgegen, der mir die Hände entgegenstreckte und rief: „Schnell!"
Zum Glück hatte ich für die Reise Pumps mit nicht zu hohen Absätzen gewählt, um nicht fortwährend damit in den Ritzen der Pflastersteine festzustecken, aber mein enger schwarzer Rock hinderte mich daran, die Treppen des Wagons zu erklettern. Kurzerhand zog ich ihn, gerade noch vertretbar höher, dass mein knappes Unterhöschen verdeckt blieb. Während der kräftige Herr an meinem Arm riss, um mich hochzuhieven, öffneten sich zu allem Unglück sämtliche Miniknöpfe meiner weißen Bluse und offenbarten meinen, in einem weißen Halbschale-BH steckenden, braungebrannten Busen, Größe Fünfundsiebzig B.
„Nett. Sehr nett", lächelte mein freundlicher Helfer. Mit einer Entschuldigung war ich in Windeseile doppelt zugeknöpft.
Der Zug setzte sich langsam in Bewegung.
„Fahren Sie auch bis nach Stralsund", wurde ich von einem Mädchen gefragt und meine Augen weiteten sich. Wie konnte das passieren? Ich wollte nach Schwerin und war im falschen Zug! Entsetzt und ohne Nachzudenken, öffnete ich die schwere Tür des Zuges, schleuderte meine Tasche auf den Bahnsteig und sprang ihr nach. Der Schaffner pfiff verzweifelt und gestikulierte: „Lassen Sie das", aber es war schon zu spät.
Da ich einfach vorwärts sprang, anstatt wenigstens in Zugrichtung mitzulaufen, knallte ich mit den Knien auf das Pflaster, drehte mich, wie mir vorkam in Zeitlupe, und als hätte ein Schutzengel mir die Tasche hingeschoben, schlug ich rücklings mit dem Kopf darauf. Meine Bücher, Hefter und ein wenig Wechselwäsche waren nicht das beste Polster, aber weicher, als Beton. Etwas benommen blieb ich kurz liegen. Bevor mir jemand zur Hilfe eilen konnte, stand ich wieder senkrecht, denn ich hörte die Lautsprecherdurchsage: „Nach Schwerin bitte einsteigen und die Türen schließen."

Ich hetzte durch einen kurzen Tunnel und sprang mit hochgezogenem Rock und blutenden Knien in diesen, nun hoffentlich richtigen Zug, hinein. Erst als ich im Abteil saß, löste sich der Schock.

„Kindchen, Sie sind ja kreidebleich", versuchte mich eine Dame, mit weißen Haaren und Lachfalten um die Augen, zu trösten. Nun wurde ich noch blasser. Mir wurde schwarz vor Augen und ich sank im Sitz zusammen. Als ich wieder zu mir kam, fühlte ich auf jedem Knie ein dickes Pflaster und sah ein rundliches Gesicht einer vollbusigen Frau mit sehr modernem Kurzhaarschnitt vor mir. Auf der weißen Jacke, die hinter ihr auf dem Sitz lag, befand sich ein großes rotes Kreuz.

„Wir haben Sie wieder zusammengeklebt", lachte sie, „der Schaffner hat uns informiert. Sie haben großes Glück gehabt. Versuchen Sie sowas nie wieder."

„Nie. Das verspreche ich."

Erschöpft lehnte ich meinen Kopf zurück, hörte das gleichmäßige Rattern des Zuges und schaute, wie die Landschaft vorbeiflog. Die Sonnenstrahlen zwischen den Bäumen zwangen mich zum Augenzwinkern. Hell, dunkel, hell... ich schlief bis ich hörte: „Schwerin Hauptbahnhof. Dieser Zug endet hier."

Mühsam stakste ich mit fast gestreckten Beinen zur Straßenbahn. Meine Knie brannten, aber sonst tat mir nichts weh.

Nach kurzer Fahrt betrat ich endlich die breite, wunderschöne Schlossbrücke, die auf die Schlossinsel zu meiner Ausbildungsstätte, dem Schweriner Schloss, führte. Meterhohe Reiter in Stein gemeißelt, begrüßten mich davor und ein Stück weiter tat sich das erhabene Portal des mit mehreren Türmen bestückten, majestätischen Gebäudes auf. Jedes Mal zählte ich die Türme, war der Meinung, es wären sieben, aber genau wusste ich es nie, weil mehrere kleine Türmchen sich verbargen und nicht gezählt werden wollten. Der See rechts und links der Brücke war spiegelglatt, glänzte silbern und im Geiste machten sich die quirlige Entenfamilie und die beiden Schwäne, die darauf ihre Bahn zogen, bei mir unbeliebt: die Viecher wuselten das schmucke Bild durcheinander.

Bereits seit 1952 wurde ein Großteil dieser Prachtanlage vor mir, die ringförmig gestaltet auf eine Wallanlage einer slawischen Burg zurück geht, hier in der DDR, als Pädagogische Schule für Kindergärtnerinnen genutzt, in der ich jetzt das Glück hatte, zu lernen.

Beim Pförtner des Schlosses angekommen, hielt ich ihm meinen Lehrausweis vor die Nase und überquerte den holprigen Innenhof des Schlosses. Mit klackenden Schuhen ging ich schnurstracks einen langen Gewölbegang entlang, vorbei an Säulen und Fenstern. Ich wohnte jetzt, mit Beginn des zweiten Lehrjahres, im Erdgeschoss.

Im ersten Lehrjahr gebührte den Neulingen nur das Dachgeschoss, früher waren es kleine Stuben für das Gesinde, wie ich später erfuhr. Es dauerte lange, bis ich damals eine enge Wendeltreppe ausfindig machen konnte und diese, die mitgebrachten Sachen schleppend, empor stapfte. Endlich sah ich drei Zimmertüren, im Halbrund angeordnet, vor mir. In der Mitte befand sich die Zimmer-Nummer, die ich suchte. Während ich, schwer atmend, eine massive Holztür aufschob, dachte ich an meine Märchenbuchsammlung und an Rapunzel. Da stand es auch schon vor mir: Rapunzel. Es war rotbäckig, rund und hieß Inge Meier. Inge hatte blonde Zöpfe und ein großes Mundwerk, belegte schnell vor mir das beste Bett am Fenster und bekam später die fettesten Pakete vom Bauernhof zuhause. Dann meldete sich Nina Krug. Sie hatte meine Größe, lachte freundlich und weil mir ihre Stubsnase gefiel, die von Sommersprossen übersät war, wurde sie meine Freundin. Die Vierte im Bunde, ein braunhäutiger, schwarzer Lockenkopf, hieß Nina Zwanzig. Als ich sie fragte, wie ihr Name geschrieben würde, sagte sie: „Ne Zwei und 'ne Null dran." Sehr komisch!

Genau wie wir uns zusammen rauften, bewältigten wir bald die vielen Treppen in Windeseile und mit gekonnten Wendelmanövern – oft mit den Unterlagen für den Unterricht auf dem Kopf balancierend. In edler Haltung, aber im Sauseschritt und ohne das Treppengeländer zu berühren, polterten wir täglich auf- oder abwärts (manchmal tat das auch unser Kopfputz) und der sagenhafte Schlossgeist, das Petermännchen, konnte von uns noch das Gruseln lernen. An sonnigen Tagen kletterten wir aus unserem Turmzimmerfenster und auf die schräge Dachkonstruktion davor, um uns zu sonnen. Die Sonne war schön nah, im

Gegensatz zum Kopfsteinpflaster des Schlosshofes. Einen Sturz aus dieser Höhe hätte keine von uns überlebt. Was soll's, wir waren jung, schwindelfrei, und wir gingen sogar auf Erkundungstouren, die teilweise über die Schlossdächer führten. Die Metallgitter für die Feuerwehr waren dafür wie geschaffen. Bewaffnet mit einer Taschenlampe schlichen acht Mädchenfüße dann einen Turm abwärts oder einen wegen Baufälligkeit gesperrten, kichernd aufwärts. Immer hassten wir Spinnen, hier ignorierten wir ihre altgewordenen Netze und bahnten uns unseren unerlaubten, staubigen Weg. Sogar quietschende Mäuse und tote Vögel machten uns nichts aus. Sie bekamen einen Turnschuhtritt und Tschüss.

Einmal entdeckte unsere Heimleiterin uns vom Hof aus und wir sie von oben. Gerade genossen wir eine herrliche Aussicht auf Schwerin und dann das. Zum Glück konnte sie uns nicht erkennen - wir sie mit ihrem prägnanten Körperbau schon. Bei der nächsten Zusammenkunft ermahnte sie alle, die „sich den Regeln der Fachschule widersetzen", sie würden „fliegen." Gut, nicht vom Dach, sondern von der Schule, aber noch einmal wollten wir sowieso nichts riskieren...

Ein wenig hinkend betrat ich mein Zimmer. Es war wesentlich größer als das vom Vorjahr und in ihm standen nicht wie im Turmzimmer zwei Doppelstockbetten, sondern fünf. Wir waren zehn Mädchen in einem Raum und natürlich nie einer Meinung.

Was uns zusammen halten ließ, war unsere Heimleiterin. Sie war mächtig! Vor allem mächtig dick. Wenn sie sprach, klang Ihre Stimme bedrohlich und ihr Busen verfiel in schwerfälliges Schaukeln. Natürlich amüsierten wir uns darüber, trotz des barschen Tons, den sie anschlug. Wenn es Ärger gab, drohte sie mit erhobenem Zeigefinger: „Wir haben hier einen Kerker!"

Im Schloss befand sich außer dem Kerker eine ehrwürdige Schlosskapelle mit einem hübschen jungen Orgelspieler, in den mindestens dreißig Mädchen verliebt waren. Klar, ich auch. Es gab sogar einen Pferdestall. Wo genau, hat mich nie interessiert, aber die Spur von Pferdeäpfeln auf dem Schlosshof war dafür ein untrügliches Zeichen.

Am größten und schönsten war für mich der Thronsaal. Hier fand am häufigsten unser Unterricht statt. Wie auch für die übrigen Räume des Schlosses war es für alle ungehobelten Schlossdamen Pflicht, Hausschuhe zu tragen. Der Parkettboden war es überall wert, geschont zu werden, aber dieser im Besonderen. Herrliche, helle Intarsien in braunem Holz bildeten Ornamente und insgesamt ein großes Muster. Der Thron war weggeräumt, aber man sah den Platz, wo er hingehörte: unter einen rot-goldenen Baldachin. Wen oder was sollte man in der Deutschen Demokratischen Republik (kurz DDR) auch darauf setzen? Wir waren ein „einig Vaterland."

(Oder? Im Schloss war sich jeder selbst der Nächste. Das Mittelalter hat hier seine Spuren hinterlassen.)

Mit einer Ecke unter dem Baldachin stand ein schwarzer Flügel, auf dem unsere Musiklehrerin fast täglich die Tonleiter auf- und abwärts klimperte, deren Töne wir nachsingen mussten.

„Ein Grauen höchster Art", jammerte sie dann, „bitte hören Sie genau hin und quaken Sie nicht so! Demnächst werden sie Note für Note vom Blatt singen, oder auf der Gitarre nachspielen. Sie sollen Kindern etwas vorsingen und sie nicht vergraulen. Mein Gott!"

Zum Ende jeder Musikstunde sank sie hinter dem Klavier erschöpft zusammen, wie ein nasser Sack.

Wenn es galt, eine Arbeit zu schreiben, schauten alle Mädels, als könnten sie kein Wässerchen trüben, die hochgehängte Galerie der Wappen aller umliegenden Herzogtümer an, oder starrten, nach- bzw. gar nichts denkend, auf die Deckengemälde, die von ausgefallenen Stuckarbeiten umrahmt waren. Jeweils rechts und links vom Thon, begrenzt von weißen Marmorsäulen, schaute das ehemalige Herrscherpaar in Lebensgröße, majestätisch lächelnd, auf uns, das armseliges Volk herab. Mit Perücken und altertümlichen Roben versehen, steckten sie in eigenwilligen Posen und in schweren Goldrahmen fest und konnten uns in unserer Ahnungslosigkeit nicht helfen.

Noch mit meinen Gedanken beschäftigt, schlüpfte ich vollautomatisch in meine Hausschuhe und räumte die mitgebrachten Sachen in die mir zustehenden winzigen Schrankfächer eines Metallspinds.

Ist das hier ein Schloss oder vielleicht doch ein Knast? Ich sah mich um und öffnete das Fenster. Wer weiß.

„Lehrjahre sind keine Herrenjahre", hörte ich die Worte meiner Mutter, die mir, wie es mir vorkam, mit dem frischen Wind in die Ohren sausten.

Hinter mir öffnete sich quietschend die riesige Holzeingangstür und herein strömten die Damen, die einmal Kinder erziehen wollten.

„Du hier und nicht in Hollywood?" begrüßte mich Nina Zwanzig.

„Seit wann bist du zuerst im Raum?" Die zweite Nina fiel mir um den Hals und ich jammerte, weil ihre Tasche gegen mein verklebtes Knie schlug.

„Was ist denn mit dir los?" fragte Rapunzel.

Nun war ich der Star hier. Mir war etwas passiert! Manche fanden es „traurig", wieder andere „toll."

Plötzlich schrie Nina Zwanzig: „Oh nee, mein schönes Lübzer!"

Acht Augenpaare richteten sich, wie auf Kommando, auf die vielen hohen Fenster unseres Raumes. Nina wollte die hineingeschmuggelte Bierflasche zwischen die Doppelfenster stellen, damit die Flüssigkeit sich von der Hitze des Sommertages erholen könne, aber sie fiel ihr aus der Hand und in den Schlossgraben: „Die hol ich mir wieder!"

Sie riss einen Arm hoch, als ginge es in eine Schlacht, aber sicher wollte sie ihre Größe von ein Meter fünfzig etwas augenscheinlicher machen. Wir lachten, denn die Fenster waren großflächig vergittert.

Noch ehe wir uns versahen, kletterte der schwarzhaarige Wuschelkopf leichtfüßig auf die meterhohe Fensterbank und klemmte ihren Jeanshintern seitlich zwischen die Gitter.

„Hör auf damit, du bleibst noch stecken! Außerdem weiß niemand, wie tief der Schlossgraben ist!" Hanna, unsere Älteste, klang ernst und nachhaltig. Doch Nina war schon bis zum Kopf hindurch gekrochen und zog langsam, ein Ohr nach dem anderen einklappend, auch diesen durch die langen Gitterstäbe nach draußen. Wie ein Affe hing sie nun draußen über dem Graben und war auf einmal verschwunden.

Unweigerlich fiel mir ein, was einem Kind in meinem Heimatdorf passiert war: Das dreijährige Mädchen setzte sich zum Spaß ihren metallenen Nachttopf mit Tragehenkel auf den Kopf und tanzte damit wild

herum. *Der Topf setzte sich fest und jeder, der daran zog, tat es vergeblich. Erst der Dorfschmied konnte das Kind mühsam von seinem Blech-Turban befreien...*
Was wäre geschehen, wenn Nina den Kopf aus dem Gitter nicht freibekommen hätte?
Ein Schrei. Entsetzen! Wieder einer. Erleichterung!
„Ich hab sie, hurra!" Ninas Stimme war Balsam für unsere Seelen. Es dauerte noch ziemlich lange, bis eine dreckverschmierte Flasche in zerschrammter Hand im Fenster erschien. Dahinter eine grinsende Nina. Das einzige, was noch weiß war, waren ihre gleichmäßigen, schönen Zähne. Die helle Bluse und die Turnschuhe, konnte sie vergessen, aber sie hatte ja ihr Bier.

Wer ist das?
Der Beginn des zweiten Lehrjahres lag nun zwei Monate hinter mir. Ich freute mich darüber, dass ich zu den Glücklichen gehören würde, die die Fachschule nach zwei, anstatt nach drei Jahren beenden durften. Gleich, wenn ich nach heute nach Hause käme, würde ich meinen Eltern diese frohe Botschaft überbringen.
Auf dem Schweriner Hauptbahnhof war großes Gedränge. *Was ist hier los? Gitarrenklänge und Gesang?* Mehrere junge Leute bildeten eine Traube, wahrscheinlich um denjenigen, der es ausgezeichnet verstand, Gitarre zu spielen.
Seit einem Jahr bemühte ich mich darum, dieses Instrument gut zu beherrschen. Es war Pflicht für die Ausbildung, aber es machte auch Spaß. Ich dachte mir eigene Lieder aus, sang mir die Kehle aus dem Hals und war stolz darauf, dass ich die Gitarre nach Gehör stimmen konnte. Andere benutzten dafür Stimmwerkzeuge.
Jetzt war ich neugierig, wer für die Stimmung hier verantwortlich war.
Da stand er: Etwa ein Meter achtzig groß, braunhaarig, schlank, vielleicht knapp zwanzig Jahre alt. Er trug eine graue Hose, ein weißes

Hemd und dunkle Schuhe. Ungewöhnlich für sein Alter... und der Song, ein Gospelsong, war ebenso ungewöhnlich, doch ich kannte mich damit aus und sang sofort mit. So viel Spaß hatte ich lange nicht mehr. Heute ist Weltkirchentag, fiel mir ein.

Die Zeit verging wie im Flug. Bei jeder Lautsprecherdurchsage wurde die singende Gruppe kleiner. Zuletzt standen nur noch die vier Personen auf dem richtigen Bahnsteig, die entweder nach Bützow oder weiter nach Rostock wollten. Der Gitarrenspieler sprach mich an und stellte sich vor: „Ich heiße Robert."

Interessiert blickte ich in seine hellbraunen Augen, sah eine gerade Nase und schmale Lippen, die er, wie mir jetzt auffiel, beim Lachen nur wenig öffnete und ich bekam heraus, warum. Seine vorderen Schneidezähne waren leicht übereinander geschoben. Vielleicht war ihm das peinlich. Eigentlich interessierte mich nur sein Gitarrenspiel, oder? Mir gefiel seine Wortwahl. Er gehörte nicht zu denen, die mit dem prahlten, was sie konnten. Ich erfuhr wie nebenbei, dass er Student in Rostock sei und Diplomingenieur für Fischereitechnik werden wolle. Das imponierte mir.

Bisher hatte ich nur Freunde aus unserem oder dem Nachbardorf. Sie waren meistens dreist und unflätig, wie der dicke Bäckersohn, der behauptete, meine Brüste seien so klein wie Fünf-Pfennig-Brötchen. Nach Tanzveranstaltungen prügelten sich die Kampfhähne um die Mädchen, anstatt sie nach Hause zu bringen.

Einen der Jungs verehrte ich besonders, er hieß Karl und sah sehr gut aus. Natürlich bemühte er sich nur um eine, die ebenfalls gut aussah: Ilona! Der Name bürgt für Qualität, zumindest was die wunderschönen schulterlangen und dann auch noch blonden Haare und ihren großen Busen anging. Über das Vorhandensein besonderer Kenntnisse ist mir nie etwas bekannt geworden. Einen anderen Burschen habe ich fast geliebt. Er hieß Hubert und verhielt sich in der Sonntagsmesse immer sehr christlich. Seine Hände waren artig gefaltet, seine Gang stolz, sein Wissen, ja, er war schließlich viel älter als ich und wusste manches. Meine Mutter fand ihn „nicht so schlimm und ganz nett", mein Vater schrie, als ihm die Freundschaft bekannt wurde: „Lass dich nicht mit dem Groß-Kotz hier sehen. Den schmeiß ich höchstpersönlich raus."

Gründe hierfür waren erstens Huberts Alter und zweitens, dass dieser für meinen Vater „viel zu christlich angehaucht" war.

Der Umstand, dass mein Vater Atheist aus Leidenschaft und meine Mutter im Gegensatz dazu katholisch und sehr gläubig war, brachte auch ohne den Auftritt irgendeines „Hubertusses" das familiäre Gleichgewicht ständig ins Wanken. Mutter kuschte „um des lieben Friedens willen", aber sie rächte sich regelmäßig damit, dass wir, seine drei Töchter, keine Erlaubnis für eine Jugendweihe erhielten und stattdessen artig zur Kommunion marschierten.

(Wer in der DDR nicht zur Jugendweihe ging, wurde gehänselt und gedemütigt. Meine Geschwister und ich auch, aber irgendwann geriet dieses Ereignis in Vergessenheit.)

Nun stand hier auf dem Bahnhof vor mir ein junger Mann, der sich anders verhielt, als die Bauernburschen. Gut gelaunt sprangen wir zu viert in den Zug und sangen weiter. Bevor ich in Bützow ausstieg, tauschten wir Adressen und Telefonnummern aus und versprachen uns, einander wiederzusehen.

Zweimal fuhr ich wieder nach Schwerin und zurück, doch am dritten Wochenende knatterte plötzlich hinter der grünen Hecke, die sich vor dem frisch gestrichenen Holzhaus meiner Eltern befand, ein Motorrad. Meine Mutter erhob sich mit ihrem halbfertig gestrickten Socken in der Hand und reckte sich: „Wer kommt da? Das ganze Haus wackelt", lachte sie und zeigte ihre schönen Zähne.

„Bestimmt für mich", rief ich eilig und rannte über den schmalen Gartenweg, der geradewegs zum Gartentor führte... Es war für mich!

Als Robert den Helm abstreifte, war ich froh, ihn wieder zu sehen. Sofort gab er zu: „Das Motorrad habe ich mir nur geliehen. Ich wollte sehen, wo du wohnst. Steig auf, dann hauen wir hier schnell ab."

Er lachte und wies auf den Sozius. Ich raffte meinen weiten bunten Rock zusammen, stieg auf und umarmte ihn von hinten. Natürlich nur, um mich festzuhalten. Weder die weißen Sandaletten an meinen braungebrannten Füßen, die mit einem kleinen Absatz versehen waren, noch die helle Spitzenbluse *(von Nina Zwanzig ausgeliehen)* waren zum Motoradfahren geeignet, aber an diesem herrlichen Sommertag und mit dem angenehmen Windfang in Form eines netten jungen Mannes, war alles möglich. Ein paar Kilometer hinter dem Dorf, irgendwo, zwischen einem schmalen Kanal und einem Waldrand, parkten wir und schlenderten, fröhlich schnatternd über alles was uns einfiel, einen ausgetretenen, weichen Weg entlang. Schwarze Klümpchen backten an meinen Absätzen fest und wenn es so weiter ginge, wären meine schönen Schuhe bald im Eimer. Deshalb und um etwas Nähe aufzubauen, zog ich meinen Studenten auf eine Bank, die eigentlich nur aus zwei Pfählen und einer aufgelegten Holzbohle bestand: „Lass uns hier in der Sonne sitzen und auf das Wasser schauen", blinzelte ich und lehnte mich an ihn. Es kribbelte in mir. Noch nie hatte das jemand geschafft. Dann fühlte ich seinen Arm auf meiner Schulter und bekam den ersten Kuss. Kein blödes Gequatsche. Kein Gelächter danach. Nur ein Kuss. Angenehm.

Dann folgten Briefe, Telefonate, Wiedersehensküsse und „das erste Mal." Er war behutsam, aber unbeholfen. Ich war neugierig, ängstlich und noch unbeholfener. Noch nie habe ich mit einem Mann geschlafen, dachte ich. Dann ein Schmerz und die Entspannung. Wir hätten verhüten müssen, haben es jedoch nicht getan. Gewissensbisse. Es wird schon gut gehen.

Rostock-Schwerin, über Bützow
„Du sollst dich beim Pförtner des Schlosses melden", sagte Hanna, die immer einen artigen, glattgebügelten Eindruck vermittelte, der, wenn sie den Mund auftat, nicht zu ihrem energischen Ton passte, „für dich wurde ein Paket abgegeben."
Bisher war das nicht vorgekommen und so holte ich es schnell. Der Inhalt war ernüchternd: Ein paar Äpfel von zuhause und eine Tafel Vitalade. *(Da Kakaoprodukte in der DDR knapp beziehungsweise teuer waren, erfanden ein paar findige Köpfe Ostdeutschlands dieses Pro-*

dukt, welches einer sehr hellen Schokolade glich, aber kaum so schmeckte. Der weiße Abklatsch dieser Sorte wäre besser gewesen, kostete nur fünfzig Pfennig und erfüllte wenigstens den Zweck, vorläufig keine Lust mehr auf Süßigkeiten zu haben.) Pech, dachte ich. Sicher hat meine Mutter sich zu Herzen genommen, dass ich ständig berichtete, was meine Mitstreiter von zuhause bekämen: Wäsche, Essen, Bücher und andere Sachen, nur ich bekam nie etwas.

Schon wollte ich den Deckel des Kartons mit dem gut gemeinten Geschenk meiner Eltern wieder schließen, da sah ich einen Brief mit der sauberen Handschrift meiner Mutter. Es war fast eine Druckschrift. Nie entdeckte ich in ihren Briefen einen Schreibfehler. Wie gewöhnlich las ich von ihrem Alltagstrott: Rüben hacken, Essen kochen..., dann folgten ein paar Sprüche, die mir Mut machen sollten: „Auguste durch musste", oder „Nach einer sauren Gurkenzeit kommt wieder eine andere."

Am Ende des Briefes stand: „Oh Gott, meine Kartoffeln kochen über. Liebe Grüße schickt dir..."

Jetzt lachte ich laut, denn darunter stand in zackiger Schrift: „Dein lieber Vater", als hätte er den Brief geschrieben. Irgendwann später, sicher nach dem Abgießen der Kartoffeln, hatte meine Mutter darunter gesetzt: „...und deine liebe Mutter."

Sofort nahm ich mir vor, am Wochenende, wenn ich zu Robert nach Rostock fahren würde, auf halber Strecke ein paar Stunden Zeit für meine Eltern einzuplanen und mich von meinem Papa mit dem Auto nach Hause holen zu lassen, denn mein Heimatdorf lag einige Kilometer vom Bahnhof Bützow entfernt.

Gesagt. Getan.

Mühsam hatte ich meine Reisetasche in Bützow aus dem Zug bugsiert, da erkannte ich meinen Paps schon von weitem. Groß, schlank und „pikobello angezogen" *(seine Formulierung)*. Eine Hand steckte lässig in einer hellgrünen Anzughose. Heraus schaute ein braungebrannter, kräftiger Männerarm, deren Farbe noch intensiviert wurde durch das kurzärmelige weiße Hemd, welches er dazu trug. Sein sonst

mittelblondes, feines Haar war streng nach hinten gekämmt und über der braunen Kopfhaut durch ständige Sonneneinwirkung, bei der Arbeit im Freien oder beim Angeln, inzwischen hellblond geworden. Eine lange glatte Strähne löste sich mehrmals und ich sah, dass er sich darüber ärgerte. Ich war stolz auf meinen Vater, den alle Hannes nannten und flog ihm entgegen.
„Wir müssen uns beeilen, Mutti wartet mit dem Essen", drängte er.

Unterwegs redeten wir im Auto über den Stand meiner Ausbildung, über meinen Freund *(auf die Frage: wie findest du ihn, antwortete er auf das Foto schauend: „Ich soll ihn ja nicht heiraten")* und dann sprach er über sein Lieblingsthema, Angeln: „Manchmal lasse ich ja nur meine Würmer baden, aber gestern habe ich sooo einen Fisch gefangen", schwärmte mein Vater. Seine Hand machte eine ausladende Bewegung über Lenkrad und Armaturenbrett und traf mein Ohr.
Später sah ich das „Riesentier" gebraten in einer kleinen Pfanne. Wohl geschrumpft, dachte ich.
Meine Mama stand vor dem Herd und lachte. Mit offenen Armen kam sie auf mich zu und drückte mir die Luft ab. Schmatz, schmatz, folgten zwei gutgemeinte Mutterküsse: „Schön, dass du da bist."
Mein Vater verschwand und ich schaute in alle Töpfe. Meine Mama kochte nicht nur gut, sie kochte fantastisch. „Mit Liebe", wie sie behauptete.
Insgeheim fragte ich mich, ob sie nur so tat, oder ob sie mich wirklich gern hatte. Ständig drehte sich bei ihr alles um meine jüngere Schwester: „Jana braucht dies, Jana macht das."
Sie war eben das Nesthäkchen. Manchmal war ich neidisch, auch wenn es um meine ältere Schwester Marie ging, die wegen ihres Jurastudiums wiederum die Hochachtung unseres Vaters hatte und jede Unterstützung von ihm bekam. Ich war und blieb ein Mittelding, das nicht wusste, wo „oben und unten" war. Trotzdem war es schön, zu Hause zu sein.

Früher sangen unsere Eltern bei der Arbeit auf dem Feld, oder hier in der Küche - oft zweistimmig - getragene Volkslieder. Natürlich fanden wir Kinder das albern und verzogen uns bei dem Gesang schnell wieder... mit verdrehten Augen und schmerzverzerrten Gesichtern. Als kämen meiner Ma die gleichen Gedanken, summte sie, während sie versonnen die Soße umrührte: „Am Brunnen vor dem Tore..."

...da steht ein „Lihindenbauhm", dachte ich und: warum trägt sie nur diese altmodischen Kittelschürzen?

Meine Mutter war pummelig und wünschte sich ständig „einen nicht so dicken Bauch". Stundenlang turnte sie deshalb lange Zeit an einem Reck im Vorgarten, das eher einem Galgen glich. Anstatt mit einem Strick war das Holzgestell zum Glück mit einer Querstange versehen, die es zu überrollen galt. Irgendwie jedoch wurden die mütterlichen Eingeweide nur nach innen gequetscht. Das Ergebnis war später kaum sichtbar und noch dazu schmerzhaft. Da wir das hölzerne Monstrum schließlich auch noch dafür benutzten, unerlaubt aus unserer Dachkammer zu verschwinden, wurde es kurzerhand von unserem handwerklich versierten Vater wieder abgebaut.

Lächelnd berichtete ich meiner Mutter von dem, was mir soeben eingefallen war. Noch im melodischen Summton, antwortete sie: „Was meinst du, wie peinlich mir die Bauchwellen waren? Jedes Mal habe ich gehofft, dass ich nicht gesehen werde. Du kannst dir nicht vorstellen, wie das ausgesehen haben muss."

Doch. Konnte ich. Wir lachten beide.

Das Gesicht meiner Mutter war faltenfrei. Da sie genau dreißig Jahre älter war als ich, wusste ich, dass sie siebenundvierzig Lenze zählte. An ihren Schläfen versteckten sich die ersten grauen Haare in einem Dunkelbraunton. Ein paar Silberfädchen umkreisten einen an ihrem Hinterkopf befindlichen Dutt, der einer aufrechtstehenden Banane glich. Wie ulkig, aber ihr stand dieses Gebilde zu Gesicht. Genauso hatte ich mich daran gewöhnt, dass sich ständig Ohrclips an ihren Ohrläppchen befanden. Sogar passend zum Kittel.

Plötzlich hörten wir meinen Vater aus dem Wohnzimmer rufen: „Hunger!"

Wir prusteten leise und schickten uns an, endlich das köstlich duftende Essen zu servieren.

„Bringt meinen Fisch mit", befahl der Angelkönig und kurz darauf machte er seinem Fang mit wenigen Bissen den Garaus.

Ein paar Stunden später saß ich wieder im Zug, freute mich auf meinen Freund und auf die Großstadt Rostock. Im Dorf ging es ruhig und beschaulich zu, in der Stadt aufregend und quirlig. Mit Siebzehn fühlt man sich in der Stadt wohler, dachte ich auf dem Rostock Hauptbahnhof. Nach Robert suchend, sah ich mich um. Plötzlich hielt mir jemand die Augen zu: „Rate."
Als ich mich umdrehte, bekam ich einen innigen Kuss.
„Heute Abend gehen wir mit Freunden in die Neptun-Bar."
„In eine Bar?" Damit kannte ich mich nun wirklich nicht aus und mir fehlte die passende Kleidung.
„Ach, lass uns einfach hingehen und die ganze Nacht tanzen. Wem es nicht gefällt, der braucht ja nicht hingucken."

Es folgte eine schöne Nacht mit einem weniger schönen Morgen. Mir war übel von drei Cocktails.

Mittags ging es mir wieder besser. Mit Roberts Eltern saßen wir am Tisch vor einem knusprigen Entenbraten. Dass ich nicht so gern Ente aß, verschwieg ich vorsichtshalber. Roberts anstrengende Schwester Lena war bei einer Freundin eingeladen. Ich kannte sie nur flüchtig und das war genug.
Roberts Mutter, Marta, erschien mir etwas jünger als meine Mutter, vielleicht, weil sie klein und zierlich war. Ihr Gesicht wurde von vielen Falten geprägt, die sie jedoch nicht alt machten. Sie hatte einen mittelblonden, vollen Haarschopf und wenn sie lachte, wusste ich, wer ihrem Sohn die überlappt angeordneten Schneidezähne vererbt hatte. Ständig war sie in Bewegung, bediente alle und sorgte sich genauso um mich, wie um ihren Jungen.
Roberts Vater machte oft einen unzufriedenen Eindruck. Er war von kräftiger, aber gedrungener Statur und ich merkte, dass ihm eine zukünftige Kindergärtnerin für seinen Sohn, der einmal ein Diplom haben würde, nicht passte. Später bestätigte er mir dies auf unverblümte Art.

Da sein Gesicht sich schnell rot färbte, wusste ich selten, wann eine seiner Äußerungen ernst gemeint war und wann nicht. Die Röte zog sich durch sein dunkles Kopfhaar, das, wie bei Herren dieses Alters oft üblich, nach hinten gekämmt und eingeölt worden war. Gute Laune stellte sich bei ihm ein, wenn eine Flasche Wodka, oder der für unsere Küstenregion typischere „Nordhäuser Doppelkorn" auf dem Tisch stand. Er trank gern und ließ niemand gehen, bevor die Flasche leer war, doch selten kam er mir am Ende betrunken vor.
„Trink mit, forderte er mich auf, „das ist Klarer, den sieht die Leber nicht."
Und ich trank... aus Liebe zu seinem Sohn.

Sieben auf einen Streich
Auf einmal war ich verheiratet. Mit achtzehn Jahren! Robert war nicht mein Traumpartner, aber ich mochte ihn. Nach dem Besuch des Standesamtes und der Kirche, gab es eine kleine Feier in ebenso kleinem Kreis. Bei vielen Getränken und selbstgekochtem Essen saßen alle eng beieinander in der Wohnung meiner neuen Schwiegereltern.
Roberts und meine Oma plauderten über alte Zeiten. Die eine war braun- die andere weißhaarig, beide hatten ordentlich nach rückwärts gekämmte Haare und einen Dutt im Nacken. Meine Oma hatte eine leichte, weiße Welle vom Scheitel in Richtung Ohr. Ich liebte es, wie sie damit aussah: sanftmütig und freundlich.

Zwischen den Gästen wuselten meine Schwestern herum: Jana mit ihrem Freund Peer, Marie mit ihrem Ehemann Jochen und Lena, die jüngere Schwester von Robert. Lena hatte dicke kastanienbraune Haare, helle Haut und ein Gesicht voller Sommersprossen. Da sie Bestschülerin war, wurde sie von den Eltern gehätschelt und verwöhnt.
Dafür hatte Robert einiges auszuhalten. Einmal erzählte er mir, dass er zum Musizieren gezwungen wurde, weil sein Vater mehrere Instrumente beherrschte und wollte, dass der Sohn es ihm gleich tat. Sehr

mühevoll lernte Robert in jungen Jahren Trompete blasen und Gitarre spielen. Wenn er, nach Meinung des strengen Vaters, zu faul zum Üben gewesen war, wurde er streng bestraft.

Mir wurde der Trubel zu viel. Ich ging ins Bad, korrigierte den schmalen Lidstrich über meinen Augen und frischte, kaum merklich, mit einem rosa Lippenstift meine Lippen auf, weil es Robert nicht gefiel, wenn ich mich zu stark schminkte.

Ein paar Haarsträhnen hatten unter dem Krönchen, das den halblangen Schleier hielt, die falsche Richtung eingeschlagen. Mit geübter Handbewegung zupfte ich sie zurecht. Noch ein kurzer Blick auf mein Kleid: es war weiß, aber schlicht. Einfache Spitze über Taft. Und was ich traurig fand: es war weder weit, noch lang. Meine Träume waren anders...

Autsch. Ich legte die Hand auf meinen Bauch. Hat mir da jemand einen kleinen Tritt gegeben? Kaum. Ich war im dritten Monat schwanger. Zuerst erfuhr ich diesen „Umstand" von meiner Schwiegermutter. Sie hatte es vermutet und mich damit konfrontiert. Als der Arzt ihr Recht gab, war ich wie vom Donner gerührt. Freude und Angst sorgten in meinem Herzen für ein großes Durcheinander. Was würde Robert dazu sagen? In meiner Naivität nahm ich an, er würde sich freuen und stolz sein. Er war entsetzt. Knapp drei Jahre Studium lagen noch vor ihm und vor mir das letzte Halbjahr der Ausbildung zur Erzieherin. Als er mich zu allem Unglück auch noch fragte: „Was sollen wir jetzt machen? Willst du es behalten", wurde ich wütend: „Es ist aus. Aus, vorbei!"

Gekränkt und zutiefst verletzt, erzählte ich meiner Mutter von der Schwangerschaft. Erschrocken meinte sie: „Im Dorf werden alle sagen, das sei eine Schande." Mein Vater erklärte später: „Zeig was du kannst und beende deine Lehre." Das war sehr modern. Ich würde es tun: mein Kind bekommen, pünktlich zur Prüfung erscheinen und mit dem Prädikat „Gut" bestehen. Punkt.

Während ich mir die Hände wusch, stand plötzlich mein frisch gebackener Ehemann hinter mir. „Du hast dich gut versteckt", grinste er.

Sein Atem roch nach Alkohol und Zigarettenqualm. „Komm, du musst dich bei meinen Eltern bedanken. Wir dürfen hier in dem halben Zimmer wohnen, bis wir uns eine Wohnung leisten können." Na gut. Ich war an Enge gewöhnt und hatte keine andere Wahl.

Mein Elternhaus war nur fünfzig Quadratmeter groß, aus Holz, und ein gemeinsamer Eigenbau meiner fleißigen Eltern. Wir Kinder fühlten uns dort sehr wohl. Unser Zuhause hatte ein Spitzdach, unter dem sich unser Mini-Kinderzimmer befand. Fast immer war es lausig kalt dort, aber die „Frau Holle Betten", die mit reichlich Entenfedern von unserer Oma selbst gestopft worden waren, gaben genug Wärme ab. Sie waren unsere Höhle, unser Versteck, sogar unsere Schneiderwerkstatt, die wir bald wieder aufgaben, weil wir ein paar Nähnadeln im Hintern hatten.

Ich schmunzelte wohl an falscher Stelle, als ich mich für die freundliche Beherbergung bei meinen Schwiegereltern bedankte, denn die sahen mich prüfend an. Diese Gedanken drängte sich auf, pardon.

Wieder sah ich das Bild unseres Häuschens in der Dorfmitte vor mir. So klein es auch war, mein Vater sorgte stets für einen farbenfrohen Anstrich und meine Mutter für ein passendes Umfeld. Der Vorgarten war ein Blumenmeer, der Gemüsegarten gut bestellt. Ein Lächeln glitt über mein Gesicht. Jetzt fiel es nicht mehr auf.

Ein fürchterlicher Gesang erklang: „Es gibt kein Bier auf Hawaii…"

Na und? Wir sind leider nicht auf einer Trauminsel. Viele Paare können sich eine Hochzeitsreise leisten, grämte ich mich. Wenn es mir irgendwann im Leben richtig gut geht, werde ich reisen. Ganz weit weg. Überall hin. Um die ganze Erde! Gut, im Moment lässt unser Staat das nicht zu. Eine Riesenmauer hindert uns daran, aber vielleicht, irgendwann… man wird doch noch träumen dürfen!

Gott ich bin zu nüchtern für diesen Gesang. Meinem Baby zuliebe habe ich sogar auf ein Glas Sekt nach der Trauung verzichtet und ein paar verständnislose Blicke geerntet. Nein, mein Kind soll gesund sein. Ich wünsche mir ein kleines, süßes Mädchen.

Irgendwann war die Feier zu Ende. Die Hochzeitsnacht stand an und wurde unromantisch. Das Zimmer, welches uns dafür zur Verfügung stand, sollte nun für einige Zeit mein Zuhause werden. Ein paar Monate lang, bis zum Schwangerschaftsurlaub, würde ich noch nach Schwerin fahren, um mich weiter ausbilden zu lassen. Hier wäre ich dann nur an den Wochenenden und das würde mir genügen.

Mein Blick wanderte durch das schlauchartige Zimmer: Zwei Wandklappbetten standen links und rechts an den Wänden, geradezu befand sich ein Fenster. In einer Ecke hing ein Regal, voll von seltenen Flaschen, die Robert sammelte. Unter den gesammelten Werken, für die ich mich nicht erwärmen konnte, standen seine Gitarre, die Trompete, Notenständer und allerlei Krimskrams. Dem Regal gegenüber entdeckte ich eine kleine Kommode. Für die Sachen, die man zusammenlegen kann, überlegte ich, aber wo kann ich etwas hinhängen? Wie soll da etwas glatt bleiben? Die preiswerten Sachen, die ich besaß, waren natürlich die knitterfreudigsten. Gut, vielleicht findet sich dafür eine Lösung.

Auf den Wandbetten, vor denen sich jeweils ein bunter Vorhang befand, damit die Lattenroste nicht zu sehen waren, lagen Häkeldeckchen, obendrauf standen eine Madonna mit ihrem Kind und ein paar Vasen. *Da liegt eine Bibel?* Die gehörte, wie ich nun erfuhr, der Großmutter meines Gatten. Robert sah meinen fragenden Blick: „Meine Oma ist weit über Siebzig, weißt du. Sie kann im Winter nicht allein in ihrem Haus im Dorf bleiben und deshalb wohnt sie dann, solange es kalt ist, bei uns. Jetzt ist September. Sie kommt bestimmt erst im Oktober."

Ich zuckte zusammen: „Mein Gott, sieben Personen in zweieinhalb Zimmern! Kann das gut gehen?"
Wie aus einer anderen Welt hörte ich: „Sie schläft hier. Neben uns."

Inzwischen hatte Robert beide Betten heruntergeklappt und dazwischen war ein Gang von dreißig Zentimetern Breite entstanden. Ich stellte mir seine Oma im Bett neben uns vor...
Robert zog mich auf sein Bett: „Wir gewöhnen uns schon daran, zusammen zu schlafen."
Während er an mir herumfingerte, fing mein Herz an zu rasen, mir wurde übel: „Lass mich. Ich kann das nicht. Diese Atmosphäre... erdrückt mich!"

Unter meinem Rücken machte sich die alt gewordene Federkernmatratze bemerkbar. Immer wieder rutschte ich in die Mitte der ausgeprägten Schlafkule und ungewollt meinem Gatten in die Arme. Er konnte nicht begreifen, weshalb ich ihn abwies.

Am nächsten Morgen wachte ich schweißgebadet auf. Robert war bereits beleidigt aufgestanden.

Du musst hier weg, forderten meine Beine. Du bleibst hier, forderte mein Kopf. Ungewohnt für mein sonst sonniges Wesen beschlich mich eine wahnsinnige Zerrissenheit.

Ich nahm mich zusammen und legte das Bettzeug ordentlich zurecht. An der Tür drehte ich mich noch einmal um. Auf dem Bett lagen zwei Kopfkissen: Ein zerwühltes und ein nass geweintes.

Mit Pauken und Trompeten
Langsam gelang es mir, Einblick in Roberts Leben zu nehmen. Weil er neben seinem Studium als Gitarrist am Volkstheater Rostock arbeitete, war ich stolz auf ihn. Er musste es nicht tun, um sein Studium zu finanzieren, denn das war in der sozialistischen Gesellschaft kostenlos, aber ausgezeichnete Notenkenntnisse und die Fähigkeit, mit der Elektrogitarre gekonnt umzugehen, waren Voraussetzung, um sich in einem Orchester zu behaupten.

Vor der Aufführung von Musicals durfte ich während der Proben oft dabei sein. Viele Songs waren mir längst bekannt, weil meine Mutter sie, textsicher und melodisch richtig, in der Vergangenheit zuhause vor sich hin trällerte. Heimlich fand sie dafür nun meine Bewunderung.

Erst viel später erfuhr ich, dass Robert, gemeinsam mit seinem Vater Otto, auch im Blasorchester des Fischkombinates tätig war. Für Blasmusik konnte ich nicht erwärmen, aber für den sauberen Klang einer Trompete schon. Manchmal ging es nicht nur um einen sauberen Klang, sondern auch um saubere Musikinstrumente. Schnell wurde ich in das Putz- und Polierprogramm einer riesigen Tuba und der Trompete einbezogen. Mit alten Perlonstrümpfen der DDR (später Nylon) und einem Poliermittel bekamen die Instrumente ihre Ein- und Abreibung, bis sie wieder glänzten. An solchen Tagen wäre ich lieber bei meiner Familie im Dorf gewesen...

Später wurde mir klar, was der Satz meines Schwiegervaters bedeutete: „An einigen Wochenenden machen Robert und ich zusammen Musik."
An einem Freitagabend, bei meiner Ankunft, türmten sich im Hausflur des Mehrfamilienhauses, in dem Roberts Eltern - und nun auch wir - im vierten Stock wohnten, eine Menge Musikinstrumente. Eine riesige Trommel, die Gitarre, mehrere Verstärker, die Monster-Tuba, die Trompete...
„Wir kommen runter", rief Marta von oben. Sie und ihr Mann schleppten Notentaschen, Notenständer, Gurte... und auf einmal polterte es hinter mir. Robert erschien fröhlich winkend auf dem Gehweg an der offenen Tür des Hausflures und zog rumpelnd einen hölzernen Ziehwagen hinter sich her.

Mir fiel ein, wie wir als Kinder mit diesen Dingern die Dorfberge herunter gerast sind. Die Deichsel, mit der die vier Räder gelenkt werden konnten, wurde zu diesem Zweck nach innen geklappt und wir saßen mit knöchernen Hintern, die meist in Trainingshosen steckten, auf dem harten Boden des Wagens. Ganz Verwegene, meistens die Jungs, konnten sich sitzend auf dem oberen Rand des Gefährts halten. Des Lenkens nicht mächtig oder durch ungeahnte Geschwindigkeit ohnmächtig, landeten wir häufig, wo wir gar nicht hin wollten, in Hecken, Zäunen oder gar im Teich. Blaugefleckt und zerschrammt erkannten sich die Rennfahrer auf einfache Art. Nicht selten waren mein Cousin Reiner und ich „Sieger nach blauen Punkten".
Im Normalfall hätte ich mich jetzt vor Lachen gebogen, aber: Was sollte das hier? Es folgte, was ich vermutete: „Hilfst du uns beim Aufladen", wurde ich gefragt.
„Klar. Warum hat mich keiner vorher gewarnt?"
„Wir haben kurzfristig einen Auftrag, bei einer Hochzeit zu spielen", brummte Otto und bewaffnete sich mit seiner Riesentrommel.

„Lass uns einfach mitgehen", versuchte Schwiegermutter mich aufzuheitern", die Feier ist in der nächsten Gartenanlage. Der Weg ist nicht weit."
Ich gab mich geschlagen und schloss mich, nachdem die Hochstapelei auf dem Wagen beendet war, dem Zigeunerzug an. Vielleicht sah Robert mein Unbehagen. Er flüsterte mir zu: „Sonst bestellen wir uns ein Auto, aber heute ging alles zu schnell. Außerdem kaufen wir uns bald ein eigenes und dann sind diese Fußmärsche vorbei."
„Gott sei Dank!" *Wenn´s besser wär, nicht auszuhalten!*

Falscher Alarm
Das kleine Wesen in meinem Bauch machte sich energisch bemerkbar. Während ich beim Arzt untersucht wurde, zeichneten sich deutliche Konturen des kindlichen Körpers ab und als ich die rasenden Herztöne hörte, war ich besorgt und fasziniert zugleich. Es klang wie Pferdegetrappel.
„Das ist normal", beruhigte mich Doktor Müller freundlich und erklärte weiter: „in der nächsten Woche könnte es nach meinen Berechnungen und ihren Schilderungen soweit sein. Packen Sie eine Tasche mit den Babysachen und halten sie sie bereit."
Das klang in meinen Ohren fremd und doch erfreulich. Mein Babybauch hielt sich in Grenzen, er sah aus, als hätte ich einen mittleren Medizinball verschluckt. Trotzdem wäre ich gern wieder schlank und nicht so behäbig gewesen. Besonders schwer fiel es mir, mit dieser Kugel und meinem Mann zusammen in einem Bett zu schlafen. Roberts Oma war Mitte Oktober vertragsgemäß in unserem Nachbarbett eingetroffen und würde frühestens Ende März, wenn das Baby auf der Welt war, wieder in ihr Haus zurückziehen. Manchmal, wenn Robert merkte, dass ich mich auf der durchgelegenen Matratze wand wie ein Aal, legte er sich zum Schlafen auf das Sofa im Wohnzimmer, oder ich saß selbst mit den ersten Wehen dort und krampfte still dem Morgen entgegen.

Während meiner Schwangerschaft trug ich Kleidungsstücke, die meine Schwiegermutter und meine Schwester aus ihrem Bestand gekramt hatten. Etwas anderes konnte ich mir nicht leisten.

Im Wartezimmer der Praxis von Doktor Müller bewunderte ich jedes Mal die Schwangeren, die weitaus schicker angezogen waren. Zugegeben, sie waren nicht so blutjung wie ich, aber mit besserem Aussehen konnte ich mich hier nicht mehr trösten.

Eine werdende Mutter, mit überdimensionalen Proportionen, die auf Zwillinge hinwiesen, trug sogar ein blaues Samtkleid und sah darin aus wie eine Königin. Na gut, wie eine, die zu viel in sich hinein gefuttert hat. Ich hätte gern mit ihr getauscht *(mit der Kleidung, nicht mit den Ausmaßen ihres Körpers)* und nahm mir vor, die Sachen, die ich tagtäglich trug, nach der Entbindung wegzuwerfen.

Am nächsten Sonntagmorgen riss mich ein jäher Schmerz aus dem Schlaf. Ist das jetzt eine Wehe? Noch einmal. Wo ist meine Uhr? Wieder eine. Alle fünf Minuten. Ich rief nach Robert und stöhnte: „Es geht los."

Doch endlich im Krankenhaus angekommen, war alles wieder vorbei. Weil die Rostocker Klinik mich nicht aufnehmen konnte, landete ich in einem kleinen Krankenhaus im Nachbarort Warnemünde, bei zwei gutmütigen Schwestern.

„Bleiben Sie einfach hier, es wird bald soweit sein", sagte eine von ihnen und begleitete mich in einen Raum mit vier Betten. Nur eins davon war belegt von einer hübschen blonden Frau, die verschwitzt in den Wehen lag. Sie tat mir leid, aber bald würde ich mir ebenso leidtun, überlegte ich. Am nächsten Tag hielt meine Bettnachbarin ihr süßes Baby bereits in den Armen und eine weitere hochschwangere Frau stöhnte auf der anderen Seite neben mir. Auch dieses Kind kam vor meinem zur Welt. Mein Termin war längst verstrichen. Von nun an hagelte es von allen Seiten gutgemeinte Ratschläge:

„Gehen Sie spazieren."

„Baden Sie ordentlich heiß."

„Trinken Sie viel Kaffee."

Den Rest der Woche umrundete ich ganz Warnemünde, kannte die kleinste Querstraße und einige Hunde mit Namen und hoffte, dass mein Fruchtwasser inzwischen nicht aus schwarzem Kaffee bestünde.

Wieder am Sonntagmorgen zog ich mich katapultartig zusammen. Ich wusste: Jetzt werde ich entbinden.

„Na endlich", sagte meine Lieblingskrankenschwester freundlich, „ab in den Kreißsaal."

Drei Stunden quälte ich mich allein vor mich hin, dann schob eine Reinigungsfrau einen Wischmopp um mein Bett herum. Wenigstens konnte ich mich vorher in Ruhe übergeben, dachte ich und würgte weiter. Im Geiste würgte ich auch die Reinigungsfrau. Eigentlich wollte ich die Arme nicht erschrecken, tat es aber doch mit einem entsetzlichen Schrei. Und schon brüllte herzzerreißend ein kleines Sonntagskind.

In ein Handtuch gewickelt, legte die Hebamme mir das Baby auf die Brust. Geschafft, stolz und glücklich, drückte ich es fest an mich: Mein Kind. Dann heulte ich wie ein Schlosshund.

„Es ist ein hübsches, gesundes Mädchen", sagte der Arzt, der das Baby inzwischen abhörte „kein Grund zum Weinen."

Nachdem mich die Nachgeburt spontan verlassen hatte, als wolle sie ihrem Schützling hinterher, richtete ich mich auf und betrachtete liebevoll das kleine Bündel auf dem Wickeltisch.

„Du kommst jetzt zu deinen Kumpels", sagte eine hagere Schwester, „und deine Mutti überlegt sich einen schicken Namen für dich."

Das klang schön.

Am Nachmittag kam Robert herein und schaute genauso forschend, wie an den anderen Wochentagen, auf meine Bettdecke. Um ihn zu verwirren, hatte ich ein Kissen darunter geschoben. Während er enttäuscht meine Hand nahm und sagte: „Nun warten wir schon eine Woche", zog ich das Polster heraus, lachte und erzählte begeistert von unserer kleinen Tochter.

Mit hochroten Ohren ging der junge Vater los, um sein Kind zu begrüßen. Als er zurückkam, schwärmte er: „Sie hat mich angeguckt und gelacht. Das Gesicht ist so niedlich... und die schönen schwarzen Haare..."

Ja klar, nun spricht von mir keiner mehr. Aber ich wollte es ja so.

Mit Links und 40 Fieber
Endlich konnten mein Baby und ich nach Hause. Ich schaukelte es gut verpackt in meinem Arm und wartete auf den unteren Treppenstufen der Klinik auf Robert, der mit dem Auto vorfahren wollte.

„Halt, warten Sie", rief eine junge Krankenschwester hinter mir, „Sie müssen noch etwas erfahren. Ihr Kind hat ein schiefes Bein."
Mein Kinn verlor seinen Halt. Noch nie war mir beim Windeln wechseln etwas aufgefallen und der Schreck saß tief.
„Es ist nur das linke Füßchen", verbessere sie sich, „wenn Sie es täglich bandagieren, kriegen Sie es wieder hin."
Jetzt hatte meine Verfolgerin ihren leicht bemalten Mund genauso offen wie ich, aber ihr ging es eher darum, den Mangel an Luft auszugleichen: „Kommen Sie doch bitte noch einmal mit, ich zeige es Ihnen."

Während ich aufwärts hinter ihr her stapfte und mir Sorgen machte, konnte ich nicht einmal auf ihre langen schwarzen Haare neidisch sein, die in langen Locken auf einen schlanken Po fielen.
Wir wickelten das Baby, das nun Ulrike hieß, aus der Decke und das Füßchen aus dem Wickeltuch, welches üblicherweise zunächst um den Bauch des Kindes und dann um die Füße geschlagen worden war. Es war gar nicht so einfach, die kleine Mumie zu entfesseln...

Jetzt sah auch ich, dass der Fuß der Kleinen sich nach innen drehte. Mit gekonnter Handbewegung stellte die Schwester das Bein richtig und schlang einen Verband darum. „Das tut nicht weh", sagte sie, als sie meinen beunruhigten Blick sah, „es ist zwar sehr aufwendig und Sie müssen es mindestens drei Monate lang durchhalten, dann läuft sie später ganz normal.
Diese Art eines Kniestrumpfes behagte meiner Tochter nicht und sie hörte erst wieder auf zu schreien, als sie zuhause in ihrem, von rosa Stoff umhüllten Körbchen lag. Oma Marta war hocherfreut über das hübsche Enkelkind und strahlte: „Ich helfe dir, wenn du etwas nicht weißt."

Nach ein paar Tagen beherrschte ich die nötigen Handgriffe soweit, dass das Kind gut versorgt werden konnte und mir die vier Stunden zwischen den Fütterungszeiten dafür ausreichten.
Ulrike wuchs und gedieh. Sie brauchte sich beim Trinken nicht anzustrengen, denn mein sonst mäßiger Busen glich inzwischen dem einer Milchkuh. Mühsam pumpte ich, was sie übrig ließ ab und füllte damit mindestens zwei Babyflaschen für andere Babys in der Kinderklinik.

Eines Morgens war mir heiß und meine Brust schmerzte entsetzlich. Beim Anlegen des Kindes hätte ich beinahe geschrien und sofort damit aufgehört, aber Roberts Oma, die in diesem Fall zum Glück, noch im Nachbarbett ruhte, hatte mir dringend geraten, zu stillen. Schnell war Ulrike satt und zufrieden, nur ich fühlte mich hundeelend. Zitternd und frierend kroch ich wieder zurück in mein Bett.
Die Urgroßmutter riet mir zu einer Tablette, aber welche denn? Ich wollte nichts falsch machen. Dann vermutete sie: „Du hast bestimmt eine Brustdrüsenentzündung. Die habe ich früher auch gehabt und die Schmerzen haben mich wahnsinnig gemacht. Weil weit und breit kein Arzt zu finden war, habe ich mir die Brust allein mit einem Messer aufgeschnitten. Es war die Hölle."
Ich zuckte zusammen. Oh Gott, Oma! Diese grässliche Vorstellung jagte mein Fieber noch höher. Inzwischen nahm mir Marta, die meistens rasch Rat wusste, das Fieberthermometer ab: „Vierzig Fieber, wir rufen einen Arzt."
Nein, ich wollte keinen Arzt, ich wollte nur meine Ruhe, ich wollte...

Irgendetwas wurde mir irgendwann eingeflößt... was piekte da?
„Zweiundvierzig grad, wir machen ihr Wadenwickel", hörte ich Marta, wie hinter einer Wand.
„Jetzt sollte es besser werden, wenn nicht, muss sie in die Klinik. Auf jeden Fall sorgen Sie dafür, dass die Brust leer wird, sonst kann ich für nichts garantieren."
Ich erkannte den ruhigen Ton eines Arztes, konnte jedoch meine Augen nicht öffnen. Erst abends fühlte ich mich besser und nachdem ich schweißgebadet und laut vor Schmerz heulend meine Brust leer-

gepumpt hatte, wieder schlecht.
Am nächsten Tag, in der Praxis von Dr. Müller, sagte der:
„Kühlen Sie die Brust, dann geht der Milchfluss zurück und Sie werden sich besser fühlen. Sie hatten Glück und das Kind auch."

Es braucht alles seine Zeit
Aufgeregt las ich den Brief der Pädagogischen Schule Schwerin. Obwohl ich wegen meiner Schwangerschaft fast ein halbes Jahr dem Unterricht fern geblieben war, wurde mir gewährt, an den Prüfungen im Juli teilzunehmen. Noch vier Wochen, überlegte ich aufgeregt. Aus der Küche kam lautes Zischen. Oh Gott, die Windeln kochen über. Ulrike greinte vor sich hin. Gleich. Kann ich so schnell den versäumten Stoff nachholen? Ich schob ein Messer unter den Deckel des Gläschens mit Babynahrung und war stolz, denn meine Kleine konnte mit ihren drei Monaten schon sehr geschickt vom Löffel essen und war gesund und munter.
Während Ulrike fleißig schluckte und mit einem Bäuerchen das Ende der Mahlzeit bestätigte, dachte ich darüber nach, dass ich meinem Vater versprochen hatte, die Ausbildung abzuschließen und zwar mit dem Prädikat Gut. Pünktlich zu dieser Überlegung strahlte meine Tochter mich an. Lachst du mich aus? Marsch ins Körbchen, damit ich anfangen kann zu lernen. „Übertreibst du es nicht, fragte meine Schwiegermutter abends, als ich die Windeln aus dem Topf angelte, um sie anschließend per Hand waschen zu können und dabei das Baby im Arm hielt. Auch als Ulrike das Fläschchen bekam, las ich in einem der Lehrbücher.
„So kann man mit einem Baby doch nicht umgehen", belehrte mich die pubertäre Schwester von Robert.
„Du kannst es später sicher besser", sagte ich genervt. Gern hätte ich Unterstützung von meinem Ehemann, der inzwischen drei Mal in der Woche am Volkstheater im Orchester saß und dann erst gegen Mitternacht nach Hause kam.

„Ich war noch mit ein paar Kollegen im Theaterclub", nuschelte Robert regelmäßig und konnte meinen Unmut nicht verstehen, „für die Kleine bist du zuständig."
Ohne sich zu waschen schlüpfte er mit seiner Unterwäsche bekleidet ins Nachbarbett, was glücklicherweise wieder frei geworden war. Hätte ich ihn nicht ständig genötigt, frische Wäsche anzuziehen, würde er aus für ihn praktischen und möglicherweise Zeitgründen auch an diesem nächsten Morgen nicht darauf kommen, sie zu wechseln. An seine schluderige Körperpflege konnte ich mich nicht gewöhnen.
Wir sahen uns selten und irgendwann wusste ich nicht mehr, ob das gut war, oder schlecht.

Dann kam mein Prüfungstag. Niemand konnte *(oder wollte)* mir das Baby für einen Tag abnehmen und deshalb nahm ich es mit nach Schwerin.

Die Schlossmädchen aus meinem Zimmer freuten sich über den Besuch und boten mir Hilfe an: „Wenn du die Kleine noch füttern willst, hier ist mein Bett."
„Brauchst du ein Handtuch, eine Decke, was zu trinken?"
„Gott ist die süß, darf ich sie mal halten? Ich passe auf sie auf, solange du geprüft wirst."
In mir regte sich ein Gefühl, das sich nicht beschreiben lässt. Es war so schön mit dem Kind und es war schön ohne das Kind. Ich spürte Dankbarkeit, Traurigkeit und Prüfungsangst...
Aufgewühlt ging ich in die Prüfung.
Nachdem ich sie überstanden und eine Weile gewartet hatte, erschien mein Psychologie-Lehrer, der mit weiteren vier Kollegen in der Prüfungskommission gesessen hatte: „Sie haben unsere Hochachtung, weil Sie trotz des fehlenden halben Jahres mit „Gut" bestanden haben. Wir haben gehört, Sie haben ihr Baby sogar mitgebracht? Können Sie uns das Kind zeigen?" Verlegen nickte ich und stürmte die Treppen herunter, wie in alten Zeiten.
„Langsam, langsam.."

Neun Mädchen riefen nach meinem Erscheinen, in Siegerpose und mit strahlendem Lächeln: „Gut gemacht!" Ulrike heulte erschrocken auf.

„Sollst du sie wirklich vorzeigen? Seit wann muss man sogar noch sein Kind vorlegen?" Nina, meine Freundin lachte: „Ich komme mit."
Als ich die Kleine, inklusive Babydecke als Unterlage, auf den Prüfungstisch legte, verwandelte sich der harte Ton der Prüfer in einen weicheren: „Da schau mal, was für ein schönes Mädchen", „eidudei", „du lutscht ja am Daumen, du Süße, bestimmt hast du Hunger?"
Bald war es genug. Ulrike ballte die Fäuste und schrie, bis ich mich verabschiedet hatte.

Was für ein Tag. Vier Wochen lang habe ich jede Minute genutzt, um zu lernen! Noch nie war ich so bestrebt, ein Ziel zu erreichen. Es hat sich gelohnt.

Erschöpft fiel ich endlich auf den Sitz des Zuges gen Rostock. Alles geschafft. Ich war erleichtert! Dann ratterte der Zug los und mein Baby und ich schliefen sich den Stress aus dem Kopf.

Zuhause gratulierten mir alle, sogar Roberts Schwester Lena. Auch meine Eltern freuten sich am Telefon. Mein Vater sagte: „Siehst du, es geht alles, wenn man will. Ich gratuliere dir."

„Danke Papa, Tschüss Mama." Bekam ich etwa Heimweh?

Höhen und Tiefen
„Ihr seid ganz schön albern", bemängelte Schwiegermutter Marta, als ich hinter meiner inzwischen zehn Monate alten Tochter her kroch und bellte wie ein Hund.

Ein paar Tage später schenkte sie der Kleinen einen weißen Plüschhund auf vier Rädern: „Der ist leiser", sagte sie zu mir und zu Ulrike: „Schau mal, was ich dir mitgebracht habe."

Meine Tochter machte große Augen, riss das Tier an sich und starrte ihm begeistert in seine schwarzen Augen. Dabei schielte sie entsetzlich und drückte mit ihren Platschhänden die Schnauze des neuen Gefährten so, dass der sich freuen konnte, nicht echt zu sein.

„Sieh mal, Ulrike, damit kann man fahren", die Großmutter wollte es der neuen Hundebesitzerin erklären, aber die war schneller. Sie legte den Hund auf die Seite, ignorierte die Funktion der Räder und schob das neue Spielzeug seitlich vorwärts. Immer, wenn wir es aufstellten, warf sie es wieder um und fand es so viel spaßiger. Abends schlief sie schnell ein, weil sie sich völlig verausgabt hatte, natürlich musste der Hund mit ins Bett.

Später half ich Marta, das Abendessen aufzutragen. Robert, Otto und Lena sahen interessiert zu, wie der Tisch zu seinem Geschirr kam und waren guter Dinge, denn es gab gefüllte Paprikaschoten, die sie gern aßen. Kaum hatten wir mit dem Essen begonnen, sagte mein Schwiegervater: „Ganz schön dunkel hier." Er hatte die Stehlampe neben sich und brauchte nur den Arm auszustrecken, um sie anzumachen, aber er tat es nicht. Stattdessen sprang seine Frau auf, rannte von ihrem Platz aus um den ganzen Tisch herum und machte Licht. Ohne sich zu bedanken, aß ihr Mann weiter.

Ich regte mich darüber auf: „Das kann ich nicht glauben, Vati, warum scheuchst du deine Frau hoch. Sie hat heute mehrere Büroräume sauber gemacht und ist erschöpft."

„Was geht dich das an", schnauzte er, „du solltest lieber ruhig sein, sonst schmeiß ich dich raus!"

Meine Schwiegermutter holte tief Luft und wurde plötzlich energisch: „Dann gehe ich auch."

Dem Hausherrn fiel die Gabel auf den Teller. Trotzdem sprach Marta weiter: „Und wenn wir schon einmal dabei sind: Ulrike braucht ein Kinderbett. Sie wird noch krumm von ihrem zu kleinen Körbchen. Das sehe ich mir nicht länger mit an. Entweder, oder!"

Otto schluckte. Sein Gesicht färbte sich dunkelrot: „Gut, wenn es denn sein muss. Ulrike zuliebe bin ich einverstanden, aber es wird Zeit, dass Ihr endlich auszieht." Weil er sich zu mir drehte, fühlte ich mich angegriffen: „Wenn wir irgendwo eine Wohnung bekämen, wären wir längst weg, verdammt nochmal. Hier ist es wirklich zu eng für alle."

„Man muss sich nur bemühen, dann findet man auch was", gab die kluge Else, Roberts Schwester, zum Besten.
„Sei ruhig, dumme Gans", mischte sich nun Robert ein und stand auf, um mir zu folgen, denn ich war auf dem kurzen Weg zu unserer schlafenden Tochter.
„Nie unterstützt du mich", jammerte ich leise meinen Mann an.
Der war sauer: „Musste das sein? Wir können uns nicht zerstreiten. Morgen kaufen wir ein Kinderbett und dann gehen wir zur Wohnungsverwaltung."
„Ja, Morgen, Morgen und wieder Morgen..."
Immerhin nahm er mich zum Trost in den Arm. Nach wie vielen Tagen eigentlich?

Kleiner Einfall, große Wirkung
In der DDR gab es viel Unterstützung für Kinder und besonders für kinderreiche Familien. Hervorheben konnte man das zahlreiche Vorhandensein von Kindergärten und Kinderkrippen, in dem vorrangig Fachpersonal tätig war. Deshalb gab es auch genügend Kinder. Für mich war es, wie für fast jede junge Mutter normal, dass die Babys mit Erreichen des ersten Lebensjahres keine Windel mehr benötigten. Das war in erster Linie der Verdienst der Krippenschwestern, die die kommende Generation zeitgenau auf einen Thron setzte, das gebe ich zu, aber zu Hause wurde in angestrengten Gesichtern oder Gesten der Zwerge gelesen, wann es schnell gehen musste und dann hieß es: Handeln, oder Windeln waschen. Und das war mit den Leinenvierecken mühsam! Als unsere Tochter Ulrike ihren zweiten Geburtstag hinter sich hatte und längst keine Windeln mehr benötigte, spazierte ich mit ihr an einem warmen Sommertag durch den Garten meiner Schwiegereltern. In dem war es wegen der angrenzenden Umgehungsstraße lauter als bei meinen Eltern, aber idyllisch. Marta lobte sich und ihre kräftigen Erdbeerpflanzen, an denen vereinzelt weiße Blüten hingen, als wir sie begrüßten: „Ist das nicht prächtig? Zu meinem Geburts-

tag gibt es wieder die erste Erdbeertorte!"

In diesem Moment bildete sich zwischen Ulrikes Schuhen ein Pfützchen. „Du hast doch wohl nicht in die Hose gemacht", fragte die fleißige Oma. Ulrike schaute schuldbewusst nach unten und forderte: „Einen neuen Lüpper!"

Gewohnheitsmäßig wollte ich ihr ein Ersatz- Unterhöschen aus der Tasche ziehen, da kam meiner Schwiegermutter eine Idee: „Weißt du, sie kriegt keinen neuen Schlüpfer. Lass sie einfach mit diesem eine Weile herumlaufen, bis es ihr unangenehm wird. Heute ist es so schön warm, sie kann sich nicht erkälten." Ich zuckte mit den Schultern und war mit dem kleinen Selbstversuch einverstanden.

Ulrike verstand die Welt nicht mehr. Sie zog den Slip nach unten, dass er locker saß und ein wenig unter ihrem Mini-Kleid heraus schaute. Dann ging sie schmollend, breitbeinig und mit Trippelschritten den Gartenweg auf und ab.

Nach einer halben Stunde siegte ihr Trauermarsch über unsere Entscheidung. Mit frischem Hosenboden konnte sie sich endlich auf Omas Schoß setzen und ein dickes Stück Topfkuchen verdrücken.

Als Marta die Kleine fragte: „Das ist gar nicht schön, mit nassen Hosen, was", schüttelte die kleine Raupe grinsend den Kopf und ein paar Krümel flogen den gierigen Spatzen entgegen.

Armes Kind, dachte ich, aber sie brauchte mein Mitleid nicht mehr.

Nach einem fröhlichen Nachmittag unter Frauen und weil der Opa eintraf, der vom Straßenbahnfahren müde aussah, begaben wir uns wieder auf den Heimweg.

Auf dem Vorplatz der Kleingartenanlage hatte ich mein neues, blausilbernes Fahrrad angeschlossen, mit dem ich hergekommen und auf das ich sehr stolz war. Es glich durch seine schmalen Reifen einem Rennrad, hatte einen geraden Lenker und einen sportlichen Sattel. Am Lenker hing ein Körbchen, in das ich Ulrike setzte.

Sorgfältig schob ich ihr ein Kissen in den Rücken, schaute, dass ihre Füße richtig in den Fußstützen steckten und bat sie, die Beine ordentlich an Ort und Stelle zu lassen. Dann radelten wir los. Da ich schon als Kind kilometerweit fahren musste, machte mir die Strecke zurück, von vielleicht sieben Kilometern, gar nichts aus.

Während ich über die Schienen einer Straßenbahn fuhr, dachte ich daran, wie schwierig früher mein Schulweg war.
Der schwarze Waldweg war meistens matschig und ich kam mit schmutzigen Schuhen in die Schule, wenn ich abzuspringen musste. Deshalb bemühte ich mich stets, es nicht zu tun. Im Winter froren die von Rädern und Mopeds ausgefahrenen Rinnen fest und es ging auch zu wie auf Schienen, doch mit viel Geschick waren sie ohne Sturz zu bewältigen. Zu schaffen machte mir eher die Kälte, besonders an den Händen. Die wollenen Handschuhe, die meine Mutter uns strickte, hielten dem Frost nicht stand und verursachten Kneifer, die mich manchmal, wenn ich ins Warme kam, ohnmächtig umfallen ließen. Wenn meine Geschwister und ich sich mit unserer Mutter sonntags zur Kirche aufmachten, stand uns nur ein Fahrrad zur Verfügung. Damit wir alle in den Genuss des Vehikels kamen, erfand Mutter das „stückweise fahren", das bedeutete: Einer fuhr am Anderen vorbei und ließ das Rad für den Nächsten stehen. „Bis zu den ersten Tannen", kommandierte Mutter, oder: „du fährst bis zum Bach." Beim Überholen tönten wir dann: „Nä, nä…", aber wir mussten uns anschließend die gleichen Töne gefallen lassen.

Jetzt wurde mein Rückweg glatt und breit. Ich war auf Höhe des Ostseestadions von Rostock und mir fiel ein lustiger Moment mit meinem Vater ein. Er verehrte den „FC Hansa Rostock" und bedauerte es jedes Mal, wenn ein Heimspiel ohne seine Anwesenheit stattgefunden hatte.
Als er endlich einmal im Stadion dabei war, hielt er mir tags darauf eine Zeitung unter die Nase und sagte: „Guck mal, ich stehe in der Zeitung." Natürlich fragte ich neugierig: „Wo?"
„Hier, bekräftigte er seine Behauptung und tippte mit dem Finger auf ein riesiges Foto. Darunter stand: „Tausende waren dabei."
Noch schmunzelte ich, da gab es einen heftigen Ruck. Geistesgegenwärtig umarmte ich Ulrike und knallte mit ihr und dem Fahrrad auf den gepflasterten Radweg.

Ein junger Mann, der mir entgegen kam und an mir vorbei fahren wollte, warf genauso schnell sein Fahrrad von sich und rannte auf uns zu: „Die Kleine hat den Fuß in die Speichen bekommen", rief er. Dann ging alles schnell. Am meinem Fahrrad befanden sich Flügelschrauben und der aufmerksame Herr hatte flinke Hände. Mit geübten Bewegungen konnte er das Vorderrad leicht lösen und Ulrikes Füßchen befreien. Inzwischen nahm seine Frau oder Freundin, die langsamer hinter ihm hergefahren war, ihm Ulrike ab, die herzzerreißend schrie. Langsam schob ich das Fahrrad von meinem Körper und quälte mich in den Stand. Geschockt stammelte ich mein „Danke schön" und konnte mir nicht erklären, wie die kurzen Beine meiner Tochter überhaupt in den Bereich der Speichen kommen konnte.

„Fahren Sie lieber gleich mit ihr zum Röntgen, das ist ja hier in der Nähe", riet mir die Frau und Ulrike hörte auf zu weinen. Röntgen, das hörte sich spannend an und gleich forderte sie: „Ja, Eis."

Das könnte ich jetzt auch gebrauchen, dachte ich, aber eher für meinen zerschrammten Arm.

Wenig später schaute ein Arzt gegen den Lichtkasten und auf die Röntgenaufnahme: „Es ist nichts gebrochen, alles heil geblieben. Vielleicht gibt es einen blauen Fleck, mehr nicht, seien sie unbesorgt. Kaufen Sie der Kleinen ein Eis, dann hat sie das Erlebnis schnell vergessen." Ulrike strahlte wieder.

Beim Verlassen der Praxis stoppte mich der Doktor: „Halt. Was ist mit ihrem Arm? Zeigen Sie mal her." Nachdem er ihn behutsam in alle Richtungen bewegt hatte, nickte er mir freundlich zu: „Nochmal Glück gehabt, kaufen Sie sich auch ein Eis, aber erst lassen Sie sich die Schürfwunde sauber machen und verbinden."

Nur langsam erholte ich erholte mich von diesem Schock.

Meine Oma Josepha
Endlich Freitag. Die Kindergartenkinder hatten meine Ohren in dieser Woche besonders strapaziert, denn ich betreute täglich dreißig von

ihnen. In jeder Kindergruppe gab es sonst fünfzehn bis zwanzig Kinder, aber wenn eine Erzieherin krank geworden war, sagte die Chefin nur kurz: „Die Gruppen werden aufgeteilt." Dieser Satz war dem gleichzusetzen: Die Erzieher werden *zer*teilt! So fühlte ich mich nun abends auf dem Weg nach Hause.

Da Ulrike sich wieder einmal weigerte, die Treppen allein hoch zu stapfen, setzte ich sie auf einen meiner Hüftknochen und hielt sie mit einer Hand fest. In der anderen trug ich den üblichen Einkauf. Wenn ich einen Wunsch äußern könnte, dachte ich, wäre es ein Fahrstuhl. Aber da sich in diesem Treppenhaus noch nie eine Fee sehen ließ, blieb mir nur die eigene Energie, um in der Wohnung meiner Schwiegereltern anzukommen. Rechtzeitig, bevor mir Einkauf und Kind entgleiten konnten, öffnete sich die Wohnungstür.

„Omi", schrie Ulrike und sprang der Großmutter in die Arme. Sie klatschte beide Hände gegen ihre Wangen und drückte fest dagegen, so dass das Gesicht meiner Schwiegermutter sich zu einer Grimasse verschob.

In der Küche fand ich ein Telegramm. „Das ist eben für dich gekommen", hörte ich hinter mir. Erschrocken las ich: „Oma gestorben, Beerdigung am..."

Ich drehte mich zum Fenster und weinte leise, zusammen mit dem Regen da draußen. Ach Oma, ich wollte dir noch so viel sagen, so Vieles fragen, dich besuchen, anrufen...
Lieber Gott, warum? Sie war doch erst dreiundsiebzig Jahre alt. Ich dachte, sie wäre gesund. Wie ein Wiesel lief sie mit ihrer schlanken Figur herum, oder fuhr mit dem Fahrrad bis sonst wohin. Vor ein paar Tagen war ich noch fröhlich winkend mit dem Auto an ihr vorbei gefahren. Warum habe ich nicht gehalten? Sie noch einmal umarmt, Ihr gesagt, dass ich sie mag? Mensch Oma! Nein, nicht Oma, ich! Ich war nachlässig, unsensibel und wollte an ihrem alten Leben nicht teilhaben. Im Grunde bekam ich sogar Angst, wenn sie ihr Enkelkind küssen wollte. Sie könne ja eine Krankheit übertragen, man weiß ja nie. Jetzt tat mir alles sehr leid. War sie einsam? Hatte sie auf meinen Besuch ge-

hofft? Ich muss zu ihr. Wenigstens jetzt für sie da sein. Auch für meine Mutter. Sie hat ihre Mutter verloren... einfach gestorben... meine Oma.

„Fahr hin, ich nehme die Kleine." Marta legte ihre Hand auf meine Schulter, „irgendwann müssen wir alle gehen." Auch in ihren Augen bildeten sich Tränen.
„Danke."

Angekommen in meinem Geburtsort Zepelin regnete es gewaltig. Unter der winzigen Veranda vor der Haustür meiner Eltern wartete meine Schwester Jana auf mich. „Ich konnte ihr nicht helfen, ich war nicht schnell genug...", schluchzte sie mir entgegen, „Oma hat nur gesagt, ihr sei nicht gut und dann hat sich auf das Bett gelegt. Als der Arzt und Mutti kamen, war sie schon tot. Hoffentlich hat ihr nichts wehgetan? Sie war ganz ruhig. Ich dachte, sie schläft."
Heulend fiel mir meine Schwester um den Hals.

Mit dieser, uns unbekannten Situation, waren wir überfordert und so schnieften und schnupften wir unseren Schmerz in unsere Blusenkragen und später in große Taschentücher, bis es uns etwas besser ging. Ein wenig gefasst umarmten wir später unsere traurige Mutter.

„Oma hatte einen Gehirnschlag, oder Schlaganfall", jammerte diese, „morgen wird sie in der kleinen Kapelle aufgebahrt, dann können wir sie noch einmal sehen."

Am nächsten Tag öffneten wir mir flauem Gefühl im Magen die Pforte des Dorffriedhofes und gingen den breiten Weg entlang, der leicht aufwärts genau zum Eingang der winzigen Kapelle führte. Onkel Franz und seine Frau Lola standen mit ihren beiden Söhnen, unseren Cousins Reiner und Franz, schon davor und warteten auf uns. Die verweinten Augen meiner Tante erinnerten mich daran, dass ich vor einigen Jahren schon einmal ein totes Geschöpf gesehen hatte und das war ein Baby, ihr ein paar Monate alter Säugling Andreas. Er trug den Namen des Großvaters, dem Ehemann meiner Oma.

„Er hatte Keuchhusten", weinte meine Tante damals und zeigte mir ein mageres weißes Kind mit blau angelaufenen Fingernägeln, das im Kinderwagen auch aussah, als würde es ruhig schlafen...

Friedhofsgedanken. Ich schüttelte mich...
Vor meiner Geburt hat meine Mutter ein totes Kind zur Welt gebracht und war kreuzunglücklich. Ein Jahr später wurde ich geboren und die Wunden konnten heilen. Jetzt, nachdem ich selbst einem Kind das Leben geschenkt hatte, verstand ich den Schmerz, den sie und ihre Schwester empfunden haben mussten.

In der blumengeschmückten Kapelle stand der Sarg, in dem Oma ruhte. Sie konnte nicht tot sein. Während ich neben ihr eine Kerze entzündete, wunderte ich mich, dass sie ihre Hand nicht auf meinen Arm legte, denn ich hörte im Geiste ihre freundliche Stimme: „Wie freu ich´s mi, dass du gekommen bist."
Danke Oma. Danke für alles, was du für mich getan hast. Das wollte ich dir unbedingt noch sagen.
Nach der Beerdigung klarte der Himmel auf und die Sonne lugte hervor. Nachdenklich ging ich auf dem Rückweg an unserem Wohnhaus vorbei zu der Wohnung meiner Oma. Sie war verschlossen. Zu spät, Anita!
Neben dem Haus meiner Großmutter befand sich ein Hühnergatter mit ihren Hühnchen, die alle einen Namen trugen. Wenn Oma sie freundlich mit „Putt, putt, putt" rief, kamen sie brav angeflitzt, um sich in höchst privater Atmosphäre und möglichst einzeln füttern zu lassen. Früher konnte unsere beherzte Großmama die Hühner sogar selbst schlachten, um sie in eine Suppe oder einen Braten zu verwandeln, später aber, als sie Zeit fand, die federigen Gesellen innig kennenzulernen, tat sie es nicht mehr. Sie bekamen ihr Gnadenbrot. Jetzt, als ich vor dem Zaun stand, gackerten die Tiere wild durcheinander, als spürten sie den Verlust ihrer Pflegerin.

„Ich habe sie schon gefüttert. Er trifft mein Herz, der Tod deiner Oma", sprach mich ihre Wohnungsnachbarin plötzlich an. Sie war eine hagere grauhaarige Frau, die beim Sprechen ein wenig mit dem Kopf wackelte, so, als ob sie damit die Wörter in die richtige Reihenfolge schütteln wolle: „Nun habe ich gar keinen mehr zum Reden. Das ist zum Weinen."

Nachmittags erzählte meine Mutter, wie schwer das Leben ihrer Eltern war. Dieses Mal hörte ich genauer zu:

Oma Josepha kam im Sommer von Polen nach Deutschland um zu arbeiten und Geld zu verdienen. Hier lernte sie ihren Andreas kennen, der als ehemaliger russischer Soldat im Ersten Weltkrieg gedient hatte und wahrscheinlich aus finanzieller Not nicht in seine Heimat nach Russland zurück konnte.

Als Oma ein Kind, also meine Mutter, von ihm erwartete, heiratete er sie und beide schufteten als Schnitter auf den umliegenden Gütern, immer unter den Augen eines Gutsinspektors, der keine Pausen duldete. Ihr Baby musste in der Schnitter-Kate tagsüber allein zurück bleiben und nur ab und an gelang es Oma, einen Blick durchs Fenster zu werfen, wenn der Moment es zuließ. Das war für niemand leicht, auch für das arme Wesen nicht, das tagelang allein war…unsere Mutter. Sie wurde blass, als sie erzählte: „Meistens saß ich, weil es immer kalt war, im Bett und nuckelte am Daumen. Der alte Ofen funktionierte nicht richtig. Einmal war das ganze Zimmer verräuchert. Ich konnte nicht mehr atmen und bin unter meine Zudecke gekrochen. So habe ich überlebt."

„Arme Mama, weine nicht, lass uns jetzt über etwas anderes reden, sonst werden wir zu traurig", tröstete Jana sie. Und dann begann meine Schwester sie abzulenken: „Kannst du dich noch an Omas Ziege erinnern? Sie wurde neben dem Haus auf einer Wiese angepflockt und hat das Gras kreisrund um sich herum abgefressen. Einmal sollte ich den Pflock umstecken, weil das Vieh nichts mehr zu fressen fand."

Schon fing ich an zu lachen: „Ja, eine gierige Ziege zog an einem Ende der Leine und…"

„Sag jetzt nichts Falsches", drohte Jana, die auf der anderen Seite gezerrt hatte, um das störrische Tier unter Kontrolle zu bringen.

Ich verzog das Gesicht: „Viel schlimmer war die Ziegenmilch, die wir probieren sollten. Sie war noch warm, frisch gezapft, sozusagen. Obwohl Oma vor dem Melken das Euter der weißen Zicke gesäubert hatte, ekelte ich mich vor dem Gebräu im blechernen Henkeltopf."

„Ja, ich hatte nach dem ersten warmen Schluck Schaum vor dem Mund, wie ein Fuchs, der Tollwut hat", schüttelte sich Jana angewidert. Ihre kurzen, kastanienbraunen Haare bewegten sich dabei keinen Millimeter, weil sie mit genügend Haarspray versehen worden waren. Ihre hellbraunen Augen, die sie dabei aufriss, erschienen mir heute dunkler als sonst. Fast so dunkel, wie die unserer Mutter, die früher aussahen, wie schwarze Kirschen. Meine Schwester Marie hatte diese Augenfarbe geerbt. Jana und ich mussten sich mit einem Zwischenton, den mein Vater uns bei unserer Zeugung mit seinen graublauen Augen eingebrockt hatte, begnügen…

Inzwischen waren die Tränen unserer Mama verebbt.

„Wir muntern sie noch auf", zwinkerte mir Jana zu und legte wieder los: „Als wir noch ziemlich klein waren, hatten wir große Angst, dass Oma uns umbringen wollte. Anita, ich meine, als wir Beine baumelnd am Küchentisch saßen und sie mit der Sichel auf uns losging."

„Um Gottes Willen, da habt Ihr etwas falsch verstanden, fürchte ich", Mutter erhob sich vor Schreck.

„Nee, nee", Jana drückte sie wieder zurück in den Sessel, „Oma nahm die Sichel von der Wand, kam auf uns zu und sagte mit ihrem gebrochenen Deutsch: „Muss ich´s mi erst mal Kamele schneiden!"

„Wir dachten: Jetzt sind wir dran", prustete ich los, „Oma hat so ein komisches Gesicht gemacht und erst kurz vor uns wieder abgedreht."

„Klar, da war ja auch die Tür, durch die sie zum Hof gehen wollte", offenbarte Jana, „als sie draußen war, stürzten wir ans Fenster und beobachteten unsere Großmutter. Am Ende des Gartenweges angekommen, bückte sie sich am angrenzenden Kornfeld und begann mit der Sichel zu schneiden. Erst da begriffen wir, dass nicht wir, die Kamele, gemeint waren, sondern die Kamille, deren weiß-gelbe Blüten zwischen roten Mohnblumen sehr schön aussahen. Zumindest, bis die geübte Schnitterin sie geköpft hatte, um sie zu trocknen und später als Tee für kranke Mägen verwenden zu können."

Endlich lachte auch unsere Mama wieder. „Ihr seid ein albernes Volk", bekamen wir zu hören und wir nahmen das als Kompliment.

Es war schon spät, als ich mit dem Zug zurück nach Rostock fuhr. Meine Augen verfolgten die Spur der Regentropfen, die sich, wenn sie gegen das Fenster prallten, in bizarre Schlangenlinien aufteilten und zerflossen. Man weiß nie, welchen Weg sie nehmen, überlegte ich. Tränen jedenfalls kullern stur nach unten.

Die Zeit heilt alle Wunden, tröstete ich die junge Frau im verregneten Spiegel. Irgendwann wird ein frischer Wind sie vertreiben, da bin ich mir ganz sicher.

Tschüss Oma, am Ende des Regenbogens sehen wir uns wieder. Das klingt zwar kitschig, aber ich wünsche es mir.

2

Anita verstummte und erst jetzt bemerkten die beiden Frauen, dass der Zug sich wieder in Bewegung gesetzt hatte und durch einen Tunnel ratterte: raus aus den Erinnerungen, raus…

Tina sah das vom Licht projektierte Spiegelbild von Anita vor dem düsteren Hintergrund der Tunnelwand und konnte sich vorstellen, was in ihr vorging. Als die Sonne endlich dieses Bild zerfallen ließ, wartete sie eine Weile, bevor sie sagte: „Ich bestelle uns noch etwas zu trinken und höre dir gern weiter zu."

„Okay, wenn ich dir die Zeit damit vertreiben kann… außerdem tut es ganz gut, ein paar Episoden seines Lebens Revue passieren zu lassen…" Anita schaute in Richtung Gepäckablage, als wäre ihre Vergangenheit da oben deponiert und redete weiter:

Wir sind ausbaufähig
Drei Ehejahre waren auf triste Art vergangen. Wie bei einem Automaten wiederholte sich mein Tagesablauf: In aller Frühe laufen, um das eigene Kind abzugeben, dann zum Dienst, wo andere Kinder, die komplett schwerhörig zu sein schienen, betreut werden wollten.

Abends zurück: Einkauf, Wäsche, Abendbrot, Tot.

Um die Familie beieinander zu halten, fuhren wir an den Sommerwochenenden mit der Blaskapelle mit, in der Robert und sein Vater spielten. Meistens ging es in die nahe Umgebung von Rostock zu Reiter-, Ernte-, oder anderen Festen. Ulrike hüpfte dann fröhlich zwischen mir und der Oma umher, stopfte sich mit Eis voll und freute sich, wenn Papa und Opa endlich Feierabend machen konnten.

Seit kurzem hatte Robert sein Studium beendet und erhielt im Fischkombinat ein Gehalt, was mehr als das Doppelte meines Verdienstes ausmachte. Da wir notwendigerweise für unsere Daseinsberechtigung in der Wohnung meiner Schwiegereltern und für das Essen etwas bezahlten, blieb am Ende trotzdem nicht viel übrig. Außerdem bestand mein Schwiegervater darauf, dass ein Großteil des Geldes, welches mit dem Musikmachen verdient wurde, zurückgelegt werden sollte: „Es könnte etwas von unserer Ausrüstung kaputt gehen und die Reparatur ist teuer."

Wo er Recht hat, hat er Recht, dachte ich und wusste, dass selbst ein Neukauf ihrer Instrumente kaum möglich sein würde, denn sie waren in den DDR-Regalen knapp. Wie viele andere Sachen auch. Wenn die Menschen sich nicht alles „unter dem Ladentisch" zuschanzen würden und sich nicht mit dem was knapp war regelrecht eindeckten, wäre der Zustand vielleicht ein anderer.

Meine Schwiegermutter zeigte mir gern ihre neuen „Jagdtrophäen" in Form von Handtüchern, Bettwäsche, Tischdecken und anderen Dingen. „Wer nichts Altes hat, hat auch nichts Neues", sprach sie dann weise und ich nickte anerkennend, wenn ich in die ordentlich aufgeräumten Schrankregale sehen durfte.

„Das könnt ihr euch nun auch bald leisten", sagte sie.

Vielleicht jetzt, endlich? Ich trug nach wie vor die billigste Kleidung, die es zu kaufen gab, um unsere Tochter gut versorgen zu können. Robert erhielt ab und zu ein Sachgeschenk von seinen Eltern und so stotterten wir uns vorwärts. Unserer kaum vorhandenen Liebe war das nicht zuträglich und ich hoffte inständig, dass wir endlich eine Wohnung bekämen.

An einem Sonntag nach dem Kirchgang *(Roberts Eltern drängten uns zur Präsenz auf kirchlichem Gelände)* kam Uwe, Roberts Freund, auf uns zu, begrüßte uns hocherfreut und schüttelte meine Hand mit energischem Händedruck: „Habt Ihr Lust, ein Dachgeschoss auszubauen? Ich kenne jemand, der das vermitteln kann. Die Kommunale Wohnungsverwaltung gibt einen Bauzuschuss, etwa zwanzigtausend Mark, aber bauen müsst Ihr."

„Klasse, klar."

Die beiden Herren klopften sich gegenseitig auf die Schulter, wobei Uwe sich recken musste.

Roberts Eltern hatten mitgehört. Freudig sagten sie uns ihre Unterstützung zu und versprachen, so oft wie möglich auf unsere Kleine aufzupassen. Das war nötig, denn die war ein Quirl und kaum zu halten.

Es dauerte nur ein paar Tage und dann stiegen wir mit unserer Tochter und einem Vertrag in der Tasche in einem Mehrfamilienhaus am Rostocker Stadthafen vier Treppen aufwärts, um uns einen Dachboden anzusehen, der unser neues Zuhause werden könnte.

„Ja, ein normaler Dachboden eben", stellte Roberts Onkel fest, der als Berater fungierte. Er stammte, wie meine Schwiegereltern, aus einem deutschsprachigen Teil der Slowakei und schwärmte genau wie sie von den schönen Bergen in ihrer Heimat... wenn er durfte. Jetzt war er unser Bauleiter und wir vertrauten ihm und seiner Erfahrung als Zimmermann.

Außerdem war es zu DDR-Zeiten üblich, dass jeder in der Familie kostenlos Hilfe bekam und so würden wir, was seine Tätigkeit betraf, mit einigen Flaschen Bier davonkommen.

„Das kann man machen", der versierte Profi donnerte mit seinem Fuß energisch auf die Dielenbretter und mit starker Faust gegen die Dachbalken, „alles gesund." Uns fiel ein Stein vom Herzen.

„Habt ihr die Baupläne schon?"

Wir schüttelten unsere Köpfe im Halbdunkel und der Onkel lachte: „Schick mal eine Kuh auf Eis."

(Wer von uns war bitte jetzt die Kuh?)

Mit der Kompetenz des Zimmermanns ging es mutig voran: „Ihr besorgt einen Aufzug, Balken, Holz..., das Meiste mache ich, aber wir brauchen einen Maurer, einen Elektriker, einen Klempner. Immerhin wollt Ihr eine Drei-Zimmer-Wohnung mit Küche und Bad haben."

Meine Augen wurden groß und rund, mein Herz weitete sich, meine Ohren genossen seinen letzten Satz: *Drei* Zimmer! Nach jahrelanger Enge konnte ich das kaum fassen. Bei unseren zurückliegenden Bemühungen mussten wir wiederholt feststellen, dass das allgemeine Wohnungsproblem der DDR zu dieser Zeit auch unseres war. Nun sollte alles anders werden. *Danke Gott, wenn es dich gibt, hilf uns bei dieser Aktion!*

Ein halbes Jahr verging. Jede freie Minute und jedes Wochenende nutzten wir, um unserem Ziel näher zu kommen. Robert sagte sogar einige Musiktermine ab und wir siebten Kies, mischten Zement und zogen Eimer für Eimer vom schmalen Vorplatz des Hauses über einen Flaschenzug und per Hand in das obere Stockwerk. Gegenüber und neben uns passierte dasselbe. Drei junge Familien, ein Vorhaben. Wir schwitzten gemeinsam wie die Pferde und schauten sehnsuchtsvoll vom Gerüst auf den Stadthafen mit seinen Schiffen und auf das schöne kühle blaue Wasser. Bei jeder Gelegenheit halfen wir uns und lernten uns besser kennen.

„Ich bin Peter", „ich bin Eva", stellten sich unsere Gegenüber vor.

„Hallo, ich bin Maja", „und ich heiße Erich", sagten unsere Nachbarn von links. Mit nur ein paar Jahren Altersunterschied und ähnlichen Vorstellungen über die Gestaltung unserer zukünftigen Wohnungen, verstanden wir uns auf Anhieb. Egal, was der einen Familie fehlte, die andere hatte es parat. Einige Materialien waren den Arbeitsstellen der Männer entliehen: der Werft, dem Fischkombinat, dem Lager eines Parteichefs.

„Aus unseren Betrieben ist noch viel mehr herauszuholen", sagte Erich, der als Parteisekretär ein Multitalent im Organisieren war, aber trotzdem war es für uns Ehrensache, alles Geborgte wieder ordentlich zurück zu geben.

Nachdem die ersten Gauben mit geraden Dächern herausgezogen und vermauert waren und zum Richtfest ein grüner Zweig mit bunten Bändern am Gerüst befestigt worden war, sprang unser kleiner Hosenmatz immer häufiger um uns herum.

„Hier wohnen wir bald", sagte der stolze Vater und „nee", die kesse Ulrike, „ich bleib bei die Oma."

Manchmal mussten wir der Grammatik unserer Tochter auf die Sprünge helfen, weil die Großeltern ihre Herkunft durch das Austauschen von Buchstaben oder geheime Deklination, die durch eine Mundart ihrer Heimat entstanden sein musste, nicht verbergen konnten. Aber wir waren dankbar für ihre Unterstützung und verbesserten sie nicht. Bei unseren Anstrengungen war es egal ob unser Kind ein „Hemp" oder ein Hemd trug, Hauptsache sie trug eins.

Oder: „Geh mal schnell bei die andere Seite", hörte sich besser an, als: „Lass dich überfahren."

Endlich kam der Tag, an dem wir eine eigene Wohnung hatten. Die Küchenmöbel kauften wir auf Abzahlung, Gebrauchtes und Neues fanden nacheinander seinen Platz. Nur einen Fernseher wollten wir nicht. Eine ruhige Familie, mit schöner Musik und einem richtigen Zuhause – das wollten wir sein.

Die Normalität hielt Einzug. Robert und ich näherten sich einander wieder. Eines Tages fragte er: „Was hältst du von einem zweiten Kind? Eins ist doch zu allein."

Ein wenig zögernd hob ich die Schultern und nickte dann doch. Das Kinderzimmer ist groß genug für zwei und der Rest wird sich finden.

Anja
Wenn wir bei unseren Eltern die Familie meiner älteren Schwester Marie antrafen, wussten wir, dass dieser Tag uns ans Herz gehen würde. An diesem Sonntag war es besonders tragisch. Maries Tochter, Anja, litt seit ihrer Geburt an einer schweren Erbkrankheit: Mukoviszi-

dose. Viele Kinder erreichten *(zu dieser Zeit)* mit dieser Erkrankung kaum das fünfte Lebensjahr, denn aufgrund der Symptome bildete sich ständig Schleim auf der Lunge, der unter Schmerzen abgehustet werden musste, sonst drohte der Erkrankte daran zu ersticken. Anja war zäh und wollte leben.

Sie war inzwischen neun Jahre alt geworden und trotz der ärztlichen Prognosen hofften wir alle gemeinsam, dass der medizinische Fortschritt endlich auch auf dieser Ebene Mittel und Wege fände, der kleinen Kämpfernatur zu helfen. Ihre Eltern, Marie und Jochen, erklärten dem mageren blonden Mädchen unablässig, was es essen oder trinken dürfe und sie nickte tapfer. Trotzdem hustete sie nach fast jedem Bissen, so dass der Vater ihr auf den Rücken klopfen musste, um zu helfen.

Ulrike, die gern mit ihrer Cousine zusammen war, schaute betroffen zu und fragte die zwei Jahre ältere Anja: „Tut weh, nicht?"

„Ja-ha", hüstelte die Kleine und atmete schwer.

Wenn ich meine Nichte betrachtete, klopfte mein Herz doppelt schnell. Anja tat mir unendlich leid, wie sie so blass vor mir stand, aber nicht nur jetzt. Wenn ich es ermöglichen konnte, holte ich sie an arbeitsfreien Tagen aus der Rostocker Kinderklinik ab, in der sie sich meistens aufhalten musste. Langsam spazierten wir dann um das Klinikgebäude. Dabei hielt ich ihre Hand und erzählte die schönsten Märchen, die ich kannte. Manchmal blieb sie nach Luft ringend stehen, oder wir warteten einen Hustenanfall ab. Ulrike, die selten krank war, ließ ich an solchen Tagen im Schulhort oder bei ihrer Oma. Sie fand das „ungerecht", aber ich fand es nötig, um Abwechslung in Anjas tristen Alltag zu bringen. Zum Dank umarmte meine Nichte mich, wenn ich sie wieder abgeben musste und ich versprach, bald wieder zu kommen. In ihren großen graublauen Augen spiegelten sich Traurigkeit und Freude gleichzeitig. Niemals zuvor hatte mich ein Kind so angesehen: „Weißt du, was ich in der Zeitung gesehen habe", flüsterte sie einmal beim Abschied, „ Peter ist tot, der Junge aus dem Zimmer neben mir. Muss ich auch bald sterben? Und wie ist das, wenn man tot ist?"

Ich umarmte das unglückliche Kind und drückte einen Kuss auf die bleiche Wange: „Ich glaube, man schläft nur ganz fest", flüsterte ich ihr zu. Dann riet ich ihr, nicht darüber nachzudenken und sich zu freuen, dass die Eltern abends zu Besuch kämen. Sie nickte erleichtert und ging winkend auf die Krankenschwester zu, die freundlich fragte: „Na, hast du einen schönen Spaziergang gemacht?"

„Ja, und Tante Anita hat mir Märchen erzählt und wir haben mit einem Stock Musik an den Zaunpfählen gemacht... und diese Blätter haben wir gesammelt..."

Beide verschwanden hinter einer Flügeltür.

Marie hatte scheinbar meine Gedanken gelesen, denn sie sagte, an einem Stück Kuchen knabbernd: „Schön, dass du sie wieder abgeholt hast." Ich nickte nur.

Als ein Ball von außen gegen die Holzwand des Hauses unserer Eltern prallte und damit die Kinder außer Hörweite waren, erzählte ich, was Anja quälte. Sofort schossen Tränen in Maries dunkle Augen: „Leider! Der Junge ist mit fünf Jahren verstorben. Ich habe die Anzeige vor Anja versteckt, aber in der Klinik lag eine Zeitung und darin hat sie sie zufällig gesehen. Du kannst dir gar nicht vorstellen, wie es in mir aussah, als ich versuchte, es ihr schonend zu erklären."

Vielleicht ein wenig. Ich hielt es für klüger zu schweigen.

Mein Schwager verließ den Raum, wie so oft, wenn ihm alles zu viel wurde. Er war ein ruhiger Mensch, der gern mal allein war. Außerdem rührte dieses Thema sein Herz und ich denke, dass er auf keinen Fall mit uns weinen wollte, denn auch meine Eltern schnauften in ihre Taschentücher und ich wischte schnell mit der Außenfläche meiner Hand die Salzperlen weg.

„Vor kurzem waren wir in Berlin zu einem Seminar über Anjas Krankheit", sagte Marie, nachdem sie sich wieder gefasst hatte, „dort wurde gesagt, dass unser Kind gesund wäre, wenn nur einer von uns diese Erreger in sich gehabt hätte und nicht wir beide. Es könnte auch sein, dass ein zweites Kind nicht unbedingt betroffen wäre, aber wenn doch... Ein Elternpaar meldete sich in Berlin zu Wort und erklärte, dass es darauf zweimal gehofft hätte. Nun habe es drei Kinder mit Mukoviszidose. Wie kann man nur...", jammerte sie.

Es war schwer, dieses Thema vom Kaffeetisch zu verbannen, aber es gelang uns gemeinsam. Unsere Eltern waren geborene Humoristen und wir ihre Ableger. Marie erzählte sogar: „Als Anja noch in die Schule gehen konnte, kam sie einmal vergnügt nach Hause und sang: Walter Ulbricht ist gestorben, Walter Ulbricht ist gestorben. Ich habe Kartoffeln schälend geantwortet: Wenn einer tot ist, singt man nicht. Sie fragte: Was? Tot ist der auch? Ich musste lachen", schmunzelte sie, „schlimm genug, dass das Staatsoberhaupt der DDR das Zeitliche gesegnet hat."

„Wann hört das Geballere da draußen auf", fragte unser Vater, der nahe an der Wohnzimmerwand saß und das Gefühl haben musste, dass jeder Wurf ein Treffer auf sein Gehörorgan war.
„Sie spielen Zehnerprobe", erklärte Mutter, „das habe ich ihnen beigebracht. Das kann dauern. Erst faltet man die Hände und stößt damit den Ball zehnmal ununterbrochen gegen die Wand. Dann kommen die Finger in die Innenhände, oder man nimmt beide Fäuste und hält sie nebeneinander, um den Ball an die Wand zu befördern... dann jede Faust einzeln, die Unterarme, der Kopf..."
„Wie, alles zehn Mal?" Mein Vater mache ein schmerzverzerrtes Gesicht.
„Und wenn der Ball herunter fällt, geht es von vorn los", lachte nun auch meine Schwester.
„Man kann den Ball auch durch die angewinkelten Beine werfen, von rückwärts, oder..."
„Das halte ich nicht aus!"
Der Großvater ging in den Flur, schnappte seinen Hut und stürmte an den Kindern vorbei. Unsere Mutter ging ihm sofort nach. Dachten wir.
Ein paar Minuten später bollerte es noch mehr hinter der Hauswand und unsere Kinder riefen: „Klasse, Oma, du kannst es am besten."

Wochen vergingen. Anja bekam immer häufiger Lungenentzündung und ich konnte sie nur selten besuchen. Kurz bevor sie ihren zehnten Geburtstag hatte, rief mich meine Schwester verzweifelt an: „Anita, sie stirbt, sie stirbt..."

Ich versuchte sie zu beruhigen: „Vielleicht…"
„Hast du mich nicht verstanden? Es ist endgültig. Mein Kind stirbt."
Sofort ließ ich alles stehen und liegen, lief Robert fast um, der glücklicherweise gerade nach Hause kam und forderte: „Gib mir den Autoschlüssel, schnell. Ich muss zur Klinik… Anja! Ich weiß nicht, ob es spät wird."
Viel zu schnell raste ich durch die dunkle Innenstadt. *Lieber Gott, wir wissen seit langem, dass sie früh sterben muss, aber so grausam kannst du nicht sein. Nicht jetzt. Nicht so bald. Bitte!*
In der Einfahrt zur Klinik sah ich Marie auf einer Bank. Zusammengekauert saß sie da. Sie stierte einen Baumstumpf an, als wäre er etwas, was ihr helfen könne. Bloß ein Baumstumpf, Marie! Während ich auf sie zu rannte, knirschten die Kiesel unter meinen Turnschuhen, aber meine Schwester sah nicht auf. Sie hörte nichts. Sie sah nichts. Sie war ein Stein. Also sagte ich auch nichts, legte meinen Arm über ihre Schulter und war einfach nur da.
Dann knirschten wieder die Kiesel auf dem Schotterweg. Mein Schwager Jochen kam, um seine Frau abzuholen.
„Es wird nicht mehr lange dauern", sagte er mit zitternder Stimme und sah aus, als wäre er gerade ein paar Jahre älter geworden…

Zwei Tage nach ihrem zehnten Geburtstag starb Anja in den Armen ihres Vaters.
Vor der Beerdigung sahen wir das aufgebahrte Kind noch einmal, getrennt durch eine Glasscheibe. Nie werde ich vergessen, wie die verzweifelte Mutter schaute, ob sich das Mädchen nicht doch noch bewegen würde und wie sie auf einmal zu mir sagte: „Stell dir mal vor, es wäre deine Tochter."
Meine Beine versagten mir den Dienst. Ich ging aus dem Raum und setzte mich auf die Türschwelle davor. Ich wusste seit langem, wie schwer es meiner Schwester jedes Mal gefallen war, meine quirlige, meistens gesunde Tochter neben ihrer kranken zu sehen. Jetzt hatte Marie es ausgesprochen. Ihr Unterbewusstsein hatte es getan. Mein Magen meldete sich. Ich erbrach mich in einen Busch und als ich mich aufrichtete, wurde ein weißer Kindersarg an mir vorbei getragen.

Meine steinerne Schwester ging an mir vorbei. Ich konnte mich nur mühsam erheben, um der kleinen Begleiter-Schar zu folgen. Es konnte nichts Schlimmeres geben, als sein Kind zu verlieren. Das war wider die Natur. Ein Kind sollte nicht vor den Eltern gehen. Nicht dieses Kind und kein anderes!
Lieber Gott, das war ein Irrtum!

Das zweite Baby
„Soll ich Ihnen verraten, was es ist?"
Dr. Müller rührte mit dem Ultraschallgerät den Brei auf meinem Babybauch um und tat geheimnisvoll wie ein Magier. Lange konnte er nichts erkennen und nun, ein paar Wochen vor der Entbindung, war das wohl keine Höchstleistung mehr. Ja, sag schon. Ich nickte erwartungsvoll.
„Ein Mädchen, es ist gesund und munter."
„Eigentlich habe ich einen Fußballer erwartet, bei dem Körpereinsatz! Besonders auf meinen Magen haben es die kleinen Füße abgesehen..."
An meinem Arbeitsplatz im Kindergarten bekamen meine Kolleginnen schnell heraus, dass ich schwanger war, denn meine Chefin fragte täglich: „Wo ist Anita? Ist es schon wieder drei Uhr und Zeit zum Übergeben?"

Ab dem vierten Monat ging es mir endlich so gut, dass man es mir ansah.
„Haben Sie noch Fragen", hörte ich den Doktor sagen. Ich schob meinen Lockenkopf, den ich einer Dauerwelle verdankte, durch den Vorhang, hinter dem ich mich anzog und schüttelte ihn kurz.
„Gut, es ist ja auch schon Ihr zweites Kind. Schön, dass ich Sie auch dieses Mal betreuen kann."
Wieder perfekt angezogen, nahm ich ihm gegenüber Platz. Doktor Müller war groß, schlank, freundlich und hatte feine, mittelblonde

Haare, die sich auf der gebräunten Kopfhaut leicht kräuselten. Wenn er mühevoll etwas skizzierte, um es verständlich zu erklären, schaute ich ihm auf den Kopf und er mit wachen blauen Augen über einen dunklen Brillenrahmen auf meine zuckenden Schultern.
Was interessierte mich die „Technik", wenn es um ein kleines, menschliches Wesen ging.

Töchterchen Ulrike wartete schon aufgeregt im Schwesternzimmer auf mich und diverse Zettel trugen ihre krakelige Handschrift.
Ihren linken Fuß hatten wir dank Wickeltechnik längst wieder gerade gerückt, aber laufen mochte sie immer noch nicht. Inzwischen gewöhnte ich mich daran, einen Roller mit mir herumzuschleppen und wenn sie ihn benutzte, fanden wir es beide entspannend.

Am Ersten Juni, am Kindertag, ging sie dann doch voller Stolz mit ihrer Kindergartengruppe zum Botanischen Garten der Stadt. Wie alle anderen Kinder trug sie in der Hand eine große, selbstgebastelte Krepp-Papier-Blume, die an einem Stock befestigt war und an dem zusätzlich bunte Bänder flatterten.
„Mama komm auch mit", bat mich Ulrike und obwohl mein Termin zur Entbindung mehr als nahe war, tat ich ihr diesen Gefallen. *(Sollte ich mich beleidigt fühlen, als die Kindergruppe beim Spaziergang lauthals sang: „Die Matroschka geht spazieren...?")*

Vier Tage später lag ich stundenlang in den Wehen und wunderte mich, dass plötzlich mein Mann, Robert, neben meinem Bett saß: „Mal sehen, ob ich umfalle", versuchte er sich und mich zu trösten.
Ich liege wenigstens schon, dachte ich und als endlich ein beleidigter Babyschrei erklang, verlor ich kurz das Bewusstsein.
„Ich bin Schwester Caroline. Ihren Mann habe ich nach Hause geschickt, ihm war nicht gut", sagte sie und dann legte sie mir das kleine schwarzhaarige Mädchen, was wegen meiner kleinen Auszeit schon vollständig angezogen war, in den Arm: „Wie soll das Kind heißen?"
„Caroline", sagte ich spontan."

„Wirklich? Das ist ja nett! Ich muss Ihnen noch etwas sagen: wir haben vorerst kein Zimmer frei. Bitte haben Sie Verständnis dafür, dass Sie mit dem Baby noch im Flur des Krankenhauses bleiben müssen. Es ist ja mitten in der Nacht."

Mit einem Tropf am Arm landete ich mit meinem Bett auf der einen Seite des langen Klinikflures und mein Baby stand im Glasbettchen auf der anderen. Natürlich bekam ich vor Angst, dass es mir jemand wegnehmen könne, kein Auge zu. Plötzlich hatte ich wahnsinnige Schmerzen. Das sind die Nachwehen, vermutete ich, stellte die Beine an, presste die Hände auf meinen Bauch und stöhnte laut. Ein Arzt bremste seinen Laufschritt und fragte: „Was machen Sie hier? Ihr Tropf ist ja leer. Das geht doch nicht. Halt! Schwester, hierher!"

Kurzerhand wurde ich weiter und in einen dunklen Raum geschoben, in dem es eng zu sein schien, denn das Bett rumste mehrmals gegen Hindernisse.

„Schlafen Sie noch ein paar Stunden. Das Baby wird gut versorgt."

Die Schwester verschwand. Ihre Worte waren tröstlich, aber meine Schmerzen unerträglich und ich hatte entsetzlichen Durst. Ich weinte, obwohl ich es nicht wollte.

Ein Nachtlicht ging an: „Hallo, kann ich Ihnen helfen?", fragte eine verschwitzte junge Frau, die anscheinend selber Hilfe gebrauchen könnte. Ich habe Krämpfe, dachte ich, konnte es aber nicht aussprechen und stöhnte nur. Ein schlanker Finger mit rotem Nagellack drückte energisch einen Knopf und genauso energisch öffnete sich kurz danach die Tür.

„Meine Damen, was gibt es denn?"

Müde, aber erfahrene Augen einer grauhaarigen Schwester wanderten über drei Betten und blieben an meinem hängen.

„Himmel, wer hat denn vergessen, Ihnen einen neuen Tropf anzulegen? Ich bin gleich wieder da."

„Und bringen Sie uns allen etwas zu trinken mit", rief meine Retterin ihr nach.

Bald war alles vergessen und ich konnte mit einem gesunden und dazu ausgesprochen hübschen Baby die Klinik verlassen.

Glücklich drückte ich das weiche Paket fest an mich.

Es ist nichts, wie es scheint

Die Schlange im Milchgeschäft reichte vom Verkaufsstand bis zur Eingangstür und ließ nicht zu, dass ich den Kinderwagen, in dem meine nun vier Monate alte Tochter Caroline ruhig schlief, weiter mitnehmen konnte. Kurzerhand stellte ich den Wagen vor das Schaufenster des Ladens, befestigte die Bremse und stellte mich, wie es sich für einen DDR-Bürger gehörte, ordentlich hinten an.

(Erwähnenswert ist, dass man in unserer Republik nie Angst um seine Kinder haben musste. Selbst im oder vor dem Centrum-Kaufhaus der Stadt bildeten sich ganze Kinderwagengruppen mit kurzerhand abgestellten, zufriedenen Babys).

Geduldig zählte ich die Menschen vor mir, es waren neun, schaute über ein paar Kinderköpfe und behielt mein Baby, wahrscheinlich instinktiv, im Auge. Die Frau, die vorn einkaufte, erregte mein Interesse. Sie trug einen halblangen Fellmantel, der rötlich schimmerte. Welchem Tier hatte man dafür das Fell über die Ohren gezogen? Was um Gottes Willen war das, bevor es zu einem Kleidungsstück umfunktioniert wurde? Der Kragen über den Schultern bestand aus anderem Fell, welches weicher, leicht gekräuselt und bräunlich aussah. Irgendwie passend... oder auch nicht, thronte auf dem Kopf der Dame eine Kombination aus Hut und Mütze, die ich so noch nie gesehen hatte.

Ja, ist das nun elegant, oder was ist das, überlegte ich noch, als sie sich nach beendetem Kauf umdrehte und auf einmal vor mir stand. Es war meine Nachbarin Eva, aus der Dachgeschosswohnung gegenüber, die ich bisher nur emsig schaufelnd und in Jeans zu sehen bekam. Ich war baff. „Hallo", sagte sie freundlich, „wir haben ja den gleichen Weg. Soll ich warten?" Verdattert nickte ich.

Sie zeigte auf den Kinderwagen. „Das ist doch Ihr Baby? Ich passe auf." Gelassen lehnte sich mit der Schulter an das Schaufenster, bis ich meinen Einkauf erledigt hatte.

Während wir, unseren Vorrat schleppend, um die Hausecke in unsere Straße einbogen, japste Eva, ein wenig nach Luft ringend: „Caroline ist übrigens ein schöner Name. Ich arbeite im Medizinischen Zentrum als OP-Schwester." *(Dafür erntete sie sofort meine Bewunderung.)*
Sie stellte ihren großen Lederbeutel ab, lachte verschmitzt, während ich neben ihr stehen blieb und erzählte weiter: „Man kann kaum glauben, welch befremdliche Namen manche Eltern ihren Kindern geben. Merken die gar nicht, dass Vor- und Nachname nicht zusammen passen? Wenn ich ausländische Namen in unserer chirurgischen Praxis aufrufen muss, betone ich mit Absicht falsch und lese zum Beispiel von der Kartei: *Schackeline Schulze, bitte*. Ich ernte dann böse Blicke und schnell kommt eine wütende Verbesserung: Mein Kind heiß Jaqueline!"
Wir lachten. Immer wieder sah ich in das fröhlich schnatternde, schmale Gesicht mit den grünlichen Augen, die kaum unter dem Kopfputz herausschauten. Der Mantel passt gar nicht zu ihr, dachte ich, aber sie schien stolz darauf zu sein. Sicher hatte sie Beziehungen in den Westen. Eigentlich wollte ich mich mit meiner brennendsten Frage, nämlich aus welchem Material ihr Mantel gearbeitet wurde, zurückhalten, fragte aber doch mit einem Finger darauf zeigend:
„Was ist das?"
„Ja...ha, das ist was ganz Besonderes... das ist Pferd." Erst als Eva vielsagend schmunzelte, traute ich mich, es auch zu tun. Sie sah meinen ungläubigen Blick und bekräftigte ihre Aussage kurz mit: „Ehrlich."
Wir verabschiedeten uns und sie rief im Weggehen: „Man sieht sich."
Später winkte sie von ihrer Küche aus in meine herüber. Da unsere Fenster, die jeweils nur eine kurze Scheibengardine hatten, sich genau gegenüber lagen, behielten wir uns von nun an im Auge.
Hatte ich endlich in Rostock eine Freundin gefunden?

Mein Elternhaus
Fast jede Woche kam mein Vater in unsere Wohnung nach Rostock und legte unserer kleinen Familie einen zwei Kilogramm schweren Klumpen frisches Fleisch vom Schlachter in den Kühlschrank. Wenn wir nicht zuhause waren, lagen Zettel daneben, worauf in altmodischer Handschrift kurze Nachrichten standen: „In Eurem Kühlschrank laufen sich die Mäuse tot!" oder: „Habe wieder eine Maus mit verheulten Augen bei Euch rennen sehen." Und einmal: „Im Kinderzimmer sieht es aus, als wäre eine Horde wilder Reiter durchgeritten."
Typisch Papa. Wenigstens das Fleischproblem war bei uns gelöst und Ulrike jammerte oft: „Schon wieder braune Soße", obwohl ich mich um Abwechslung bemühte. Früher war alles, was ich kochte, Gulasch, aber inzwischen schmeckten sogar mir die eigenen Kreationen.

Heute stand auf dem Zettel neben einem älteren und einem frischen Fleischexemplar: „Wenn Ihr nicht aufesst, bringe ich nichts mehr."
Das musste ich klarstellen.

Am Telefon meldete sich mein Vater mit einem kurzen „Ja?"
Nach meiner Frage, ob wir am Wochenende zu Besuch kommen könnten, knurrte er kurz: „Kommt doch. Ich gebe dir Mutti."

Er mochte nicht telefonieren, ganz im Gegensatz zu mir.

Natürlich waren wir ein paar Tage später gern gesehene Gäste, obwohl mein Vater mit seinen Worten witzig sein wollte: „Schön, dass Ihr kommt und schön, wenn Ihr wieder geht."

Immer war Papa Hannes zu Späßen aufgelegt, die oft von anderen Menschen missverstanden wurden.

Früher, als er als Bürgermeister im Dorf arbeitete, verscherzte er es sich im wahren Sinn des Wortes mit einigen Bürgern, verhalf dem kleinen Ort jedoch zu mehr Wohlstand. Viel später setzte er sich für die Bildung von Landwirtschaftlichen Produktionsgenossenschaften, (LPG) ein und vertrat sehr energisch die Meinung, dass Gemeinschaftsarbeit auf Riesenflächen effektiver wäre und mehr Ertrag brächte. Dazu müssten die Bauern sich unbedingt zusammenschließen. Natürlich stieß er auch dort auf Widerstand. An einige Aufregung und Dispute in unserem Wohnzimmer konnte ich mich noch erinnern.

Weil mein Vater auch bei mir kein Blatt vor den Mund nahm und es in der Vergangenheit fertigbrachte, um uns herum Staub zu saugen, wenn er unseren Besuch für beendet hielt, oder mit einer Uhr in der Hand sagte: „Fünf Minuten vor dem Schlafengehen ziehe ich immer meinen Wecker auf", ignorierte ich seine heutige Begrüßung und übersetzte sie mir mit: Ich freue mich, dass ihr da seid.

Da Robert sich noch auf See befand, fragte er mich nun herausfordernd: „Wo hast du deinen Mann gelassen?"

„Ermordet. Dir auch einen schönen Tag, Paps."

(*Später werde ich bei passender Gelegenheit erklären, warum Kinder im Alter von fünf und knapp einem Jahr kaum Fleisch verzehren und wir solche Berge nicht schaffen können. Wie ich ihn kenne, hat er dafür Verständnis.*)

Ulrike war gern bei den Großeltern, denn stets erzählte ihr Opa, wie witzig und klug seine „Rike" sei. Auch jetzt schwärmte er, indem er ihre Hand nahm: „Einmal waren wir Pilze sammeln, Champignons, weißt du noch? Von weitem hast du gerufen: Ich hab einen. Und was hast du mir vor die Nase gehalten?"

„Einen weißen Stein! Das war ein Stein-Pilz, ha, ha."

Während der Herr des Hauses, eine Hand lässig in der Hosentasche, die andere auf Ulrikes Kopf, vor mir her ging und auf einen gedeckten Tisch im Garten zusteuerte, sagte er: „Da essen wir."

Der kleine Schreihals Caroline wurde von ihm überhört und übersehen. Er wird sich noch an seine kleine Enkelin gewöhnen müssen, dachte ich, als der Zeigefinger meines Vaters an meiner Nasenspitze vorbei auf ein schattiges Plätzchen im Gras zeigte: „Stell sie mit dem Kinderwagen unter den Baum da."

„Ja klar, ich wollte sie nicht daran aufhängen..."

Ich sah mich um. Es war schön hier. Die in Reihe neben der Hecke stehenden Kirschbäume spendeten Schatten und die fast zwei Meter hohe, dichte Bepflanzung davor schützte vor Straßenstaub und neugierigen Blicken. Beim Betreten des Gartens hatte ich bereits gesehen, dass rechts und links vom Gartenweg an den Johannes- und Stachelbeerbüschen erste Früchte hingen und über dem Vorgarten, der sich hinter der linken Buschreihe mit seinen vielen Blütenstauden auftat, summte und brummte es. Intakte Natur.

Ulrike spazierte durch das ungewohnt viele Grün und fing an zu singen. Sie trug ihre knackige, kurze Lederhose *(weil der die vielen Sitzstreiks des Mädchens nichts ausmachten)* und einen hellen Pulli, der auch diesen Tag nicht sauber überstehen würde. Von ihrem Kopf standen zwei freche Zöpfe ab, die am äußeren Ende in einen Kringel übergingen und vor dem Mittelscheitel prangte ein sehr kurzer, schräger Pony. Vor einer Woche stieß ich einen Verzweiflungsschrei aus, als sie mit einer Riesenschere und ihrer neuen „Frisur" vor mir stand und stolz sagte: „Hab ich mir schön selbst geschnitten", aber inzwischen hakte ich es ab. Schließlich hatte ich über zu wenig Zeit zum Haare schneiden zu gehen, gejammert und die ungelernte Friseurin zur Selbsthilfe ermuntert.

Nach dem Essen gönnte ich meinen Eltern eine kurze Mittagspause und stattete der kleinen Dachkammer einen Besuch ab, die mir und meiner Schwester Jana als Kinderzimmer gedient hatte.

Bereits auf der Treppe fiel mir ein, wie unsere Mutter, wenn wir nicht aufräumen wollten, kurzerhand den Besen nahm, alles aus dem Zimmer fegte und die Treppe herab poltern ließ. „So. Nun habt ihr genau zehn Minuten Zeit, die Sachen herauszusuchen, die ihr behalten wollt und sie vernünftig einzuräumen", sagte sie energisch, „der Rest fliegt in den Ofen." Nur ein einziges Mal glaubten wir: das macht sie nie! Der Verlust war entsetzlich und wir heulten uns die Augen aus dem Kopf, obwohl viel Plunder dabei draufging, zum Beispiel mein am Blinddarm operierter Teddy, der vorher im Waschkessel gebadet worden war und danach ein Häufchen Holzwolle-Elend verkörperte. Jetzt musste er auch noch als Brennstoff herhalten! Jana heulte, wegen ihres „Pferdewagens", den sie mühevoll aus einem Pappkarton selbst hergestellt hatte. Auch der wurde Opfer der Flammen. Mutter sagte streng zu ihr: „Jetzt hat die Tierquälerei damit ein Ende. Eine Katze ist kein Pferd, man kann ihr so ein Ding nicht als Wagen an den Schwanz binden."

Als ich schmunzelnd über das erste, nie ausgebaute Stück des Dachbodens ging, um zur Kinderzimmertür zu gelangen, war es hier wie immer kühl und dunkel; einmal sogar sehr grausig, weil ein toter Hase vor dem einzigen kleinen Dachfenster hing, der, wie wir sofort erfuhren, auf dem nächsten Speisezettel stünde. Uns wurde schlecht, als mein Vater fröhlich lachend von sich gab: „Klar wird der gegessen. Er war auf Zick und ich auf Zack. Pech für ihn."

In unserem länglichen Zimmer war alles beim Alten: Ein Bett an einer Wand, eine Couch auf der anderen Seite. Nicht bezogene Kissen und Decken lagen ordentlich darauf, als ob sie warteten, dass sie wieder benutzt werden würden. Aus Gewohnheit setzte ich mich auf mein Sofa und hob die Füße auf das gegenüberliegende Bett. Früher, wenn wir barfuß den staubigen Teil des Bodens überquert hatten, wischte ich mir regelmäßig meine Füße am herunter hängenden Bettlaken meiner Schwester ab. Natürlich meckerte meine Mutter stets das falsche Ferkel an...

„Mama... aah!" Ulrikes Schrei riss mich aus den Träumen, mein Puls raste, als ich mich aus dem Fenster lehnte, um zu sehen, was los war.

„Ich wollte bloß das Baby angucken", stotterte meine Tochter unten schuldbewusst und hielt mühsam den heruntergedrückten Lenker des Kinderwagens fest. Darüber hing Caroline, langgestreckt, mit den Kissen ausgekippt, den Hals auf Ulrikes Hand, die Füße noch im Wagen. Nun zwang ich mich zur Ruhe, bat Ulrike, die Schwester genauso festzuhalten und sich nicht zu bewegen. In langen Sätzen stürzte ich meinen Weg zurück und die Treppe hinunter. Hinter mir polterten mehrere Kästen abwärts, die mit Nägeln, Schrauben und Werkzeugen bestückt waren. Ohrenbetäubend!

„Ich kann nicht mehr", stöhnte Ulrike und war froh, als ich ihr die Last endlich abnahm. Sie war rot im Gesicht, Caroline blau.

Zuerst riss ich die Kleine an mich und war überglücklich, dass sie mich angrinste, weil ihr scheinbar ein Kunststück gelungen war. Dann umarmte ich die Größere, die sich tapfer geschlagen hatte.

Meine Eltern waren inzwischen auch am Tatort: „Das ist ja wie früher", stöhnte meine Mutter und mein Vater kommandierte: „Räum ja die Treppe wieder auf!"

Mein Heimatdorf Zepelin
Zeit für mich. Die Kinder schlummerten bei den Großeltern und ich spazierte tiefatmend aus dem Gartentor auf die Dorfstraße hinaus. Rechts neben dem Holzhaus meiner Eltern, fast in der Dorfmitte, befand sich das Spritzenhaus der Feuerwehr, ein mit einem Türmchen versehenes Backsteingebäude, hinter deren Mauern wir Kinder uns gern versteckten, wenn die ersten, aus Nachbars Garten gemopsten Äpfel, ungestört in unseren Mündern verschwinden sollten. Schräg gegenüber stand ein rotes Klinker-Haus mit einem Dreiecksgiebel in der Mitte, der früher ein Zeichen für gehobene Wohnansprüche war. Von diesen Häusern standen einige im Dorf. Bei gut situierten Bauern waren sie noch zusätzlich mit einem Erker und einem großen Vorgarten verschönert worden. Zwischen dem Gebäude gegenüber und unserem Haus gab es einen viereckigen Dorfteich, auf dem meistens grüne Wasserlinsen schwammen, die wir Entenflott nannten.

Wie ich noch aus der Schule wusste, war Zepelin ein sogenanntes Angerdorf und schon im Zwölften Jahrhundert von deutschen Siedlern gegründet worden. Um den ovalen Anger befanden sich vielleicht zwanzig Gehöfte der Hufebauern. *(Mit dem Wort „Hufe" wurde ihr landwirtschaftliches Gut bezeichnet).*

In der Mitte des Angers stand eine winzige Kapelle, die im unteren Bereich aus roten Backsteinen, im oberen Teil aus Fachwerk bestand und schon 1686 gebaut wurde. Sie war umgeben vom Friedhof, der uns Kindern immer Angst eingejagt hat. Meistens rannten wir daran vorbei, unter anderem auch, weil uns ein wildgewordener Ganter vom gegenüber liegenden Bauernhof flügelschlagend und zischend auf Trab hielt.

Hinter dem Friedhof stand unsere Schule. Auf meine Einschulung konnte ich mich noch besinnen, als ich den von Büschen umrahmten Schulhof sah, auf dem sie stattfand, denn ich bekam damals eine sehr kleine Schultüte. *Die dicken Bauernkinder konnten ihre Riesentüten kaum halten und meine Mutter tröstete mich damit, dass diese zur Hälfte mit Papier ausgestopft wären, meine aber richtig schön voll sei. Na gut, mit den Dorf-Trotteln wollte ich mich nicht messen, konnte ich auch nicht. Sie hatten mehr, immer das Bessere und vor allem hatten sie: etwas gegen mich. Unflätig spuckten sie vor uns Mädchen aus oder zogen an unseren Röcken, Hosen, und Zöpfen. Bei mir war es scheinbar am amüsantesten, weil ich mich selten zur Wehr setzte.*

Langsam und voller Erinnerungen schlenderte ich weiter die steinerne Dorfstraße entlang, die hier einen großen Bogen machte. Rechts ging es hinunter an den Kanal, der zwischen Bützow und Güstrow fließt. Früher fuhren darauf sogar kleine Schiffe. Deshalb gab es auch zwei Schleusen, in denen es sprudelte und brodelte. Selbstverständlich war das Baden darin verboten, es sei denn, man war irgendwo unter der Rubrik „Zepeliner Gören" eingetragen. Wenn der Wasserstand sehr niedrig war, konnten wir die Haltegriffe der Leitern, die sich innerhalb der Schleusenkammern befanden, kaum erreichen. Meine Schwester Marie, die mir meistens an falscher Stelle als Vorbild diente, wäre bei so einer Aktion fast ertrunken, weil sie, sich wiederholt aufwärtsreckend, nicht an die Leiter gelangte und schlapp machte. Zum Glück kam rechtzeitig Hilfe in Form des Schleusenwärters.

Gedankenversunken stand ich plötzlich vor dem Kanal, der ruhig und grün schimmernd vor sich hin floss. Hier war früher unsere Badestelle.
Mir kam in den Sinn, wie damals meine Freundin Jutta mit einer aufgeblasenen Schweinsblase unter dem Bauch bis zur Mitte des Gewässers paddelte und sich erst dort daran erinnerte, nicht schwimmen zu können. Sie ließ panisch die Blase los, die wie ein Wasserball (den sie auch ersetzen sollte) aufwärts schoss und sofort mit den Gänsen davonzog, als wäre sie ihres Gleichen. Beherzt sprang ich in Richtung Heulsuse und zog sie wieder an Land. Beim Schwimmen und Tauchen machte mir so schnell niemand etwas vor. Sogar die Jungs ließen mich im Wasser in Ruhe. Während sie sich kreischend auf Andere stürzten, um deren Köpfe unter Wasser zu tauchen, machten sie um mich einen großen Bogen. Sie hätten das Echo nicht vertragen.

Verträumt setzte ich mich auf eine Bank. Dem Kanal gegenüber lag in einem kleinen Park ein hübsches Haus, daneben erstreckten sich weite grüne Wiesen, die zum Ausruhen einluden. Für einen Moment fielen ein paar Sonnenstrahlen auf mein Gesicht und ich genoss sie. Was einem so einfällt, wenn man Orte der Vergangenheit besucht?

Einmal, an einem kalten Wintertag, gingen wir mit den Eltern in den Wald, um Holz zu machen. Es war mühevoll für uns Kinder bei der Affenkälte, die langen Äste, aufzusammeln und aufzuschichten, die unser Vater von den Baumstämmen abgesägt hatte, damit sie einfacher abgefahren werden konnten.

Auf dem Weg nach Hause wollte mein Vater seinen Marsch abkürzen und versuchte, über den gerade zugefrorenen Kanal zu marschieren. Alle Warnungen unserer Mutter schlug er in den Wind und dann betrat er vorsichtig das Eis:

„Ich geh schon mal vor, Ihr lauft lieber über die Schleusenbrücke dahinten." Und da passierte, was vorhersehbar war: er brach ein und steckte bis zur Brust im Wasser. Zum Glück konnte er in Ufernähe noch stehen und sich aus den Eisschollen schälen. Obwohl unser Vater rannte, um warm zu bleiben froren seine Hosenbeine stocksteif. Der klirrende Frost hatte sie in ein unbiegsames Gestell verwandelt. So genervt er auch war, wir mussten schallend lachen, als er breitbeinig und wie Väterchen Frost abwechseln mit den Zähnen und den Hosenbeinen klappernd, neben seiner Frau nach Hause ging. Und dann hatte er uns noch uns im Schlepptau!

Träge erhob ich mich von meiner kleinen Ruhestatt und ging zurück mit flinken Schritten, vorbei an dem hübschen Bahnwärterhäuschen, das mit seinem Fachwerk im oberen Bereich einen gemütlichen Eindruck machte. Kaum hatte ich die Eisenbahnschienen überquert, kurbelte ein älterer Herr mit Warnweste die Schranken hinter mir herunter. Die Mühe schien er sich sparen zu können, es käme ja doch niemand vorbei.

Während ich nach etwa fünfhundert Metern die Hauptstraße wieder betreten hatte, erspähte ich in einiger Entfernung auf einem Hügel die Holländermühle, ein Wahrzeichen des Dorfes, die mit ihrem Oberantrieb der Mahlgänge noch einige Zeit nach meiner Geburt 1950 von den beiden ansässigen Bäckereien genutzt wurde.

Meine Mutter hat mir von einem lustigen Erlebnis in Verbindung mit dieser Mühle erzählt:
Sie hatte sich vom Müller einen schweren Sack mit Schrot auf die Gabel ihres Fahrrades laden lassen und die Pedale damit lahm gelegt. „Allein kriegen Sie den Sack aber nicht wieder runter", mahnte der bemehlte Helfer. „Ich finde schon irgendeinen Dummen", lachte meine Mutter und erhöhte den Schwierigkeitsgrad ihres Transportes noch damit, dass sie sich auf den Fahrradsattel setzte, die Beine abspreizte und den lang abfallenden Berg von der Mühle zur Hauptstraße hinunter sauste. Der Dorfpolizist erwischte sie: „Halt! Anhalten!" Die Sünderin kam kaum zum Stehen. „Das kostet fünf Mark", zitierte er sie zu sich. „Die gebe ich Ihnen gerne, wenn sie mir zu Hause beim Abladen helfen."
Am Ende war sie froh, ihr schwer wiegendes Problem gelöst zu haben.

Inzwischen war ich an einem großen weißen Gebäude angelangt, unserem Konsum, vergleichbar mit einem Tante Emma Laden. Selbst Milch konnten wir hier holen. Die kam aus der nahegelegenen Molkerei. Aus großen Kannen wurde sie von einer Verkäuferin im weißen Kittel mit einer Schöpfkelle in unsere Metallkännchen umgefüllt und da diese mit einem Deckel versehen wurden, konnten wir sie herrlich umher schleudern, ohne dass die Milch heraus platschte... meistens.

Links, am Ende des Dorfes, stand das Haus meiner Großeltern. Erst jetzt konnte ich andeutungsweise ermessen, wie viel Kraft sie aufgewendet haben mussten, um dieses kleine graue Bauernhaus erwerben zu können. Als Kind kam es mir riesig vor...

Ich schnupperte. Roch es hier tatsächlich nach gebratenem Brot?

Meine Oma zauberte köstliche knusprige Schnitten, die einfach mit Zucker bestreut wurden und uns besser schmeckten, als jede andere Süßigkeit. Unseren gesunden Zähnen machte das nichts aus, sie waren ein hervorragendes Erbe, welches wir beiden Elternteilen und vielleicht sogar den Großeltern zu verdanken hatten. Von meinem Opa wusste ich kaum etwas, er war, genau wie meine Großeltern väterlicherseits, sehr früh gestorben. „Er hat zu viel geraucht", erinnerte ich mich an die Worte meine Mutter „und dann auch noch selbstgedrehte Zigaretten aus losem Tabak, in Zeitungspapier gerollt. Irgendwann hat der Arzt

Lungenkrebs bei ihm festgestellt."

Traurig wandte ich mich ab, ging vorbei an einem ovalen, modrigen Teich und stellte fest, dass der nie zu etwas nütze war und nicht einmal zum Schlittschuh laufen taugte. Zu diesem Zweck nutzte ich lieber den Teich vor dem Elternhaus.

Ganz früher, als wir uns unter feste Schuhe noch Kufen schraubten, hatte ich meine Probleme, aber als mein Vater mir ein Paar Schlittschuh-Schuhe von einem Trödelmarkt mitbrachte, kam ich mir vor, wie eine Eisprinzessin. Ich übte andeutungsweise Pirouetten und Sprünge, wedelte gekonnt mit Armen und Beinen und zermarterte mir das Hirn, weil ich ständig mit dem Hinterkopf auf das Eis schlug...

Ich streichelte meinen Hinterkopf und machte mich auf dem Rückweg.

Kurz vor dem Haus meiner Eltern, ging ich am Denkmal des Dorfes vorbei. Die Aufschrift auf dem großen, dunklen Granitstein, der unter einer riesigen Eiche stand, erinnerte an die gefallenen Soldaten des ersten und zweiten Weltkrieges. Ein meterhoher schmiedeeiserner Zaun umgab den Stein im Halbrund. Von der anderen Seite kam mir eine ehemalige Schulfreundin entgegen. Sie hieß Waltraut, hatte halblange schwarze Haare, ein rundes Gesicht und ein unverkennbares klares Lachen: „Hallo Anita. Hast du auch gerade daran gedacht, wie uns die Zungen im Winter hier festgefroren sind, als wir den Schnee vom Zaun abgeleckt haben? Wir haben gehechelt wie die Hunde und kamen trotzdem nicht los." Sie fasste mit der Hand vor ihren Magen, als wenn sie verhindern könne, sich vor Lachen auszuschütten.

„Ja, danke." An meine heftig blutende Zunge und meine Mutter, die nicht wusste, ob sie nach meinem Geständnis weinen oder lachen sollte, wollte ich gar nicht erinnert werden.

„Soll ich ein Stück mitgehen", fragte Traudi und schob eine Hand in eine aufgesteppte Hosentasche ihrer Latzhose und die andere unter meinen Arm, ohne eine Antwort abzuwarten.

Hinter unserem Gartentor stand meine Mutter und hielt einen Zeigefinger vor den Mund: „Die Kinder schlafen noch fest. Lasst euch Zeit."

Nun spazierten wir zu zweit vom Grundstück meiner Eltern aus nach links zum anderen Ende des Dorfes. Vorbei an einem Mehrfamilien- und dem Gemeindehaus. Gegenüber lag der Fußballplatz.

„Erinnerst du dich daran, dass du hier einen Fußball an den Kopf bekommen hast", fragte mich Waltraut.

„Warum sollte ich. Er hat mich ohnmächtig gemacht."

„Du warst ganz blass. Wir dachten schon, Karl hätte dich tot geschossen."

Dann auch noch Karl. Von nun an würde ich erst recht keinen Gedanken mehr an ihn verschwenden…

„Hier war der Bäcker. Du bist in der Bäckerei einmal in einen Blechkuchen getreten. Ha, ha, der Bäcker hat den Fußabdruck rausgeschnitten und uns den Rest geschenkt." Waltraut schien sich sichtlich zu amüsieren. Wir wussten beide noch, dass wir danach mit ein paar Freunden an einem Feldrand im Gras saßen. Alle Münder waren verschmiert und die Bäuche bedrohlich voll.

„Da hinten wohnt Jutta noch, ihr Vater ist blind, weil er beim Pflügen von einem Pferd getreten wurde. Der Huf landete mitten in seinem Gesicht. Der arme Kerl. Die Leute sagen, es wäre am Karfreitag passiert. Da arbeitet man ja auch nicht."

Ich nickte irritiert und voller Mitleid. Irgendwie drängte sich trotzdem das Bild frischer Schmalzbrote auf und schon sagte meine Wandergesellin: „Keiner konnte solches Schmalz machen, wie Juttas Mutter. Wir haben uns dort in die Küche geschlichen und bei Jutta um eine Schmalzstulle gebettelt. Den Ärger bekam sie, denn wir machten rechtzeitig flinke Hufe."

In diesem Moment schauten wir beide, wie auf frischer Tat ertappt, und zogen gleichzeitig den Kopf in die angehobenen Schultern.

Am Dorfrand tat sich ein ausgefahrener Weg auf, der wenig benutzt wurde und an seinem Ende war nur noch ein Bauernhaus nahe am Wald zu erkennen. „Wollen wir noch die zwei Kilometer bis zum Denkmal gehen", fragte Waltraut lustlos. Mein Kopfschütteln veranlasste sie zu einer gekonnten Drehung in die Gegenrichtung.

Wie jedes Kind im Dorf wussten wir, dass sich mitten im Wald das Denkmal des Grafen Ferdinand von Zeppelin befand. Es war eine Huldigung an den Bezwinger der Lüfte und die Wiege des Geschlechts von Zeppelin, das zum Mecklenburger Uradel gehörte. Vermutlich wurde der Name seiner Herkunft nach von dem des Dorfes abgeleitet. *(Der Ortsname wurde erst später mit nur einem „p" geschrieben.)* Inmitten von im Halbkreis aufgestellten, etwa ein Meter hohen Granitfindlingen, die jeder der, zu dieser Zeit wahrscheinlich vierundzwanzig Hufebauern, herbeigeschafft hatte, befand sich der eigentliche Gedenkstein auf einem hohen Sockel. Auf einer Bronzeplatte stand:
„Dem Grafen Ferdinand von Zeppelin an der Ursprungstätte seines Geschlechts."
Auf der Rückseite des Steins, auf dem jedes verliebte Paar aus dem Dorf sich wenigstens einmal traf, war das Zeppeliner Familien Wappen eingemeißelt. Woher ich die Rückseite kannte? Naja. Meine Eltern kannten sie auch.

„Danke für die gute Führung", ulkte meine Begleiterin und klatschte ihre Hände nach alter Manie gegen meine. Dass wir genau da angekommen waren, wo wir erwartet wurden und scheinbar noch zur rechten Zeit, war am Lärm hinter der Gartenhecke meiner Eltern festzustellen. Auf die Frage, ob die Kinder bisher artig waren, entgegnete mein Vater knapp: „Ja, sehr artig, aber so schnell brauchst du sie uns nicht wieder her bringen."
„Ich liebe dich auch, Paps."

Lachen oder Weinen
Im Kinderzimmer gab es Geschrei. Soeben übte Caroline noch gutgelaunt, sich im Laufgitter auf die Beine zu stellen und Ulrike war damit beschäftigt, ein Buch anzuschauen. Doch jetzt, als ich die Tür öffnete, stand da ein kreischendes, fast einjähriges Baby auf wackligen Beinen, hatte eine Schnupfnase und eine rote Wange. Ulrike stand daneben,

ließ erschrocken ihr Buch auf die Erde fallen und als ich fragte, was passiert sei, stotterte sie: „Weiß nicht, ich hab gar nix gemacht."

Caro hielt sich die Wange, heulte wie eine Sirene, ständig lauter werdend und zeigte mit ihrem Mausezeigefinger auf das Korpus Delikti *(den Körper des Grauens)*, auf ihre Schwester.

Langsam fragte ich mich, ob meine Große aus Eifersucht eine Ohrfeige verteilt hatte, oder ob Caroline beim Steh-auf-Training mit der Wange bremsen wollte.

„Du hast Caro viel lieber als mich", heulte Ulrike, als ich sie irgendwann beim Zuhauen erwischte. Ich hockte mich hin und schaute in grünbraune Kulleraugen, aus denen massig Tränen flossen. Ruhig erklärte ich ihr, weshalb die Kleine mehr Aufmerksamkeit brauchen würde, als sie, so ein großes Mädchen.

Als alles klar zu sein schien und Ulrike mich umarmte, schrie Caroline aus Eifersucht.

Es dauerte nicht lange und ich sah meine Lieblingsnachbarin Eva wieder. Dieses Mal trug sie einen weißen Kittel und der Grund für mein Auftauchen in der Praxis, in der sie arbeitete, war Ulrike.

Wie an einem Barren turnend, hatte Rike sich zu Hause zwischen Badewanne und Waschbecken aufgestützt und mit den Beinen gezappelt, um zu schaukeln, war dann mit einer Hand abgerutscht und mit dem Kinn auf das Becken geschlagen. Sie blutete entsetzlich. Zum Glück kannte ich mich mit Platzwunden aus. Routiniert versorgte ich die Turnkünstlerin mit einem Pflasterzug und einem Trostpflaster in Form von Schokolade. Trotzdem hörte ich jetzt von Eva: „Das muss genäht werden. Du bleibst draußen."

„Mach ich."

Nach einer Weile kamen die Beiden gut gelaunt aus dem Arztzimmer. Ulrike zeigte stolz auf ihr überdimensionales Pflaster und ihre ausgebeulte Wange verriet, dass sie nicht nur vernäht, sondern auch bestochen worden war: sie lutschte ein Bonbon.

„Sie war ganz tapfer", flüsterte Eva, winkte kurz und rief das nächste Kind auf: *„Paskuwale Müller, bitte."*

„Mein Kind heißt...", hörte ich noch.

Am folgenden Morgen erschrak ich gewaltig. Caro, die mit einem Jahr schon ziemlich trocken war und nur nachts eine Windel benötigte, hatte blutigen Durchfall. Gott, das ist ja entsetzlich, was kann das sein? Ich vermutete, sie habe auch Fieber und zitterte vor Angst. Schnell wusch ich die Kleine und zog sie an. Ulrike konnte das auf Anweisung schon allein und endlich stürzten wir aus dem Haus zum Kinderarzt. Jetzt hätte ich gern das Auto, dachte ich, aber Robert war damit gerade zum Dienst gefahren.

Wenn es schnell gehen musste, kroch Ulrike in den Einkaufskorb unter Caros Kinderwagen. Das war für sie unbequem, aber ich konnte mit beiden Kindern rennen. Meistens war es der Weg zur Straßenbahn, um nicht zu spät zum Dienst zu kommen, heute nicht. Hochrot stürzte ich ins Wartezimmer der Kinderarztpraxis. Es war brechend voll! Ich klopfte an die Tür der Kinderärztin und bat um Hilfe.

„Sie müssen schon warten, bis Sie dran sind."

„Das werde ich nicht! Vielleicht stirbt inzwischen mein Kind? Ich werde mich nicht von der Stelle rühren und mich bei ihrem Chef beschweren…"

„Gehen Sie hier rein. Beruhigen Sie sich, wir machen das schon."

Die Schwester von der Anmeldung schob mich in einen Nebenraum und verschwand mit dem Baby. Ulrike war hinter mir her getrottet und fragte: „Ist meine Schwester doll krank?" Die Kleine fiel mir um den Hals und deutete auf ihr Pflaster am Kinn: „Das ist auch ganz schlimm, weißt du?"

„Bestimmt. Armer Schatz."

Endlich öffnete sich die Tür wieder.

„Wir haben eine Stuhlprobe entnommen und einen Virus festgestellt. Es sieht schlimmer aus, als es ist. Hier sind die Medikamente, die Sie Ihrem Kind verabreichen sollen. Der Chefarzt hat die Kleine persönlich untersucht. Kommen Sie morgen bitte wieder."

Es war kein Stein, der mir vom Herzen fiel, sondern ein Felsbrocken. Abends bat ich Robert um das Auto und er sagte, für mich völlig unverhofft: „Kein Problem. Ich muss sowieso raus auf See, auf ein Forschungsschiff. Es geht in den USA-Schelf für ein Vierteljahr."

„Das ist ja mehr als kurzfristig. Wie kann ein Chef so mit einer Familie,

die zwei kleine Kinder hat, umgehen?"
„Ich bin nun mal einer der Besten", murmelte mein Mann hinter seiner Zeitung.

Unverändert

Auch mit Caroline änderte sich an unserem Familienleben nicht viel. Wie auf ausgefahrenen Gleisen verging jeder Tag. Im Sommer waren wir zu viert, besuchten in der Freizeit die Großeltern, oder fuhren zu Veranstaltungen mit, wenn das Blasorchester, in das Vater und Opa eingespannt waren, dazu einlud. Im Winter waren wir immer häufiger zu dritt, denn Robert stach regelmäßig mit seinem Forschungsschiff in See um Fischereitechnik zu testen und kam frühestens nach drei Monaten wieder heim.

An den langen Winterabenden versuchte ich zu stricken oder zu lesen, ich hörte Musik oder sah fern. Irgendeine Sehnsucht beherrschte mich zunehmend. Welche? Wollte ich ein anderes Leben? Einen anderen Mann? Was war los? So einsam und verloren war ich mir noch nie vorgekommen.

An einem langweiligen Abend klingelte es an meiner Tür. Ein Freund einer Nachbarfamilie stand davor: „Hallo, ich soll mal schauen, äh, weil Sie doch so allein sind." Verdutzt ließ ich ihn ein. Er war groß, mit sportlicher Figur, hatte dichtes dunkles Haar, war ein guter Erzähler und ein noch besserer Zuhörer. Die Zeit verging wie im Flug und als er sich verabschieden wollte und er mir dabei tief in die Augen schaute, hätte ich ihn beinahe geküsst. Zum Teufel, was war das?
Schnell verabschiedeten wir uns und sahen uns nie wieder. Was fraß da an mir? Ich muss mit Robert sprechen, nahm ich mir vor. Dieses ewige Alleinsein bekommt mir nicht.
Ein paar Tage später brachte ich die Küche auf Vordermann. „Der Fußboden fehlt noch", hörte ich im Geiste meine Schwiegermutter sagen", „es ist nicht sauber, wenn er nicht gewischt wurde. Das wirst

du schon noch merken." Ja, Marta, schön, dass ich dich von einem Stadtteil zum anderen hören kann. Aber der Fußboden sollte wirklich sauber sein, denn neuerdings traf ich mich ab und an mit Eva und trank mit ihr ein Feierabendbier. Damit ihr Mann Peter uns von Gegenüber nicht sehen konnte, saßen wir mit der Bierflasche in der Hand auf dem Boden der schlauchartigen Küche, die Beine jeweils gegen die gegenüberliegenden Schranktüren gestemmt und schnatterten uns die Alltagssorgen von der Leber *(nur den Alkohol musste sie noch verarbeiten... unsere Leber)*

Mit Eva ging es mir besser. Wir teilten unsere Sorgen, die sich bei ihr nur auf Kleinigkeiten beschränkten, aber es tat einfach gut, über alles zu reden. Wortgefechte zwischen uns gab es immer, wenn es um unsere Deutsche Demokratische Republik und die Sozialistische Einheitspartei Deutschlands ging. Da mein Vater ein überzeugter Genosse in der SED war und seine Meinung über Partei und Regierung fast fanatisch vertrat, hatte ich kein Verständnis für ihre Ausführungen: „Meine Mutter ist drüben in der BRD und ihr geht es ausgezeichnet. Sie hat eine hohe Rente, eine große Wohnung und ein gutes Auskommen", legte sich Eva ins Zeug.

„Ist ja gut und schön, aber wenn sie noch arbeiten müsste... die vielen Arbeitslosen..."

Sie fiel mir ins Wort: „Die werden auch unterstützt. Keinem geht es dort schlecht."

„Hier auch nicht", sagte ich streng, „jeden Morgen kannst du in Ruhe zur Arbeit gehen, ohne Angst zu haben, dass dein Arbeitsplatz inzwischen einem anderen gehört. Wenn es Probleme gibt, werden sie im Kollektiv ausdiskutiert und man geht ohne Sorgen nach Hause."

Wir nuckelten versonnen an unseren Bierflaschen. Mit einem kleinen Rülpser agierte Eva weiter: „Diese Scheiß-Mauer zwischen Ost und West... wir sind doch alle eingesperrt. Nirgendwo kann man hinreisen *(rülps)*."

„Wer kein Geld hat, kann auch nicht reisen! Außerdem kommen wir nach Tschechien, Polen, manch einer sogar mit dem Trabbi bis nach Ungarn."

„Das ist auch wieder so eine Kacke. Der Trabant ist ein mickriges, doofes Auto, ein Schuhkarton. Drüben kriegst du schon für wenig Kohle ein größeres, in dem man sich sogar bewegen kann."

„Was du nicht sagst…" Jetzt lachten wir zwar, aber wir wussten, dass wir das Thema wechseln müssen.

„Scheiß Regen da draußen", meckerte Eva und erhob sich, als hätte sie nicht nur eine Bierflasche, sondern ein ganzes Fass geleert, „und diese Arbeit in der Klinik kotzt mich auch an. Bevor wir operieren, müssen wir erstmal die Räume gründlich sauber machen. Ich bin doch keine Putzfrau, oder sehe ich so aus?"

Meine Augen inspizierten ihren Körper von oben nach unten und als ich auch noch grinste, bekam ich zu hören: „So, das war's. Ich kündige dir die Freundschaft." Sie winkte ab und drehte sich im Flur beim Öffnen der Wohnungstür noch einmal um: „Treffen wir uns morgen bei mir, wenn deine Kinder im Bett sind? Peter geht mit ein paar Seglern in die Kneipe."

„Vergiss nicht, ihm Taschengeld zu geben", rief ich ihr nach, weil ich wusste, dass sie das Geld möglichst zusammen hielt. *(Vielleicht hätte Peter das auch getan, wenn er dazu die Gelegenheit bekommen hätte).*

Bevor es am nächsten Tag Abend werden konnte, ließ sich mein Knie nicht mehr bewegen. Nur sehr langsam und humpelnd kam ich mit meinen Kindern vorwärts.

„Gott, was ist mit deinem Knie", fragte meine Chefin, die meine Kindergartengruppe bereits übernommen hatte, weil ich zu spät kam, „geh bloß zum Arzt, das sieht ja böse aus." Schrittweise hinkte ich zum Bus und kam erst gegen Mittag im Medizinischen Zentrum an. Bevor ich die Tür zur Chirurgie öffnete, hörte ich Evas Stimme dahinter: *„Iihihivonne Meier, bitte."*

Sie machte wieder ihre Späße mit den Kindern, die schon durch ihre Namen bestraft worden waren. Als ich ins Wartezimmer trat, wurde Ivonne von einer nervösen Mutter vom Sitz gerissen und an Eva vorbei gezerrt.

„Wenn Blicke töten könnten… ich läge jetzt am Boden", raunte sie mir zu und dann: „Was machst du hier?"

Ich zeigte ihr den Klumpen unter meinem Rocksaum, der sich eigentlich Knie nennt. „Mensch, ich bring dich gleich um die Ecke zum Chirurgen", flüsterte sie.
„Geh vor, ich folge dir unauffällig", versuchte ich zu spaßen, aber es fiel mir schwer. Mit schmerzverzerrtem Gesicht ließ ich mich im Arztzimmer auf einen Schwingstuhl fallen. „Der macht mich auch nicht beschwingter", jammerte ich.
„Ja, ja, das kriegen wir schon wieder hin."

„Sie haben Wasser im Knie", stellte der Doktor fest, nachdem er mit dem Finger ein paar Vertiefungen hineingedrückt hatte und mein betroffener Körperteil einem Schweizer Käse glich. „Wir werden das punktieren und dann bekommen Sie einen Tutor."
„Einen *Was*?"
„Gips", übersetzte Eva „vom Fußgelenk bis zum Oberschenkel. Damit kannst du nicht laufen."
„Das kann ich jetzt auch nicht, also lasse ich es. Wie soll ich die Kinder versorgen, Robert ist auf See. Eva, mach was. So geht das nicht."
Eva zog unbeeindruckt eine Spritze auf und legte eine zweite mit einer sehr dicken Kanüle daneben. Der Doktor griff unbedacht nach der sehr gefährlich aussehenden großen Spritze und wurde von Eva gebremst: „Halt, erst die hier, zur Betäubung." Gott sei Dank.
Nach der Behandlung legte Eva selbst Hand an und verpasste mir ein Gipsbein. „Sieht das nicht gut aus?", lobte sie sich selbst. „Für mindestens zehn Tage bist du jetzt ein paar Kilo schwerer, ha, ha." Als sie den Schreck in meinen Augen sah, beruhigte sie mich: „Ich bringe dich nachher nach Hause und die Kinder holen wir auch ab. Für ein paar Tage bin ich dir behilflich, aber das kostet…" sie zögerte und ich wartete gespannt… „mindestens, wenn nicht noch mehr Biere."

Wie versprochen spielte Eva den Chauffeur und versprach mir Ihre Unterstützung. Irgendwann würde ich das hoffentlich wieder gut machen können.
Mit dem Tutor, der nicht zum Laufen taugte und nur hinderlich war, konnte ich mich zu Hause nicht abfinden. Immer wieder rappelte ich

mich hoch und versuchte, das betroffene Bein dabei nicht zu belasten. Am besten wäre es zu hinken, aber meine Freundin Eva hatte den Gips vorsorglich extra schwer gemacht, um das zu verhindern. Sie kannte mich schon zu gut.

Wie aus dem Nichts stand am nächsten Tag meine Schwiegermutter vor mir: „Der Schlüssel lag wie immer draußen auf..."
„Ja, ja. Damit jeder herein kann."
„Oh je, du hast ja ein Gipsbein."
Gut beobachtet, dachte ich etwas ironisch, freute mich jedoch über ihren Besuch. Völlig überrascht war ich, als sie fragte: „Soll ich die Kleine mitnehmen? Nur solange, bis du wieder laufen kannst? Ich kann sie am Tag auch zur Kinderkrippe bringen." Marta hängte die Sätze schnell aneinander, damit sie möglichst überzeugend klangen.
„Meine Caroline? Die hab ich noch nie weggegeben!"
„Ich passe wirklich gut auf sie auf und es ist ja nur für ein paar Tage. Sie ist so niedlich mit ihren anderthalb Jahren."
Stimmt. Sie war artig und auch niedlich... ich nickte dankbar.
Die glückliche Omi ging rasch ins Kinderzimmer und packte kurzerhand eine Tasche mit allem, was nötig war. „Der Opa wird sich freuen", hörte ich.
„Ich will auch mit", jammerte Ulrike, aber das war nun doch zu viel verlangt. Nach ein paar Umarmungen und Küssen saßen meine Große und ich wieder allein auf dem Sofa mit einem Kinderbuch. Ulrike zappelte vor Aufregung mit den Füßen und beschwerte sich: „Oma ist böse. Bloß weil Caro so klein ist, hat sie die *mitgenehmtet.*"
„Mitgenommen", verbesserte ich. Neuerdings versuchte Ulrike, ihre Worte in Präsens, Perfekt oder Futur zu präsentieren, was in den meisten Fällen schief ging. Nun haute sie wütend mit ihrer geballten Faust auf meinen Arm. Ich verlangte, sie solle sich zusammenreißen und begann aus dem Buch vorzulesen.
Ulrike hörte aufmerksam zu, saß plötzlich still und hielt beide Arme über der Brust gekreuzt. Die Hände hatte sie unter die Achseln geschoben. Nach einiger Zeit wunderte ich mich über die komische Körperhaltung meines Kindes und als ich fragte, warum sie so da säße,

bekam ich zur Antwort: „Du hast gesagt, ich soll mich zusammenreißen und ich reiß mich schon ganz kaputt!"

3

Die Tür des Zugabteils wurde aufgeschoben und mit einem freundlichen: „Guten Tag, die Fahrkarten bitte", kam der Schaffner herein. Er schien etwas verwundert, weil die beiden Damen ihm gegenüber mit verschränkten Armen und fröhlich lachend da saßen und tief durchatmen mussten, um zurück zu grüßen. Tina fragte den Schaffner: „Wenn wir gleich in Hamburg eintreffen, werden wir wohl den Anschlusszug nicht mehr erreichen? Wir wollen nach Passau. Abends legt dort unser Flusskreuzfahrtschiff ab. Hoffentlich nicht ohne uns."
„Der Anschlusszug hat auch Verspätung. Sicher haben Sie Glück, aber Sie sollten sich beeilen."
„Ab in die Startlöcher", befahl Anita, „wir rumpeln schon mal unsere Koffer nach vorn."
„Geschafft." Froh darüber, endlich im ICE zu sitzen, klatschte Tina in die Hände. Wieder hatten sie und Anita einen Fensterplatz und neben Anita saß ein Schüler mit Kopfhörern auf den Ohren.
„Der dröhnt sich zu", lachte Tina, „ du kannst getrost weitererzählen.
„Wo waren wir stehen geblieben? Ach so:"

Kinderkram
„Ihre Tochter ist eine ausgezeichnete Schwimmerin, das sollten Sie fördern", hörte ich am Ende eines anstrengenden Tages und eines aufreibenden Elternabends in der Schule, „melden Sie sie doch beim Training an."

Sie ist in der zweiten Klasse, überlegte ich und fragte, ob es nicht zu anstrengend wäre, Ulrike dreimal wöchentlich am Spätnachmittag zu Höchstleistungen aufzufordern.
„Nein, sie schafft das, glauben Sie mir."
Die schlanke Sportlehrerin machte eine beschwichtigende Bewegung und reichte mir einen Zettel mit der Telefonnummer des Trainingsleiters.
Auf dem Weg nach Hause grübelte ich von einer Straßenlaterne zur anderen und wurde immer langsamer.
Ich erinnerte mich daran, wie die kleine Maus noch als Kindergartenkind auf dem Ein-Meter-Brett stand und nicht springen wollte. Ich stand ein Stück hinter ihr und spornte sie an. Mit dem Finger im Mund schüttete sie den Kopf. „Hab keine Angst", rief die Schwimmlehrerin von der Seite und hielt eine lange Angel vor. Ich hole dich sofort wieder aus dem Wasser raus."
„Spring jetzt endlich", verlangte ich und sie tat es. Noch heute tut es mir leid, sie so gedrängt zu haben.
Später, als ich mit meiner Kindergartengruppe zum Schwimmunterricht ging (das war in der DDR kostenlos möglich), sprang ein ängstliches Mädchen nicht auf die Schwimmlehrerin, sondern auf die Beckenwand zu und zwar so genau, dass sie die Hände sofort in der Griffrinne hatte. Die Wucht des Sprungs zeigte sich in ihrem zuckenden Körper. Nicht auszudenken, was passiert wäre, wenn sie wenige Zentimeter weiter auf dem Beckenrand aufgekommen wäre... An einem anderen Unterrichtstag ertrank fast ein Junge, weil die Schwimmlehrerin vor den Kindern her ging, um sie zu einem anderen Becken zu führen. Sie hatte die Kinder beim Wechsel nicht gezählt, aber ich. Weil eins fehlte, sah ich ins Wasser und da ging der Fünfjährige gerade unter. Ich stieg auf die Leiter, zog ihn hoch und tröstete ihn. Er antwortete nach einem Hustenanfall: „Macht nix, ich konnte wieso tauchen."
Das nasse Kind an mich gedrückt, dachte ich: das hätte auch meins sein können...
„So nachdenklich?" Meine Nachbarin Maja kam ebenfalls von der Schule und wir tauschten uns über unsere Töchter, die den gleichen Namen trugen, aus.

„Ich würde Ulrike anmelden", riet sie mir vor unserer Haustür."
„Deine oder meine?"
„Meine ist wasserscheu!"
„Na, gut, dann versuchen wir es mit meiner."

Fast ein Jahr verging mit dem Training, Woche für Woche schwammen Ulrike im Wasser und ich im Schweiße meines Angesichts.
Es war ein einziges Gehetze für alle Beteiligten, auch für die Großeltern.
Endlich gab es einen ersten großen Wettkampf. „Auf die Plätze…"
Drei Bahnen waren zu bewältigen. Ulrike brachte schnell eine fünfundzwanzig Meter Strecke hinter sich und war unter den Ersten, auf der Hälfte der zweiten Bahn hielt sie sich am Beckenrand fest und wartete gelassen, bis ihre Konkurrenz vom anderen Ende wieder auf sie zukam. Bevor alle Kinder mit ihr auf einer Höhe waren, schwamm das kluge Entlein los und schlug zuerst an.
„Du bist disqualifiziert", sagte der Wettkampfleiter.
„Ich bin zuerst dagewesen, das ist gemein", schrie Ulrike und riss sich die Badekappe vom Kopf. Über ihrem Bäuchlein konnte man das Kinderherz schlagen sehen. Ich rannte zu ihr, hüllte sie in ein Handtuch und erklärte, dass sie einfach eine Schwimmbahn ausgelassen hätte. Sie heulte: „Denn will ich das gar nicht mehr. Da hat man ja die Nase voll." Stimmt, dachte ich, hielt ihr ein Taschentuch hin und sagte: „Schluss damit."
Ein paar Wochen später kam unser Zugvogel, den die Kinder Papa nannten, von seiner Reise zurück und schlug uns vor, nach Warnemünde zum Eis essen zu fahren.
„Hurra", schrie Caroline und machte einen Luftsprung, höher als andere knapp Vierjährige es könnten. Schon hatte der gute Vater seine Kinder wieder auf seiner Seite.
Am Warnemünder Strand schienen sich sämtliche Familien der näheren und weiteren Umgebung das Gleiche vorgenommen zu haben. Etwa dreißig Menschen jeden Alters standen im Bereich der Strandbar und auf dem Gehweg davor in einer Doppelreihe. Geduldig stellten wir uns mit an. Caroline wuselte um uns herum, weil sie „mindestens und

noch mehr Kugeln Eis" haben wollte, bis die große Schwester sie an der Schulter festhielt und befahl: „Stillgestanden!" Irgendwann fragte uns eine genervte Verkäuferin: „Was soll's sein?"

„Ein Schwarz-Eis, ein Schwarz-Eis", krähte Caroline, die kaum über den Tresen schauen konnte. Robert bestellte, bezahlte und ich begann die Erfrischung zu verteilen. Plötzlich war Caroline weg. Mein Herz schien auszusetzen.

„Oh Gott, wo ist Caro?" Wir drängten uns durch die Menschenansammlung.

„So weit weg kann sie nicht sein, sagte Robert, wir finden Sie schon." Gleich fragte er die nächste Dame, die vorbeikam: „Entschuldigen Sie, haben Sie ein kleines Mädchen gesehen? So groß etwa", er hielt die Hand an sein Knie, „mit einem hellen Sommerkleid und großen bunten Punkten drauf?"

Trotz meiner Panik war ich verwundert. Robert wusste sogar, was sein Kind an hatte? Nun warf ich mein Eis weg, bat ihn weiter zu fragen und Ulrike, sich auf die nächste Bank zu setzen und genau Ausschau zu halten.

„Ist gut", sagte sie verständnisvoll, „aber ich kann doch am Strand nachgucken. Dann komm ich wieder her."

Sie ist groß, dachte ich... hoffentlich... und nickte kurz.

Schnell hetzte ich durch die benachbarten Straßen, in denen ich mich bestens auskannte. Ich fragte, schwitzte, weinte und rief laut nach ihr. Wo ist sie nur?

Nach einer gefühlten Stunde sprangen wir zu dritt ins Auto und fuhren zur Polizeiwache. Mir fielen tausend Dinge ein, auch, dass Ulrike in ähnlichem Alter genauso plötzlich verschwunden war. Die Angst war die gleiche. Lange suchte ich sie damals im Wohnviertel und rief ihren Namen in alle Hausflure, bis sie auf einmal wieder vor mir stand: „Ich war doch bloß bei Claudi", wimmerte sie, als sie mein angespanntes Gesicht sah. Wie sollte ich da böse sein. Ich war einfach nur glücklich, als ich sie wieder hatte, dachte ich und betete insgeheim: *Lieber Gott, gib mir auch meine Caroline zurück.*

Auf dem Polizeigelände stellten wir unser Auto ab und waren verblüfft, als wir sahen, wie ein hagerer alter Herr mit Caroline an der Hand in das Amtsgebäude gehen wollte.
„Warten Sie", rief Robert, „das ist unser Kind."
Der Schnurrbart des Mannes bog sich ein wenig über seinem Mund und er sagte: „Da haben wir ja alle Glück gehabt. Ich spare mir die Treppe und Sie haben den kleinen Schnellläufer wieder. Übrigens, die Lütte *(norddeutsch für: klein)* wollte zu ihrer Omi nach Rostock und war schon auf dem richtigen Weg… an der Schnellstraße, am Ortsausgang von Warnemünde. Kluges Kind, was?"
Mir drohte eine Ohnmacht. Wie konnten so winzige Füße diese Affengeschwindigkeit entwickeln, um fast zwei Kilometer weit in so kurzer Zeit zu laufen? Es war und blieb ein Rätsel.
„Fahren wir jetzt zu Oma? Wo habt ihr mein Eis gelassen", maulte Caroline, als hätten wir sie absichtlich in fremde Hände gegeben. Dann schob sie mich von sich, weil ich sie zu sehr an mich drückte.
„Ich geh tot, Mama!"
Ich auch, wenn das so weiter geht.

Kuba
Als Robert von seiner letzten Reise zurückkam, wirkte er verändert. Stundenlang präsentierte er der Familie seine Karibikbilder in Form von Fotos oder Dias. Die Schwärmerei von seinem Besuch in Havanna und den hübschen Mädchen nahm kein Ende, besonders bei einer dunkelhäutigen Schönen mit Rasta-Zöpfen: „Die können alle schwimmen…, die hier besonders… und tanzen, …die hat es drauf… eine Figur hat die… da muss ich unbedingt wieder hin."
Sollte ich ihn verdächtigen? Nein, er würde doch nicht? Oder doch?
Bei uns war es auf beiden Seiten langweilig geworden…
Irgendwann reichte es mir und ich verlangte, dass er, wenn er mit der Kubanerin geschlafen hätte zum Arzt gehen müsse. Da er nur abwinkte und nickte, reimte ich mir den Rest zusammen. Obwohl ich mir

in dieser Angelegenheit nicht sicher war, wies ich ihn entsetzt lange Zeit ab. Ich weiß nicht, was nun folgte. Es war nicht nur Enttäuschung, oder Traurigkeit, es war Depressivität. Meine Kolleginnen kannten mich so nicht und forderten fast täglich: „Lach doch mal wieder."
Dazu kam, dass meine Stimme nicht mehr richtig funktionierte. Ständig war ich heiser und das Sprechen fiel mir schwer.

„Sie haben wieder Knötchen auf den Stimmbändern", sagte der HNO-Arzt, bei dem ich seit Jahren in Behandlung war, „ich rate Ihnen, den Beruf zu wechseln. Auf die Anti-Baby-Pille sollten Sie, wenigstens für einige Zeit, verzichten, weil die Einnahme des Medikamentes Einfluss auf ihre Stimme haben könnte."

Ich war entschlossen, alles und mich zu ändern und sah mich schon mal nach einer Bürotätigkeit um.

In den nächsten Jahren nahm ich Sprechunterricht und arbeitete zwischendurch ein Jahr lang in der Kreisleitung der Freien Deutschen Jugend (FDJ) als Organisator von Kulturveranstaltungen. Drei weitere Kolleginnen und ich bekamen dort die Aufgabe, den Pionierleitern der Rostocker Schulen bei ihren Aktivitäten mit den Pionieren zur Seite zu stehen. Im Gegenzug erklärten diese sich bereit, mit ihren Schulklassen Spalier zu stehen und mit Fähnchen zu winken, wenn ein Staatsratsmitglied der DDR in Ehren empfangen werden sollte.

Unsere Chefin im neuen Arbeitsbereich war die Tochter einer älteren Kindergarten-Kollegin von mir, sie hieß Chris. Mit ihr konnte man Pferde stehlen wie mit Eva und so kam ich zu einer zweiten Freundin. Da ihr Mann Norbert regelmäßig über einen längeren Zeitraum zur See fuhr, besuchte ich sie oft und dann schnatterten wir uns die Seele aus dem Leib und fühlten uns nicht so allein.

Bei einem unserer Treffen erzählte sie mir von einer Bekannten, die ebenfalls einen Seemann geheiratet und bei ihm nach zehn Ehejahren ein verstecktes Sparbuch gefunden hat. „Sie war sowas von enttäuscht", schimpfte Chris voller Mitleid und von diesem Moment an nahm ich mir vor, mich für die Abbuchungen meines Gatten von unserem gemeinsamen Konto zu interessieren, denn die schienen sich zu häufen. Doch als Zugvogel Robert wieder auf die offene See hinaus schipperte, zum Glück nicht nach Kuba, verfiel ich in meinen gewohnten Lebensrhythmus und die Kinder auch.

Bei Roberts Rückkehr holte ich ihn vom Flughafen ab und freute ich mich sogar, dass die Familie wieder komplett sein würde. Weil sein Flieger mitten in der Nacht gelandet war, blieben wir für ein paar Stunden im Flughafenhotel, um auszuruhen; er von seinem langen Flug, ich von etwa dreihundert Kilometern Autofahrt.
Im Gegensatz zu seiner sonst schneeweißen Hautfarbe, war mein Gatte bis auf sein Hinterteil dieses Mal sonnengebräunt und verbreitete gute Laune. Das gefiel mir.
„Glaub mir, ich habe über uns nachgedacht", sagte er, „wir haben zwei gesunde Kinder und eine schöne Wohnung, verdienen tue ich auch genug. Lass uns neu anfangen, bitte." Er zog eine Flasche Sekt und zwei Gläser aus der Reisetasche und goss ein: „Ich verspreche dir, dass ich mich ändern werde. Immerhin sind wir schon über das verdammte siebte Jahr mit unserer Ehe hinaus." Ungläubig stieß ich mit meinem Glas gegen seins. „Vertrau mir."
Der nochmalige Klang der Gläser wirkte bekräftigend und der Sekt verwirrend. Konnte ein Mensch sich in ein paar Monaten ändern? Diesmal war er ein halbes Jahr weg. Ich hatte wirklich die Nase voll vom Alleinsein und meine lange Abstinenz, was das Bett betraf, machte sich bemerkbar. Ich ließ mich auf ihn ein und bereute es unmittelbar danach. So ein Mist, nicht verhütet, dachte ich und duschte lange und gründlich.

Zuhause ging es etwas ruhiger zu als sonst, doch für den Haushalt und die Kinder war immer noch nur ich verantwortlich. Zwar fragte ich Robert hin und wieder bescheiden, mit welchem Recht er zum Feierabend zuerst nach der Bierflasche und dann nach der Zeitung griff, aber die Antwort blieb aus. Nur keinen Streit...
In unserer Küche klingelte neuerdings abends oft ein nostalgisches Telefon. Dann schaute ich nach Gegenüber, wo Eva oder Peter mit dem Hörer eines gleichen Apparates gestikulierten: „Nimm ab."

Diese lustige Idee, einfach eine Leitung von einem Küchenfenster zum anderen zu ziehen, kam uns, als eine Nachbarin meckerte: „Schreien Sie doch nicht andauernd so laut und quer über die Straße. Das regt einen alten Menschen auf!"

Mit der Installation sollten unsere Männer betraut werden, doch die behaupteten, nicht zu wissen, wie sie dabei vorgehen müssten. „Wir können nicht einfach eine Strippe aus dem vierten Stock über die Fahrbahn schmeißen und dann auch noch das Fenster im wieder vierten Stock treffen", stellte Eva nüchtern fest.

„Doch", grinste Peter, „da kommt ein Stein ran und dann wird geworfen. Du musst nur dafür sorgen, dass das Fenster offen ist, sonst werfen wir noch die Scheibe ein."

So konnte es nicht gehen, aber wie dann? Dass die Schnur aus einem Fenster gehängt werden würde, war mir auch klar, aber wie käme sie auf der anderen Seite nach oben?

„Ich gehe die Treppe hoch und nehme die Schnur einfach mit", nahm uns nun Robert auf die Schippe.

Erst als das Vorhaben in die Tat umgesetzt wurde, hingen aus beiden Fenstern Schnüre, aus einem die Telefonschnur und aus dem anderen ein normaler Bindfaden, an den die Schnur gebunden wurde, um sie hoch zu ziehen. Simple Technik.

Nach beendeter Arbeit trafen wir uns zu viert, um unser Meisterstück zu begießen. „Wir haben nur Jägermeister im Haus", erklärte Robert und goss die braune Brühe in ziemlich derbe Trinkgläser.

„Der sieht aus, wie Kommodenlack", schüttelte sich Eva, nahm dann aber doch einen beachtlichen Schluck.

„Das Zeug seht schon zu lange, es ist riecht schlecht", stellte Peter fest, „außerdem klebt es den Hals zu." Er gurgelte kurz mit der Flüssigkeit und verfolgte deren Weg mit einem Finger seiner Hand, erst abwärts, dann aufwärts. *Rülps.*

Ich stellte fest, dass ich von diesem Gebräu übermäßig schnell beschwipst wurde: „Der stand bestimmt schon unter Denkmalschutz, hat ziemliche Umdrehungen."

Eva erzählte gerade, dass sie Balkonkästen gern habe und ich brachte meinen Lieblingswitz an: „Ein Herr gießt die Blumen auf seinem Balkon und findet eine Schnecke darauf. Entsetzt schnappt er sie und schmeißt sie vom dritten Stockwerk auf die Straße. Nach drei Jahren klingelt es an seiner Wohnungstür, die Schnecke steht davor und fragt: Was sollte das denn eben?"

Noch ehe ich zu Ende gesprochen hatte, wurde mir speiübel. Ich rannte zum Klo und übergab mich. In der Regel machte mir Alkohol so schnell nichts aus, …in der Regel. Wie lange war sie eigentlich ausgeblieben? Lieber Gott, lass mich nicht schwanger sein. Ulrike wird zehn Jahre alt, Caroline ein Schulkind. Das kann ich nicht schaffen, schon gar nicht mit Robert.
Grüne Galle…ich bin erledigt.

Doktor Müller zum Dritten
Der Herbstwind wirbelte gelbe Blätter am Fenster der Frauenarztpraxis vorbei. Sollte ich mein drittes Kind bekommen? Robert war schon wieder gen Süden gezogen und hatte vorher kurz bemerkt: „Vielleicht wird es endlich ein Sohn, dann wird alles anders."
Mein: „Aber…" blieb im Raum stehen, denn er begann zu schwärmen: „Dieses Mal darf ich in ein Tauchboot steigen, du glaubst gar nicht, wie sehr ich mich darauf freue."

„Die nächste Dame bitte", die Stimme des Arztes, dem die Frauen vertrauen, riss mich aus meinen Überlegungen.
Nachdem ich meine Bedenken geäußert und dem Doktor mein Herz ausgeschüttet hatte, sagte er: „Wozu Sie sich auch entscheiden, ich helfe Ihnen."
Dann wurde er still und schrieb meinen Befund langsam in seine Karte. Auf das Ultraschallbild schauend, machte ich mich mit der kleinen, unscheinbare Erbse in mir vertraut…
„Sie haben sich entschieden?" Doktor Müller sah mir fest in die Augen.

Ich atmete tief ein: „Ja. Das ist meine kleine Erbse. Ich behalte sie."

Als hätte mein Miniableger das verstanden, lief während meiner Schwangerschaft alles wie am Schnürchen. Mir wurde selten übel, ich hatte kaum Schmerzen und trug passend zu meiner guten Stimmung eine schicke Jeans mit einer modernen blau-weißen Bluse, die Eva aus dem Westen geschickt bekommen hatte.

Drei Monate später kam Robert nach Hause. „Wird es wirklich ein Junge?" Er schien sich zu freuen: „Weißt du was? Wir bauen uns ein Gartenhaus. Wir können uns ein Grundstück mit Eva und Peter teilen, aber jeder baut darauf sein eigenes Häuschen. Auf einer Seite hört man die Bummelzüge der Bahn und auf der anderen die Geräusche der Straße, aber wenn die Kinder schon zu dritt in einem Zimmer sein müssen, können sie wenigstens im Sommer dort ordentlich toben."

Das war eine gute Idee und bald danach gingen wir geschäftig ans Werk: Eine verunkrautete, verfilzte und verhunzte Wiese wurde urbar gemacht und das Fundament für das Haus gelegt. Dann meldete sich der Nachwuchs, um irgendwann an diesem ganzen Geschehen teilhaben zu können. Dass wir, Vater und Mutter, uns immer mehr voneinander entfernten und füreinander höchstens noch Freundschaft empfanden, konnte unser Spross nicht wissen.

Einen heißen Sommertag und eine Nacht lang quälte ich mich auf der Entbindungsstation mit den Wehen und meinen Gefühlen um die Wette. Der diensthabende Arzt zog ein Papier vom Messgerät und brummelte: „Sie wehen sich vielleicht etwas zurecht. Es sieht aus, als wollten sie das Kind nicht bekommen."

Wieso, stand das auf dem Zettel? Verschwitzt und matt winkte ich ab. *Du hast ja keine Ahnung, Mann!*

„Wenn Sie einverstanden sind, machen wir dem Kurzen etwas Dampf."

Weil ich am Ende meiner Kräfte war, sagte mühsam: „Ich bitte darum."

Nach weiteren zwei Stunden hielt ich ein blaugequetschtes, blondes Kind im Arm, das mich vor Wut anschrie: *Das hätte auch schneller*

gehen können!
„Die blauen Flecken gehen noch weg", tröstete mich eine flinke Schwester und nahm mir meinen Sohn ab. Ich schrieb diesen Umstand dem Getue der Hebamme zu, die so oft verlangt hatte: „Ver-atmen, Ver-atmen!" Dabei war ich wohl genauso blau im Gesicht, wie der neue Erdenbürger, weil mir die Puste ausging.

In der ersten Sprechstunde der Mütterberatung bekam ich einen Schock: „Ihr Sohn Jan hat ein recht großes Muttermal auf der Wange. Das ist keine Verfärbung des Gesichtes, die zurückgeht", hörte ich von der dunkelhäutige Ärztin mit den schneeweißen Zähnen, die ich gerade genauer ansah und vermutete, sie stamme aus Afrika. Spontan heulte ich los. Das konnte doch nicht sein. Niemand in der Familie hatte so etwas!

„Von Tausenden hat es jemand, irgend einer", bedauerte sie mich und streichelte meinen Arm. Wie auf Kommando schrie auch Jan, als ob er fragen wollte: Was soll das?! Ich drückte ihn tieftraurig an mich und betete*: Lieber Gott, lass es nicht wahr sein. Es wird bestimmt besser, ich glaube daran.*

Abgetaucht
„Hast du deinen Sohn wieder auf seine Schokoladenseite gelegt", fragte mich Peter vor der Haustür und beugte sich zu Jan herunter, der an seinem Schnuller schmatzte und zusammengerollt wie ein Fragezeichen im Kinderwagen schlief. Ein wenig betroffen nickte ich, denn ich mochte es nicht, wenn ich auf das Muttermal meines Kindes angesprochen wurde. Wenn Jan es sich gefallen ließ, lag seine betroffene Gesichtshälfte auf dem dünnen Kopfkissen und ich ging dummen Bemerkungen, wie:
„Was haben Sie mit dem Kind gemacht", aus dem Weg.
„Bald passt er nicht mehr in den Kinderwagen", lachte Peter, winkte kurz und sprang in sein Auto. Jedenfalls ist es schon besser, tröstete ich mich, denn nun, wo Jan ein paar Monate älter geworden war, wur-

de die untere Hälfte seiner Wange hell. Auch die kräftige blau-rote Farbe verblich und irgendwann würde ich ein medizinisches Verfahren ausfindig machen, welches dieses unschöne Muttermal (*an dem ich mich als Mutter nicht schuldig fühlte*) entfernen würde.
Manchmal machte ich mir Vorwürfe, dass ich vielleicht den blonden Knirps nicht so lieben würde, wie seine beiden hübscheren, dunkelhaarigen Schwestern... und wenn ich an mein Zusammenleben mit seinem Vater dachte, wurde alles noch schlimmer.

Dass ich ständig mit meinen Sorgen und Problemen allein blieb, versetzte mich wieder in einen depressiven Zustand, den ich, im Gegensatz zum vorigen Mal, nun versuchte, vor meinen Kollegen zu vertuschen. Mein Lachen wirkte gequält und ich wurde sehr schweigsam.
„Ich habe Ihnen doch gesagt, dass eine unglückliche Ehe krank macht", stellte meine Hausärztin bei einem Besuch ihrer Sprechstunde fest, „ich werde Ihnen eine Überweisung für das Klinikum Gehlsdorf ausschreiben."
Ich bin doch nicht blöd, lehnte sich mein Inneres auf, aber mein Äußeres hob und senkte die Schultern.
„Sie bekommen eine Neurose und die ist nicht heilbar, zumindest kenne ich keinen solchen Fall. Wollen Sie ewig wie ein Trauerkloß durch die Gegend ziehen und weiter so viele Beruhigungstabletten nehmen? Zum Glück kenne ich Sie seit Jahren, sonst würde ich denken, Sie seien Suizid gefährdet, wie Sie hier vor mir stehen."
Während ich mich fragte, was das sei, kam schon die Erklärung: „Na gut, es braucht schon mehr als hundert Tabletten von der Sorte, die ich Ihnen verschreibe, aber ich traue Ihnen so eine Dummheit, sich das Leben zu nehmen, nicht zu."
Am Abend vor meinem Arzttermin in der Nervenklinik, schaute ich mein blasses Gesicht im Badezimmer-Spiegel an und stellte fest, dass ich nicht mehr gut aussah. Mein Gesicht war kantig und unter den Augen zeichneten sich dunkle Schatten von zu wenig Schlaf ab.
Caroline hatte ihren Mumps einigermaßen überstanden. Da er beidseitig auftrat, sah sie aus wie ein kleiner Hamster und war besonders angeschlagen. Ulrike lag daneben mit Scharlach. Diese Krankheit sollte

eigentlich nicht mehr als einmal auftreten, aber das schien sie nicht zu wissen, denn wir kämpften schon das dritte Mal mit fiebersenkenden Medikamenten, viel frischer Wäsche und Desinfektionsmitteln dagegen an.

Jan ging es nach einer Fieberattacke wieder gut, weil Eva mir mit brauchbaren Ratschlägen zur Seite stand, sonst wäre ich verzweifelt.

Als ich ihr von der Klinik in Gehlsdorf erzählte, musste ich mir anhören: „Ja, da bist du richtig, Mensch! Du kannst dich nur selbst heilen. Reiß dich zusammen, ändere dein Leben. Werde wieder unsere Anita!" Doch das war leichter gesagt als getan.

Während ich grübelte, drückte ich zwei von den mir verordneten Tabletten in ein Wasserglas. Eigentlich sollte ich diese Dosis drei Mal täglich nehmen, aber ich wollte weder auf Arbeit schlafwandeln, noch meinen Kindern ein schlechtes Vorbild sein... drei, vier... die Tabletten fielen mit einem Blubb ins Glas, alle aus der Schachtel... wie im Dämmerzustand griff ich noch eine Tablettenpackung: dreißig, fünfunddreißig... Blubb.

Morgen kommt Robert nach Hause. Er wird sich um die Kinder sorgen müssen... ich jedenfalls kann nicht mehr... achtzig, oder achtundachtzig? Noch mehr... ich hatte aufgehört zu zählen... mit dem Finger rührte ich die weiße Masse um. Tränen mischten sich mit ein. Ich will nicht mehr denken, ich will nur noch meine Ruhe... das Glas bereits am Mund, hielt ich inne...

„Maa-maa!" Angestrengt lauschte ich. „Mama-mam, Mama!"

Das war der Kleine?! Der konnte doch noch nicht sprechen? Ich schaute in das Glas und erschrak. Beinahe hätte ich diesen Tablettensud ausgetrunken! War ich schon verrückt? Ich würde doch die Kinder nicht verlassen. Oh Gott! Ich schüttete das Glas mit Schwung aus und wich zurück, weil mein weißer Pulli einen Schwall davon abbekam. Darauf kann das Zeug wenigstens keinen Schaden mehr anrichten, dachte ich und schlich an das Bett meines Sohnes, damit die Mädchen nicht gestört würden. Da lag der Frechdachs und strampelte vergnügt in seinem blauen Schlafsack, auf dem Sonne, Mond und Sterne abgebildet waren. *(Das Nachtutensil war ein Geschenk von Evas Tochter Lisa, die ein Jahr nach Caroline geboren wurde.)*

Als ich mich zu dem Kleinen hinunter beugte, streckte er mir die Hände entgegen und brabbelte vergnügt vor sich hin, bis ich aus dem Kauderwelsch wieder das Wort „Mama" sondieren konnte. Voller Freude nahm ich ihn auf den Arm und knuddelte ihn, dass er quietschte. Caroline brummte, rieb sich die Augen und schlief weiter. Ulrike rührte sich nicht, sie schlief meistens tief und fest. Ich summte den kleinen Nachrichtensprecher wieder in den Schlaf, deckte Caroline zu und sah im Vorbeigehen und im Halbdunkel, dass Ulrike am Daumen nuckelte. Das passierte ihr in ihrem Alter selten, aber manchmal brauchte sie wohl einen Seelentröster. Hoffentlich ist das nicht meine Schuld, überlegte ich und nahm mir vor, am nächsten Tag den Termin in der Nervenklinik wahrzunehmen.

In der Klinik musste ich nach meiner Ankunft in einem langweilig eingerichteten Vorzimmer des Arztes ausharren, bis der endlich eintrat. Er war klein und schlank, leicht gehbehindert und machte nervöse Bewegungen, so dass ich anfangs überlegte, ob sich vielleicht ein Insasse dieser Klinik selbständig gemacht habe. Ich wurde abgehorcht und ausgehorcht, sollte mit geschlossenen Augen geradeaus gehen, mit den Fingern der linken oder rechten Hand meine Nasenspitze treffen *(was fast ins Auge ging)* und dann wiederholte er ungefähr die Worte, die mir meine Ärztin und Freundin Eva schon gesagt hatten: „Das sieht fast aus, wie eine Neurose. Die Betonung liegt auf: fast. Sie können sich mit aller Kraft dagegen wehren, wenn Sie es wollen. Machen Sie es wie Münchhausen, ziehen Sie sich am eigenen Haarschopf selbst aus dem Sumpf. Niemand kann Ihnen dabei helfen."

Na, wenigstens kennt er Münchhausen, beruhigte ich mich, verließ das Sprechzimmer und kürzte meinen Weg zum Bus ab, indem ich durch den Park des Klinikums ging. Hinter dem Zaun eines abgegrenzten Teils der Anlage sah ich ein paar nervenkranke Menschen. Ein verhutzeltes Männchen steckte die Zunge durch den Zaun und gab geistesgestörte Laute von sich. Eine schwammige ältere Frau lallte auf einer Parkbank sitzend vor sich hin und schrie plötzlich, dass ich erschrak. Ich ging schneller. Vorbei an einem Pfleger, der ein behindertes

Kind mit herunterhängendem Kiefer und ausgestreckter Zunge auf mich zuschob. Mich packte Entsetzen und ich fing an zu laufen. So will ich nicht enden! Ich will gesund sein. Ich werde gesund sein: Ich will, ich will, hämmerte es im schnellen Rhythmus meines Herzens in meinem Kopf.

Es dauerte zwei Wochen, bis ich meine Tabletten wegwarf und einigermaßen in der Lage war, mich wieder an den schönen Seiten des Lebens zu orientieren. Robert, der sich mehr oder weniger unserem Leben anpasste, war nach seiner Reise relativ gut gelaunt und unser gemeinsames Projekt, Garten und Gartenhaus, beschäftigte uns nach anstrengenden Arbeitstagen. Wir luden Freunde ein, grillten und feierten mit ihnen und ließen uns ablenken. Unser Leben fand wieder statt. Die Kinder schienen glücklich zu sein. Jan, der bisher noch im Laufstall „gefangen gehalten" wurde, konnte endlich frei im Grünen herum stolpern. Übermütig spazierte er durch die frisch angelegten Aprilbeete und freute sich über die tollen Spuren, die er darin hinterlassen hatte. Unglaublich, dass dieser Knirps mit zehn Monaten schon laufen und sich so artikulieren konnte, dass man ihn verstand.

„Da", sagte er, nach seiner Beet-Überquerung, zeigte auf seine Fußabdrücke und wackelte schnell weg, um nicht ausgeschimpft zu werden.

Dann kam ein sonniger Tag, der der dunkelste in meinem Leben werden sollte:

Ein befreundetes Ehepaar radelte durch unsere offene Gartenpforte.

„Hallo Ihr Maulwürfe", rief Klaus, der zuerst von seinem Herrenrad sprang, „was macht Ihr so?"

„Am Tag maulen und nachts werfen wir", antwortete ich, in Anlehnung an den mir verliehenen Titel: Maulwurf.

Rita, die pummelige Frau von Klaus, rutschte ungelenk von ihrem Sattel und stieß mit ihrem Vorderrad gegen das Hinterrad ihres Gatten.

„Bist du wahnsinnig geblieben", knurrte der, „du solltest deine Stützräder wieder anschrauben!"

Ritas rundes Gesicht war fast so rot, wie ihre Haare. Da wir sie schon etwas länger kannten, schrieben wir das nicht ihrem eventuellen Zorn, sondern ihren Radfahrkünsten zu.

Robert lud die Kampfhähne zu einer Gartenbesichtigung ein. Stolz präsentierte er unsere Gemüsebeete, die mit unserer Gartenfachgehilfin, namens: Oma, entstanden waren. Zwar waren einige durch kleine Tritte verunziert, aber im Großen und Ganzen gab es nichts daran auszusetzen.

Urplötzlich hörten wir Ulrike kreischen und zwar so, dass es keinen Zweifel daran gab, dass etwas Schlimmes passiert sein musste! Ich rannte quer über alle Beete zum Eingang des Gartenhauses. Robert stand wie versteinert, Eva, die nebenan in ihrem Garten werkelte, warf die Harke von sich und hetzte hinter mir her. Ich konnte nicht begreifen, was ich sah: Ulrike hielt Jan im Arm, er war patschnass und taumelte reglos hin und her. „Jan ist in die Regentonne gefallen", weinte sie, „seine Füße haben aus dem Wasser geguckt und gezappelt, da hab ich ihn schnell rausgezogen."

Entsetzt riss ich mein lebloses Kind an mich. Jans grüner Anorak hatte sich mit Wasser vollgesogen, die weiß-bunte Mütze, die mit Bändern unterhalb des Kinns gehalten wurde, schien ihm den Hals zuzuschnüren. Schnell zog ich alles von ihm ab. Mein Junge hatte die Augen weit aufgerissen, sein Gesicht war blau angelaufen und er atmete nicht mehr. Instinktiv drehte ich den Kleinen kopfüber nach unten und Eva versuchte, ihn mit einer Herz-Druck-Massage wiederzubeleben.

Geistesgegenwärtig fuhr Robert mit dem Auto vor, Eva und ich stiegen hinten ein, den Jungen mit dem Kopf nach unten haltend, weil wir glaubten, dass das richtig sein müsse. Eva machte weiter verzweifelt Wiederbelebungsversuche, Robert jagte mit Warnblinkanlage und Hupe durch den kleinen Stadtteil zum nahegelegenen Krankenhaus. Wir schossen die Rampe der Notaufnahme empor und ich hetzte mit meinem Sohn auf dem Arm durch die Tür an der Aufnahme vorbei:

„Sie müssen sich hier…."

Ich rannte, ohne zu wissen, wohin. Ein Arzt kam mir entgegen: „Die Anmeldung ist…"

„Nein, helfen Sie!"

Ich drückte dem verblüfften Arzt das leblose Kind in die Arme.

„Oh Gott, stöhnte der und rief: „Drückt auf den Knopf!"

Er rannte mit Jan zum OP-Saal und jetzt ging alles schnell. Aus mehreren Türen kamen Ärzte und Schwestern und die wehenden weißen Kittel ließen mich hoffen. *Sie werden ihn retten. Lieber Gott, hilf ihnen.* Eva stand hinter mir und forderte barsch: „Brich jetzt ja nicht zusammen." Dann schob sie mich auf einen Stuhl.

„Es wird schon gut gehen", murmelte Robert neben uns.

Lange passierte nichts, dann hörten wir ein leises Wimmern.

Er lebt?! Ich stürzte auf die junge Ärztin zu, die gerade aus dem OP-Saal trat und fragte, ob mein Kind gerettet wurde.

„Noch weiß ich es nicht", sagte sie und verschwand im Nebel, denn ich wurde ohnmächtig. Wieder hörte ich Evas Kommando: „Reiß dich zusammen!"

Nach gefühlten zwei Stunden ging die Tür des Operationsraumes auf. Ein Bettchen wurde von einer müde aussehenden Schwester herausgebracht, in dem Jan ruhig schlief. Nebenher schob eine sehr junge Kollegin, die sich vielleicht noch in der Ausbildung befand, einen Ständer mit einem daran hängenden Tropf, dessen Leitung unter dem Deckbett des Bettchens verschwand.

„Ihr Sohn hat einen großartigen Schutzengel gehabt", sagte der Arzt leise, der nach den Krankenschwestern auftauchte und uns mit einer beruhigenden Geste zur Seite schob: „Er braucht jetzt erst einmal Ruhe. Wir haben ihm das Wasser aus den Lungen gepumpt und erwarten eine Lungenentzündung. Die müssen wir in den Griff bekommen. Dass das Wasser noch sehr kalt war, hat ihm das Leben gerettet. Der Körper fällt dann in eine Art Schock-Zustand. Durch die Wiederbelebungsversuche haben Sie den kleinen Blutkreislauf erhalten und damit gesichert, dass das Gehirn durchbluten und mit Sauerstoff versorgt werden konnte. Wenn er diese Nacht überlebt, ist die kritische Phase vorbei." Ich weinte los: „Und wenn nicht? Mein armes Kind. Hätte ich doch besser aufgepasst!"

Eva meckerte: „Grabt bloß das blöde Fass aus. Wie konnte der Floh die Ziegelsteine, die auf dem Deckel lagen, überhaupt wegräumen?"
Robert zuckte mit den Schultern.

Nachts konnte ich nicht schlafen und erwog, wieder zur Klinik zu fahren. Irgendwann plagten mich Albträume: Ich sah ein Kind im Wasser, das mir die Hand entgegenstreckte und ich konnte es nicht erreichen...
Morgens war ich zermürbt und müde, aber mein erster Griff war der zum Telefon. Die Antwort auf meine Nachfrage war ernüchternd: „Sie müssen schon herkommen, wir geben am Telefon keine Auskunft."
Mein Herz drohte zu bersten.

„Wenn Jan nicht gesund wird, verkaufen wir den Garten", sagte ich zu Robert, als wir auf dem Weg zur Klinik waren. Die Antwort verschlug mir die Sprache: „Was kann der Garten dafür?"
Wer ist der Mann neben mir, fragte ich mich und ich begann, ihn zu hassen.

In der Klinik beantwortete mir der Stationsarzt meine Fragen und ergänzte: „Jan geht es recht gut, aber wir müssen abwarten, ob nicht doch eine Schädigung des Gehirns eingetreten ist. Bitte besuchen Sie den Jungen jetzt nicht. Er ist noch viel zu schwach und jede Aufregung ist schädlich."

Schweren Herzens verabschiedete ich mich. Wir holten Ulrike und Caroline von zuhause ab und ich ließ mich bei meiner Arbeitsstelle absetzen.

Als wir dort in der Mittagspause zusammen saßen, zeigte eine Kollegin stolz ein Foto ihres Enkelkindes. Mir schnürte die Bemerkung, was für ein hübsches Kind das sei, die Kehle zu. Musste sie mir unbedingt so einen blonden Fratz zeigen? *Lieber Gott, ich habe Angst. Jetzt weiß ich genau, dass ich diesen kleinen Zwerg liebe, als Erbse, als Sprachgenie und als kleines Trampeltier.*

Abends schlich ich mich an die Rückseite der Klinik, weil ich wusste, dass Jan parterre untergebracht war und wo ungefähr sein Zimmer lag. Während ich seitlich durchs Fenster spähte, entdeckte er mich.

Er streckte die Arme aus und greinte leise, dann bemühte er sich, aufzustehen. Mir drehte sich das Herz um und ich zog mich schnell zurück. Einerseits war ich erleichtert, weil er mich erkannt hatte, andererseits fühlte ich mich schuldig, weil ich ihn unnötig leiden ließ.

Künftig hielt ich mich an die Absprachen mit dem Arzt und als fast zwei Wochen vergangen waren, konnten wir den kleinen Wassersportler wieder nach Hause holen.

„Seinen ersten Tauchversuch hat er hinter sich", schmunzelte der Kinderarzt und Jan sah ihn verständnislos an. Müde, auf meinem Arm sitzend, klammerte er sich an mich und zeigte dann zur Tür.

Das hieß: Nix wie raus hier, Mama. Der hat mich genug gepiesackt.

4

Beim nächsten Halt des Zuges stieg der Schüler aus, nahm seinen Rucksack auf eine Schulter und ging stark kopfnickend am Zugfenster vorbei über den Bahnsteig. „Was für ein Rapper", lachte Anita, „ein Wunder, dass ihm die Ohrstöpsel nicht rausfliegen. Sicher ist er auf dem Weg zur Schule und bevor er dort ankommt, hat er sich sämtliche Schubladen seines Gehirns zu gedröhnt."

„Guck mal, seine Jeans an. Der Hintern hängt in den Kniekehlen. Sieht aus, als hätte er...naja."

Die Abteiltür öffnete sich. Hinter einer jungen Mutter drängelten zwei Jungs im Vorschulalter und knufften einander. Ihre Mutter wurde energisch: „Hört auf, geht weiter, los. Das ist nicht unser Abteil."

Anita winkte erleichtert ab und Tina bat: „Erzähl doch weiter, ich spendiere auch einen Kaffee."

„Eigentlich bist du mit deinem Leben dran."

„Ich habe dir doch gesagt, ich lebe allein...das ist ziemlich öde."

„Ja, meine Lebensgeschichte ging so weiter..."

Eine Katze hat sieben Leben, mein Sohn hat mehr
Erst als Jan seinen Tauchunfall längere Zeit hinter sich gebracht hatte, nutzte unsere Familie den Garten wieder für Wochenend-Aufenthalte. Das Unglücksfass war beseitigt und die im Vorjahr sorgfältig angelegte Gemüseecke inzwischen völlig verunkrautet. „Soll ich dir helfen", fragte Eva vom Nachbargrundstück, indem sie sich langsam von ihrer Gartenliege aufrichtete, „ich ziehe gern mal größeres Unkraut heraus."

Ha, ha. Mein Unkraut war kniehoch und ihres nicht zu sehen. Wenn sie jetzt darauf hoffte, dass ich verneinen würde, hatte sie sich geschnitten. Ich rief ihr zu: „Na dann, auf in den Kampf, mit vier Händen geht es schneller."

Laut gähnend erhob Eva sich gänzlich und taumelte auf mich zu. Dabei wackelte ihr beneidenswert großer Busen und an den Rändern des tief ausgeschnittenen blau-weiß-gestreiften Pullis und den abgeschnittenen, kurzen Jeans zeigten sich erste Spuren von Sonnenbrand. „Schade um meinen Schönheitsschlaf", gähnte sie erneut.

Schlaf, dachte ich sehnsüchtig: was ist das?! Jan schien sämtliche Backenzähne gleichzeitig bekommen zu wollen und jammerte jede Nacht. Ulrike hatte Bronchitis und Caroline Röteln. So tröstete ich die Kinder fast stündlich, machte nach Omas Hausrezept kalte Brustwickel bei der einen und Wadenwickel gegen das Fieber bei der anderen. Heute konnte ich endlich die Drei an die Luft setzen und selber wieder durchatmen. *(Soweit das mit dem Kopf nach unten beim Unkraut rupfen möglich sein würde.)*

Während die Mädchen mit ihren Puppen Quartier auf einer Decke bezogen und Evas Tochter Lisa zu sich heranwinkten, latschte Jan quer über alles, was ihm im Weg war und freute sich: „Oh gün, oh gün, oh gün" rief er und klatschte in seine Hände. Dabei brachte ihn das viele „Grün" aus dem Gleichgewicht und unter seiner Lederhose suchte ein Frosch gerade noch rechtzeitig das Weite.

„Den musst du anbinden", lachte Eva, und bückte sich lahm, „war von weitem gar nicht zu sehen, diese Kacke", stöhnte sie, „hast du wenigstens ein kaltes Bier zur Belohnung?"

„Klar. Für meine Freundin immer."

Auf dem Heimweg setzten sich meine Kinder auf den Rücksitz des Ladas befahl: „Alles anschnallen bitte", kontrollierte es aber nicht. Wenig später fuhr ich in eine Rechtskurve und da rief Ulrike plötzlich: „Hilfe!" Ich schaute über meine Schulter. Während sich die hintere rechte Wagentür langsam öffnete, sah ich, dass Jan zwischen Tür und Autositz über dem Asphalt hing und immer länger wurde. Bevor ich mich fragen konnte, warum der Knirps nicht in der Mitte auf seinem Platz saß, griff Ulrike beherzt in den Hosenbund des Artisten und zog ihn zurück ins Fahrzeug. Langsam abbremsend suchte ich eine Möglichkeit zum Halten und dann schrie ich meine Rasselbande an, warum sie sich nie an die gegebenen Anweisungen halten könne.

„Das war Jan", sagten die Mädchen wie aus einem Munde und der strahlte verklärt, als hätte er zu viel Teer geschnüffelt. Ich stieg aus, kontrollierte die Gurte und Türen, holte tief Luft und drohte unsinnigerweise mit dem Zeigefinger. Die Damen maulten und als der Kleine „Aua" schrie, wusste ich, dass er von beiden Seiten geknufft wurde. *Lieber Gott, lass´ Abend werden. (Das wurde es dann auch, sogar ohne mein Gebet.)*

In den Schulferien konnten die Kinder für ein paar Tage bei den Großeltern in Zepelin oder bei Oma und Opa in Rostock bleiben. Sie freuten sich darüber und ich mich auch. Der Alltagstrott mit Arbeit, Krippe und Schule wurde oft so anstrengend, dass ich froh war, für ein paar Tage nur den Kleinen versorgen und beaufsichtigen zu müssen.

An einem schönen Sonntagmorgen öffnete ich alle Fenster weit und winkte Eva, die ihre Fensterscheiben auf Hochglanz polierte. Wenn sie das sogar am Sonntag tat, war ihre Mutter nicht weit. Sicher käme sie in ein paar Tagen zu Besuch.

Robert wurde inzwischen von Kollegen abgeholt und zu einem Reiterfest gefahren, um mit der Musikkapelle, wie er meinte, „Anderen den Marsch zu blasen."

Ich winkte ihm bei der Abfahrt kurz zu und warf einen Blick nach rechts auf das Große-Mönchen-Tor und den Stadthafen. Das Wasser war blauer als der Himmel und die Farben schienen sich am Horizont zu vermischen.

Ein paar Möwen flogen kreischend vorbei und Jan schrie: „Mama, die Löwen kommen!" Aufgeregt zeigte er auf die Vögel, die wir oft fütterten, um sie aus der Nähe betrachten zu können. *(Natürlich sollte man das nicht.)*

Jans Stubsnase berührte das Fensterbrett und er konnte nur sehen, was über ihm geschah. Deshalb kletterte er auf den kleinen Sims unter dem Fenster, der ein Rohr verkleidete, und nun ragte sein Kinn ein wenig über die Fensterkante. Die Sicht wurde nicht besser. Ich hob ihn hoch und erklärte vorsichtshalber dabei, dass wir ganz oben wohnen und er nirgendwo klettern dürfe, sonst könne er aus dem Fenster fallen. Da er nickte wie ein Pferd und scheinbar nichts verstanden hatte, kippte ich vorsichtshalber die Scheiben an. Seine sportlichen Aktivitäten waren nicht zu unterschätzen.

Während mein Sohn sich auf die Ladefläche eines großen Spielzeug-Kippers setzte und damit durch die Räume kurvte, goss ich mir einen Kaffee auf. Dann hörte ich, dass meine *(zugegeben ein wenig kitschig klingende)* Lieblingsschallplatte, abgelaufen war: „Die Roten Gitarren." Sie passten zu meiner Stimmung heute: „…auf Schwingen gleiten wir, durch Gischt und Schaum, getaucht in Meeresgrün und Sonnenglanz…" Ich konnte mich gedanklich auf das besungene Segelboot begeben und träumen. *(Traum-Suse Anita, Wasserratte, Bücherwurm, Musikliebhaberin, Tanzbesessene… für nichts war mehr Zeit, sogar meine Gitarre verstaubte an der Wand.)*

Bevor ich die Küche verließ, schob ich den heißen Kaffee von der Kante der Küchenplatte bis in deren Mitte. Lieber noch ein Stück weiter, damit Jan nicht heran käme, ermahnte ich mich. Während ich im Wohnzimmer den Schallplattenarm auf die Platte senkte, schrie Jan lauthals in der Küche auf. Ich sah ihn nicht und wusste, was passiert war. Er hatte sich verbrüht! Irgendwie konnte er die Tasse umwerfen. Es war mir unbegreiflich.

Besorgt rannte ich zu ihm und zog ihm schnell das Hemd aus. Zu meinem Entsetzen sah ich, dass Jans gesamter Brustkorb knallrot war. Eva hatte das Geschrei gehört, gestikulierte an ihrem Fenster und zeigte auf sich und auf uns: „Ich komme!"
Dankbar öffnete ich Eva die Tür mit dem schreienden Kind im Arm.
„Kaltes Wasser, los mach", befahl sie und stürmte in die Wohnung. Wir hielten den Knirps über die Wanne und ließen kurzzeitig kühles Wasser über die Brandwunde laufen. Jan schrie wie am Spieß. Ein paar Blasen, die sich gerade auf der Haut gebildet hatten, sprangen auf und hervor schaute rohes Fleisch.
Ich war geschockt und wäre nicht die gelernte Krankenschwester neben mir hart geblieben, wäre ich umgefallen. „Wir schaffen das, los, noch einmal kaltes Wasser und dann brauche ich ein möglichst steriles Badetuch."
Endlich, als Jan eingehüllt in ein Handtuch auf meinem Arm saß, wurde er ruhig und die Panik schwand auch aus unseren Gesichtern.
„Ich fahre euch zur Klinik", kommandierte Eva und ich folgte betroffen ihrer Anweisung.

Der Kinderarzt hatte sich besser im Griff als ich mich und beruhigte den Kleinen: „Pass mal auf, wir machen eine kühle Salbe auf alles und dann ziehe ich dir einen schönen Pulli an." Jan weinte bei der Prozedur, aber als der sogenannte „Pulli" dran war, kicherte er: „Das ist doch nicht keiner." Trotzdem bewunderte er das netzartige Gebilde, was ihm über den Kopf gezogen und zum Halten der Verbände angelegt worden war.
„Klar, das ist ganz schick. So einen Pulli hat hier kein Mensch. Wer den trägt, bekommt jeden Tag von mir ein Bonbon." Schluchzend nahm Jan die kleine Süßigkeit und ich hörte heraus: jeden Tag. Die Erklärung folgte von dem Herrn in Weiß: „Wir brauchen etwa vier Wochen. Täglich. Dann müsste alles gut sein. Da Sie und meine Kollegin hier, alles richtig gemacht haben, hatte der Kleine wahrscheinlich Glück und bekommt keine Narben."
„Danke, Danke schön."

Abends schlief Jan, nach der Einnahme seiner Medikamente, schnell ein und ich warf mich rückwärts auf die Couch. Wenn Robert nach Hause käme, würde er sie mir wieder streitig machen, dachte ich und da klingelte das Telefon.

Ulrike erzählte, was sie und Caroline heute mit dem Großvater beim Angeln in Zepelin erlebt hatten: „Mama, du glaubst es nicht. Opa stand mit seiner Angel am Wasser und drehte sich zu uns um. Immerzu sagte er, dass wir nicht zu nahe an den Kanal gehen sollen, damit wir nicht reinfallen und beinahe lag er selbst drin. Wir haben uns tot gelacht. Vor Schreck sind wohl alle Fische abgehauen, denn es hat keiner mehr angebissen."

So müde ich auch war, ich stellte mir den um die Kinder besorgten Opa vor und wie er gerade noch einmal mit dem Schrecken davon gekommen war. „Es ist ja nichts passiert", rief er im Hintergrund und lachte mit.

(Anmerkung: Ein paar Jahre später ist dem Großvater das ernüchternde Bad bei der Belehrung seiner Enkel Caroline und Jan nicht erspart geblieben. Er machte mit erhobenem Zeigefinger einen Fehltritt und: Plumps! Mein Vater war ein Schelm und Draufgänger. Wenn die Kinder zurück nach Hause kamen, sangen Sie oft völlig blöde Liedchen oder kannten Sprüche wie: „Die Sonne scheint ins Kellerloch, lass sie doch" oder: „Ein schöner Baum – abgesägt – aus der Traum…" Und noch schlimmer: „Ein Pups der flog vom Dache und brach sich das Genick, da kam der Schutzmann Jache und nahm den Stinker mit…"
Na gut, das Meiste kannte ich ja längst.)

Im letzten Herbst, erzählte mir meine Mutter am Telefon, war mein Papa zum Pilze sammeln aufgebrochen und erst abends sehr spät heimgekehrt: „Der Wahnsinnige ist mit seinem Motorrad über die Wiesen gefahren, um schneller fündig zu werden. Er meinte, die weißen Champignons wären ja gut im Gras zu sehen. Leider übersah der Held einen Wassergraben und fuhr schnurstracks mit seinem Gefährt hinein. Irgendwann entdeckte ihn ein Bauer und half ihm, das motorisierte Pilzsuchgerät aus dem Graben zu wuchten. Gott sei Dank ist ihm nichts passiert." Obwohl meine Mutter lachte, hörte ich ihre Besorgnis heraus.

Von meinen Kindern folgten keine Gruselgeschichten, sondern sie bettelten: „Mama, wir wollen noch länger hier bleiben. Oma kocht so gut und Opa ist schön lustig." Ich war erleichtert und stimmte dem Vorschlag ohne Umschweife zu.

Nach den Ferien der Mädchen war auch Jans große Brandwunde einigermaßen verheilt. Ein paar offene Stellen konnte ich mit Pflaster versorgen und bald wollte er von selbst wieder in die Kindereinrichtung. Irgendwann ging alles wieder „seinen sozialistischen Gang", wie wir gern bei jeder passenden Gelegenheit sagten.

Schön, wenn das Leben in geordneten Bahnen verläuft, freute ich mich, als ich wenige Monate später vor dem Hof des Kindergartens parkte, um Jan abzuholen. Meine Freude sollte nicht lange währen. Ein blasser Knirps kam mir an der Hand seiner Erzieherin entgegen und konnte sich kaum auf den Beinen halten. „Ich glaube, Jan hat Fieber", sagte die junge Frau und fasste an seine Stirn. Warum hat sie mich nicht angerufen, überlegte ich kurz, nahm den Jungen auf den Arm und fuhr ohne lange nachzudenken mit ihm zum Kinderarzt.

Keiner mehr da...

Ich musste einige Kilometer weiter bis zur Kinderklinik in die Südstadt fahren und dort wurde er gründlich untersucht. Lange saß ich danach mit dem Kind auf dem Schoß und wartete auf die Befunde. Wir hatten die Köpfe aneinandergelegt und ich schaukelte den müden Körper leise summend hin und her. „Mein Püppchen ist müde, ich leg es zur Ruh..." Jan schlief bei seinem Lieblingsschlaflied ein.

Endlich ging die Tür auf. Eine dunkelhaarige Krankenschwester, ziemlich groß und kräftig, griff aufgeregt nach Jan: „Sein Blutbild hat sich total verschoben. Er muss sofort eingeliefert und genauer untersucht werden."

„Halt, wieso? Was soll das?" Ich bekam keine Antwort und erschrak, denn sie zog mir den Kleinen vom Arm und verschwand kurzerhand mit ihm hinter einer Glastür. Bis ich begriff, was sie gesagt hatte, kam ein junger Arzt auf mich zu. Er zuckte mit den Schultern und murmelte: „Ihr Sohn hat viel zu viele weiße Blutkörperchen... die fressen die roten auf... kommen Sie morgen, dann wissen wir vielleicht schon mehr."

Er wich mir aus und ich stand allein in einem langen, hell erleuchteten Flur.

Lieber Gott nicht schon wieder. Bitte lass es keine Leukämie sein. Ich werde noch wahnsinnig!

Beim Pförtner angekommen, bat ich darum, telefonieren zu dürfen. Mit zitternder Stimme sagte ich zu meinem Mann: „Robert, hol mich vom Krankenhaus ab. Ja, mit der Straßenbahn. Ich kann nicht mehr fahren, Jan muss hierbleiben, es ist schrecklich."

Nun folgten zehn Nächte, die ich nicht aus meinem Leben streichen kann. Sie ähnelten denen von Jans Unfall mit der Regentonne. Albträume, Angst, kaum Schlaf und jeden Tag eine andere Auskunft.

„Besser, schlechter, besser.."

Niemand wusste, was in diesem kleinen Körper vorging. Dieses Mal unterstützte mich Robert ein wenig. Er versuchte, mich zu beruhigen, kam ab und an mit in die Klinik oder fuhr mit den Mädchen zu den Großeltern, die mit uns bangten.

Nach dieser Zeit kam plötzlich ein Anruf: „Sie können ihren Sohn wieder abholen."

„Was ist los, ist er gesund?"

„Das sagen wir Ihnen, wenn Sie hier sind."

Bevor ich mich aufregen konnte, hörte ich, dass am anderen Ende schon der Telefonhörer aufgelegt wurde. Meine Nerven waren zum Berste gespannt.

Als ich in Jans Zimmer stürmte, lachte der mich an: „Ich bin gar nicht mehr krank, Mama. Das hat der Doktor gesagt."

Konnte ich das glauben? Durfte ich mich freuen, oder käme gleich wieder eine Holzhammernarkose? Vorsichtshalber ging ich ins Sprechzimmer um mich genau zu informieren.

„Fragen Sie mich bitte nicht, wehrte der Arzt ab. Ich weiß nicht, was das Blutbild derart verändern konnte. Vielleicht eine verschleppte Grippe. Seien Sie froh, dass der Verdacht auf Blutkrebs sich nicht bestätigt hat. Es ist wirklich alles wieder in bester Ordnung, seien Sie unbesorgt. Ich muss weiter, auf Wiedersehen."

Lieber nicht, dachte ich erleichtert. Auch wenn ich tausend Tode sterben musste, mein kleiner Sohn war plötzlich gesund und das war das Beste, was geschehen konnte!

„Jäääh, rief Jan, als ich ihn abholte und er mir vom Bett aus entgegensprang. Wir hüpften Hand in Hand auf unser Auto zu, klatschten mit den Handflächen auf unsere offenen Münder und jaulten wie Winnetou: „Hhuuwuwuwu!"

Das Surf-Virus ist ausgebrochen
Der Tag war lang und anstrengend. Nun ließ ich mich im Wohnzimmer aufs Sofa fallen und legte gewohnheitsmäßig die Füße auf den Tisch. Das ist zwar nicht elegant, aber fördert die Durchblutung. Ich nahm mir eine Zeitschrift und begann zu lesen, na gut, eigentlich war das nur „Bilder gucken", aber eine Beschäftigung, die mir keine besondere Anstrengung mehr abverlangte. Da öffnete sich leise die Tür und herein schaute ein brauner Wuschelkopf. Er gehörte meiner Großen.

„Na, Ulrike, was hast du denn heute ausgefressen, dass du nicht einschlafen kannst", fragte ich quer durch den Raum." Sie bewegte zögernd den Oberkörper, indem sie zunächst eine, dann die andere Schulter vor und wieder zurück schob. Dabei baumelten die ein wenig zu langen Ärmel ihres hellen Schlafanzugs hin und her, wie bei einem kleinen Geist. „Nix Mama, ich möchte bloß gern wissen, warum ich genau wie Caroline und Jan abends um sieben Uhr ins Bett muss. Ich bin doch viel älter und noch gar nicht müde."

Ich winkte ihr: „Komm her" und deutete auf den Platz an meiner Seite: „Sieh mal, ich bin den ganzen Tag gerannt und habe, wenn ihr Drei im Bett seid, ein paar ruhige Minuten. Wenn ich dir erlaube aufzubleiben, kann ich einfach nicht abschalten. Ich brauche ein wenig Ruhe, kannst du das verstehen?" Der Strubbel neben mir verneinte kopfschüttelnd.

„Außerdem denke ich, dass du deinen Schlaf benötigst, denn morgens findest du nicht so schnell aus den Federn."

„Ja gut, kann ich denn noch ein wenig lesen?"
„Das tust du doch sowieso. Glaub nicht, dass ich das früher nicht auch getan hätte... mit der Taschenlampe unter dem Deckbett." Ich knuffte sie und wir beschlossen, eine kleine Leselampe über ihrem Bett anzubringen. Auch eine Ausschaltzeit wurde vereinbart, obwohl ich wusste, dass sie garantiert nie eingehalten werden würde. Gegenseitig schmatzten wir uns ein Küsschen auf die Wange und wünschten uns: Gute Nacht. Ich lehnte mich entspannt zurück. Im Radio plätscherte ruhige Musik. Endlich Ruhe, endlich Feierabend.

Irgendwann rumorte jemand vor der Wohnungstür auf der Treppe. Ich horchte auf, weil die Tür zum Wäscheboden energisch aufgeschlossen wurde und unsanft wieder ins Schloss fiel. Wer hängt um diese Uhrzeit noch Wäsche auf? Ich schlich auf Zehenspitzen durch den Flur und als ich meine Schlüssellochposition einnehmen wollte, um den Störenfried ausfindig zu machen, ging die Wohnungstür auf.

„Robert, hast du mich erschreckt", plapperte ich wie ertappt und machte kehrt, um meine Ruhestellung auf dem Sofa wieder einzunehmen. Allerdings schob ich jetzt einen Fuß unter meinen Po, zog das andere Bein nahe heran und legte ein Kissen auf den aufgestellten Fuß. Kurz darauf war die Ruhe dahin.

Ich hörte, wie Schuhe unter die Garderobe gekickt wurden, wie eine Tasche vom losen Haken rutschte und zu Boden knallte und daraufhin erfolgte das gewöhnliche „Plopp" beim Öffnen einer Bierflasche.

Mit den Augen verfolgte ich meinen Ehemann, der sich, mir gegenüber, auf einen Sessel fallen ließ. Er war verschwitzt und unrasiert. Der Dunst seiner Abendsocken erfüllte den Raum und würde sich gleich mit ein wenig Biergeruch vermischen. Gut, dass er wenigstens nicht mehr raucht, tröstete ich mich und fragte leise: „Wie war dein Tag? Was wolltest du auf dem Dachboden?"

Ein breites Lachen glitt über Roberts Gesicht: „Soll ich dir verraten, was ich einem Kollegen abgekauft habe? Für'n Appel und 'n Ei? Ein Surfbrett! Das hab ich da abgestellt. Du weißt doch, dass Peter sich mit ein paar Kollegen in der Werft so ein Brett gebaut hat. Ich will das Surfen auch mal versuchen und die Kinder können damit paddeln. Du wirst da wohl nicht raufsteigen, oder?"

„Denkst du, ich kann das nicht? Nur Jan ist noch klein und ich müsste ständig an Land und bei ihm bleiben!"
Als Robert die Augen verdrehte, wurde ich schnippisch: „Deine Alleingänge finde ich blöd. Wir hätten vorher darüber sprechen können!"
„Das ist wieder typisch! Du bist nie zufrieden. Immer diese Meckerei! Peter ist an jedem Wochenende mit seiner Familie am See oder am Salzhaff in der Nähe von Rerik. Du wolltest doch immer, dass wir gemeinsam etwas unternehmen. Also lass es uns einfach ausprobieren."
„Also gut", sagte ich müde, „ich gehe ins Bett."
„War ja zu erwarten", brummelte Robert in seine Bierflasche.

Nie hätte ich gedacht, dass wir nach kurzer Zeit in der Lage sein würden, auf dem wackligen Surfbrett zu stehen und erst recht nicht, dass wir mit dem Wind im Segel über das Wasser gleiten könnten. Statt des weit entfernten Sees hatten wir uns für das näher gelegene Salzhaff, eine Ausbuchtung der Ostsee, entschieden, denn das war wie geschaffen zum Üben. Das Wasser war weithin nur knietief. Den Kindern konnte hier so schnell nichts geschehen und jeder Erwachsene fühlte sich für sie verantwortlich, egal, ob es die eigenen Kinder waren, oder nicht.
Viele neugierige Zuschauer beneideten uns. Peters Brett war schnittiger als unseres und er hatte sogar ein farbiges Segel. Gern erzählte er: „Ich habe mir Zeitschriften besorgt und mich belesen, habe Zeichnungen maßstabgerecht angefertigt, eine Form gemacht, mühsam alles aufgestöbert, was man für ein Brett benötigt: Epoxidharz, Glaswolle, Schleifpapier... jetzt ist es fertig und ich finde es prima."
„Wir auch", lobten wir ihn.

Am folgenden Wochenende brachten wir unseren Kleinsten zu den Großeltern, weil sie einen Zoobesuch mit ihm geplant hatten. Außerdem meinten sie: „Den ganzen Tag draußen im Wind, das kann doch nicht gesund sein!"

Zur verabredeten Abfahrtszeit schlossen sich Bekannte und Unbekannte unserem Autocorso in Richtung Haff an. Ein paar Freunde hatten unser Vorhaben publik gemacht und hofften nun, wenigstens einmal auf ein Surfbrett zu steigen, sich vielleicht darauf halten zu können und dafür von allen Seiten bewundert zu werden.

Bald glühten mehrere Grills, halbnackte oder nackte Kinder saßen mit ihren Bratwürsten auf ausgebreiteten Decken und nach und nach fielen Erwachsene, ebenfalls nackt oder nicht nackt, von den Brettern, die die Welt bedeuten. *(Das Nacktsein war an den Badestränden der DDR höchst normal und fast jeder liebte die „Freie Körperkultur", kurz: FKK)*

Viel Spaß hatten wir, als ein fast zwei Meter langer Kerl versuchte, die Herrschaft über das schwankende Brett zu erlangen. Zwei Stunden lang stieg er beharrlich auf und klatschte ebenso beharrlich wieder abwärts. Als er mit seiner erstaunlichen Länge endlich das Gleichgewicht entdeckt hatte, rief er fröhlich: „Jetzt hab ich den Gaul am Zügel" und wir: „Das wird ja auch Zeit."

Am Abend, vor der Heimfahrt, versammelten sich die Herren der Schöpfung am Autoparkplatz und tuschelten. Endlich gaben sie bekannt: „Wir bauen Surfbretter, hurra."

Robert rieb sich die Hände: „Ich baue mir ein neues, schnelleres, dann kann meine Frau das langsame nehmen.

„Und ich baue mir ein richtig schickes Brett, ein gelernter Bootsbauer sollte das können." Der Lange, der sich als „Fred" vorstellte, gab Robert wie zum Versprechen die Hand.

„Ich mache mit!" Bernd, ein Gartennachbar von uns, meldete sich mit dem Zeigefinger.

Von nun an wurde an vielen Abenden auf einem Dachboden geformt, geklebt, geschliffen und gepinselt, bis die Wellengleiter fertig waren. Schick waren sie, viel moderner und schneller, als die alten.

Es brauchte erneut Übung, bis die Erbauer mit ihnen abrauschen konnten. Natürlich schaffte ich es irgendwann auch, schließlich hatte ich den selbsternannten Surfbrettherstellern etwas zu essen und Bier gebracht und meiner Meinung nach ein Anrecht auf die Nutzung.

3 Jahre später:

Es folgten ein paar Sommer mit Sonne, Wind und vielen Freunden. Die Kinder freuten sich auf jedes Wochenende und achteten sogar schon darauf, ob es genügend Wind geben würde, oder nicht. Ulrike, die inzwischen vierzehn Jahre alt war, konnte nach einigen Übungen mit dem schweren Brett richtig schnell gleiten und machte manchem Erwachsenen Konkurrenz.
Wenn Peter genug gesurft hatte, übergab er Lisa und Caroline das Brett zum Spielen, denn seine Frau Eva horchte meistens an ihrer Luftmatratze und sagte gähnend: „Ich kann es ja, wenn ich will."

An einem kühlen Herbsttag schnappte Ulrike sich das neue Surfbrett und sauste davon. Abgelenkt durch die zappelnden Kinder im schon recht kühlen Wasser, merkten wir es nicht sofort. Caro und Lisa knieten wie zwei Hungerhaken hintereinander auf dem Brett von Peter und versuchten mit viel zu langen Rudern vorwärts zu paddeln. Jan saß verkehrt herum am Brettende und paddelte mit seinem Kinderruder in die entgegengesetzte Richtung. Weil das schaukelnde Spielgerät anfing sich zu drehen, bemerkten die Mädchen das und riefen wie aus einem Munde: „Andersrum du Doofi!"

Plötzlich hörten wir Bernd: „Sagt mal, ist das Ulrike, da draußen? Die hat ja ein Tempo drauf. Da hinten ist es schon sehr tief und der Wind hat zugenommen. Wenn Sie zurück will, muss sie kreuzen."
„Das kann doch nicht wahr sein", Robert sprang auf, „sie ist noch nie gegen den Wind gefahren! Oh Gott, das Segel schlägt um. Wo ist sie?"
Vor Angst riss ich das Fernrohr an mich und suchte den Horizont ab. Zwischen dunklen Wellen und weißen Wellenkämmen schwappte das Surfbrett, Ulrike und das Segel waren nicht zu sehen. „Wir müssen da hin, schnell! Hat jemand ein Boot", ich wurde hysterisch: „Hilfe, bitte… sonst ertrinkt sie!"
Bernds Frau Britta fasste mich am Arm: „Bernd holt sie. Er wird bald da sein." Sie wies mit der Hand in die entsprechende Richtung und sagte ruhig: „Ulrike schwimmt wie eine Ente, das weißt du doch."

„Ja, aber wenn ihr Mast und Segel auf den Kopf gefallen sind?" Mir kamen die Tränen.

„Das glaube ich nicht", beruhigte mich Britta, „vielleicht ist sie nachher etwas durchgefroren und ihre Lektion hat sie garantiert auch gelernt."

Inzwischen zischte Bernd übers Wasser. Manchmal hob sein Brett ab und sein Segel schien zu bersten, aber endlich erreichte er unsere Tochter. Wir sahen, wie er sein Segel aus dem Wind nahm und es langsam abwärts geleiten ließ. Dann sprang er ins Wasser. Der Himmel wurde gefährlich dunkel und die Wellen nahmen die Farbe des Himmels an.

„Mensch, ich habe mein Brett gerade auf das Auto geladen und festgeschnallt! Da kommt ein Gewitter auf", rief Peter und stiefelte mit seinen Neoprenschuhen ins Haff, weil er gern geholfen hätte.

„Oh Gott, das Segel richtet sich wieder auf, es schlägt gleich um!" Britta war nun doch außer sich und schrie: „Achtung, das Seh-gel!" Der Wind verschluckte ihren Schrei und sie sank zusammen, umfasste ihre Knie, legte den Kopf darauf und sah aus, als ob sie betete. Ich setzte mich neben sie und fing an zu heulen: „Das ist alles unsere Schuld. Wir hätte sie nicht aus den Augen lassen dürfen. Sie war einfach immer... unsere Große... zuverlässig und..." Meine Stimme versagte mir den Dienst.

Alle Augenpaare, die in die Ferne starrten, taten es einige Zeit vergebens, dann erkannte Eva, die sich in schwierigen Situationen meistens beherrschte, zwei menschliche Umrisse: „Da! Einer sitzt, einer steht auf dem Brett!" Mit ihren Worten löste sich die Spannung und alle murmelten durcheinander. Niemand brauchte eine weitere Erläuterung. Klar, wer da stand wie eine Eiche.

„Bernd ist ein Profi", sagte Robert erleichtert, der schafft das."

Ein helles Segel erhob sich, flatterte wütend im Wind, blähte sich auf und schoss mit jeder Seitwärtsrichtung, in die es beim Kreuzen gezwungen wurde, stetig näher an sein Ziel. Endlich sprang Bernd ans Ufer, zog unser blaugefrorenes Mädchen an sich und sagte zu ihr: „Mach das nicht nochmal. Ich hatte selbst eine Scheiß-Angst, das sag ich dir!"

Mehrere Handtücher bedeckten sofort die zitternden Körper und rubbelten, was das Zeug hielt. Nachdem Bernd einen Zug Rum aus der Gemeinschaftsflasche genommen hatte, sagte er mit klappernden Zähnen: „Euer Surf-br-brett hat ein Fischer mit r-rüber nach Rerik genommen. Ihr könnt es mo-morgen abholen und euch bedanken. Das erste Haus da-da-hinten."
Erschöpft wies er auf einen großen dunklen Fleck in weiter Ferne, über dem erste Blitze zuckten und etwas wie ein Gebäude erkennen ließen. Als würde hier ein Wettbewerb der besten klappernden Zähne ausgetragen, bibberte unsere Tochter: „Dada-danke" und ließ sich mit einer wärmenden Decke um die Schultern ins Auto schieben. Caroline sprang auf der anderen Seite hinein und Jan kraxelte hinterher.

Ich hörte, wie Caroline Ulrike fragte: „Kann hier der Blitz einschlagen?"

„Nein", beteuerte ihre auftauende Schwester, von der die Lebensgeister langsam wieder Besitz ergriffen: „das Auto ist ein Faradayscher Käfig."

„Wieso ein Käfig, kann man da bei Gewitter nicht mehr raus?" Caroline rückte näher an Ulrike heran und zog an ihrer Decke. „Man sollte nicht mehr raus", berichtigte Ulrike, hier ist rundherum eine geschlossenen Hülle aus Metall, das ist ein elektrischer Leiter."

„Werden wir denn nicht elektrisiert", fragte Caroline mit großen Augen.

„Das sind wir schon!" Nervös warf ich Carolines Rucksack, der wie immer einen Großteil der Kinderzimmereinrichtung beinhaltete, auf ihren Schoß. Dann sprang ich, wie alle anderen um uns herum, ins Auto. Im Rückspiegel sah ich, wie Jan sich mit verschränkten Armen zurücklehnte und todernst von sich gab: „Ich bin total *schreckotisiert* wegen dem ganzen Quatsch hier."

Ein schwerer Platzregen sorgte bei unserer Abfahrt für einen Trommelwirbel auf den schwer beladenen Fahrzeugdächern und die Insassen waren froh, dass dieser Tag ein gutes, wenn auch nicht unbedingt schönes Ende gefunden hatte.

Meine Freundin Eva auf Abwegen
Warum weint sie nur in einer Tour, fragte ich mich, als wir auf den Zug in Richtung München zugingen. Anstatt sich zu freuen, dass sie eine Besuchserlaubnis erhalten hatte und ihre kranke Mutter in der Bundesrepublik besuchen durfte, hing Eva wie Blei an meinem Arm und sagte schniefend mehrmals dasselbe: „Du passt doch auf meine Lisa auf, Anita? Ich kann mich auf dich verlassen?" Forschend sah ich sie von der Seite an: „Was ist los mit dir? Du bist doch sonst nicht so eine Quarktasche."

Ihr Mann Peter ging wortlos ein paar Schritte vor uns her und hielt Töchterchen Lisa fest an der Hand. Der Lautsprecher auf dem Bahnhof tönte: „Bitte einsteigen, die Türen schließen und Vorsicht bei der Abfahrt des Zuges." Heulend umarmte Eva uns der Reihe nach, stieg in den Zug und setzte zum Sprechen an. Schnell kam ich ihr zuvor: „Ich achte auf deine Tochter, das weißt du! Du wolltest doch immer in die sogenannte Freiheit, nun schau, ob sie dir gefällt und komm gesund wieder zurück." Der Zug schnaubte langsam von dannen und Eva laut in ihr Taschentuch. „Es ist gut, dass sie damit jetzt nicht mehr winkt", versuchte ich zu spaßen und sah mich nach Peter um. Auf seinen Schultern saß Lisa, die demnächst zur Schule gehen würde. Sie winkte mit beiden Händen der Mutter nach. Es war gewiss nicht leicht, die kleine Zappel-Lisa in luftiger Höhe zu halten, aber Peter stand fest auf beiden Beinen, starrte dem Zug nach und später ins Leere.

Nachdem Evas Aufenthaltsgenehmigung abgelaufen war, fragte ich Peter in seiner Wohnung, wo denn seine Frau bliebe und erhielt die Antwort: „Sie bleibt im Westen, Anita. Kannst du mir helfen... ich weiß nicht einmal, wie die Waschmaschine bedient wird."

Verständnislosigkeit machte sich auf meinem Gesicht breit: „Wie... sie bleibt im Westen?! Wie kann sie uns das antun? Arme Lisa!" Meine Gedanken überschlugen sich und mein Herz auch: „Hast du jetzt nicht enorme Schwierigkeiten mit der Staatssicherheit? Du wirst ganz sicher vorgeladen und gefragt, ob diese Ausreise geplant war. War sie es?!"

Da ich keine Antwort bekam, sagte ich schnell: „Besser, ich weiß gar nichts, sonst bekommen wir alle noch Probleme. Zum Teufel nochmal!

Was machen wir jetzt?"

„Ich wurde bereits vorgeladen. Sie haben mich wieder gehen lassen... ich wusste ja nicht..."

„Ja, schon gut, sprich nicht so laut. Hier haben die Wände bestimmt Ohren. Beginnen wir also mit Lektion Eins, der Waschmaschine.

(Einmal hat der ruhige und meistens besonnen handelnde Peter seiner Tochter einen Aufwischlappen entgegengeworfen und genervt gesagt: „Und morgen beginnt die nächste Lektion, da nehmen wir noch die Kehrschaufel durch...")

Viele Abende rannte ich siebzig Stufen runter, rauf und umgekehrt, um der kleinen Restfamilie Unterstützung in Sachen Hausarbeit und Erziehung zu geben. Erstes gelang, Zweites nicht. Vater und Tochter erzogen sich gegenseitig und wie sie es für richtig hielten. Da ich mich total verzettelte, mangelte es auch bei meinen Kindern an der nötigen Erziehung und so waren alle glücklich. Da Lisa und Caroline ein Herz und eine Seele wurden, fand Peter fast täglich kleine Zettel von seiner Tochter an der Pinnwand: Bin bei Anita. Irgendwann waren die Zettel überflüssig und wenn mein dunkelhaariges Zusatzkind mit den großen braunen Augen und ihrem fröhlichen Lachen fehlte, machte ich mir Sorgen.

An ihrem ersten Schultag, als Lisa mit geflochtenen Zöpfen und dem Schulranzen auf dem Rücken, gegenüber aus dem Haus kam, warf ich ihr aus dem Fenster einen Handkuss zu und wäre am liebsten mitgegangen. Peter und seine Mutter, die zu diesem Anlass angereist war, begleiteten die kleine Schulanfängerin und winkten.

„Einen schönen Tag", rief ich und der Wind trug ihnen den Satz zu.

Betriebsausflug mit Hindernissen

Endlich stand unser Gartenhaus. Fast jeden Tag waren wir nach Dienstschluss von einem Ende der Stadt zum anderen gefahren und waren fleißig. Wir siebten Kies, schleppten Steine, spornten den Maurer an und fielen abends, kurz nach dem die Kinder schliefen, wie ein

Stein ins Bett. Die Großeltern halfen, wo sie nur konnten und Ulrike kümmerte sich eifrig um ihren kleinen Bruder.

„Zur Belohnung fahren wir ins Betriebsferienlager nach Bodstedt und gönnen uns ein schönes Wochenende", sagte Robert, als er an einem sonnigen Tag von seiner Arbeitsstelle in den Garten kam, wo seine Familie zwischen Erdhaufen und Unkraut bei einem Kaffeekränzchen mit Peter und seiner Tochter Lisa beisammen hockte.

„Hurra", schrie Caroline, dann fragte sie: „*Wohin* fahren wir?"

„An den Bodden", erklärte Peter, „das ist flaches Wasser in einer Meeresbucht."

„Was ist eine Meeresbucht?" Caroline ließ nicht locker.

„Jaah", Peter holte tief Luft, „da macht das Meer eine Kurve und die ist abgegrenzt von der Ostsee."

„Wie ist das?"

„Was?"

„Die Abgrenze da."

Nun war Peter in seinem Element. Er erhob sich von seiner wackligen Kiste, die ihm als Stuhl gedient hatte, suchte sich ein Stöckchen und zeichnete damit in den übriggebliebenen Kies, wie seiner Meinung nach eine Bucht auszusehen hatte. Ich wusste sogar, dass das Wort Bodden aus dem niederdeutschen Sprachgebrauch stammte und Boden bedeutet, aber diese Erkenntnis behielt ich für mich, um meine wissbegierige Tochter nicht zu verwirren. Scheinbar hat sie doch alles verstanden, denn ein Schwimmreifen schaute aus ihrem Reisegepäck, als wir abfuhren.

Bei unserer Ankunft in Bodstedt wimmelte es von Erwachsenen und Kindern. Jeder wollte zuerst seinen Bungalow beziehen. Schließlich standen alle gesittet in einer Reihe und warteten auf den ersehnten Schlüssel mit einer großen Nummer, die angab, welches Holzhaus wem zur Verfügung stehen würde.

Robert stand schon längere Zeit bei einem Arbeitskollegen und dessen blonder Gattin, die sich in einer Menschenkurve weit hinter uns befanden und ich fand es nervig, auf drei Kinder gleichzeitig zu achten.

Ulrike sprang um eine Frau herum, die ein Häschen auf dem Arm trug, um es den Kindern zu zeigen, Caroline hing trotz Verbotes kopfüber an einem Klettergerüst und es sah aus, als ob der Wind imstande wäre, ihren dürren Körper zu schaukeln. Jan zog energisch an meiner Hand und ärgerte sich, dass er ständig festgehalten wurde. Er brabbelte leise vor sich hin, was ich mir übersetzte mit: Ich will auch etwas erleben. *(Oder meinte er: Ich könne gleich was erleben?)*

Endlich bezogen wir unsere Doppelstockbetten mit der bereitliegenden, blau-weiß-karierten Bettwäsche und bevor wir die Aufteilung der Schlafplätze vornehmen konnten, schrien unsere Großen gleichzeitig: „Ich schlaf oben. Nee ich, nee ich."

Beim Abendessen bemühte sich mein Gatte wieder, in die Nähe des Kollegenehepaares zu kommen. Na gut. Sie waren nett und hatten wie wir drei Kinder. Robert war ausgesprochen höflich zu der blonden Dame, die den Namen Gisela trug und ihr Mann Rolf bemühte sich, mir zu gefallen. Beide waren sehr schlank, im Gegensatz zu mir schon mager. Sie hatte meine Größe, er überragte mit seinem krausen, dunklen Haarschopf fast alle, die neben ihm standen, das war mir bereits beim Eintreffen aufgefallen. Ein Sturm von Ost oder West und er bricht durch, kam mir in den Sinn.

„Kommen Sie heute Abend zum Tanz, wenn die Kinder schlafen", fragte Gisela meinen Mann mit freundlichem Lächeln.

„Natürlich, das ist doch klar", war die prompte Antwort. Seltsam, dachte ich und hörte förmlich sein: „Ich tanze nicht gern", das er mir entgegnen würde.

Nach dem Essen erwartete mich eine Überraschung. Mein Ehemann half seinen Kindern beim Waschen und zu Bett gehen. Dabei sprach er laut, aber betont höflich mit ihnen. Das war in unserer bisherigen Ehe noch nicht vorgekommen. Wollte er vor seinen Kollegen glänzen, die ihn eventuell durch die dünnen Blockhauswände hören könnten? Nein, ich denke, er wollte schnell zum Tanz. Die Blicke, die zwischen ihm und dieser Gisela hin und her flogen, kamen mir verdächtig vor,

aber im Grunde traute ich ihm eine heimliche Liebschaft nicht wirklich zu.
Beim Tanzen wurde ich neidisch. So hat Robert noch nie mit mir getanzt, wie mit dieser Frau! Ich schnappte mir deren Ehemann und freute mich, einen richtig guten Tänzer erwischt zu haben.
Als die Veranstaltung zu Ende war, bekam ich ein Abschiedsküsschen und ein Dankeschön von meinem Tanzpartner und suchte nach meinem Gatten. Er war nicht da. Einige Zeit später fand er sich endlich in seinem Metallbett ein und ich tat, als ob ich schliefe.

Tags darauf scharrte sich um mich eine Kindergruppe, die Geschichten hören wollte. Die Eltern hatten ihren Sprösslingen verraten, dass ich sehr gut Märchen und Geschichten erzählen könne. Damit wurde es um sie herum ruhig und ich musste mich anstrengen, aber ich tat es gern. Am Nachmittag sah ich Robert, wie er hinter Frau Gisela stand, die seine Gitarre, die er sonst nie verlieh, auf ihrem Schoß hielt. Er legte ihr jeden einzelnen Finger behutsam auf die Saiten, um ein paar Grundbegriffe zu erklären. Gefühlvoll und ruhig hielt er ihr einen Vortrag über das Instrument und seine Funktion, weshalb ich erstaunt stehen blieb. Mich traf sein Blick. Ich schaute beleidigt, weil er mich jedes Mal abwimmelte, wenn ich um seine Unterstützung bei der Grifftechnik bat und er machte eine kurze Kopfbewegung, die bedeutete: Stör jetzt nicht. Was sollte dieses Gehabe? Sicher läuft in unserer Ehe einiges falsch, aber deshalb braucht man sich doch nicht so aufzuführen. Vielleicht waren wir nur hier wegen dieser Gisela? Umsonst gefreut, Anita. Von wegen: Jetzt wird alles anders!?

Nachdenklich schlenderte ich mit meinem Dreigestirn am Waldrand entlang, bis Ulrike verlangte: „Mama, lass uns singen, was Neues, ja?"
Ich machte eine kreisende Bewegung mit dem Arm von innen nach außen, um die die trüben Gedanken zu verscheuchen und übte mit den beiden Mädchen einen Kanon: „Ich armes kleines Teufli bin müde vom Marschieren…"
Ulrike hielt meinem Gesang schnell stand, Caroline ärgerte sich, weil sie sofort in meinen Part verfiel. „Das ist doof", maulte sie nach meh-

reren Versuchen und stapfte mit dem Fuß auf. Jan, der diese Sangestechnik gar nicht verstand, sang dazwischen: Teufli, Teufli, la, la."
„Halt den Mund, Zwerg", zeterte Caroline den Bruder an und machte den bekannte Fingerzeig: Du hast einen Vogel. Mein Sohn kopierte sofort diese Geste. „Ihr seid schon komische Vögel", jammerte ich „und bestimmt keine Singvögel."

Am letzten Abend trafen sich noch einmal alle Kollegen des Fischkombinates zu einer Abschiedsfeier. Es ging vergnügt zu. Ein paar Tanzwütige drehten sich zu Schlagerklängen und andere tranken, was die Herberge hergab. Rolf war wieder besonders nett und erzählte von den Forschungsreisen, an denen er genau wie Robert teilnahm. Wie ich heraus hören konnte, fühlten sie sich auf See wohl, konnten tun und lassen, was sie für richtig hielten und auch gern mal einen über den Durst trinken. Schön, dachte ich. Ich könnte glatt für eine Weile tauschen. Wenigstens aber könnte ich mir jetzt noch ein Bier gönnen.
„Das Bier ist dort in der kleinen Abstellkammer", sagte mein Nachbar, als er mein Vorhaben bemerkte. Ich ging hin und zog an der Tür. Die klemmte. Ich zog noch einmal kräftiger und traute meinen Augen nicht: Da saß mein Robert auf einem Stapel Bierkisten mit Blondinchen Gisela auf dem Schoß. Die war fix bemüht, sich die struppigen Haare zu ordnen, dann wollte sie an mir vorbei. Ohne etwas zu sagen, schubste ich das blonde Gift wieder in Richtung Robert, zog ein Bier aus einem Kasten und schloss die Tür hinter mir, damit die fröhliche Runde im Saal nicht mitbekäme, was sich hier abspielte.
„Es ist anders als du denkst", sagte Robert auf der Heimfahrt.
„Ja, ich weiß."

Dümmer wird man (n)immer
„Sind Sie sicher, dass sie das fünfjährige Fernstudium für Ökonomie absolvieren wollen", fragte mich der rothaarige Herr Fuchs, der sich hinter seinem schweren Schreibtisch ein wenig recken musste, um

genügend von seiner männlichen Figur preisgeben zu können. „Auf diesem Formular steht, Sie haben drei Kinder... Sie sind bereits dreiunddreißig Jahre alt... Sie wissen, dass Sie nur einen Tag in der Woche arbeitsfrei bekommen?"
„Ist ja gut, ich weiß, was in diesem Vordruck steht. Schließlich habe ich ihn selbst ausgefüllt, weil ich endlich etwas aus meinem Leben machen, selbständig und unabhängig werden möchte."
Das Gesicht des jungen Mannes färbte sich rötlich. Die Farbe biss sich mit dem Orangerot seiner Haare und den gelblichen Längsstreifen seines Oberhemdes...
Während er weiter die Probleme erörterte, die ich haben könnte, nickte ich tapfer wie ein geduldiges Schaf, klapperte mit meinen sauber getuschten Wimpern *(was ihn wohl so nervös machte)* und blieb ruhig.
„Na gut, dann unterschreiben Sie hier."
Ohne mich anzusehen, schob er mir die Studienanmeldung zu: „Am Dienstag treffen sich alle Studienteilnehmer in der Berufsschule der Werft." Handschlag. Mein fester Händedruck verwirrte ihn und nun schaute er mich doch mit seinen grünen Katzenaugen an. „Viel Glück", stotterte er.

Nach Dienstschluss holte ich meinen kleinen Sohn aus dem Kindergarten ab. Er hielt mir seine schmutzigen Hände entgegen und schrie: „Hallo Mama, ich komm gleich, aber ich muss mir noch die Hände waschen, die sind *kohlrabischwarz*."
„Besser ist es."
Garantiert hatte ihn die Kindergärtnerin dazu aufgefordert, als sie mich kommen sah. Sie schmunzelte und winkte ab.
„Hurra, wir fahren heute mit dem Auto", krähte mein Spross über den Spielplatz, als er auf mich losstürmte. Ich wappnete mich für den Aufprall des Jahrhunderts und straffte meinen Körper.
„Einmal drücken und los", umarmte ich den Knirps.
Ja, das Auto, überlegte ich beim Einsteigen. Es war ein Streitobjekt. Heute war das Wetter so gut, dass Robert mit dem Moped fahren konnte, dann waren meine Wege leichter. Jan zappelte mit den Füßen,

das spürte ich hinter meinem Rücksitz und schnatterte, was die Zunge hergab: „Die doofen Jungens lassen mich nie mitspielen! Dem einen habe ich eine geklebt."
„Wem?"
„Weiß ich doch nicht!"
Dann erfuhr ich: „Von heute an ist Nadine mein bester Freund."

Gut gelaunt kamen wir zur Schule, wo meine Tochter Caroline schon ungeduldig wartete. In der Regel ging sie allein nach Hause, sie trug dann den Wohnungsschlüssel am Hals. Nach dem Schulunterricht gab es den Schülerhort, wo die Kinder zu essen bekamen, ihre Hausaufgaben erledigten, in Arbeitskreisen wie Basteln, Malen, Musik oder Kochen ihren Spaß hatten. Bis zum späteren Nachmittag waren sie in guter Obhut. Heute hatte das arme „Schlüsselkind" Wandertag und war schachmatt. Da kam Mama gerade recht.
Japsend warf Caroline ihren Rucksack auf den noch freien Rücksitz des roten Lada und quetschte sich dahinter.
„Aua", schrie Jan, „du schmeißt mich tot."
„Ja, ich bin schon tot", maulte sie. Ein paar Lieblingswörter flogen von Kopf zu Kopf: „...doof... halt die Klappe, Blödmann..., alles langweilig... bin zu weit gelatscht..."
Ich schaltete das Radio ein und verfehlte natürlich die Wirkung. Es wurde noch lauter. Morgen werden sie ihren Weg wieder laufen müssen. Es soll Regen geben und Robert würde auf dem Moped nass. Das verkaufe ich ihnen glatt als Erziehungsmaßnahme.
Wir fuhren noch zum Bäcker, Fleischer, Milchgeschäft und schleppten unseren Einkauf gemeinsam in unsere Dachgeschosswohnung. Caroline mühte sich mit ihrem Rucksack auf dem Rücken und einem kleinen Beutel, den sie mehr über die Treppen schleifen ließ, als dass er getragen wurde. Ich bugsierte ein paar Milchpakete wie ein Jongleur in einer Hand, zwei vollgepackte Einkaufsnetze in der anderen und meine schwere Ledertasche auf der Schulter, die ständig herunter zu rutschen drohte. Jan hielt krampfhaft die Bonbons fest. Da ich mich ständig um die Zähne der Kinder sorgte, gab es selten welche. Müde stapfte der Kleine langsam hinter uns her, machte dafür aber lange

Finger, denn die Tüte war am Ende der Treppe offen und seine Schnute fest zu.

(Seit längerer Zeit kaufte ich auch keine Kaugummis mehr, weil Jan sie mit Vorliebe verschluckte. „Hab ich nicht verschluckt, hab ich aufgegessen", sagte er dann und Caro meinte: „Dir klebt nochmal der Hintern zu!")

Nach den letzten Holzstufen sahen wir meine Tochter Ulrike mit Schraubenzieher und Zange am Türschloss unserer Wohnungstür werkeln. Entschuldigend sagte sie: „Ich hab meinen Schlüssel vergessen und du machst das doch auch so." Gott, meine Tochter, ein kleiner Einbrecher! Tatsächlich hatte ich in einem der Elektro-Zählerkästen im Flur, ein wenig versteckt hinter dicken Kabeln, immer diese Werkzeuge liegen, weil ich ständig die Schlüssel suchte. Entweder sie hingen noch hinter der Tür, durch die ich gerade wollte, oder lagen am tiefsten Punkt meiner vollen Handtasche, die mehr einer Einkaufstasche glich und für diese Zwecke ständig missbraucht wurde. Für eine Vierzehnjährige in der Pubertät war das keine Vorbildwirkung. Ich nahm mir vor, mich zu bessern.

In der Wohnung saß zu unserem Erstaunen bereits mein Gatte, langgestreckt, nur in Unterhose, im Sessel. *(Jeder Leser weiß, welche Wirkung so ein „Bild von einem Mann" hat.)*

Er hielt eine Zeitung in der Hand und hatte neben sich eine Bierflasche ohne Inhalt auf dem Beistelltisch. Also war er schon länger zuhause, denn die Flaschen vom Vortag hatte ich weggeräumt. Bevor ich ihn um Hilfe bitten würde, müsste schon etwas Schlimmes geschehen. Immer kamen Ausreden: „Ich bin total geschafft, du machst das doch."

Schön. Seit Jahren mache ich das. Du bringst ja schließlich das meiste Geld nach Hause. Das reicht. Mir reicht´s... Ich atmete tief durch und trug den Einkauf schweigend in die Küche. Die Kinder müssen das nicht mitbekommen. Zum Abendessen werden wir uns gemeinsam an den Tisch setzen, vom Tag erzählen und ich werde ihn darum bitten, vorher Shirt und Hose anzuziehen. Wie gewohnt. Und er wird wieder kaum etwas sagen. Heute muss ich ihm noch von meinem Studium berichten...

Die Kinder kannten den Ablauf abends. Sie deckten den Tisch und halfen beim Aufräumen. Nach dem Abendbrot legten sie ihre Hausaufgaben vor und die Kleidung für den nächsten Tag zurecht. Die Schmutzwäsche landete unter dem Waschbecken und wurde zu einem Wäscheberg, den der Kleinste gern als Podium für seine Katzenwäsche nutzte. Natürlich wurde von seiner Mama nachgerubbelt und dann stand er da wie ein Pascha, hielt drollig sein rundes Gesicht, seine Arme, Füße und den Po vor, immer nach Kommando. „Am Hals brauchst du heute nicht", sagte er täglich, zog die Schultern bis zu den Ohren hoch und grinste vorab, weil er dort so kitzlig war. Hätte ich mich daran gehalten, stünde sein Kopf irgendwann auf einem Brunnenring.

Endlich rumpelte die Waschmaschine, war der Abwasch erledigt und die nötigsten Handgriffe für ein bewohnbares Umfeld getan. Der Herr des Hauses saß bereits wieder vor dem Fernseher, während ich die Kinder in den Schlaf sang: „Schlafe mein Prinzchen, schlaf ein"...

„Mama, noch ein Lied, bitte, noch eins!"

„Hinter dem See geht die Sonne zur Ruh...

Ich brauche jetzt auch Ruhe. Schlaft und träumt was Schönes."

Plötzlich gab es Geschrei im Wohnzimmer. Robert hatte die Studienanmeldung entdeckt: „Was soll *der Scheiß*? Bist du krank? Von wegen Studium?! Denkst du, weil ich Diplom-Ingenieur bin, musst du gleichziehen? Und die Kinder? Das schaffst du doch nie. So eine Mathe-Niete wie du..." Er verhaspelte sich, wurde hochrot und stand drohend vor mir, wie ein angeschossenes Tier. Ich trat einen Schritt zurück. Gleich würde er ausholen und zuschlagen. Würde er?

Ich wollte meinen ganzen Mut zusammen nehmen und ihm möglichst ruhig erklären, dass ich zukünftig über mein Leben selbst bestimmen wolle, weil ich mich auf ihn nicht mehr verlassen könne. Der Betriebsausflug habe mir zu denken gegeben und bisher würde immer nur nach seiner Pfeife getanzt... aber ich brachte kein Wort heraus.

Bisher konnte ich seine, glücklicherweise nicht so oft auftretenden Wutanfälle vereiteln. Je nach Gefühlslage und nach Anwesenheit der Kinder schrie ich entweder mutig zurück oder war einfach still, ging um den Wohnblock, um nach Luft zu schnappen und um mich zu beruhigen. Die letzte Variante hielt ich nun für besser.

Solange ich Kindergärtnerin war, schien unsere Ehe annähernd zu funktionieren. Später, als ich auf der Werft in einer Technikabteilung arbeitete, mich behauptete und mehr Geld verdiente, war es schon schwieriger. Aber wir konnten uns aus dem Weg gehen, weil Robert sich über die Wintermonate auf seinem Fischerei-Forschungsschiff aufhielt. Er verschwand wie ein Zugvogel im Herbst und kam mit den ersten Frühlingsstrahlen wieder. Zurück blieben drei Kinder – und ich. Ich war ihm nicht wichtig. Seine Abwesenheit zwang mich, seine Aufgaben mit zu übernehmen. Gut, ich tat das, was jede Frau tut, wenn sie es allein tun muss. Ich wurde eine „Emanze."

(Das ist ein Begriff aus der DDR-Zeit und bedeutet: emanzipierte Frau", eine, dem Mann ebenbürtige, die alles meistert.)

Für den Winter war das nichts Besonderes, aber im Frühling kam der Herr des Hauses zurück - mit seinen Forderungen, Vorschlägen und neuen Erziehungsmaßnahmen. Und es kamen meine Magenbeschwerden. Meine Ärztin sagte bei meinem letzten Termin: „Das ist nicht ihr Herz. Das hält durch so lange Sie leben *(ich musste lachen)*. Sie haben eine chronische Gastritis, eine Magenschleimhautentzündung. Nach Ihren Schilderungen über ihren täglichen Alltag können Sie nur geheilt werden, wenn entweder Ihr Mann mit anpackt, oder Sie sich von ihm scheiden lassen." Unser Leben würde sich nicht mehr ändern, aber an eine Scheidung mochte ich trotz aller Widrigkeiten nicht denken.

Ich riss mich zusammen und ging zurück ins Haus, benutzte die Treppe wie gewohnt im Doppelschritt, aber schwerfälliger und langsamer als sonst. Werde ich schon alt? Quatsch. Das ist nur meine Müdigkeit... mein Magen... meine ganze bekloppte Ehe!

Aus dem Schlafzimmer kamen lautes Schnarchen und Biergeruch. Ich war froh, weiterem Ärger aus dem Weg gehen zu können und schlief sitzend auf der Couch ein.

„Mama, ich hab noch Durst", weckte mich mein kleinster Fratz im Schlafanzug. Während er sonst hören musste, er solle sich das endlich abgewöhnen, bekam er dieses Mal einen großen Schluck Waldmeister-Limonade und einen dicken Kuss. Müde und verwundert schaute er

mich aus seinen blauen Augen an. Seine weiß-blonden Haare waren verschwitzt, standen zu Berge und zwischen seiner Stubsnase und dem Mund war ein grünlicher Strich von der Brause zu sehen.
Als wir am Garderobenspiegel vorbei gingen, lachten wir über seinen Bart. Der durfte dieses Mal sogar mit dem Schlafanzugärmel abgewischt werden.

Mein erster Studientag
Ein langer Flur. Die Tür dahinten müsste es sein. Wie immer kam ich fünf Minuten zu spät und das am ersten Tag. Schaffe ich ein Studium, oder schafft es mich, überlegte ich, während ich so vorsichtig wie möglich auf die Türklinke drückte. Vielleicht konnte ich mich in den Raum schleichen und gut.
„Guten Morgen! Schön, dass Sie auch schon da sind", donnerte mir die Stimme des Dozenten entgegen. Das war wohl nichts, mit Anschleichen. Ich bekam einen tüchtigen Schreck und sah ihn an. Ein älterer Herr mit Conrads-Ecken und dünnen, bräunlichen Haaren forderte Respekt. Er war schlank, mittelgroß und trug einen dunkelbraunen Anzug und dazu passende Schuhe. Mit ausgestrecktem Arm machte er eine einladende Bewegung: „Setzen Sie sich, Gnädigste, hier vorn ist noch ein einziger Platz frei."
Im Raum, der einem ordentlichen Klassenraum glich, saßen schätzungsweise dreißig junge Leute, die, wie verabredet, in ein ziemliches Gelächter ausbrachen. Ich schaute auf den mir zugewiesenen Platz in der erste Reihe. Da säße doch tatsächlich der Lange neben mir, der sich laufend für mich interessiert: Fred, der mit einer Superlänge von fast zwei Metern!
Schnell setzte ich mich neben ihn und schielte Fred aus dem Augenwinkeln an. Interessiert hörte er dem Dozenten und seinen Ausführungen zu. Im Gegensatz zu mir, hatte mein Banknachbar dickes, welliges Haar. Darauf war ich sofort neidisch. Bei der kleinsten Kopfbewegung, die er machte, purzelten wohl zehn Zentimeter lange, schwarze

Locken durcheinander. Sein dunkler Vollbart war ordentlich geschnitten. Er trug ein schwarzes Hemd, eine schwarze Hose und wie ich beim Hinsetzen feststellte, auch schwarze Schuhe, die mir nicht gefielen. Fast hätte ich gefragt, ob es die auch in seiner Größe gäbe, denn sie wirkten durch ihre Spitzen mächtig lang. Jetzt grinste er mich an und rückte seine silbrige Krawatte zurecht: „Wir kennen uns ja schon."

In der Tat. Ich erinnerte mich an seine Aufstiegschancen beim Surfen und schmunzelte. Außerdem wollte Fred vor ein paar Wochen mit seiner Frau Hella und seinen beiden Kindern, Anna und Ben, in die Wohnung meiner Schwester Marie ziehen. Da Marie so schnell wie möglich ihr neues Heim übernehmen wollte, bat sie mich, die ausgeräumte Wohnung, stellvertretend für sie, sauber zu machen. Der Kerl mit Überlänge platzte mir ein paar Tage vor der Übergabe dazwischen, gockelte um mich herum und gab mir hundert gute Ratschläge für die perfekte Zimmerreinigung. Nerv, Nerv und trotzdem… was war das? Irgendwie war ich gereizt und… gereizt!

Ich wurde wieder aufmerksam, weil ich hörte, was vor mir gesagt wurde, denn ich fand es unwahrscheinlich: „In den fünf Jahren Ihres Studiums werden Kinder geboren, Ehen geschlossen oder geschieden und vielleicht stirbt sogar jemand. Fünf Jahre bringen viele Veränderungen mit sich."

Unruhig rutschte ich hin und her. Spinnt der? Das kann doch nicht wahr sein… Mensch, mein Rock! Heute wollte ich besonders schick sein und trug einen weiten, weißen Rock, eine weiße Bluse und um meine schmale Taille einen breiten roten Gürtel. Der Rock hing fest, mein Nachbar saß drauf. Das fängt ja gut an. Dürfte ich mal? Bloß keine Knitter. Die hasse ich. Und dich hasse ich auch, Nebenmann!

Inzwischen schlug der Dozent Studiengruppen vor: „Immer vier Studenten sollten sich zusammen tun und die Wochenaufgaben gemeinsam erledigen. Die Wahrscheinlichkeit, dass jemand etwas zum Stoff beitragen kann, ist dann größer und die Arbeit effektiver. Jeden Dienstag werden wir uns hier treffen und sehen, was Sie geleistet haben.

Das ganze heißt nicht umsonst. *Fern*-Studium."

Prost-Mahlzeit! Ehe ich mich versah, waren wir auch noch in einer Studiengruppe: „Fred, Anita, Reiner und Brigitte."

„Ich bin Reiner. Können wir uns immer samstags am Vormittag treffen", fragte mein neuer Studienkollege.
Er gab mir die Hand und zog daran, als käme die Antwort spontan aus meinem Ärmel.
Er hätte auch sagen können: „Mein Name ist Bond, James Bond", denn er trat so auf.
„Aber *wo* treffen wir uns", kam eine leise Stimme aus dem Hintergrund. Ein brauner Lockenkopf schob sich neben Reiners Schulter hervor und flüsterte: „Margitta, hallo."
„Kein Problem!" Fred, *(„Der Große")*, schraubte sich von seinem Stuhl hoch und verkündete: „Mein Vater ist Hotel-Chef, der wird uns einen Raum zum Arbeiten zur Verfügung stellen."
In mir regte sich mein bekanntes Unwohlsein. Wie bringe ich *das* meinem Ehemann bei und wer versorgt die Kinder im Winter, wenn er auf See ist? Gut, auf meine Große konnte ich mich bisher immer verlassen. Sie kümmerte sich liebevoll um ihren kleinen Bruder, aber neuerdings hatte sie einen Freund. Eine Frau aus dem Nachbarhaus hatte sie mit ihm Arm in Arm gesehen und es mir aufgeregt erzählt. Besser ist, ich lasse mir schnell etwas einfallen. Vielleicht springen die Großeltern ein? Was werden sie überhaupt von meinem Vorhaben halten? Meine Gedanken überschlugen sich.

„Alles klar? Wir telefonieren. Gebt mal eure Nummern." Fred hatte einen durchdringenden Bass, der keine Widerrede zuließ. *Kacke. Und ich stecke mitten drin.*
Mittwoch, Donnerstag, Freitag. Ich musste mit Robert reden. Die Antwort, die danach kam, hatte ich befürchtet: „Klar, du hast den Verstand verloren! *Du* bist für die Kinder zuständig. Wie stellst du dir das vor, fünf Jahre lang, jeden Sonnabendvormittag? An den Wochenenden mache ich meistens Musik und komme erst morgens nach Hause. Wann soll ich schlafen? Wer kocht das Essen? Wo bleiben *deine* Kinder?" Immer, wenn er mich treffen wollte, traf er mich mit diesem Satz. Er wusste genau, dass ich die Kinder nicht vernachlässigen würde und hatte mich am Haken. Mir fiel keine Antwort ein.
Wieder starrte er mich wütend an und wartete…

Keine Antwort. Welche auch. Für den ersten Samstag sprang meine Freundin ein und für viele weitere danach.
Und *meine* Kinder waren Klasse. Für zwei, drei Stunden blieben sie schon mal allein, denn danach machten wir uns immer einen schönen Nachmittag. Je nach Anwesenheit, Lust und Laune des Vaters, mit ihm, oder ohne ihn.

Professor Lüftchen
Dienstag. Studientag. Unser Dozent, Herr Professor Sturm, stand an einer riesigen Tafel und murmelte vor sich hin. Um zu verdeutlichen, was er so leise erklärte, zeichnete er Diagramme und beschriftete sie.
„Weck mich, wenn er fertig ist", gähnte Fred und hinter mir hörte ich: „Mensch, ich schlaf gleich ein."
„Statistik ist die höchste Form der Lüge", zitierte ich den Satz, den ich, Gott weiß wo, irgendwann gehört hatte und flüsterte nach hinten: „Pi mal Daumen mal Fensterkreuz und fertig." Margitta grinste und raunte mir zu: „Wir sollten ihn umtaufen zu: Professor Lüftchen."
Ein Prusten ging durch die Reihen. Der Professor kümmerte sich um nichts und niemand und arbeitete gelassen sein Programm ab, dann legte er die Kreide hin, klopfte die Hände zweimal zusammen, um sie vom Kreidestaub zu befreien und sagte plötzlich ungewohnt laut und energisch: „Meine Damen und Herren, es ist mir egal, ob Sie etwas lernen wollen, oder nicht. Was Sie hier nicht begreifen, werden Sie sich selbst erarbeiten müssen. In der nächsten Woche lasse ich zu diesem Thema eine Arbeit schreiben. Sie können mir glauben, dass es mir gleich ist, welche Note ich darunter setze. Auf Wiedersehen."

Er verneigte sich huldvoll vor seinen Zu- bzw. Nichtzuhörern und verließ in aufrechter Haltung den Raum. Es wurde still. Reiner rief aus seiner Ecke: „Das war denn wohl eine Sturm-Warnung! Kann der seinen Lautsprecher nicht eher aufdrehen? Lasst uns erst mal eine rauchen."

Fred und ich waren keine Raucher, wir gesellten uns trotzdem gern zu dieser kleinen Truppe, weil Margitta und Reiner, die die zweite Hälfte unserer Studiengruppe bildeten, dazwischen standen und meistens Interessantes zu erzählen hatten. Margitta war eine fleißige Studentin, Reiner ein „fauler Sack", wie er sich selbst betitelte.
Fred erarbeitete sich, was er nicht wusste und ich schrieb überall ab, in der Hoffnung, so könne man auch bestehen. Irgendwie... vielleicht.
Während Reiner sein Feuerzeug unter seine Zigarette hielt, paffte Margitta ein paar Worte mit dem Rauch ihres sogenannten Räucherstäbchens, was nicht richtig brennen wollte, in die Luft: „Sagt mal- pff- ich komme mir manchmal vor-pff- wie ein Hirni-pff und verstehe gar nix!" Alle Umstehenden schauten überrascht drein. Ein paar Rauchsäulen stiegen zerrupft gen Himmel und Reiner fing an, Kringel in die Luft zu blasen. Er machte einen Mund wie ein Kugelfisch und ließ den Rauch schwallweise heraus: „Für mich ist hier *(Kringel)* alles Schall und Rauch *(missglückter Kringel)*. Manchmal möchte ich verduften, wie dieser *(Kringel)* Rauch hier."
„Ich auch", hörte ich neben und hinter mir und „Gott, geht euch das auch so?"
Gelächter erklang. Kerstin, unsere Kleinste, reckte sich: „Der Mensch wächst mit seinen Aufgaben."
„Ja-ha", lachte Reiner, dann hattest du noch keine."

In unsere frohe Runde drang aus einer leicht geöffneten Tür der Aufruf: „Meine Herrschaften, darf ich zum Testat bitten?!"
Frau Tataschewski, die wir dem Russischunterricht entsprechend liebevoll „Tamara-schewski" nannten, drückte uns ohne Umschweife ein paar Zettel mit russischer Aufschrift in die Hand: „Nur eine kleine Übersetzung", sagte sie honigsüß und erntete saure Blicke.
„Du musst mir helfen", klagte Fred, „ich kann keine einzige Vokabel."
Ich war stolz, denn dieses Fach machte mir keine Schwierigkeiten. Obwohl ich mich mit meinem russischen Opa nie in dieser Sprache unterhalten konnte, weil er viel zu früh starb, hatte ich wohl ein paar Gene in mir, die mir mein Fortkommen hier erleichterten. Fred fragte

und fragte, schlug jedes zweite Wort mit einer Wahnsinnsgeschwindigkeit im Wörterbuch nach und reimte sich den Rest zusammen.

Nach kurzer Zeit erhob er sich stolz und sagte strahlend: „Fertig!"

„Miese Ratte", zischte ich, denn ich war längst noch nicht soweit, weil er mich ständig mit seinen Fragen gelöchert und meine Gedanken unterbrochen hatte.

„Sehr gut", lobte die Dozentin ihn, nach kurzer Überprüfung der Arbeit. Kurz darauf bekam ich ein „Gut", was mich mehr als wütend machte.

Als Frau Tataschewski mit dem restlichen Zettelbestand außer Sichtweite war, stand ich auf, packte meinen noch sitzenden Banknachbarn mit beiden Händen an den Haaren und zerrte an seiner schwarzen Lockenpracht, bis er jammernd „Verzeihung" winselte.

In Mathematik war er wieder der Held und ich musste klein beigeben. „Wir behandeln heute Integrale und Differenziale", sagte mit schlankem und gestrecktem Körper unser Dozent Doktor Frieder im grauen Anzug.

„Was für 'n Zeugs", stammelte ich und staunte über die unbekannten Zeichen, die nach und nach das Tafelbild vollendeten. „Das begreife ich nicht, das ist so ein Mist", stöhnte ich laut. Doktor Frieder sah die Verzweiflung in meinem Gesicht. „Möchten Sie etwas fragen?"

Ich fragte, aber er verstand die Frage nicht.

„Mein Gott", sagte er, „wenn Sie nicht einmal wissen, was Sie fragen wollen, kann ich Ihnen nicht weiter helfen. Das ist doch alles nur Trivial-Mathematik."

„Vielleicht für Außerirdische", maulte ich und endlich hatte Fred Mitleid und grummelte: „Ich erkläre es dir."

„Mir auch."

„Und mir."

„Wieso verstehst du das und wir nicht?"

Alle, die hinter uns seinen Satz gehört hatten, waren voller Bewunderung.

Später brachte uns unser Lieblingslehrer, Herr Schmidt, in Politik auf Trab. Ein herrliches Fach. So dehnbar. Irgendwann war beim „Klugscheißern" etwas Richtiges dabei.

Im Brustton der Überzeugung, erklärte Fred soeben, dass er nicht verstehen könne, warum niemand in unserer Republik eine leitende Position bekäme, wenn er nicht Mitglied der Sozialistischen Einheitspartei Deutschlands sei und bekam die passende Antwort: „Die Partei ist die führende Kraft in unserem Staat. Wie soll jemand, der sich nicht damit auskennt, andere Menschen anleiten?"

Herr Schmidt blinzelte uns zu und wir wussten, dass er nicht alles, was er sagte, auf die Goldwaage legte: „Vielleicht kommen einmal andere Zeiten", philosophierte er, „aber wer weiß, ob wir die noch erleben." *(Leider erlebte er sie wirklich nicht mehr. Kurz vor dem Ende unseres Studiums verstarb unser Lehrer unerwartet. Er hatte Recht mit seiner anfänglichen Behauptung: in fünf Jahren kann viel passieren.)*

Am Freitag rief ich Reiner an, um ihn zu bitten, am Samstag für unser gemeinsames Treffen zur Vorbereitung der Klausur bei „Professor Lüftchen" ein paar „schlaue Bücher" zu besorgen. Er meldete sich am Telefon nicht wie gewöhnlich mit seinem Namen, sondern stöhnte angestrengt: „Hall-oo-h?"

„Ich bin's, Anita."

„Moment, ich liege gerade unter unserer *(Pause)* äh, Sekretärin. Warte mal. Oh, hm, ja. Ich muss bloß noch den Stecker rein fummeln *(Pause)*. Jetzt, ja! *(Pause)* Mensch, endlich brennt das Licht hier wieder. Ich war unterm Schreibtisch." Ich verkniff mir das Lachen und bat um Unterstützung bei der Suche nach passender Lektüre.

„Klar", sagte er, „ich versuch's. Wenn ich nichts kriege, rufe ich dich an."

„Gut, aber vergiss es bitte nicht."

Währenddessen hörte ich im Hintergrund eine Frauenstimme, die einen ähnlichen Satz sagte. Reiner unterbrach sich selbst und sagte zwei Mal: „Moment." Wahrscheinlich einmal in den Hörer und einmal zu der Dame, die sich in seinem Büro befand. Da diese nicht aufhören wollte zu reden, wimmelte Reiner sie ab: „Ja, ja, ich komm bei Gelegenheit wieder auf Sie drauf zurück."

Dieser verrückte Kerl, dachte ich und stellte ihn mir vor, mit seiner seitlich nach hinten gekämmten Elvis-Haartolle, die sich wahrscheinlich bei seinen Albernheiten schwerfällig hin und her bewegt hatte. Seine frechen blauen Augen schauten immer spitzbübisch und alles an ihm war in Bewegung. Seine Frau hat es auch nicht leicht, bedauerte ich die Arme in Gedanken, dann knackte es im Hörer.

„Eh Anita, hier sitzt ein Spatz auf der Leitung. Wir werden unterbrochen. Tschüss."

Am Tag darauf rauchten in unserer Studiengruppe die Köpfe und wir befürchteten gemeinsam einen Gehirnschaden. Wir lernten, diskutierten und schrieben, was das Zeug hielt. Am besten hatte sich Margitta vorbereitet. Scheinbar schrieb sie alles, was sie für wichtig hielt, auf. Ellenlange Abhandlungen lagen in feiner, sauberer Handschrift vor uns auf dem Tisch. „Gott, warst du fleißig", sagte ich beeindruckt.

„Ja, aber verstanden hab ich trotzdem nichts." Sie strich sich eine braune Locke aus dem Gesicht und zeigte ihr breites Lachen.

„Das nehmen wir als Grundlage und erarbeiten es uns gemeinsam", sagte unser Anführer Fred, „wenigstens brauchen wir keine Bücher mehr zu wälzen."

Wir taten, wie uns befohlen und eine Woche später stand unter unseren Klausuren jeweils eine fette „Zwei". *(Und bei mir zusätzlich: „Achten Sie beim Abschreiben darauf, dass Sie nicht haarklein alles übernehmen."*

Mach ich. Das nächste Mal. Zwei ist Zwei oder?

Abschied von Peter und Lisa

Da Peter und seine Tochter Lisa nun, nachdem Eva von der Westseite aus beharrlich und seit drei Jahren um die Familienzusammenführung gekämpft hatte, ihre Ausreisegenehmigung in den Händen hielten, brachte ich die Beiden mit dem Auto zum Hauptbahnhof. Vor dem Bahnhofsgebäude ließ ich sie aussteigen und wir verabschiedeten uns kurz, um kein besonderes Aufsehen zu erregen, falls wir von Mitarbeitern der Staatssicherheit beobachtet würden. Wehmütig sah ich der zierlichen Neunjährigen und ihrem Papa nach, der gern von sich sagte, er befände sich im besten Mittelalter. Lisa trug einen ziemlich großen und recht altmodisch wirkenden grünen Rucksack auf dem Rücken, aus dem die große Babypuppe, die Caroline ihr zum Abschied geschenkt hatte, mit dem Kopf herausschaute. Der Koffer, den Peter bei sich trug, sah nicht viel eleganter aus, aber gekleidet waren beide - wie immer- tadellos. Mit langsamen Schritten entfernten sich „meine Lisa" und Peter, der für mich inzwischen ein Freund geworden war. Ich war doppelt traurig, oder sogar dreifach, weil meine Caroline zuhause wegen Lisas Abreise vor Aufregung fieberte und das Bett hüten musste. Sie wurde für ein paar Stunden von der Oma betreut.

Während ich ein letztes Mal winkte, sagte mir mein Unterbewusstsein: Anita, du musst hier verschwinden, irgendetwas stimmt hier nicht. Ich bemerkte, dass ein Herr in Lederjacke den Fokus seines Fotoapparates, nicht wie bei Touristen üblich, auf das schmucke, barocke Bahnhofsgebäude, sondern auf mich richtete. Mit der Stasi war nicht zu spaßen. Hoffentlich geht alles gut, wenn wir den Möbelcontainer für Peter packen, der ihm nachgeschickt werden soll, dachte ich. Erst in zwei Wochen kann sein Hab und Gut verladen und ihm danach zugestellt werden und natürlich würden wir, Fred und ich, den weiteren Helfern, die aus seiner Mutter, seinem Bruder und einigen Werftkollegen bestanden, tatkräftig unter die Arme greifen.

„Das haben wir nicht nur versprochen, das ist Ehrensache", sagte ich, wieder im Auto sitzend, laut zu mir selbst und nickte mir im Rückspiegel bestätigend zu. Wie immer fuhr ich „automatisch", denn Autofahren war für mich ein Kinderspiel. Im Winter sauste ich gern mit dem Lada auf eisglatten Straßen mit viel Gas und angezogener Handbremse um die Ecken. Jetzt war Winter, leider ohne Schnee, und vielleicht fuhr ich deshalb extrem schnell. Oder war es wegen des Fremden am Bahnhof? Vielleicht sah ich schon Gespenster?

Fred hatte mich vor einiger Zeit davor gewarnt, dass es in unserem Wohnblock genauso Stasi-Verbündete, wie im Betrieb geben könne. Tatsächlich versuchte eine junge Frau mich ständig nach privaten Angelegenheiten auszufragen, wenn ich ihr im Hausflur begegnete, aber da sie erst zugezogen war und ich sie sowieso nicht leiden mochte, war in dieser Beziehung nichts zu befürchten. Was mich manchmal stutzig machte, war, dass Robert, *(noch mein Gatte und auf See, ich hatte die Scheidung eingereicht und wieder zurück genommen)*, anscheinend nie in Schwierigkeiten geriet. Er hatte sein Seefahrtsbuch und schipperte damit jedes Jahr ins Ausland. Verbindungen zur Stasi traute ich ihm nicht zu, aber er hatte ja genügend Kinder daheim. *(Vielleicht hat er deshalb so geweint: „Bitte lass dich nicht scheiden. Nimm mir nicht die Kinder", ich bin darauf herein gefallen und der Zugvogel flog wieder von dannen).*

Meine Güte, das war knapp! Ich bremste wie verrückt und kam vor der roten Ampel zu stehen. Hier dauert es länger, dachte ich. In drei Minuten kreuzt die Straßenbahn meinen Weg. Ich starrte auf die Ampel und verfiel ins Grübeln. *Wenige Tage, nachdem Eva nicht termingerecht aus dem Westen zurückgekommen war, hatte ich bemerkt, dass unsere Wohnung durchsucht worden war. Eva hätte vielleicht gesagt: „So sieht es doch immer bei euch aus", aber mein Durcheinander hatte System. Ich gab mir täglich einen „fotografischen Augen-Blick", besonders zurück ins Wohnzimmer, bevor ich die Wohnung verließ. Jede Vase, jedes Buch, jedes „Stehrümchen" (welches nur den Zweck hatte, den Staub aufzufangen), stand an dem von mir bevorzugten Platz. Die Kinder kannten meine Macke und brachten „Muttis Sachen" nicht durcheinander. Selbst, wenn sie eines meiner Bücher nehmen wollten, fragten sie vorher. An diesem besagten Tag waren die Kinder nicht zu Hause und ich merkte, dass auf dem drei Meter langen Bücherregal, welches unter dem Fenster stand, Staub gewischt worden war. Einiges war nur geringfügig verstellt, aber die holzgeschnitzten afrikanischen Figuren, die Robert von einer seiner Reisen mitgebracht hatte, schauten in die falsche Richtung, die Blumen, die ich gern nach meinen Ideen und möglichst kunstvoll in die Vase stellte, taumelten durcheinander und auf dem Teppich lagen bizarre Klümpchen Erde, die nur aus Schuhen mit Profilsohle stammen konnten. Niemand von uns trug im Moment ähnliche. Das Bücherregal, voll bestückt mit meiner Märchenbuchsammlung, bot ein verändertes Bild. Ich stellte die Bücher immer eng zusammen und genau an die Regalkante, damit ich sie nicht so oft entstauben musste, jetzt standen sie teilweise schräg und einige lagen oben auf der Bücherreihe. Ich staunte damals nicht schlecht:*

dabei waren sogar solche, die ich hinter die farbenfrohen Märchenbücher geschoben hatte, weil ich sie nicht lesen mochte. Wer hat hier Was gesucht? Zum Glück hob ich kaum Briefe auf, vielleicht zwei, drei von meiner Mutter, aber keine anderen. Auch keine von Eva. Wollte hier ein Neunmalkluger den Beweis dafür erbringen, dass ich über das Fluchtvorhaben meiner besten Freundin informiert gewesen war? Eine Tür der Anbauwand war leicht geöffnet. Ich würde bei der Menge der Fotos dahinter nicht feststellen können, ob einige davon den Besitzer gewechselt hatten. Natürlich besaßen wir genügend Aufnahmen von besten Freunden, insbesondere von denen, nach welchen hier scheinbar bevorzugt geschnüffelt wurde. Ich schlug die Schranktür zu und schaute ins Schlafzimmer. Dort lagen noch ein paar Sachen am Fußende des Bettes, die ich morgens anziehen wollte und es dann doch nicht getan hatte. Aber warum hing eine schwarze Hose - unter einem Teil des Bettlakens - heraus, die ich seit Wochen nicht aus dem Schrank genommen hatte? Meine Hausschuhe, die ich meistens von mir schleuderte, standen ordentlich zusammen und so vor mir, dass ich nur hinein schlüpfen brauchte. Aufgebracht ging ich in die Küche. Hier sah es normal aus. Geschirr, was noch gewaschen werden wollte, stand gestapelt in der Spüle. Der Fußboden war wie immer vollgekrümelt, aber wieso war Zucker über den Küchenschrank verstreut? Ich öffnete die obere Küchenschranktür mit den eingeschobenen Glasschütten für Mehl, Zucker und Salz. Im Zucker und im Salz waren deutliche Spuren von Fingern, die scheinbar eine Probe entnommen hatten und die waren garantiert nicht von mir, denn ich schüttete die Zutaten beim Kochen für gewöhnlich mit geübtem Schwung in das Gericht, in das sie gehörten, oder benutzte einen Löffel. Damals stieg mein Blutdruck enorm: Vermutete hier ein Schnüffler Drogen oder was!?

Die Klingel der Straßenbahn riss mich aus meiner Erinnerung, angespannt schaute ich, wie nahe sie an mir vorbei fuhr. Ich hatte wieder einmal Millimeterarbeit geleistet. Hinter mir hupte jemand. Was will der Blödmann, ich fahre ja gleich! Im Rückspiegel tauchte ein riesiges Auto auf, irgendein altes Modell, darin saß ein Mann mit einer Lederjacke. Ich erkannte den Fotografen vom Bahnhof. Scheißkerl!

Jetzt fahre ich lieber nicht nach Hause, sondern ins Kaufhaus. Da sind immer so schön viele Menschen... zum Untertauchen!

Zwei Wochen später kam der Möbelcontainer und die vielen Helfer packten mit an, um ihn zu bestücken. Peter hatte alles gut vorbereitet und wir schleppten Kisten und Kästen, schwitzten, japsten *(und lachten trotzdem)* bis der Container fast voll war.

„Jetzt fehlen noch die Sachen von Lisa", jammerte ich, hoffentlich kriegen wir die da noch rein. Sie konnte sich „von Garnix" *(ihre Worte)* trennen. Einige Wochen zuvor hatte ich versucht, der Kleinen klar zu machen, dass sie nicht jeden Zettel, jeden abgebrochenen Stift, jedes bunte Zeitungsblatt, jedes Puzzle-Teil und jedes kaputte Stofftier mit nehmen müsse, aber sie musste! Sie war bereit, Rotz und Wasser zu heulen: „wenn nicht alles genauso..."

„Ja-ha."

Jetzt stand ich mit den Händen in der Taille und dem Rücken zur Tür vor dem noch gehäuften Klimm-Bim und jemand sagte im Vorbeigehen: „Die Hälfte davon ist Käse, was? Kann man nicht einiges wegwerfen?"

Fred ergänzte vom Bad aus: „Merkt sie doch gar nicht."

„Merkt sie", sagte ich in das Kinder-Chaos, „aber vielleicht kriegen wir das irgendwie komprimiert."

„Wer ist irritiert?" Fred stand mit zwei ausgebauten Wasserhähnen hinter mir im Flur.

„Die Wohnungsverwaltung von Rostock", vorwurfsvoll schüttelte ich den Kopf, „bau wenigstens ein paar andere Armaturen wieder an, sonst gibt´s Ärger."

„Ach was", brummelte der selbsternannte Klempner.

„Zwecklos", sagte ich erst in Richtung Flur, dann in Richtung Lisa-Krempel, begann zu sortieren und dachte dabei: Hauptsache, es kommt *möglichst alles* an, damit das Lieschen mir nicht böse ist.

„Sonst!?!" *(Bin ich die längste Zeit ihre Ersatzmama gewesen!)*

Nach mehreren Stunden, schoben wir die restlichen Sachen mit der noch verbliebenen Kraft in den Container, hielten sie teilweise mit ausgebreiteten Armen fest, bis die Tür verriegelt war und stöhnten: „Nach uns die Sintflut."

Während wir uns zu ein paar Bierchen verabredeten, murmelte Fred: „Schau mal, der Kerl da hinter der Ecke, ja, der in der Lederjacke. Er macht schon längere Zeit Fotos von uns! So schön sind wir doch nicht."

„Den krieg ich", sagte ich kess und rief dem Neugierigen lauthals zu: „Wenn Sie möchten, fotografieren wir Sie auch mal vor diesem gut aussehenden Möbelcontainer!"

Der Spion verzichtete und machte, wie wir gern sagten: „einen auf Kölnisch Wasser", er verduftete!

Auf Schatzsuche

Ein Brief der Gesellschaft für Sport und Technik *(GST)* ließ mich nicht mehr los: „…Heimatgeschichte aus dem Mittelalter erforschen…, sich auf die Spuren der Zisterzienserinnen begeben, die auf der Klosterhalbinsel bei Seehausen vom 13. bis zum 16. Jahrhundert lebten… die Gegenstände ihres Alltags, die sie an der Anlegestelle im Wasser verloren hatten, im wahren Sinn des Wortes wieder auftauchen lassen… wir freuen uns auf Ihre Mitarbeit im Taucherlager am Oberuckersee bei Prenzlau…"

Es würde zu weit führen, zu beschreiben, wie es mir als berufstätiger, dreifacher Mutter endlich gelang, den Tauchschein für Sporttaucher zu machen, den Robert längst besaß. Er hatte ihn mir empfohlen und gesagt: „Damit hättest du die Möglichkeit, ins Taucherlager mitzukommen und was besonders schön daran ist, du wirst wegen ehrenamtlicher Tätigkeit in der GST zwei bis drei Wochen von der Arbeit freigestellt."

Nun könnte ich mit, zum zweiten Mal, wenn ich wollte. Sogar Ulrike und Caroline dürften dabei sein, weil sie eine Aufgabe am Sieb bekämen, durch das der aus dem Wasser hochgepumpte Schlick hindurch sickern würde. Eine interessante Aufgabe für meine Mädchen, die gern richtig „moddern" und wenn dabei noch Schätze zu Tage kämen? Wäre doch spannend. Jan würde mit großer Freude wieder seinem

Großvater, dem Angelkönig, die Langeweile und vermutlich auch die Fische vertreiben...

Aber Robert! Ich hatte so viele seiner Interessen und Hobbys angenommen, dass ich gar nicht mehr wusste, was eigentlich *mir* wirklich Spaß machte. Und wenn ich es auch verdrängen wollte: ich liebte ihn nicht mehr. Jetzt müsste ich auf engstem Raum, im Zelt, ganz nahe neben ihm übernachten...

Doch diese Wahnsinns-Funde! Vor einiger Zeit hatten wir einen Freund besucht, der davon erzählte: „Keramiken, Lederreste, ein paar Münzen, sogar ein Wappen fand die GO Tauchsport Prenzlau bisher!"

Welche Freude strahlte deren Chef Hans-Jürgen aus, als er von den ersten neuen Tauchanzügen, Geräten und Booten schwärmte, die seiner Organisation endlich zur Verfügung gestellt worden waren. In der DDR war das nicht selbstverständlich. Auch Robert besaß noch einen selbstgeschneiderten Neoprenanzug, klagte über alte Geräte und erzählte von selbstgebauten Reglern, dass einem schwindlig werden konnte. Es war spannend und wie ich inzwischen wusste, oft auch gefährlich, aber Wasser zog mich magisch an: ich war als Kind am und im Kanal mehr zuhause als im Elternhaus, fühlte mich später an Ost- oder Nordsee wohler, als in den Bergen, genoss den frischen Wind, der oft von Fischgeruch und Teer getränkt war und ließ mich vom Wellenschlag und den Farben des Himmels beruhigen. Also war das wohl doch auch mein Hobby, oder? Schließlich fuhr ich mit.

Im Taucherlager herrschte emsiges Treiben. Das, was uns allen von Kindesbeinen an von den staatlichen Einrichtungen und unserer Regierung eingebläut wurde, war hier zu finden und zu spüren: Kollektivgeist, sportlicher Ehrgeiz, gemeinsames Handeln, körperliche Ertüchtigung und gegenseitige Achtung und Rücksichtnahme. Manchmal bekam man dafür Medaillen und Ehrennamen, oder sogar eine Prämie, manchmal ein Dankeschön und einen Händedruck, meistens aber war man einfach gern dabei und stolz auf seine Leistungen.

„Willkommen", rief uns ein langes Elend, welches – wie sich später herausstellte- Peter hieß, durch das offene Autofenster zu, „fahrt mal über die Wiese, bis an den Weidezaun dahinten, dann habt Ihr es auch nicht so weit zu den sanitären Anlagen mit euren Damen."

Die Mädchen lachten verlegen und Ulrike fragte ungeniert: „Was ist das für ein Fatzke? Ist der hier der Bestimmer, oder was?"

„Hier bestimmt nur einer", sagte ich, „und das ist Hans-Jürgen. Schau mal, er sitzt da drüben am Arbeitstisch und schmiedet Pläne, die stets eingehalten werden müssen."

„Macht der eine Schatzgräberkarte?" Caroline beugte sich neugierig vor.

„In etwa", bestätigte Robert und bugsierte unseren Zeltanhänger parallel an den stromleitenden Weidezaun, dann zeigte er auf den gespannten Draht und warnte: „Fasst da nicht an."

Wir sind doch nicht blöd", tönte es zweifach hinter uns.

Nachdem wir auf mehrere Schultern geklopft, Hände geschüttelt und uns den noch unbekannten jungen Leuten vorgestellt hatten, schauten wir uns am See um. „Er ist etwa fünf Kilometer lang, vielleicht zwei Kilometer breit und die tiefste Stelle soll nach Angaben der GST etwa dreißig Meter betragen" sagte ich mehr zu mir selbst als zu Robert an meiner Seite.

„Einer der schönsten Seen", erklang eine bekannte Stimme hinter uns, „man gerät ins Träumen, was?"

„Mücke, das ist ja eine Überraschung. Schön, dass wir uns mal wiedersehen." Robert streckte dem Tauchkollegen die Hand entgegen. Mücke hatte die gleiche Größe wie ich, einen blonden Haarschopf, war braungebrannt und in Beraterlaune: „Wir sind auf den Spuren des ehemaligen Zisterzienserklosters Marienwerder. Das war ein Nonnenkloster. Es befand sich auf der Halbinsel hier. Im Mittelalter gab es eine überdachte Holzbrücke zur Burgwallinsel da hinten. Sein Finger zeigte in die entsprechenden Richtungen. Da, ein Stück von unserem Bereich entfernt, seht Ihr ein paar Landratten buddeln. Das sind Freiwillige und Mitarbeiter des Museums. Sie haben noch nicht viel gefunden, aber einige Grundmauern des Klosters sind erkennbar."

„Das schauen wir uns gleich mal an", sagte ich, „woher weißt du das alles, du Berliner Großstadtpflanze?"

„Ja ich bin jung und brauche das Geld... nein, man sollte sich doch mit dem was man tut auskennen."

Robert nickte: „Wir sind stolz auf dich" und hielt einen Daumen nach oben.

„Nun mach mal aus der Mücke keinen Elefanten", bemerkte Ulrike und brachte uns damit zum Lachen. Wir gingen am Seeufer entlang und begutachteten die beiden Pontonsauf dem Wasser. *(Pontons sind Schwimmkörper).*

Auf einem war bereits eine Unterwasserpumpe montiert worden, die, wie uns Peter, erklärte: „eine Wahnsinns-Förderleistung hat." Riesige Luftblasen im Wasser zeugten davon, dass bereits zwei Froschmänner unter Wasser waren. „Die messen die Fundstelle noch genau ein und stecken sie ab", Peter konnte scheinbar Gedanken lesen und kam unserer nächsten Frage zuvor: „dann werden Markierungsleinen an Bojen befestigt, damit man sich besser orientieren kann. Wir haben höchstens einen halben Meter Sicht. Da unten liegen viele Bretter und Steine und es wird mühsam, von der Null-Leine in der Mitte die Querleinen zu befestigen, um erkennen zu können, welcher Schlammstreifen schon abgesaugt wurde. Diesmal müssen wir durch eine dicke Schicht, direkt ins Ufer hinein, um an die Fundschicht zu gelangen... eigentlich wäre das eher was für Bergleute." Peter winkte ab und schaute unsere Töchter an: „Hübsche Mädchen... Hoffentlich wird euch nicht langweilig." Ulrike klimperte mit ihren getuschten Wimpern und meinte: „Das wird es schon nicht. Bei dem Schlamm hier muss man sich ja den ganzen Tag waschen."

„Gut gebrüllt Löwe!" Peter kickte mit dem Finger gegen seinen roten Strickpudel: „Ich will denn mal wieder."

Caroline schaute ihm nach und wunderte sich: „Was hat das jetzt mit einem Löwen zu tun?"

„Komm, du Embryo", sagte Ulrike, „wir fangen schon mal an, unsere Sachen auszupacken.

Abends stellten wir unser Zelt auf. Das war bei unserem Zeltanhänger mit Namen *Klappfix* ein Kinderspiel und hatte zusätzlich den Vorteil, dass wir in Höhe der Hängerauflage und nicht auf dem Boden schlafen konnten. Sie bot genügend Platz für unsere vier Matratzen und die

Sportbekleidung, wobei die Klamottenhaufen der Mädchen noch einiges mehr beinhalteten.

(Ich sollte und wollte auch nicht wissen, was.) Jedenfalls zelteten wir für DDR-Verhältnisse recht feudal.

Beim Abendessen saßen zwanzig Tauchwütige auf Bierbänken direkt am Wasser. Wir waren vollzählig. Ich freute mich besonders darüber, dass mein Studienkollege Fred mir gegenüber Platz genommen hatte und nun doch, nach einigen Bedenken wegen „zu viel Arbeit und der Familie", an den Ausgrabungen teilnehmen wollte. Inzwischen war er mein bester Freund. Wenn ich Kummer hatte, hörte er mir zu, wenn ich fröhlich war, war er es auch…

Nach dem Essen stand der sportliche, hoch gewachsene Hans-Jürgen auf, fuhr sich mit den Fingern durch seine vollen schwarzen Haare und erklärte, was er von uns erwartete: „Gleich morgen früh beginnen wir mit dem Sicherheitstraining und zwar *vor* dem Frühstück. Dann werde ich euch mit euren Aufgaben vertraut machen. Die Frauen sind… na, ich will jetzt nicht mit dem Küchendienst anfangen…, sie sind abwechselnd die Schatzsucher am Sieb und werden nur einmal täglich tauchen. Bei den schweren Arbeiten an der Unterwasserpumpe müssen wir die erfahrenen Jungs einsetzen und uns häufiger abwechseln, weil es gar nicht so leicht ist, den Ansaugschlauch während des Absaugens unter Wasser fest zu halten. Von früh bis spät wird die Pumpe alles, was weniger als fünf Zentimeter Durchmesser hat, nach oben und durch das Sieb schießen. Wir werden einen B-Schlauch und vor dem Sieb mehrere Auffangbehälter haben, damit uns nicht alles um die Ohren fliegt, oder etwas verloren gehen kann. Wer einmal eine Perle, eine Nadel, eine Murmel oder sogar ein Schmuckstück findet, wird diese Arbeit lieben!"

„Oh ja", schrie Caroline begeistert, „halt den Sabbel" bremste Ulrike sie. Dann nahm unsere Große ihren ganzen Mut zusammen und nutzte die Pause, die Hans-Jürgen beim Sprechen machte: „Darf ich bitte auch am Sicherheitstraining teilnehmen?"

Die Taucher schauten auf das sechzehnjährige Mädchen mit den Wuschelhaaren *(Ulrike hatte eine Dauerwelle ausprobiert)* und warteten gespannt auf die Antwort des Chefs. Für uns überraschend sagte er: „Ich kenne dich ja schon und wenn du das Sicherheitstraining schaffst, bekommst du deinen lang ersehnten Taucherausweis. Jens macht dich dann mit den Ausgrabungen vertraut und wenn du wirklich geeignet bist, darfst du ab und an mit tauchen...", er lachte: „die Betonung liegt auf Tauchen und nicht auf Untergehen! Schließlich wollen wir den Nachwuchs fördern..."

„... und nicht absaufen lassen", scherzte Peter.

Ich freute mich über meine entschlossene Tochter und die freundlichen Worte, die Hans-Jürgen für sie fand. Wenn ich daran dachte, wie schwer es mir gefallen war, die Zwanzig-Meter-Marke in der Tiefe zu knacken... aber Ulrike hatte Ehrgeiz und war kräftig. Schon oft habe ich früher gestaunt, beispielsweise beim Skikurs im Wintersport, wenn sie die Lehrer sofort verstand und die Theorie rasch in die Praxis umsetzen konnte. Zum Glück würde sie unter Wasser nicht fragen können: „Mutti, wo bleibst du denn?"

Hans-Jürgen kratzte sich am Kopf: „Die junge Dame hat mich ganz verwirrt. Ich mache euren Plan fertig und hänge ihn an das Taucherzelt und den Rest besprechen wir morgen nach dem Training."

Die Gruppe klopfte mit den Handknöcheln auf den Tisch und zog sich in die Zelte zurück, um Kräfte zu sammeln. Hans-Jürgen hatte die erste Wache übernommen und brütete am Feuer vor sich hin.

Nachdem am nächsten Tag das Sicherheitstraining von allen Tauchsportlern absolviert worden war, schauten wir gespannt Ulrike nach, die die letzte Tiefenhürde noch nehmen musste. Mit Flossen, Neoprenanzug und Bleigürtel ausgerüstet, ließ sie sich die Pressluftflasche auf den Rücken setzen. Dann marschierte sie rückwärts vom flachen Ufer weg und blieb an der Boje, die die Stelle des Sees markierte, an der es steil in die Tiefe ging, stehen. Sie atmete mehrmals ruhig ein und aus und wartete auf Peters Signal zum Abtauchen: „Und ab!"

Meine Tochter verschwand und ich im Geiste mit ihr, von einer Markierung des abwärts führenden Seils zur anderen: das Wasser würde immer trüber und nach Eintauchen in die Sprungschicht auch merklich kälter werden. *(Sprungschicht: Zwischenschicht zwischen der Oberflächen- und Tiefenschicht, die im Sommer durch deutliche Temperaturabnahme gekennzeichnet ist.)* Man spürt förmlich die „drei Etagen" des Wassers und es kostet Überwindung, kontrolliert zu handeln, wenn das Gefühl aufkommt: Nichts geht mehr und gleich bin ich tot.

In erreichter Tiefe sollte der Regler aus dem Mund genommen und beim langsamen Auftauchen ständig ausgeatmet werden, um das erhöhte Lungenvolumen wieder auszugleichen. Das bringt manchen *(zumindest mich,)* an den Grenzbereich der Kräfte.

Noch hatte ich nicht zu Ende gedacht, da erschien mein Mädchen wieder an der Oberfläche! Ohne dass Ulrike es wusste, hockte Jens zur Sicherheit in zwanzig Metern Tiefe mit seinem Tauchgerät. Während Peter ihr jetzt zurief: „Sehr gut" und sie nach Luft rang um sagen zu können: „Geschafft!", blubberte es nebenan und ihr Beschützer pochte auf den Rücken des Frischlings: „Großartig. Ich war dein Tauchpate."

„Und ich bin dein Taufpate", grinste Peter und schüttete vom Steg aus mit Schwung einen halben Eimer Wasser über ihren Kopf: „Willkommen in unserer Gruppe."

„Da hätte noch schön Schlamm drin sein müssen", gackerte Caroline.

Ulrike war gut gelaunt, nahm ihr die Bemerkung nicht übel und platschte auf mich zu: „Eh Muddi, wie war ich?"

Voller Stolz klatschte ich gegen die mir entgegengehaltene Handfläche: „Gratuliere!" *Insgeheim wünschte ich ihr: Behalte diesen Glücksmoment in deinem Herzen.*

Nachmittags machte ich mich zum ersten Tauchgang fertig. An der Pressluftstation holte ich meine Pressluftflasche ab und nahm ein paar Anweisungen entgegen. Zum Schluss wurde gesagt: „Also, links die leeren Flaschen abstellen, rechts stehen die vollen."

„Okidoki", bestätigte ich kurz und ging zu Jens, der an meiner Seite arbeiten sollte. Na, wenn ich ehrlich bin, wird umgekehrt ein Schuh draus: Ich sollte nicht von *seiner* Seite weichen. *(Jeder kennt wohl inzwischen den Grundsatz der Taucher: Tauche nie allein... ich hätte es in dieser Brühe sowieso nicht gern getan.)*

Es war wieder ein Erlebnis für mich, auf den Grund eines Sees zu tauchen. Erst kurz bevor wir den Boden erreichten, war die Einteilung in Quadrate erkennbar. Jeder Taucher hatte die Aufgabe vor Ort auf einem Täfelchen einzutragen, wo genau und in welcher Lage er den aufgestöberten Gegenstand vorgefunden hat. Hölzer wurden gezeichnet, Gefäße mehr oder weniger erkennbar skizziert, Holzkohle angedeutet, Kirschkerne gekritzelt *(darunter stand: Kerne)* und später war auf der Zusammenstellung erkennbar: Hier befand sich in der Mitte eines Raumes eine Feuerstelle, da war vermutlich ein Garten mit Kirschbäumen...

Während ich fasziniert mit einer kleinen Vase aus Ton wieder auftauchte, rief ich: „Das ist spannend da unten, aber wo befand sich das Kloster?"

„Das ist wahrscheinlich *so* abgekippt", Hans-Jürgen machte eine Bewegung, als wolle er zum Kopfsprung ansetzen, „aber es gibt wohl nur noch die Grundmauern." Dann nahm er mir die Freude, weil er auf mein Mitbringsel schaute und feststellte: „Ähnliche Vasen haben wir schon -zigmal gefunden, aber diese ist scheinbar heil?"

„Ist sie", sagte ich matt nach der ungewohnten Anstrengung, „nur ich bin kaputt, als wäre *ich* um die achthundert Jahre alt!"

Am Ufer wartete Fred auf Jens. Die beiden Taucherkollegen wollten zusammen weiterarbeiten. Noch wusste Fred nicht, dass er wenig später einige Ängste in der Tiefe von zehn Metern ausstehen musste. Deshalb dauerte es nur eine halbe Stunde, als er, ein wenig blau im Gesicht, wieder auftauchte, den Regler aus dem Mund riss und schrie: „Welcher Trottel hat seine fast leere Flasche auf die falsche Seite gestellt? *Wer* wollte mich umbringen?"

Hinter ihm erschien Jens an der Oberfläche und sah aus wie eine freundlich grinsende Robbe: „Mensch das war toll Fred, du hast ein gutes Nervenkostüm." Inzwischen waren alle abkömmlichen Heinzelmännchen am Ufer erschienen, um neugierig den Disput zu verfolgen und ihnen zugewandt erklärte Jens: „Wir hatten soeben die Arme im Schlamm versenkt, um zu suchen, als Fred sie plötzlich ruckartig herauszog. Dann bedeutete er mir jedoch seelenruhig, dass er keine Luft bekäme. Ich kontrollierte sein Manometer und sah, dass seine Flasche leer war. Wir mussten auftauchen. Fred blieb ruhig wie ein Nilpferd."

„Ja, aber jetzt möchte ich wissen, wer mir den Tauchgang versaut hat! Anita, wo hast du eben deine Pressluftflasche abgestellt?"

„Na rechts, wie ich es sollte", antwortete ich geduldig. Erst als ein allgemeines Gelächter erklang und Fred einen Schlammklumpen nach mir schmiss, wusste ich: das war dann wohl die falsche Seite!

Peter nahm einen großen Zettel vom Arbeitstisch und schrieb: „Nur für Frauen: Hier ist rechts und hier stehen die vollen Flaschen. Die andere Seite heißt Links *(sie wurde gekennzeichnet mit einem entsprechenden Pfeil)* und dahin gehören die leeren Flaschen." Peter ging mit seinem geistigen Erguss zum Arbeitszelt, um das Schriftstück dort anzubringen.

„Blödi", knurrte ich ihm nach, aber eigentlich war ich das. Trotzdem war später das Schriftstück unterschrieben mit: „Peter, der Letzte." Es war nicht seine Handschrift.

Ein paar Tage vergingen mit dem Sammeln von Scherben und „ollen Pötten", laut Caroline. Manchmal, wenn sie ein Fundstück aus dem Sieb gegrabbelt hatte, schrie meine Zwölfjährige vor Freude heraus, was es dem Anschein nach war. Nachdem sie von uns bei besonderen Funden den Ruf: „Nuggets!" gehört hatte, versuchte sie es diesmal beim Entdecken eines kleinen Würfels auch in dieser Art: „Nackends! Nackends!"

Alle, die kein Wasser auf den Ohren hatten, amüsierten sich darüber. Caroline war erstaunt: „Was ist nun schon wieder?"

Mit diesem verständnislosen Gesichtsausdruck stand sie gerade gestern vor mir, dachte ich, weil wir uns gewundert hatten, dass es in unserem Zelt widerlich stank. Erst nach mehrmaligem Nachfragen sagte Caroline: „Ach so, vielleicht ist das dieses Muschelding hier."

Sie fummelte einen Miesmuschelklumpen aus ihrer Schwimmflosse und sagte verwundert: „Das stinkt wie Kuhmist, aber das hast du mitgebracht, Mutti." Ja, sie hatte Recht: ich brachte dieses bizarre Gebilde vom Grund des Sees mit und hatte es, weil es so interessant aussah, *vor dem Zelt* abgelegt."

Nach einer Woche hatten wir auf einer riesigen Plane eine Menge Fundstücke ausgebreitet. Besondere Hölzer kamen in große Wasserbecken, damit sie an der Luft nicht zerfielen. Wir waren dabei, die

Knochenfunde zu betrachten, als Hans-Jürgen erklärte: „Hier, die dunklen Knochen sind von Tieren. Das da ist wohl der Schädel eines Hundes, die Hühnerknochen kennt ihr selber, aber da, die weißen: das sind Knochen von Menschen. Ober- und Unterschenkel... Hüft-und Schulterknochen."

Uns wurde mulmig. Petra, die Küchenmamsell, war blass geworden: „Bin ich froh, dass ich nicht mitgetaucht bin, aber wieso sind die so klein?"

„Es sind Knochen von Babys." Mücke sagte es so traurig, dass es uns bis ins Mark traf. Niemand fühlte sich in der Lage nachzufragen, aber ich vermutete, er dachte in diesem Moment an seine knapp einjährige Tochter, deren Bilder er uns bei jeder Gelegenheit stolz zeigte. Hans-Jürgen raffte sich auf, weiter zu sprechen: „Wir wissen von einem Fischer, dass in den Fischernetzen häufig Schädelknochen, Hölzer und Scherben hängen geblieben waren, so dass sie es später vermieden, in dieser Gegend zu fischen. Wir haben recherchiert und festgestellt, dass das Kloster ehemals an einer Handelsstraße lag und Durchreisenden Quartier bot. Wenn die Nonnen sich mit Männern eingelassen hatten und schwanger wurden, was sie natürlich vertuschen mussten, trugen sie heimlich die Kinder aus und warfen sie kurzerhand ins Wasser."

„Sie ertränkten diese armen Wesen?" Ich war fertig mit der Welt: „Und sowas nennt sich Kirche und verkündet christlichen Glauben?!"
(Ein wenig schreckten mich meine eigenen Worte, weil sie denen, die mein Vater häufig von sich gab, sehr ähnlich waren).

Seit diesem Tag wollte niemand mehr gern an der entsprechenden Stelle suchen, denn wir buddelten stets mit bloßen Händen. Mit Handschuhen hätten wir kaum etwas aufspüren können und oft bohrten wir uns bis zu den Ellenbogen in den Schlamm.

Einmal erschrak ich dabei fürchterlich, weil plötzlich im trüben Wasser und direkt vor meinen Augen ein Gebilde schwamm, welches aussah wie ein Stück eines Unterarmknochens mit einer knöchernen Hand daran. Ich schrie dumpf „buh" und tauchte unbesonnen auf. Zu allem Unglück flutschte mir dabei der Regler aus dem Mund und als ich an der Oberfläche japste: „Oh Gott", verschluckte ich ungewollt einen tüchtigen Hieb Seewasser. Da mein Bleigürtel ziemlich schwer war, denn er sollte mich ja mit seinem Gewicht auf dem Grund halten, spürte ich seine Funktion jetzt deutlich und anstatt ihn abzuwerfen, trafen mich weiter die kleinen Wellen, die mich keuchen und schwer atmen ließen, bis mir plötzlich jemand den Regler entgegenhielt und mich an Land schob. „Was war das denn für eine zirkusreife Einlage?" Trotz meines Hustens erkannte ich die Stimme von Fred.

„Du hast mich gerettet, wenn auch hinterrücks, Danke schön", krächzte ich heiser, „jetzt weiß ich, was gemeint ist, wenn jemand sagt, das Wasser stünde ihm bis zum Hals."

„Na, das war wohl eher: Oberkante Unterlippe!"

Ich versuchte zu lächeln, obwohl Fred mich sehr ernst ansah: „Warum hast du den Gürtel nicht ausgehakt?"

„Ich dachte", stotterte ich, „wäre doch schlimm, wenn er verloren ginge... war bestimmt teuer."

„Ach du ahnst es nicht! Da unten ist alles voller Taucher! Wenn wir jahrhundertealtes Zeugs noch finden, ist es doch leicht, dieses Ding wieder hochzuholen!" Fred machte eine Atempause, während wir uns mühten, die Flossen von unseren Füßen abzuziehen und setzte wie ein Schullehrer erneut zum Sprechen an: „Und den Regler herauszunehmen, bevor man festen Boden unter den Füßen hat..."

„Lass mal gut sein", unterbrach ich meinen Lebensretter, „das passiert mir nicht noch einmal."

Inzwischen war auch mein Tauchpartner aufgetaucht und fragte aus einiger Entfernung, warum ich in Panik geraten wäre. Als ich ihm von dem Arm mit den Fingerknochen erzählte, machte er es spannend: „Ja, das Ding hab ich auch gesehen, aber es war ganz was anderes, Geheimnisvolles!"

„Was denn", wunderte ich mich.

„Ein seltsames Stück Schilf! Ha, ha!" Gluck, gluck, weg war er.

Fred fing derb an zu lachen und mein Bedarf an Schätzen war vorerst gedeckt.

Am Seeufer erklang ein schrilles „Ju-chuu! Nackendts!"

(Seit Caroline diesen Begriff für tolle Funde geprägt hatte, wurde er genauso gern von den Tauchern verwendet.)

Jens kam aus dem Wasser und schleppte mit beiden Händen einen riesigen Messingtopf in Richtung Ufer. Gerade mühte er sich, ihn auszuschütten, als der Chef lauthals vom Ponton aus warnte: „Nein! Nicht auskippen!" Fred und Peter stürzten mehr dem Fundstück entgegen, als dem Taucherkollegen zur Hilfe und packten die beiden Henkel des kugelförmigen Topfes, der in der Sonne matt glänzte. Mit Freudengeheul zottelten sie gemeinsam den Fund des Tages an Land und gossen auf einer Plane langsam das Wasser ab. Ein paar matschige Dinge kamen zu Tage.

Jetzt war Hans-Jürgen, der schließlich für das Museum arbeitete, in seinem Element: „Das Berühren der Figüren mit der Pfoten ist verboten!" Er streckte die Arme aus, bedeutete uns, zurück zu treten, und den Chef persönlich arbeiten zu lassen. Er fiel wie ein Heiliger auf die Knie und fischte sorgfältig das größte Teil aus dem schmutzigen Häufchen heraus. Nachdem er es gereinigt hatte und Petra beiläufig bemerkte: „Irgendein Messer…", verbesserte er sie mit einem strafenden Blick nach oben: „Nicht irgendeins! Dieses hat einen Knauf aus Horn und schaut mal, was da hinein geschnitzt wurde."

Die Neugierigen in der Runde bückten sich und Robert erkannte es zuerst: „Das ist eine Sauerei."

„Tatsächlich, da sind zwei Gestalten bei der schönsten Nebensache der Welt", Mücke war fasziniert, „und das auf einem Klostermesser?! Die soll doch der Teufel holen."

„Jetzt ist es zu spät", grinste Petra, „da kann man nach etlichen Jahrhunderten noch etwas lernen!"

„Schaut mal, das hier ist etwas ganz Besonderes, man nennt es Petschaft."

„Ein Siegel, oder?" Ulrike sank neugierig neben dem Chef auf die Knie.

„Ja es ist ein Siegel mit drei Herzen drauf und einer Inschrift… na, die müssen wir erst entziffern. Hier sind noch ein paar Messingnadeln, die die Nonnen benutzt haben, um ihre Kleidung zusammenzustecken, oder die Kopfhauben zu befestigen."

„Die Dinger haben wir schon massig gefunden", sagte Ulrike. Bei mir steckte heute eine im Finger. Das tut jetzt noch weh." Mücke beeilte sich zu sagen: „Ja, das Problem haben wir inzwischen alle. Morgen kommt ein Doktor ins Lager und bringt Spezialsalbe mit. Gott sei Dank, dachte wohl jeder der bereits Angestochenen.
Wie im Fluge verging die Zeit und genauso schnell häuften sich die Funde. Zu den Nadeln *(inzwischen waren es mehr als 200)* fanden sich entsprechende Hülsen, die wahrscheinlich auf die Nadelspitzen gesteckt wurden, damit sie bei den Trägerinnen keine Verletzungen hervorrufen konnten, es fanden sich Fingerhut und Anhänger, aufgefädelte Perlen, Kämme aus Knochen und Horn, ein Kruzifix, eine kleine Reiterfigur aus bleiglasiertem Ton, Zinnkrüge und vieles mehr. Die zukünftige Bearbeitung und Lagerung der Gegenstände würde noch viel Zeit und Arbeit kosten...

Am letzten Abend vor der Abreise hockten wir am Lagerfeuer und erinnerten uns an die Abenteuer des vergangenen Jahres, besonders an zwei Begebenheiten:
Wir tauchten damals am Teterower See vor der Burgwallinsel. Die Funde waren dort wesentlich geringer, aber wir gaben unser Bestes. Eine Woche lang hielten sich Filmleute vom Studio Potsdam-Babelsberg bei uns auf, fragten, filmten und verschwanden. Als wir später erfuhren, dass die Aufnahmen endlich gesendet werden würden, rannten wir förmlich in die Kinos um den Vorspann, der sich „Augenzeuge" nannte, nicht zu verpassen. Wir erwarteten, dass während der gängigen zehn Minuten nur über unser Taucherlager berichtet würde... leider waren es nur drei Minuten.
„Habt Ihr euch da wieder erkannt", Petra lachte derb, „ich hatte die Kapuze von meinem Ostfriesen-Nerz tief im Gesicht und war überhaupt nicht zu sehen."
Niemand in unserer Runde sagte etwas, alle schüttelten die Köpfe.
„Glaubst du, *uns* hat man in der vollen Tauchermontur erkannt?" Robert, der eine schöne Zinnkanne gefunden und extra für die Filmaufnahmen ein zweites Mal damit aufgetaucht war, um sie für die Dreharbeiten lang genug empor zu halten, war mehr als enttäuscht:

„Das war wirklich ein mieser Beitrag."
„Aber richtig gut war das Ding mit dem Koch!" Peter sprang auf und fragte: „Wisst Ihr noch, dass der Dussel abends die letzte Fähre verpasst hat und betrunken mehrere hundert Meter vom Festland auf die Insel geschwommen ist? Zugetragen hatte es sich so:
Der Koch kam eines Morgens zu uns ins Taucherlager und heulte uns die Ohren voll, er habe am Vortag eine Menge neuer Küchengeräte gekauft und fünfhundert Mark von der Bank abgehoben. Dann habe er mit ein paar Kumpels in einer Kneipe den Tag ausklingen lassen und als er vom Festland aus zurück zu seinem Arbeitsplatz, dem Restaurant auf der Burgwallinsel, wollte, war die letzte Fähre am gegenüberliegenden Inselufer vertäut und der Fährmann längst zu Bett gegangen. Mit genügend Sprit im Kopf und nach dem Motto: Fett schwimmt oben, machte der Koch sich am Ufer nackig, seine Kleidung rollte er zu einem Bündel zusammen und band es sich mit den Ärmeln seines Hemdes auf den Kopf. Die Tasche nahm er in die Hand. Dann stürzte er sich abenteuerlustig in die Fluten und schwamm einhändig und mit platschenden Füßen los. Auf halber Strecke verließen ihn zuerst die Kraft, dann der Mut und danach die Tasche mit Inhalt. Er wisse nicht mehr, wie er an Land gekommen sei, seine Kleidung habe zusammengerollt morgens an seinem Bett gelegen... Er hieß Hein endete mit dem Satz: Wenn Ihr die Tasche findet, koche ich euch allen gratis ein Drei-Gänge-Menü und jeder bekommt ein Bier dazu. Ausgerechnet das hörte unser Chef und mahnte sofort: Wehe, wenn ich einen von euch außerhalb des Grabungsbereiches erwische! Die Strömung hat die Tasche garantiert ein ganzes Stück weggetragen und wir haben für solchen Unfug keine Zeit... Wir gehorchten. Zunächst. Am Nachmittag schlichen die besten Taucher sich tiefgründig und abwechselnd in den verbotenen Bereich... Nichts! Wir warnten uns gegenseitig, oder lenkten den Chef ab, wenn es brenzlig wurde. Irgendwann brodelte das Wasser über „Irgendwas Dolles" *(wie es Caroline auffiel)*, weil mehrere Taucherköpfe zusammengesteckt wurden. Eine Boje bewegte sich ein paar Mal hin und her und alle, die auftauchten, hatten ein Grinsen im Gesicht. Bei passender Gelegenheit, als der Chef versonnen auf den See schaute, schoss plötzlich Jens aus dem Wasser hoch, selbstver-

ständlich innerhalb des mit Bojen markierten Grabungsbereiches und schrie: Ich hab was Tolles gefunden! Es waren: ein hübscher Krug aus der Neuzeit und eine große Tasche mit klapperndem Inhalt…"

Hans-Jürgen hielt seine Hände an das Lagerfeuer und erinnerte sich daran, dass er fürchterlich gemeckert habe. Lachend gab er zu: „Ich wusste, dass der Koch euren Ehrgeiz und eure Gier nach Futter angestachelt hatte und mir hat das Menü am Ende auch geschmeckt. Lustig fand ich, dass der Koch das Geld der Reihe nach auf die Leine gehängt hat, um die Scheine zu trocknen."

Während wir uns noch amüsierten, erklang im Dunkeln und aus einiger Entfernung ein Trompetensolo: „Il Silencio", sagte ich leise. Robert hatte sich davon geschlichen, um sich auf seine Art von den Tauchern zu verabschieden. Früher hat mein Herz dabei etwas empfunden, dachte ich. Das ist vorbei.

Mein Blick hing in den Flammen des Feuers fest und als ich den Kopf hob und ihn weiterwandern ließ, versank er in den Augen meines Freundes: Fred.

4

„Unser nächster Halt ist Würzburg. Meine Damen und Herren, wir möchten Sie darauf aufmerksam machen, dass dort eine junge Dame mit Salzbrezeln zusteigt. Also, wenn Sie Appetit darauf haben, langen Sie zu. Der Ausstieg befindet sich in Fahrtrichtung…"

„Noch etwa drei Stunden, dann haben wir es geschafft", Anita verstellte auf einmal ihre Stimme: „joh mei, wo sind denn nun die Brez´n und wo is´ mei Kaffee?"

Tina lachte: „Das war ja Wiener Dialekt. Ich freue mich darauf, mit dem Flussschiff von Wien aus nach Bratislava und Budapest zu kommen."

„Das sind garantiert schöne Städte, ansonsten wäre ich gar nicht ohne meinen Gatten losgefahren."

Der Zug setzte sich wieder in Bewegung, zuckelte aus dem Bahnhof und rauschte ab in Richtung Passau. Zwei ältere Damen hatten ihre Plätze neben Anita und Tina eingenommen, es sich bequem gemacht und waren sofort eingeschlafen.
„Gute Nacht", Tina machte ein spitzbübisches Gesicht, „ bitte erzähl trotzdem weiter... ist ja nichts Geheimes, oder?"
„Nein, ist es nicht." Anita berichtete weiter:

Berlin, Berlin
Als ich abends in der Küche das Abendbrot für die Familie zubereitete, stand plötzlich Robert hinter mir. Er kam ständig auf leisen Sohlen angeschlichen und wie sonst, erschrak ich auch dieses Mal, denn ich hatte ihn weder auf der gewöhnlich knarrenden Holztreppe noch beim Benutzen des Schlüssels zum Öffnen der Tür gehört.
„Nabend", sagte er mürrisch, während ich mich erschrocken umdrehte und ihm wie zur Verteidigung das Schneidemesser entgegenhielt, mit dem ich gerade Tomaten in Stücke teilten wollte.
„Nimm das Messer weg, du nervst." Robert wirkte abgespannt, nahm sich ein Stück Tomate und steckte es in den Mund. „Wir sind am Wochenende eingeladen", teilte er mir nun mit, „Andy und Biene wollen gemeinsam mit uns und den Kindern einen Bootsausflug machen. Sollen wir hin fahren?"
Ich zuckte mit den Schultern. Eigentlich mochte ich die Berliner, die genau wie wir drei Kinder in ähnlichem Alter hatten. Andy lernte ich auf einer FDJ-Tour kennen: *(FDJ=Freie Deutsche Jugend)* ein sportlicher, gut aussehender Mann, der gern lachte und wo er auftrat, im Mittelpunkt stand. Mein Typ war er nicht, aber schnell ein guter Freund. Seine Frau war sofort eifersüchtig, als sie ihn bei der Ankunft vom Bahnhof abholte und ich ihm fröhlich winkend zurief, dass wir uns

sicher wieder treffen würden, die Welt wäre ja rund. Sabine lachte gequält.

Irgendwann kam sie mit ihrem Mann nach Rostock und wir konnten das Missverständnis aufklären.

Biene war Kinderärztin, mittelblond und hatte eine gute Figur. Wenn sie sprach, richteten sich meine Nackenhaare auf, denn sie berlinerte und zwar so, dass man sie kaum verstand: „Ick gloobe, mit euch Fischköppe kann man jar nich richtich quasseln, wa?"

Doch, konnte man, wie sich bald herausstellte. Wir besuchten uns gegenseitig und unsere Kinder genossen die gemeinsamen Ausflüge. Seitdem hatte ich ein kluges Wesen, das mir ständig am Telefon gute Ratschläge gab, wenn eines der Kinder krank zu werden drohte: „Mach ma ditte, oder dat", schlug sie dann ein paar Gegenmaßnahmen vor, die Schlimmeres verhindern konnten. Einmal sah sie, wie Jan in ein Gebüsch pieselte und kontrollierte seinen Schniedi. „Det is ne Fimose", stellte sie fest, „lass ma 'n Arzt druff kieken." Ich tat es, es war eine Fimose, die mit einem kleinen Eingriff beseitigt werden konnte. Auch den Leistenbruch bei Caroline hatte sie vorher vermutet und wir konnten rechtzeitig handeln.

„Was ist nun?" Robert unterbrach meine Überlegungen. Ich nickte noch, als im Kinderzimmer die Nachricht mit einem dreifachen „Juhu" aufgenommen wurde.

In Berlin mieteten wir uns Kanus und paddelten, soweit mich die Erinnerung nicht trügt, vom See Krumme Lanke durch den Verbindungskanal zum Schlachtensee. Jedenfalls waren Groß und Klein begeistert. Das Naturschutzgebiet glich teilweise einem Dschungel, wir zogen die Köpfe ein und umschifften Hindernisse. Dabei lästerten wir über die Unbeholfenheit der Berliner, die uns Wasserratten nicht „das Wasser reichen" konnten und oft ziemlich hilflos paddelten, um nicht gegen eine Baumwurzel oder andere Hindernisse zu stoßen.

Abends, als die sechs Kinder im Bett waren, gesellte sich eine Freundin unserer Gastgeber zu uns: „Gibt es hier ein Glas Wein für eine alleinstehende Dame aus diesem grauen Mietshaus", fragte sie und schüttete uns allen die Hand. „Bärbel", stellte sie sich lauthals vor und bei jedem Kopfnicken fiel ihr eine dunkle Haarsträhne vor die Augen, die sie danach wieder wie eine Gardine aus dem Gesicht schob. Sie war ziemlich pummelig und wirkte unordentlich. Das Weiß ihres Pullovers war von einem Grauschleier überzogen und ihre dunkle Molli-Haus-Hose schlackerte um sie herum. Gut, dachte ich, wenn sie die Freundin unserer Freunde ist, hat sie wenigstens das Herz auf dem richtigen Fleck. Man soll nicht vorschnell urteilen.

Der Abend verflog. Bärbel war witzig und rückte ihren Stuhl unaufhörlich in die Nähe des Sessels, auf dem Robert wie hingegossen saß. Als sie fast auf seinem Schoß gluckte, merkte ich, dass er sich in ihrer Nähe sehr wohl zu fühlen schien.

„Das macht sie jedes Mal", grinste Biene beschwipst, „sie ist schon so lange allein, weißt du?" Das war mir egal. Irgendwann ging sie, wie mir schien, mit einem kleinen Zettel in der Hand, zurück in ihre Wohnung.

Am nächsten Morgen verabschiedeten wir uns nach einem kräftigen Frühstück von Biene und Andy und gingen mit den Kindern die Treppe hinunter. Unten stand eine müde Bärbel, deren Augen ein wenig von schwarzer Tusche verschmiert waren, vor uns und umhalste uns nacheinander, als wären wir bei ihr zu Gast gewesen. Ich hielt sie ein wenig auf Abstand, nicht nur, weil sie nach Qualm roch. Enge Umarmungen mit Fremden waren mir zuwider, genau wie ich nicht mochte, wenn jemand mir beim Sprechen so nahe auf die Pelle rückte, dass ich seinen Atem fühlen oder gar riechen musste.

Auf der Rückfahrt machten wir eine Pause am Straßenrand und knabberten unsere Brötchen auf, deren Butter geschmolzen und dessen Belag wellig geworden war. Den Mädchen schien es trotzdem zu schmecken. „Das war schön in Berlin." Ulrike redete mit vollem Mund.

„Hm, hm", bestätigte Caroline und während Jan nickte, hielt er mir mit ausgestrecktem Arm sein angebissenes Brötchen entgegen. Verächtlich sagte er: „Bäh, will ich nicht." Ich schwenkte seinen ausgefahrenen Körperteil wie einen Kran in Richtung Vater und der griff zu: „Der Hunger treibt´s rein."

Jetzt musste ich sogar lachen. Dieses Wochenende hat unserer Familie gut getan… dachte ich.

Einige Wochen vergingen. Beim Kontrollieren der Kontoauszüge stellte ich fest, dass ein paar höhere Beträge von Robert abgeholt worden waren. Seine Antwort klang überheblich: „Ja und? Ich habe mir eine Ledertasche und ein paar Reiseutensilien gekauft. Am Wochenende muss ich zu einer Schulung."
„Zu einer Schulung? Am Wochenende?"
„Ja, über Fischereitechnik. Von Freitag bis Sonntag."
Es wird schon stimmen, dachte ich.

Robert war kaum abgereist, da rief Biene an: „Komm doch morgen mit den Kindern einfach her", schlug sie vor, nachdem ich ihr von der Schulung berichtet hatte, „Andy ist bis Sonntag bei seinen Eltern, um dort zu helfen. Ich würde mich freuen. Fahrt schön früh los."
Gut, Robert hatte den Zug genommen, wir könnten uns ins Auto setzen und wären in guter Gesellschaft. Die Kinder waren aus dem Häuschen und schrien sofort: „Hurra."
In Berlin, vor Bienes Wohnungstür angekommen, klingelten die Kinder Sturm. Niemand öffnete. Das war seltsam. Wir versuchten es bei den Nachbarn. Pech, die öffneten auch nicht. Ich bat die Kinder, ruhig auf der Treppe sitzen zu bleiben und stapfte zwei Etagen tiefer.
Vielleicht bist du zu Hause, „B. Ritter", murmelte ich, ging arglos dem Klingelschild entgegen und drückte auf den Knopf. Eine Weile tat sich nichts. Dann wurde die Tür geöffnet und mich traf fast der Schlag: von meinem Ehemann! Er stand, nur mit einer Schlafanzughose bekleidet, vor mir und öffnete genauso verdattert den Mund wie ich. Robert erholte sich zuerst und zischte barsch: „Was willst du hier? Spionierst du mir nach?" Ich wurde ein Stück Beton… dachte nichts, fühlte nichts, sagte nichts. Robert schnarrte mich, vorsichtshalber sehr leise, weiter an: „Hau einfach ab, nun weißt du ja wo ich bin." Angriff war für ihn die beste Verteidigung. Die Tür flog zu. Die naive Stimme von Bärbel klang dumpf dahinter: „Schatz, wer war das?" Ich konnte seine Antwort nicht hören. Unbeweglich stand ich da.
Hinter mir öffnete sich die Haustür. Mit einem freundlichen Schlag auf die Schulter begrüßte mich Biene: „Da biste ja. Ick musste dat Auto umparken, dit stand so dämlich da, weißte?"

Da ich nicht reagierte, klopfte sie an meine Stirn: „Hallo Wand, hier spricht Tapete! Haste einen Jeist jesehn?"

Offensichtlich wusste sie nichts von Roberts Besuch bei Bärbelchen. Ich stotterte ihr leise ins Ohr, warum ich so erschüttert war und bat sie, den Kindern nichts davon zu sagen.

„Is jut, mene Bande kommt jleich und bringt noch zwei Freunde mit."
Das kann ja heiter werden... ich ging die Treppe hoch, als wäre Blei an meinen Schuhen.

Mittags spazierten wir mit unserer kleinen Hammelherde durch den nahegelegenen Park, nachdem wir eine Bratwurst für jedes Kind an einem Kiosk erstanden hatten. Plötzlich rannte Biene auf eine Ansammlung von Menschen zu, schob sich durch die Herumstehenden und rief: „Lassen Sie mich durch, ich bin Ärztin."

Erst als die Menge sich teilte, sahen wir, dass ein älterer Mann mit welligem, weißem Haar und hellem, gepflegten Bart auf der Parkbank lag und nach Luft rang. Biene befühlte seinen Puls, öffnete seinen Hemdkragen und fragte ihn nach seinem Namen. Er antwortete nicht. Schnell zog sich die versierte Kinderärztin die Jacke aus, schob sie dem Herrn unter den Kopf und machte eine Herzmassage. Dabei zählte sie: „Eins, zwei..." Die Kinder staunten, die Leute diskutierten.

„Ruhe", schrie Biene und es wurde still. Der Mann schlug die Augen auf und stammelte: „Dan-ke."

„Hat jemand etwas zu trinken dabei", fragte Biene in die Runde. Ich war verwundert. Das war nach langer Zeit perfektes Hochdeutsch. Langsam flößte sie ihrem Patienten etwas Wasser ein, welches ihr eine junge Frau - noch auf dem Fahrrad sitzend - zugereicht hatte und nach einer Weile erhob der Mann sich wieder.

„Sie müssen viel mehr trinken, mahnte Biene beim Weggehen, „ältere Menschen vergessen das gern." Mir raunte sie zu: „Weil ´se denn dauernd uff Klo müssen." Da war sie wieder, die Berliner Pflanze. Sie hatte meinen Respekt. Meistens war sie gut gelaunt, aber ich erinnerte mich auch daran, dass sie bei einem unserer letzten Besuche weinend nach Hause kam und klagte: „Scheiß Kinderklinik. Heute ist ein dreijähriges Kind in meinem Arm gestorben. Es ist traurig, wenn man nicht mehr helfen kann... nein, es ist grausam! Ich will das nicht mehr.

Ich suche mir eine andere Arbeit, vielleicht beim Notdienst."
Diesen Gedanken hatte sie garantiert nicht zu Ende gedacht…

Am frühen Nachmittag verabschiedeten wir uns und fuhren, eher als geplant, nach Rostock zurück. Ich wollte meinem Mann nicht noch einmal in diesem Haus begegnen. Wollte ich ihm überhaupt noch begegnen? Während ich die Autobahn entlang raste, reifte mein Entschluss: Jetzt lasse ich mich scheiden.

Was dem einen Recht ist, ist dem anderen billig
Sackgasse, so ein Pech. Ich stieg aus dem Auto und ging einen schmalen, gepflasterten Weg entlang, um meine jüngere Schwester Jana in ihrem Bootshaus zu finden. Wenn sie Kummer hatte, verkroch sie sich hier, wo die Warnow in Bützow einen leichten Bogen machte und direkt an ihrem Wochenendgrundstück vorbeifloss. Mehrmals musste ich schmunzeln, denn ich meinte, ein paar ehemalige Klassenkameraden im Vorbeigehen erkannt zu haben. Warum bemerkten sie mich nicht? Sicher hatte ich mich verändert, vor allem war mein knöcherner Körperbau ein wenig gepolsterter und stellte inzwischen eine ganz passable Figur dar. Als ich hier noch zur Schule ging, sagte meine ältere Schwester Marie einmal: „Wenn du in Zepelin aufs Fahrrad steigst, höre ich deine Knochen in Bützow schon klappern." Außerdem belehrte sie mich ständig: „Mach nicht so große, schnelle Schritte wie ein Kerl und wedele nicht so heftig mit den Armen, sonst verletzt du noch jemanden."
Das war längst Vergangenheit. Alte Wege, neue Erinnerungen.

Es war schon immer schön hier. Durch hohe Bäume fielen ein paar Sonnenstrahlen und im Hintergrund schimmerte das Wasser der Warnow, leicht gekräuselt und mit Sonnensternchen bestückt. Unter einer Trauerweide saß eine ältere Dame mit blauem Sonnenhut seitlich auf einer Bank und warf Brotstückchen für zwei Schwäne ins Was-

ser, die zuerst erhaben die Köpfe senkten, dann aber ziemlich unfein drauflos schnatterten und sich um die besten Brocken mit aufgestellten Flügeln stritten. Höflich grüßend ging ich an der Dame vorbei und erreichte die weitläufige Wiese, an deren Rand sich die Bootshäuser befanden. Klein und meistens mit Schilf gedeckt, reihten sie sich aneinander. Wo konnte Jana sein? Da ich mich nicht erinnern konnte, blieb mir nichts anderes übrig, als jedes Grundstück zu betreten, und kurz ihren Namen zu rufen. Endlich hörte ich ein verschnupftes: „Hier."
Mein Gott, ich dachte schon, ich würde sie nie finden.

Jana saß sonnengebräunt im gelben Bikini am Warnow-Ufer, ließ die Beine im Wasser baumeln und drehte sich nicht einmal zu mir um. Ich schüttelte meine Sandaletten von den Füßen, krempelte meine schicke hellgrüne Schlaghose, die ich von meiner Tante aus dem Westen bekommen hatte, hoch und ließ mich neben ihr ins Gras fallen. Pustend befreite ich mich noch von meinem weißen Lieblingspulli und genoss im Trägerhemd die Abendsonne.

„Trägst du schon wieder keinen BH", maulte mich Jana von der Seite an. Unglaublich. Sie hat mir am Telefon vorgejammert, dass sie großen Kummer hätte und nun diese Frage?

Meine Beine bewegten sich im kühlen Wasser etwas schneller hin und her, aber ich antwortete nicht. Endlich fing sie an zu sprechen und heulte dabei was das Zeug hielt: „Er baut sich ein Haus, mit seiner Frau und den beiden Kindern... wir haben keine Zukunft... weiß nicht was ich machen soll... liebe ihn so..."

„Das passiert schon mal, wenn man als verheiratete Frau mit Mann und Kind in eine andere Ehe gerät."

„Wollte ich ja nicht, hat sich so ergeben... haben uns getroffen und..."
Das „und" konnte ich ergänzen. Ich wusste, dass sie einen Freund hatte, dass sich die Verliebten heimlich trafen und innig miteinander verschmolzen. Ich konnte das sogar verstehen, weil Janas Mann Peer lieber auf der Jagd oder mit seinen Kumpels in der Kneipe zusammen war, als mit seiner Frau. Sie brauchte viel Liebe, die sie nicht bekam. Ihren Kummer strickte sie in Jacken und Pullover, zählte und knobelte an Strickmustern herum, oder saß eben hier und stierte ins Blaue. Ich tat dasselbe. Was sollte ich ihr raten?

Mir ging es vor längerer Zeit ähnlich: Obwohl ich mich dagegen gewehrt hatte, verliebte ich mich Hals über Kopf in einen Kollegen von Robert, deren gesamte Familie ich kannte. Während meine Ehe scheiterte, machte ich Erfahrung damit, was Liebe ist oder sein kann: zärtliche Worte, leidenschaftliche Küsse und ein überwältigendes Vergehen, was man sich während einer funktionierenden Lebensgemeinschaft nicht zu Schulden kommen lassen würde. Ich konnte mich erst lösen, als die Ehefrau meines Liebhabers mich zu einer Feier in ihr Haus einlud. Weil es abends spät wurde, riet sie mir, in ihrem Wohnzimmer auf dem Sofa zu übernachten, was ich auch tat. Am frühen Morgen hörte ich in dem darüber liegenden Schlafzimmer unverkennbare Geräusche für ein intimes Zusammensein meiner Gastgeber. Ich stand leise auf und ging, um nie wieder zu kommen. Schlecht für mich, schade für ihn, geschickt eingefädelt von einer klugen Frau...

Lieber ein Ende mit Schrecken, als ein Schrecken ohne Ende, dachte ich, als ich meine Schwester weinen sah. Ich legte meinen Arm um sie und wir wussten beide, dass es für verschmähte Liebe keinen Trost gibt. Auf einmal straffte sich der Körper meiner Schwester wieder und sie sagte beherrscht: „Gestern kam ein Brief. Er war an Peer gerichtet. Da er sehr dick war, wurde ich neugierig und ich habe ihn einfach aufgemacht. Bisher hatte ich meinem Mann nicht misstraut, denn ich war ja diejenige welche... ich gab mir an allem, was bei uns nicht stimmte, die Schuld. Ständig war ich mit mir beschäftigt und umso entsetzter las ich jetzt von einer Frau aus Weimar: Peer, das ist dein Sohn, ich schicke dir ein paar Fotos und muss um Alimente bitten."

Jana fing wieder an zu weinen und schnaubte mehr, als sie sprach: „Natürlich dachte ich zuerst, jemand würde sich einen Scherz erlauben. Ich starrte das Kind an und konnte keine Züge meines Mannes auf dem drei Monate alten Gesicht erkennen. Dann begann ich zu rechnen... drei Monate, plus neun... wo war er? Auf einer Schulung... in... nein, ich glaubte nicht, dass es Weimar gewesen sein könne. Abends kam Peer spät nach Hause. Er roch nach Kneipe und war gut gelaunt. Ich stellte ihn zur Rede und forderte ihn auf, einen Vaterschaftstest machen zu lassen. Du kannst dir nicht vorstellen, wie ich mich fühlte, als er sagte, das sei nicht nötig. Es wäre sein Kind."

Dicker geht's nicht, dachte ich, aber es kam noch dicker.
„Was soll ich jetzt machen", jammerte Jana, „ich bin schwanger... von..."
„Auch das noch! Dann seid ihr ja quitt" entfuhr es mir.
„Ich werde es ihm nicht sagen. Anita, bitte halte auch du den Mund. Ich will keine Alimente und keinen Zirkus. Ich habe diese Verbindung gekappt und nicht die Kraft, mich von meinem Mann zu trennen. Dann hab ich ja gar nichts mehr." Ich umarmte das Häufchen Elend und versprach, nichts zu verraten. Irgendwann würde sie ihrem Mann, oder ihrem Kind diese Geschichte selbst beichten.
Mir fiel Tucholsky ein, der einmal sagte: „Das Leben ist eines der Schwersten." Er hatte Recht.

Scheiden tut weh?

Mein Herz klopfte. Ich stand vor der Tür des Amtsgerichtes Rostock. Nach achtzehn Ehejahren hatte ich hier einen Scheidungstermin. Langsam drückte ich die nostalgisch anmutende, geschwungene Klinke einer übergroßen, schweren Tür herunter und schob sie mit Hilfe meiner schmalen Hüfte auf. Die Freitreppe, die ich vor mir sah, war für mich, eine sportliche Sechsunddreißigjährige, kein Hindernis. Kaum hörbar nahm ich sie mit meinen langen Beinen in gewohnter Art: immer zwei Stufen auf einmal und das mit hohen Absätzen. Schon oft hatte ich Komplimente gehört wie: „Du hast die schönsten Beine in der Stadt", aber das war natürlich nicht mein Scheidungsgrund. Was hatte dazu geführt? Im Grunde nichts. Es war das *Nichts*. Nichts in mir und nichts in ihm, nicht mehr.
Oben stand Robert, mein Ehemann. Wie würde das Gericht demnächst entscheiden? Wir hatten bereits eine lange Liste über unser gemeinsames Vermögen angefertigt und uns darüber gestritten und geeinigt, wer welche Dinge behalten soll. Dinge. Die waren einfach, aber die Kinder? Kinder sind nicht teilbar. Schon gar nicht drei, im Alter von siebzehn, dreizehn und sieben Jahren. Eigentlich wollte ich diese

Ehe viele Jahre früher beenden. Ich konnte es den Kindern nicht zumuten. Wie sollte es werden, ohne Vater? War es besser *mit* ihm? Niemand an dieser Treppe würde mir jetzt eine Antwort darauf geben.

Ich hörte meinen Namen und erschrak, dann hörte ich seinen Namen und erschrak noch mehr. Die Verhandlung begann. Eine Richterin schilderte, was ich nicht zu schildern imstande war – unsere Ehe:

„Wir sehen aufgrund der gesamten Umstände von einem Versöhnungstermin ab und machen eine kurze Pause", hieß es nach zehn Minuten. Robert stand mir gegenüber und schwieg. Er trug die Sachen, die ich ihm gewöhnlich zurecht legte, wenn wir gemeinsam unterwegs sein wollten. Weil ich viel Wert auf mein Äußeres legte, schämte ich mich oft, wenn er unvorbereitet auf meiner Arbeitsstelle oder bei Freunden erschien. Die Füße in ausgetretenen, staubigen Schuhen, darüber hochgekrempelte Jeans, die weit unterhalb des Gesäßes Halt fanden, irgendein Pullover und fertig. Dazu seine schlecht geputzten Zähne... mich überlief ein Schauer. Wie lange und weshalb habe ich das ausgehalten? Wegen der Kinder. Sind sie nun groß genug, um mich zu verstehen? Wenigstens die beiden älteren Mädchen? Mein Sohn mit sieben Jahren bestimmt nicht. Aber hatte ich nicht das Recht glücklich zu sein? Mit einem Mann, der an meiner Seite und nicht überall und nirgends war? Mit einem, der in mir die Frau sah und nicht sein Heimchen am Herd oder ein Vorzeigepüppchen? Einem, den ich „gut riechen", oder ihm einen Kuss geben konnte, ohne mir danach mit dem Handrücken meinen Mund abzuwischen?

Die Tür des Gerichtsaals öffnete sich wieder. Panik machte sich auf meinem Gesicht in Form roter Flecke breit. Ich setzte mich langsam, strich über meinen eng sitzenden, eine Handbreit über dem Knie endenden blauen Kostümrock, obwohl den keine Falte zierte und atmete schwer.

„Das Gericht kommt zu dem Schluss, dass die Ehe unwiderruflich zerrüttet ist." Zwar wüsste der Ehemann nicht, warum diese Scheidung vollzogen werden solle, er habe seiner Ansicht nach eine glückliche Ehe geführt, aber er stimme der Trennung zu.... *da die Ehefrau aufgrund ständiger Drohungen Angst vor einem weiteren Zusammenleben haben würde... der Auslöser für diese Scheidung ein Nasenbeinbruch*

gewesen sei, den der Gatte seiner Frau in betrunkenem Zustand mit einem Fausthieb ins Gesicht beigebracht habe....
Deshalb betrachte das Gericht „die Ehe als geschieden."
Unter einen erheblichen Teil meines jungen, unruhigen Lebens war ein Schlussstrich gezogen worden. Ich fühlte mich leer und ausgelaugt, ging an Robert vorbei und sah ihm fest in die Augen: Du wirst mich und meine Kinder nicht mehr verletzen. Keine Lügen, kein Theater, keine Trinkgelage mehr. Nie. Er schien zu spüren, was ich dachte, senkte den Blick und ging wortlos davon.
Langsam schlenderte ich durch Rostock. Wie schön diese Stadt war! Seit wann war das Steintor mit Gold bemalt? Ich hatte noch nie darauf geachtet. Wie auch. Meistens war ich mit Einkäufen beladen und hielt wenigstens ein Kind, was schwatzte, zappelte und in die verkehrte Richtung zog, an der Hand. Heute hatte ich Zeit, Zeit für mich. Ich musste nicht zur Arbeit. Die Kinder waren versorgt. Frei, frei, frei...
Zufrieden lächelnd fühlte ich statt der erwarteten seelischen Schmerzen: Glück. Eine schwere Last war von mir genommen und plötzlich fing ich in der Dezembersonne an zu singen: „Frühling in Rom läuten die Glocken vom Dom..."
Ein paar Leute gingen mit forschenden Blicken auf mich zu und als sie merkten, dass kein Alkohol im Spiel war, lächelten sie vielsagend im Vorbeigehen. In einem riesigen Schaufenster spiegelte sich ein älterer Herr mit altmodischem Hut, der hinter mir seinen Gehstock hob und rief: „Ein schöner Tag, wie?"
„Ja. Ein sehr schöner Tag!"

Ein Trabant und tausend Kuschelkissen
Weihnachten rückte näher. Jetzt, nach meiner Scheidung von Robert, war das Geld extrem knapp geworden und unsere Kinder, die bisher stets großzügig beschenkt wurden, hofften auch dieses Mal darauf.
„Ich werde ihre Wünsche nicht erfüllen können", sagte ich leise zu mir selbst, als ich an einem frostkalten Abend durch die beleuchteten

Straßen Rostocks spazierte. Meine Kinder waren längst müde ins Bett gehuscht und nun hatte ich Zeit zum Nachdenken und um mich abzulenken. Ich schnupperte mich an den Weihnachtsmarktständen hungrig und schaute, was es zu kaufen gab. Über die Lebkuchenherzen musste ich lachen, weil ich einmal in meinem Leben versucht hatte, eins zu verspeisen und fast ein Schneidezahn dabei drauf gegangen wäre. „Zäh wie Leder, hart wie Krupp-Stahl", wiederholte ich gedankenverloren die Worte, die mein Vater gerne sagte. Wenn ich nur auch so zäh sein könnte. Mein Nervenkostüm war arg strapaziert, weil ich mich stets und ständig einschränken musste und es die Kinder nicht spüren lassen wollte. Ich sehnte mich nach einem Auto, gerade jetzt bei der Kälte, nach einer neuen Jacke, warmen Stiefeln, nach Geborgenheit. Margitta hatte mir ihren zehn Jahre alten Trabant zum Kaufpreis von zehntausend Mark angeboten. Das war mehr als der Neupreis, aber trotzdem verständlich, weil man in der DDR zehn, fünfzehn oder mehr Jahre nach Bestellung warten musste, bis man einen PKW zugeteilt bekam. Wenn ich meine Ersparnisse zusammengekratzt hätte, würde mir noch einiges fehlen, um zahlen zu können.
Traurig hatte ich bei meinem Vater nachgefragt und bekam zu hören:
„Was willst du mit einem Auto?"
„Fahren… wir könnten euch dann öfter besuchen."
„Ich hole euch vom Zug ab. Vergiss den Quatsch."
Manchmal konnte ich mir nicht erklären, warum mein Vater sich mir gegenüber so verhielt. Zwar hatte ich ihn am Telefon einmal angeschrien, weil er mir nie zuhörte, aber er war auch nicht so zart besaitet, das das der Grund hätte sein können. Er war, denke ich, einfach stinke sauer, weil ich mich mit drei Kindern scheiden ließ. Ich liebte meinen Vater sehr, genauso wie meine Mutter, aber ich konnte es nicht ertragen, wenn er mich absichtlich missverstand und trotz meiner Argumente auf seinem Standpunkt beharrte. Er fraß sich gewissermaßen daran fest und konnte nicht mehr aus seiner Haut. Wahrscheinlich war ich ähnlich gestrickt, wie meine Mutter, denn zwischen ihr und meinem Vater ging es oft heftig zu und ich hing gewissermaßen zwischen Baum und Borke. *Als Kind zum Beispiel, bekam ich die mütterliche Anweisung, einmal wöchentlich nach der Schule zum Reli-*

gionsunterricht zu gehen und gleichzeitig von ihr gesagt: „Lass dich bloß nicht von Papa erwischen. Der will nicht, dass du dahin gehst. Wenn du auf dem Nachhauseweg bist, kommt er von der Arbeit." So war es dann auch. An einem wirklich eiskalten Nachmittag stapfte ich durch dichtes Schneegestöber immer am Kanal entlang, hörte plötzlich das Motorrad meines Vaters und bekam Angst vor Ärger. Den Wald würde ich nicht so schnell erreichen, um mich verstecken zu können und meine Mutter wollte ich nicht in Verlegenheit bringen. Ohne Nachzudenken sprang ich, mit dem Schwung, den man mit zwölf Jahren hat, in den hochverschneiten Graben neben mir und duckte mich hinter einen kleinen Strauch. Mein Papa tuckerte langsam vorbei. Er hatte eine Motorradkappe aus Leder auf dem Kopf, seinen langen braunen Ledermantel an und große Handschuhe mit Stulpen an den Händen. Mit gespreizten Beinen und den Filzstiefeln leicht über dem Boden, manövrierte er sich und die schwere Maschine durch den hohen Pulverschnee und jetzt wäre ich liebend gern auf den Rücksitz gesprungen, aber ich wagte es nicht. Während dessen füllten sich meine hohen Schuhe mit eiskaltem Wasser und ich rutschte tiefer. „Papa", jammerte ich und sah auf meine blaugefrorenen Hände. Die Handschuhe! Weg. Mutti würde schimpfen. Meine Füße spürte ich nicht mehr. Irgendwie musste ich wieder auf den Weg kommen, aber wie? Ich strampelte, um den Busch zu erreichen, versuchte zu kriechen und machte Schwimmbewegungen mit den Armen. Da schnellte ein kleines Bäumchen aus dem Schnee hoch. Ich schnappte danach und krallte mich daran fest, wie an den berühmten Strohhalm. Mit äußerster Anstrengung schaffte ich es, wieder auf den Weg zu kommen und frierend die letzten Kilometer nach Hause zu rennen. Dort gab es Schelte von beiden Seiten: „Wo warst du solange?" und: „Wie siehst du bloß wieder aus?" Später quälten mich über Jahre meine angefrorenen Zehen...
Erschrocken rieb ich mir die Hände, wie nach diesem Erlebnis und stapfte bei der Rückkehr aus der Erinnerung mit den Füßen auf. Jetzt brauche ich doch einen Glühwein, egal, entschloss ich mich und als ich vorsichtig daran nippte, weil er so heiß war, klopfte mir jemand auf die Schulter. „Das lasse ich mir gefallen, ich nehme das Gleiche." Meine neue Nachbarin Conny, die vor einigen Wochen zugezogen war, klopf-

te zur Begrüßung mit den Knöcheln der Faust auf den Stehtisch und gab dem Kellner ein Zeichen mit erhobenem Zeigefinger. „Auch einen Glühwein, bitte."

„Du musst aber selber zahlen", beeilte ich mich zu sagen.

„Keine Angst, ich zahle beide", lachte sie und warf ihre langen schwarzen Haare nach hinten. Ein breites Stirnband hielt die Haarpracht oberhalb des Kopfes zusammen und mit ihren dunklen Augen, die unter einem langen Pony hervor lugten, machte sie auf mich den Eindruck, wie Winnetous Schwester. Fehlt nur die Feder am Hinterkopf, dachte ich und schmunzelte. Conny war älter als ich, sehr modern, selbstbewusst und neugierig. Vor kurzem hatte sie mich total verblüfft, als ich in ihren Kleiderschrank sehen durfte. Darin war ganz wenig Kleidung. Vielleicht fünf, sechs Teile. „Die sind alle zum Kombinieren", erklärte sie mir dabei, „mehr braucht man nicht, nur ein paar richtig schöne Lieblingsteile." Heute trug sie einen schicken, hellen Wollponcho und eine enge schwarze Hose, die ihre tadellose Figur erkennen ließ. Alles was sie anhatte, sah teuer aus und das war es wahrscheinlich auch. Sicher verdiente sie in der Druckerei, in der sie arbeitete, richtig gut. Als könne sie Gedanken lesen, fragte mich Conny: „Und... wie kommst du mit deinem Geld aus? Du musst dir jetzt sicher genau überlegen, wofür du es ausgeben kannst, was?"

„Wenn ich nur eine Idee hätte, wie ich etwas dazu verdienen könnte", stöhnte ich, „dann wäre einiges leichter."

„Kannst du." Sie schob die fast leeren Glühweintassen von sich, legte einen Geldschein auf den Tisch und zog mich durch die dichte Menschenmenge hinter sich her.

Die Lichter wurden weniger, die Straßen dunkler und endlich waren wir in ihrer kleinen Dachgeschoss-Wohnung. Sie war ungewöhnlich eingerichtet. Im Wohnzimmer standen eine Doppelliege, ein Holzschrank, ein Tisch und vier Stühle. Conny erklärte mir bereits bei einem meiner letzten Besuche, dass sie anstatt des gewöhnlichen Sofas lieber eine Liege habe, auf der sie mit ihrem Mann kuscheln könne. Wenn Besuch käme, fände der am Tisch Platz und irgendwann würden die Stühle den Gästen zu hart und die Besuche rechtzeitig beendet.

Ich legte ohne Aufforderung Jacke und Schal ab, zog meine Schuhe aus *(das war in der DDR so Sitte)* und setzte mich auf einen Stuhl.

„Nö, nö, nö, komm mit in mein Arbeitszimmer."

Conny führte mich in einen kleineren Raum, in dem ein heilloses Durcheinander zu herrschen schien.

„Hier arbeite ich nebenbei, gestalte Drucke, Zeichnungen, oder male. Das ist meine Nähmaschine. Wenn ich will, kann ich so ziemlich alles nähen."

„Da hast du mir einiges voraus", bedauerte ich, „ich kann zwar mit der Nähmaschine umgehen, weil meine Schwiegermutter es mir beharrlich gezeigt hat, aber mehr als ein paar Nähte kriege ich nicht hin."

„Musst du aber! Jetzt zeige ich dir, wie du Geld verdienen kannst: Mit Kuschelkissen!"

„Kuschel-was? Kissen? Ich: Niete! Du verstehen?!"

„Ja, eine blinde Henne findet auch mal ein Korn", beruhigte mich Conny und hielt mir ein viereckiges Plastestück entgegen: „Hier ist eine Schablone."

„Schablone", wiederholte ich nickend und ziemlich müde, „wofür?"

„Für die Kissen, Menno! Das heißt, eigentlich für die Rückseite der Kissen. Die wird aus einem muscheligen Laken gemacht und damit du schneller bist, legst du diese Schablone drauf und zeichnest an, bevor du sie ausschneidest."

„Und die Vorderseite?" Ich unterdrückte mein Gähnen.

„Hier, die ist schon fertig, denn sie besteht aus einem Taschentuch mit schönem Motiv."

„Das ist ja eine tolle Idee: zusammen nähen und fertig."

„Ja klar, nur dass dir das keiner abkauft, weil es kein Kissen ist. Du musst schon Schaumstoffflocken hineinstopfen! Also, erst eine Seite ein Stück offen lassen, füllen und danach zunähen, du Anfänger! Der Einsatz ist nicht so hoch und für jedes Kissen kannst du, wenn es gut wird, fünf Mark bekommen. Stell dich auf den Markt, vor ein Einkaufszentrum oder ein Krankenhaus. Sollst sehen, das funktioniert. Auf ihn mit Gebrüll."

Noch im Bett verfolgten mich die Anweisungen, die Conny mir gegeben hatte, aber ich war motiviert, kaufte gleich am nächsten Tag das

Material ein und begeisterte die ganze Familie mit meinem Vorhaben. Bald waren schiefe Nähte, verkehrte Seiten und humpelige Füllungen Vergangenheit und in unserem Wohnzimmer türmten sich die ersten Erfolge.

Bisher hatte Fred, wenn er uns besuchte, mild gelächelt, aber nun staunte er doch. Caroline war mit ihren langen Fingern superschnell beim Füllen der Kissenhüllen geworden und forderte ihn sofort zu einem „Stopf-Wettbewerb" auf, den sie natürlich gewann. Am Ende sah das Zimmer aus, als wäre nicht Fred, sondern Frau Holle zu Gast gewesen.

„Das Ganze braucht eine schöne Verpackung", schlug Fred vor und steckte immer zehn Kissen in eine große, durchsichtige Tüte. Die lustigen Motive wie Blumen, Tiere, Mon Chi-Chi, ergaben jetzt ein schönes Bild und nicht nur das: sie verkauften sich danach auch gut und wir erhielten sogar Bestellungen.

Weihnachten wurde deshalb für die Kinder schön, für mich einsam. Ich saß, als die Kinder schlafen gegangen waren, in heller Bluse und langem schwarzen Rock, auf dem ein paar große Rosenblüten in rot und weiß abgebildet waren, im Sessel und hörte leise Musik. Für wen hatte ich mich eigentlich - im wahren Sinn des Wortes - so ins Zeug gelegt? Würde ich jemals wieder einen Mann finden? Und dann auch noch einen, der mich liebte und drei Kinder mit unter seine Fittiche nahm? Wohl kaum. „Ich werde als alte Jungfer sterben", sagte ich beleidigt zu mir selbst, ging in die Küche und goss mir ein Glas Wein ein. „Prost, Anita."

Auf der letzten Holztreppe, die auf der einen Seite zu unserer Wohnung und auf der anderen zum Wäscheboden führte, rumpelte es. Da war sie wieder, meine ständige Angst. Wie ein Hasenfuß schlich ich an die Eingangstür und schaute durch das Schlüsselloch. Niemand zu sehen. Ich schaute und schaute, bis mein Auge tränte. Da war doch was? Nein, nichts. Gerade hatte ich mich beruhigt, da klingelte es. Oh Gott, es ist ja bald Mitternacht. Mein Herz krampfte, aber ich dachte: „Neugier ist stärker als Angst."

Mutig riss ich die Tür auf und war gewappnet, sie im Ernstfall gleich wieder zuzuschlagen.

„Ach Fred", stammelte ich erleichtert, „was machst du hier."
„Wieso, ich wollte nur nach dir sehen und ein schönes Weihnachtsfest wünschen. Mir hat man eben einen Schrecken eingejagt: Mir fiel ein Kinderfahrrad entgegen, das ein kleiner Fratz mit seinem Vater die Treppe hochbugsieren wollte."
Ich atmete auf. Es gibt doch für alles eine Erklärung. „Komm rein."
Fred schaute mich eindringlich an und sagte herzerwärmend: „Du siehst schick aus. Willst du noch ausgehen?"
„Veralbern kann ich mich allein", konterte ich und dann redeten wir so vertraut, wie sonst nie, miteinander.
Als er sich verabschiedete, umarmte er mich und blieb wie versteinert an mir hängen.
„Du erwürgst mich!" Ich versuchte, meinen Freund auf Abstand zu halten, sehnte ich mich im selben Moment jedoch nach seiner Nähe. Was war das jetzt? Seltsamerweise fühlte ich plötzlich seine Lippen auf meinem Mund und konnte mich ihnen nicht entziehen. Als er sich von mir löste, spürten wir ein magisches Feld: Flupp.
Fred fing sich zuerst. Fast entschuldigend und um von dieser Situation abzulenken, sagte er schnell: „Übrigens: Margitta verkauft dir den Trabbi etwas günstiger. Ich komme gern mit und nehme ihn unter die Lupe, wenn du ihn haben willst."
„Du passt doch in das Auto gar nicht rein", grinste ich, „aber ich kann einen Berater gut gebrauchen. Also, lass uns demnächst hinfahren. Ich kaufe das Ding und wenn es sein muss, stottere ich den Restbetrag in Raten ab." Etwas verlegen gab ich ihm einen flüchtigen Kuss auf die Wange. Wieder rumpelte es kurz danach auf der Treppe, denn ein vergnügter junger Mann sprang in langen Sätzen abwärts.

Nach langem Stehen beim Verkauf von Kuschelkissen auf kalten Märkten, mit Fred und den Kindern, überreichte ich Margitta einen Packen Geld und schüttelte ihr die Hand. „Mein schöner Trabbi", jammerte sie.
„Und meine schönen Scheine", stöhnte ich. Dann stieg ich in meinen alten Neuwagen und wartete bis Fred sich ebenfalls hinein gequetscht und kunstvoll zusammengeklappt hatte.

Das Gefährt war störrisch, laut und die winzige Handschaltung für mich ungewohnt.
„Siehst du", tröstete mich mein Beifahrer, „nun hast du auch wieder ein Auto.
„Ich hatte eins, den Lada", meckerte ich, „dieses Vehikel ist eine Konservendose und die Kinder werden sich noch mehr auf die Pelle rücken. Und mir natürlich."

Gefühlschaos
Fred besuchte uns inzwischen häufiger, unterstützte unsere kleine Restfamilie, wo er nur konnte, hörte sich meinen Kummer an und erzählte mir von seinem. Wir taten einander gut und wenn wir uns umarmten, hielten wir uns jedes Mal ein wenig länger umschlungen, schauten uns tiefer in die Augen und fühlten gemeinsam das aufgeregte Pochen unserer Herzen. Ich liebte ihn längst, gab es aber nicht zu, denn er wirkte zerrissen, konnte und wollte seine Familie nicht im Stich lassen.
An einem späten Abend überwältigten uns unsere Gefühle. Von Liebe ausgehungert stürzten wir aufeinander los, vergaßen uns völlig und als wir wieder zu uns kamen, begriffen wir: Das ist Liebe, wie wir sie bisher nie erlebt hatten!
Jetzt wird es richtig schwer, dachte ich und ich sollte Recht behalten.
Einige Tage später sagte Fred: „Ich halte es mit Hella nicht mehr aus, ich habe die Scheidung eingereicht." Er zog mit einigen persönlichen Sachen bei uns ein, aber seine Gedanken waren ständig bei seinen Kindern, besonders bei seiner kleinen Tochter Anna. Nach einer Woche erklärte er mir: „Die Scheidung habe ich wieder zurückgenommen. Ich kann und will meine Kinder dieser Frau nicht überlassen, ich muss zurück."

Fred, der mit gesenktem Kopf vor mit stand, wusste, wie sehr er mich mit seinen Worten traf. Ich wollte nicht ungehalten reagieren, tat es aber dennoch: „So? Dann geh, aber komm bitte nicht wieder. Ohne dich wird es mir nicht besser gehen, aber mit dir auch nicht. Dieses Hin und Her halte ich – und übrigens *meine* Kinder – auch nicht aus. Wir sehen uns ja in der Studiengruppe. Auf Wiedersehen!"

Mit flauem Gefühl im Magen betrat ich am folgenden Dienstag den Seminarraum. Mein Blick huschte über alle Köpfe hinweg, aber es war kein schwarzer, lockiger Haarschopf dabei.

„Wo ist Fred?" Ich gab Reiner die Hand und der zog die Schultern hoch: „Keine Ahnung, vielleicht kommt er noch."

Er kam nicht.

Längst hatten alle Dozenten ihr Programm abgespult und der letzte, Herr Schmidt, gab bekannt: „Ich habe eine Überraschung für Sie. Wir können am Wochenende alle gemeinsam nach Waren Müritz fahren und ein Studententreffen veranstalten. Wer mit möchte, füllt diesen Zettel aus und gibt ihn mir zurück." Alle taten es, nur Fred natürlich nicht. Zum Glück fragte Margitta zuerst: „Kann ich einen Zettel für Fred mitnehmen? Vielleicht kommt er auch mit."

Vielleicht. Ich werde mich anmelden, um ihn wieder zu treffen. Sicher habe ich ihn verletzt.

Das Treffen fand statt. Ohne Fred.

„Ich konnte ihn nicht erreichen", beteuerte Margitta.

Der Tag am Müritz-See wurde sonnig. Die Herren saßen auf Bierbänken und plauderten miteinander. Die Damen machten es sich auf ausgelegten Decken gemütlich und Margitta nuschelte mit einem Grashalm im Mund: „Eh, Anita, hast du zufällig dein Buch mitgebracht? Das, welches du von deiner Lieblingsschwester geschrieben hast?"

„Ja, ich will ja weiter daran arbeiten."

„Heute doch nicht. Es sind so lustige Geschichten und ich kenne erst zwei davon."

Ich sah in gespannte Gesichter. „Na gut."

Beim Vorlesen freute mich über die Reaktionen meiner Zuhörer. Nach jeder Geschichte sagten sie abwechselnd: „Lies weiter, ihr hattet ja eine lustige Kindheit."

Abends versammelten wir uns am Lagerfeuer. Ich zog die Gitarre aus der Hülle und begann zu spielen: „Horch was kommt von draußen rein."

Bevor alle einstimmten, sang Reiner auffallend laut: „Wird wohl nicht der Fred da sein…" und ein bekannter Bass dröhnte aus dem Dunkel zurück: „Holla-hi-a-ho!" Fred trat in den Schein des Feuers und winkte mit würdevoller Geste: „Hallo miteinander!"

Sofort wurde der Neuankömmling umringt und gefragt: „Wo warstdu, wir konnten dich nirgendwo erreichen!?
Und wieso weißt du, dass wir alle hier sind?"

Ich blieb wie angewurzelt am Feuer sitzen, lauschte jedoch gespannt auf das, was Fred antwortete: „Klar wusste ich, wo ihr seid. Margitta, dein Zettel lag im Briefkasten. Aber bevor ich ihn ausfüllen konnte, bekam ich einen Anruf, der mich völlig aus der Bahn warf. Kommt, wir setzen uns erstmal ans Feuer." Wie zufällig wählte Fred seinen Platz so, dass er mich im Blick hatte und nickte mir zu. Er wollte, dass ich unbedingt höre, was er zu berichten hatte. Ich hielt die Gitarre fest an mich gepresst, als könne sie meinen Herzschlag verlangsamen.

„Es ist nicht zu glauben", begann Fred, „ihr wisst doch, dass ich Reservist der Nationalen Volksarmee bin. Leider hatte ich schon ganz vergessen, dass ich deshalb immer und zu jeder Zeit abberufen werden konnte, um unserem schönen Vaterland zu dienen. In diesem Fall musste ich mich sofort in der Kaserne melden, nahm dort ein paar Sachen in Empfang und wurde mit etwa vierzig anderen Männern auf einen mit Plane bespannten LKW geladen und ins Nirgendwo abtransportiert. Wir fuhren Stunde um Stunde Richtung Osten und wurden endlich im Dunkeln an einem Waldrand abgesetzt. Niemand wusste, wo wir uns befanden und keiner hat uns gesagt, warum wir hier ausharren sollten. Jeder von uns hatte ein paar Konserven und etwas Kommissbrot, *(in der Dose gebacken und fünfzig Jahre haltbar)* eine Decke, eine Waffe und eine Taschenlampe. Zu unserer Verwunderung hatte man uns auch ein Dosimeter *(Strahlenmessgerät)* ausgehändigt. Die Nacht verging und uns schwante nichts Gutes. Unsere Gesichter waren nach einer durchwachten Nacht bleich, die Körper wie gelähmt und unterschwellig fühlten wir Angst, besonders, als ein Kumpel jammerte, dass es hoffentlich nicht nach Tschernobyl, zu diesem Atomreaktor-Unfall gehen möge. Sofort herrschte eisiges Schweigen."

Fred machte eine kurze Pause und sah mich an. Ich fühlte mit ihm, als er weiter sprach: „Plötzlich plagten mich entsetzliche Schmerzen", Fred deutete auf seinen Rücken: „ich bekam Nieren-Kolik und krümmte mich wie ein Wurm im Dreck. Unser Kommandeur schnauzte mich an: Reißen Sie sich zusammen, Gefreiter! Erst, als er feststellte, dass ich nicht simulierte, setzte er einen Notruf ab. Ein Krankentransport sollte mich abholen und in das nächste Lazarett bringen. Es dauerte etwa zwei Stunden, die mir das Leben zur Hölle machten, bis er eintraf. Unterwegs, wenn der Rettungswagen über ein holpriges Feld polterte, schrie ich vor Schmerz. Ich fühlte jeden Holperstein, wie Messerstiche im Rücken und bat zum ersten Mal den Himmel um Gnade. Endlich kamen wir in der Klinik an."

„Du armes Schwein", rief Reiner in die Ausführungen von Fred, doch der erzählte unvermittelt weiter: „Wir benötigen eine Urinprobe, gab mir dort ein Helfer in Weiß zu verstehen und stützte mich, damit ich meinen Auftrag ausführen könne. Her mit dem Glas, ich komm schon irgendwie zurecht. Unter Aufsicht kann ich das nicht, stöhnte ich. Gekrümmt ging ich zum Klo und schlug die Tür hinter mir zu. Nun ließ ich meinem Schmerz und der gereizten Körperflüssigkeit ihren Lauf. Plötzlich klackste es im Glas. Mir stockte der Atem: darin lag ein kleiner Stein, etwas größere als eine Bohne und meine Kolik war verschwunden. Inzwischen standen drei Ärzte und eine Assistentin bereit, um die Nieren-OP auszuführen. Sie waren perplex, als ich ihre Arbeit für beendet erklärte, noch ehe sie begonnen hatte. Ich wurde beglückwünscht und ließ mir bescheinigen, dass ein weiterer Reservisteneinsatz für mich nicht ratsam wäre. Sofort habe ich den nächsten Zug bestiegen und nun bin ich hier. Ist das nicht schön?"

Wir klatschten erst Beifall, dann unsere Bierflaschen aneinander und prosteten unserem Helden zu: „Auf deine Gesundheit!"
Es wurde spät. Über dem See lag ein Tuch aus Nebel. Die Wildenten hörten auf zu schnattern und wir unterhielten uns immer noch. In einem Anflug von Melancholie sang ich ein selbstdachtes Lied: „Ich sing ein kleines Liebeslied, ein Liebeslied für dich..."

Als Fred sich erhob, sich neben mich setzte und liebevoll seinen Arm um meine Schulter legte, staunten die Zuhörer nicht schlecht.

„Ach sooo", sagte Reiner gedehnt, „da hätten wir wohl eher drauf kommen können, für wen dieses Liedchen ist."

Nach und nach zogen die Nachtschwärmer sich zurück, mehr oder minder torkelnd. Fred und ich übernahmen freiwillig und völlig unnötig die Feuerwache. Das Feuer schien überzuspringen, denn wir umarmten und küssten uns. „Ich liebe dich", flüsterte Fred.

„Und ich dich. Bleibst du jetzt?"

„Für immer."

Anna und Ben

Matt ließ Fred sich neben mir auf dem Autositz nieder. Er legte eine Hand auf das Lenkrad, die andere auf meine Hände, die ich noch immer krampfhaft gefaltet hielt. Er starrte geradeaus und sagte nichts. Unser Auto stand vor der Wohnung, in der seine Ex-Frau Hella, von der er sich vor ein paar Monaten scheiden ließ und seine Kinder, Anna und Ben, zu Hause waren. Endlich fing er leise an zu sprechen: „Was mein Kollege mir erzählt hat, ist wirklich wahr. Ich wollte es nicht glauben, aber ich werde mich damit abfinden müssen: Hella hat nach meinem Auszug eine Annonce in der Zeitung aufgegeben und den erst besten Mann, der sich daraufhin gemeldet hat, ins Bett gezerrt. Soeben hat sie mir offenbart, dass sie ein Kind von ihm erwartet und deshalb in nächster Zeit mit unseren Kindern nach Thüringen ziehen will. Ihr Freund, Manfred, hat dort ein Haus und angeblich genug Platz für alle. Sie hat mich abgefertigt, wie einen Trottel."

Ich fühlte mich schuldig und Fred tat mir unendlich leid, weil er, um die Tränen vor mir zu verbergen, nun auch seinen Kopf auf das Lenkrad sinken ließ. Vorsichtig sagte ich: „Könnten wir Anna zu uns nehmen? Sie hängt doch an dir wie eine Klette."

„Das würde Hella nie erlauben. Und überhaupt: Könntest du das wirklich für mich tun?"

Eine Träne huschte über meine Wange. Wenn er bereit war, meine drei Kinder in seine Obhut zu nehmen, sollte es mir mit der kleinen Zwölfjährigen, die mir mit ihrer fröhlichen Art und den dicken braunen Zöpfen sowieso gut gefiel, auch nicht schwer fallen: „Ich liebe dich und damit auch deine Kinder, versprochen."

Ben, der sechsjährige Springinsfeld, würde seinen Vater vielleicht nicht so vermissen, hoffte ich, denn Hella betonte ständig: „Ben ist ein Mutter-Kind, Anna ein Vater-Kind." Ich wusste, was sie meinte, fand diese Aufteilung jedoch absurd.

Auf dem Weg nach Hause sagte Fred: „In der nächsten Woche nehme ich einen neuen Anlauf, Annas wegen, rede mit Hella und dem Jugendamt und dann sehen wir weiter." Er konnte nicht wissen, dass er Hellas Schwester und deren Mann in der Wohnung vorfinden würde, aber nicht Hella. Sie war bereits mit den Kindern auf und davon.

Lange Zeit sprachen wir nicht mehr über dieses einschneidende Ereignis, aber eines Tages kam Post vom Jugendamt in Eisenach mit der Aufforderung, Alimente zu zahlen.

„Die Kinder bekommen, was ihnen zusteht und was wir ermöglichen können", sagte Fred und: „hurra, hier ist ihre neue Adresse. Sie wohnen ein paar Kilometer von Eisenach entfernt, in einem kleinen Ort. Er heißt... Schnellmannshausen!" Wir stürzten uns auf unseren Vorrat an Autokarten aus der Schrankwand und wurden fündig.

„Hier", ich tippte mit dem Finger auf einen winzigen Punkt im Süden der DDR. Fred war meinem Zeigefinger mit den Augen gefolgt, schaute verdattert und haute mit der Faust auf den Tisch: „Das hat Hella ja gut hinbekommen! Sie wohnt mit den Kindern in der Sperrzone zum Westen. Da kann so leicht niemand rein, schon gar nicht, wenn er nicht eingeladen ist! Oh Gott, vielleicht sehe ich meine beiden Kinder gar nicht wieder?!" Fred sah mich entsetzt an, rannte in den Flur und die Treppen hinunter. Kurz darauf heulte der Motor seines Autos auf und ich betete laut: „Lieber Gott, mach dass alles gut wird."

Dann ließ mich auf einen Sessel fallen und dachte über den Begriff „Sperrzone" nach: Entlang unserer Staatsgrenze, wie sie von der Ostseite aus bezeichnet wurde, erklärte die DDR offizielle Sperrgebiete. Das waren, soweit ich wusste, fünf Kilometer Sperrzonen, etwa fünfhundert Meter breite Schutzstreifen und ein zehn Meter breiter, gepflügter Kontrollstreifen unmittelbar am Grenzzaun, der zeitweise vermint und mit Selbstschussanlagen bestückt war, um „Republikflüchtigen Abhauen" unmöglich zu machen. Dahinter folgte erst die eigentliche Grenze, das sogenannte Niemandsland, von denen heimliche Grenzgänger fälschlicherweise oft annahmen, dass sie sich hier bereits auf westdeutschem Gebiet befänden und oft noch in die Falle tappten. *(Der Westen bezeichnete die Grenze als Zonengrenze. Damit sollte deutlich gemacht werden, dass es hier um keine reguläre Grenze zwischen zwei Staaten handele und die DDR kein souveräner Staat sei.)*

Die Anwohner der Sperrzonen durften diese oder die Schutzstreifen nur betreten, wenn sie einen entsprechenden Vermerk in ihrem Personalausweis vorweisen konnten. Über Besucher, die in eine Sperrzone wollten, war mir bekannt, dass sie extra einen von den Grenzbehörden ausgestellten Passierschein benötigten. Schon bei der Beantragung dieses Schriftstückes liefen sie Gefahr, von der Staatssicherheit als Republikflüchtiger verdächtigt und später bespitzelt zu werden. Übertroffen wurde das Ganze noch von „Grenzsicherheitsaktiven", die in den Grenzorten, -kreisen oder Grenzbetrieben Überwachungen durchführten und alles und jeden aufs Korn nahmen. Wer nicht als zuverlässig galt, wurde einfach zwangsumgesiedelt, oder gar nicht erst zu nahe an die Sperranlagen heran gelassen, weil diese unter anderem geheime Schleusen beinhalteten, durch welche beispielsweise Parteifunktionäre in beide Richtungen überwechseln, oder Geld und Materialien unbekannter Art geschleust werden konnten. In ganz brisanten Gebieten wurden sogar ähnliche Mauern aus Beton errichtet, die denen der Berliner Mauer sehr ähnlich waren. *(Die Berliner Mauer wurde am 13. Aug. 1961 errichtet, sie umschloss u.a. die drei Westsektoren Berlins).*

Ich grübelte und grübelte, dann schlief ich im Sitzen ein.

Erst spät in der Nacht knarrten die Treppenstufen im Hausflur. Da ich anscheinend sogar „Flöhe husten höre", sprang ich sofort in die Senkrechte, lief los und riss freudig die Wohnungstür auf. Dann flog ich dem Trauerkloß, der davor stand, um den Hals, weil er versuchte zu lächeln.

Bei einem Glas Wein erzählte er mir dann, was ich kaum glauben konnte: Hella stammte aus einer Großfamilie mit zehn Kindern. Jedes Mal, wenn Fred dort als ihr Freund zu Besuch war, hieß es von Hellas meist nicht anwesenden Brüdern, sie seien auf Montage oder auf Schulungen. Sogar als Hella und Fred heirateten, waren nicht alle Geschwister vollzählig versammelt und es gab Ausflüchte. Erst viel später und durch einen Zufall erfuhr Fred, dass die Jungs abwechselnd wegen verschiedener Straftaten im Gefängnis sitzen mussten. Die Mädchen, Hellas Schwestern, manövrierten sich mit einem gewissen Grad an „Bauernschläue", wie Fred es bezeichnete, durchs Leben. Die Eltern der zehn Kinder bemühten sich um deren Erziehung, aber dienten ihnen nicht gerade als Vorbild.

„Hella war noch die Schlaueste", meinte Fred und schaute in sein Weinglas, als würde sie darin sitzen, „sie hatte eine Ausbildung als Friseurin und scheinbar gut gearbeitet. Ich wunderte mich manchmal, was sie alles kaufte und verkaufte, aber um die Kinder hat sie sich bemüht. Na gut, meistens habe ich sie versorgt, weil Hella nach Feierabend ständig bei irgendwelchen Kunden war. Ihnen die Haare frisieren, versteht sich. Danach hatte sie die üblichen Kopfschmerzen, besonders, wenn sie sah, dass es zu Hause noch etwas zu tun gab. Später hat sie übergangsweise bei der Kommunalen Wohnungsverwaltung gearbeitet. So kannst du dir auch erklären, dass gleich nach ihrem Auszug aus der Wohnung, ihre Schwester dort einziehen konnte. Frei nach dem DDR-Prinzip: Eine Hand wäscht die andere, oder: man braucht Vitamin B (*Beziehungen*)."

Unachtsam goss ich mein Weinglas übervoll. Schnell schlürfte ich einen Schluck ab.

Nachdem ich die Familie von Fred kennen gelernt hatte, besuchte ich sie ab und an; manchmal mit, manchmal ohne meinen Ex-Ehemann. Tatsächlich war dann Fred mit den Kindern beschäftigt. Einmal hörte ich seine laute Stimme schon beim Betreten des Hausflures durch die geschlossene Wohnungstür, die sich eine Etage höher befand: „Anna! Was rechnest du nur? Ich habe es dir doch gerade erklärt!"

„Wieso? Meine Lehrerin hat mir das anders gezeigt!"

„Ja, rechne doch wie sie, dann wird es richtig."
„Das kann ich nicht."
„Versuch mal das hier!" Eine derbe Hand fiel auf den Tisch, wahrscheinlich auf die aufgeschriebenen Rechenkünste des Vaters. Anna heulte durchdringend, als wäre sie getroffen worden und nicht das Mobiliar. Mein Klingeln an der Wohnungstür kam scheinbar gerade recht. An einem anderen Tag sah ich, wie Fred seinen Sohn abends mit Grießbrei vollstopfte, in dem noch eine Menge Rosinen beheimatet waren. Als ich fragte, ob Ben dafür nicht schon zu groß und ob das Ganze nicht zu süß sei, bekam ich zur Antwort: „Nö, ich esse immer den Rest. Mir bekommt das ja auch."

Nachdenklich lehnte mich an meinen Schatz. Dann sagte ich beruhigend: „Irgendwann entscheiden die Kinder selbst, was gut und richtig für sie ist. Sie werden dich finden, glaub mir."

Wir verloren Anna und Ben aus den Augen, aber nicht aus unseren Herzen. Fred bemühte sich täglich um *meine* Kinder und dachte an seine. Er erzog Jan und wusste, dass Ben *verzogen* wird. Er sorgte sich meinetwegen um „unsere" Kinder, versorgte sie, tröstete, beschützte sie und stieß, besonders bei meinen pubertären Mädchen, meistens auf Ablehnung. Für sie war, was er für sie tat, entweder „bekloppt" oder „selbstverständlich…"

Danke, Schatz. *Ich* danke dir.

Gerd
„Er ist weder Fisch noch Fleisch", tröstete Fred meine Schwester Marie, die heulend auf unserem Sofa saß, „er will ein Mann sein und ist doch noch ein Kind."

„Aufführen tut er sich jedenfalls wie ein Blöd-*Mann*, ich kann doch nicht andauernd nachgeben und seine Frechheiten als pubertäres Verhalten werten! Er ist knapp dreizehn Jahre alt!" Marie erhob sich, schnaubte wütend in ihr Taschentuch und knüllte es wieder in ihre Kostümjacke. Dann winkte sie ab, beruhigte sich ein wenig und klagte:

„Wäre Jochen doch bloß bald wieder zurück von der Trasse (*Bau einer Erdölpipeline von der Sowjetunion nach Deutschland*). Ich bin es nicht gewöhnt, allein zu sein, schon gar nicht mit diesem halbwüchsigen Bengel. Der nimmt sich einfach zu viel heraus! Sag du auch mal was", fuhr sie mich an.

Mit übereinandergeschlagenen Beinen saß ich auf dem Sessel, der neben dem Sofa stand und zuckte mit den Schultern. Bisher mochte ich meinen Neffen, aber ich kannte ihn zu wenig, um mir ein Urteil über sein Verhalten seiner Mutter gegenüber erlauben zu können. Wenn sein Name genannt wurde, fiel mir meistens zuerst ein, wie er als Dreijähriger nackig mit einem Kinderfahrrad umher strampelte: stämmig, blond, braungebrannt und mit einem Mexikaner-Hut auf dem Kopf. Sein Schniedi lag dann ordentlich auf dem Fahrradsattel und seine Eltern, die ihn von der Terrasse ihres Ferienhauses aus ständig im Auge behielten, lachten darüber, genau wie ich. Eigentlich waren Marie und Jochen seine Adoptiveltern. Sie hatten den Jungen aus einem Kinderheim geholt und ihm eine schöne Kindheit ermöglicht. Natürlich genossen sie es, wenn Freunde zu Besuch kamen und zu Jochen sagten: „Du kannst nicht leugnen, dass du der Vater bist. Der Junge ist dir wie aus dem Gesicht geschnitten."

„Sicher fehlt ihm die starke Hand seines Vaters", stellte Fred fest, der noch stehend, die Hände in den Hüften, krampfhaft zu überlegen schien, wie wir helfen könnten.

„Warum hat er sich nur so verändert", jammerte Marie, „nach Anjas Tod war er unser ganzer Trost…"

„Denk nicht wieder zurück", fiel ich meiner Schwester ins Wort, um sie von diesem Schicksalsschlag abzulenken, „wir bringen dich jetzt nach Hause und sprechen mit ihm. Vielleicht hört er auf uns."

Am Haus meiner Schwester klingelten wir Sturm und waren überrascht, dass die Tür so schnell geöffnet wurde. Gerd stand mit hängenden Ohren da und bedeutete uns, einzutreten. Ich hatte ihn lange nicht gesehen und war erstaunt wegen seiner Größe: „Mein Gott, bist du gewachsen."

„Leider ist sein Kopf nicht mitgewachsen", zeterte meine Schwester und schob den Jungen vor sich her ins Wohnzimmer.
„Ich lasse mich nicht dauernd beleidigen", wetterte Gerd und pflanzte sich auf den Teppich, weil wir die anderen Sitzmöbel belegt hatten. Außerdem hatte er so den Sicherheitsabstand, den er anscheinend für nötig hielt.
Eine lange Debatte begann: „Mach dies nicht, mach das nicht..."
„Ich will nicht, ich kann nicht..." Irgendwann gaben wir auf.
„Diese Diskussion bringt nichts", sagte Fred, „Ihr solltet beide an euch arbeiten."

Die beiden „arbeiteten": gegeneinander, füreinander, durcheinander... bis Jochen mit einem blitzenden Goldring, den er für seine gestresste Frau in der Sowjetunion gekauft hatte, wieder bei den Streithähnen eintraf.
„Gott sei Dank", atmete Fred auf, als er die frohe Botschaft am Telefon vernahm, „dann müssen wir nicht andauernd die Seelentröster spielen."

Große Kinder, große Sorgen
„Schau dir meine neue weiße Bluse an. Ich habe sie noch nie getragen und jetzt dieser Fleck?" Verärgert setzte ich mich vor den Kleiderschrank auf mein Bett. In seinem Spiegel sah ich Fred, der hinter mir stand und beide Hände in die Seiten stemmte: „Ich muss dir nicht sagen, wer deine Bluse getragen hat? Die stinkt nach Disco bis hier her und wer war gestern dort?"
„Ulrike... aber sie hatte sie nicht an, als sie ging."
„Das wäre auch noch schöner." Fred setzte sich zu mir auf die Bettkante und legte einen Arm um mich: „Anita, merkst du es nicht, oder willst du es nicht merken? Deine Tochter beherrscht dich und das perfekt. Ein bisschen Heul hier und Jammer da und Mama macht alles möglich. Fällt dir eigentlich nie auf, dass sie deine Cremes, dein Sham-

poo, sogar deine Schminke benutzt, obwohl sie ihren eigenen Bestand hat?"

„Ja, aber.."

„Nichts, aber! Sie schreit dich an, weiß alles besser und rennt Türen knallend aus dem Haus, wenn sie wütend ist."

„Aber..."

„Nein, sie hat mir gesagt, sie will endlich ihr eigenes Leben führen und dabei helfe ich ihr – und dir."

„Wie denn", fragte ich etwas zickig.

„Das kann ich dir genau sagen. Ich frage morgen in der Neptunwerft, ob uns jemand bei der Wohnungssuche für sie unterstützen kann. Wir arbeiten schließlich alle drei in der Werft – ich sogar schon zwanzig Jahre."

Ein paar Tage später kam Fred zu mir ins Büro. Seit einem Jahr war ich hier im Bereich Sozialwesen tätig und trug auf diesem Gebiet die Verantwortung für ein paar tausend Werftangehörige: ich organisierte Jugendweihen, bestellte Kränze für Beerdigungen, vergab Krippenplätze, trug Unterschriftsmappen und Bestellungen von einer Abteilung in die nächste und ließ mich oft anblaffen, weil ich als Blitzableiter gerade recht kam.

In jedem Sommer kürte mein Abteilungsleiter mich zur Lagerleiterin des betriebseigenen Ferienlagers in Waren-Müritz. Dort wurde ich ungewollt Chefin von zweihundert Schulkindern und dreißig Erziehern. Meine Arbeit begann dann morgens um sechs Uhr mit einem Sprung in den See, immer in Begleitung von ein paar schnatternden Enten, beendet wurde sie nachts um zwölf Uhr.

Ich erinnere mich an eine Horde frecher Bengel, die abends in einen Mädchenbungalow eingestiegen und von den kleinen Damen mit lautem Geschrei wieder heraus prügelt worden waren. Ich spielte die Landespolizei, nahm die fünf Lausbuben fest und mit in meinen Erzieherbungalow. Dann wickelte ich die struppigen Strolche in warme Decken und sagte: „Ich werde nicht schimpfen. Aber wenn ich jetzt rausgehe, überlegt Ihr euch, wie ihr diesen Streich wieder gut machen wollt. Bis dann." Auf zwei sich gegenüber liegende Bankreihen verteilt, mit großen Abständen, saßen nun bedröppelt ein paar müde Gestalten. Ich gähnte und warf mich im Nebenzimmer auf mein Bett. Dann lauschte ich, was hinter der Bretterwand gesprochen wurde: „Du Doofi hast die Schuld. Immer sollen wir das tun, was du sagst."

„Dauernd kriege ich den Ärger. Sag lieber, was wir Gutes machen können, damit die Lagerleiterin nicht unsere Eltern anruft. Nachher holen die uns noch ab…"

„Wir können doch die ganzen Tannenzapfen im Lager zusammen harken"…

„Bist du blöd, so viele doch nicht…"

Ich lauschte angespannt und schlief völlig übermüdet ein.
Eine Stunde später schreckte ich hoch. Nebenan war es totenstill. Oh Gott, hoffentlich sind die Burschen nicht abgehauen, dachte ich und kippte mich schlaftrunken um die Ecke. Da saßen die Fünf, die gerade noch die Damenwelt erobern wollten und schliefen tief und fest. Die Köpfe schuldbewusst auf die Brust gesenkt, erregten sie in mir tüchtiges Mitleid. Die beiden Kleinen nahm ich nacheinander auf den Arm und schleppte sie auf ihr Bett. Die anderen Drei weckte ich und ließ sie schlurfend, die große Decke hinter sich her schleifend, nachtwandeln. Ihre Strafe hatten sie bereits abgesessen…

„Hallo, Erde an Anita!" Fred klopfte auf die Tischkante.

„Hallo Schatz, ich hab dich gar nicht kommen sehen."

„Das konnte ich schon durch die Glastür feststellen, Traumtante. Die gute, oder schlechte Nachricht zuerst? Na, ich nehme mal die gute: Wir bekommen eine Dachgeschosswohnung für Ulrike. Die schlechte: es ist ein Ausbauwohnung, die wir selbst ausbauen müssen."

„Bitte nicht schon wieder. Das habe ich erst ein paar Jahre hinter mir", stöhnte ich.

„Es wird ja nur eine kleine Ein-Zimmer-Wohnung. Das schaffen wir schon."

Da das Telefon klingelte, musste ich nicht mehr weiter darüber nachdenken und zwei Wochen später zeigten wir unserer Ältesten, wo sie ihr neues Domizil bekommen könne.

„Toll, dass ich mit meinem Freund Holger zusammen ziehen kann",

sagte sie im Halbdunkel des für den Umbau vorgesehenen Dachbodens, „blöd, dass es nicht fertig ist. Wie lange braucht ihr dafür?"
Verblüfft schauten wir uns an. Fred lachte: „Wir? Du wirst natürlich helfen und dein Holly auch, wenn er sich hier einnisten will."
Meine Tochter nickte, wenn auch widerwillig, ging auf und ab wie ein Bauingenieur und richtete gedanklich schon die Wohnung ein: „Hier kommt meine Couch hin und hier der Schreibtisch", schätzte sie vor sich hin.
„Moment, daran habe ich arme Mutter gar nicht gedacht, dass du noch Möbel brauchen wirst." Ich schlug mit der Hand gegen meine Stirn: „Gut, die Möbel aus deinem Zimmer kannst du mitnehmen und das Nötigste können wir dazu kaufen."
„Sag ich ja."

Vor der Scheidung hatten Robert und ich unsere Drei-Zimmer-Wohnung um ein viertes Zimmer für Ulrike erweitert. Das war sehr anstrengend und kostenaufwendig, aber die Kinder brauchten danach nicht mehr in einem Zimmer aufeinander hocken und sich, aufgrund unterschiedlicher Interessen, nicht ständig streiten.
(*Originalton Caroline: „Jan, der Knaller, hat mein Buch zerrissen..."*
Ulrike: „Caro, die Blöde, hat mir in mein Hausaufgabenheft einen Tadel mit roter Tinte geschrieben..."
Jan: „Ulrike, die Bekloppte, hat mein Auto in die Luft geschossen. Jetzt hat es gar keine Schwunglichkeit mehr, weil die Räder nicht richtig auftreten!")
Bald könnte ich das ungleiche Trio noch besser aufteilen...

Abend für Abend arbeiteten wir an dem Ausbau von Ulrikes Wohnung. Fred schraubte, sägte, hämmerte und wir hielten fest, fegten und wischten. Ab und an war auch Freund Holger anwesend, aber seine Unterstützung hielt sich in Grenzen.
Irgendwann war es geschafft. Ulrike war eine Zeit lang mit ihrem Holger glücklich. Ich war froh darüber, dass er ein ruhiger und freundlicher Junge war, denn das hatte ich schon anders erlebt.

Sie kam damals von der Schule nach Hause, schwärmte von einem Achtzehnjährigen, den sie auf einem Karussell kennengelernt hatte.
„Was hat er da gemacht", fragte ich argwöhnisch.
„Karten verkauft. Er ist neben den Gondeln stehend mitgefahren. Das war toll, weißt du, während der Fahrt ist er aufgesprungen und hat die Karten eingesammelt. Mama, ich will mit den Leuten mitziehen. Mir gefällt das."
Mein Herz setzte für einen Moment aus: „Und was ist mit deiner Ausbildung?"
„Ach, mach ich später zu Ende, ist doch egal."
Ein wenig hilflos bat ich daraufhin meine Tochter, sie möge uns den Springinsfeld vorstellen, was sie auch tat.

Der junge Mann war klein und ein wenig untersetzt, aber er machte einen ordentlichen Eindruck bei der Begrüßung. Üblerer wurde es, als wir mit ihm ins Gespräch kamen. Sein Wortschatz war begrenzt, die Sätze abgehackt und die Aussprache schlecht. Fred fragte: „Wie stellen Sie sich das Leben denn vor mit unserer Tochter? Sie ist noch nicht volljährig, hat ihre Lehre nicht beendet und wie sieht es mit dem Verdienst aus?"
„Na Gehalt ebend, meine Eltern würden für sie was bezahlen."
„Was, wieviel?"
„Ja muss man ebend sehen wie das läuft im Geschäft. Wohnen kann sie bei uns im Wohnwagen und so."
„Was und so?"
„Na, ebend, essen und schlafen umsonst, sonst ebend arbeiten und so weita."

Tiefatmend verabschiedeten wir uns mal „ebend" und unsere Tochter verschwand mit ihm. „Lieber Gott, sie ist ein so kluges Kind, sie schüttelt ihr Wissen aus dem Ärmel und jetzt das." Jammernd ließ ich mich auf das Sofa fallen: „Hoffentlich kommt sie zurück".
„Das wird sie", sagte Fred, „sie ist an Brot gewöhnt und vierzehn Tage ist der Rummel noch hier. Bis dahin hat sie es geschnallt."
Danke, lieber Himmel, dafür, dass diese Vorhersage wahr wurde.

(Noch heute erzählen wir uns gern diesen Witz: Kommt ein Mann zum Fleischer und bestellt ein Kilo „Nackend". Die Verkäuferin verbesserte ihn: „Sie meinen Nacken?" Der Mann nickt und sagt: „Ebend.")

Auch wenn ich Holger für vernünftiger hielt, war ich erleichtert, als diese Beziehung auch beendet wurde. Holly drohte zwar damit, sich in der Badewanne die Pulsadern aufzuschneiden, aber Ulrike machte trotzdem Schluss und stürzte sich nun intensiv auf ihr Abitur und den Rest der Ausbildung. Wir bewunderten sie, wenn sie bei eisiger Kälte mit den Elektrikern der Werft stundenlang im Freien auf Masten kletterte, schraubte und Leitungen zog.

Nach bestandenem Abitur besorgte Fred ihr eine schönere Wohnung, ein paar Minuten vom Ostseebad Warnemünde entfernt und unsere Große fühlte sich dort wohl. Wir halfen beim Einrichten, zahlten, wenn das Geld knapp war, einen Teil der Miete für sie und freuten uns, dass sie ansonsten gut klar kam.

Zuhause genoss Caroline die neue Freiheit in Ulrikes Zimmer, das sich hinter dem ursprünglichen Kinderzimmer befand. Jan sollte nur nach dem Anklopfen bei ihr eintreten, tat es aber nie und so gab es weiterhin Streitereien: „Mama, kann der Blödian nicht klopfen?"

„Klopfst du denn, wenn du durch sein Zimmer gehen willst?"

„Das wäre ja noch schöner. Ich bin schließlich die Ältere!"

Jan verfolgte unseren Disput mit Interesse. Mit den Daumen in den Hosentaschen seiner Jeans stand er da wie ein Revolverheld in einem alten Film, der bereit war zu schießen. Sein Kopf ging bei jeder Bemerkung von mir zu Caroline, von Caroline zu mir. Dann platzte ihm der Kragen: „Du kriegst Durchgeh-Verbot. Ich bau eine Schranke aus einem dicken Knüppel und klemme noch einen unter deinen Türdrücker."

Ich musste über den Krümel lachen, denn die Idee war bemerkenswert und solange er nicht mit dem Knüppel auf seine Schwester losging, war alles gut.

5

„Meine Damen und Herren, wegen Bauarbeiten auf der Strecke kann unser Zug nicht in Passau einfahren. Wir bitten um Geduld." Die Lautsprecherdurchsage gefiel allen vier Damen des Abteils nicht. Die Langschläferinnen waren längst aufgewacht, taten jedoch unbeteiligt und haben garantiert gelauscht.

„Wir sollten uns auf unsere Ankunft vorbereiten. Der Zug fährt wieder." Tina zog ihre Jacke an und Anita stellte die Koffer zurecht.

In Passau hörten die Frauen schon beim Aussteigen, dass sie ihr Gepäck in ein paar Metern Entfernung bei der Reiseleitung abgeben und in den Bus, der vor dem Bahnhof wartet, steigen können.

„Das ist ein Service, was, Tina? So verreist man gern."

Eine halbe Stunde später saßen auch die letzten Passagiere an Bord ihres Schiffes auf dem Panoramadeck bei Kaffee und Kuchen.

„Ich dachte, die Donau ist blau", bemängelte Tina beim Ablegen, „dabei ist sie tief olivgrün. Wie kommt dann das Lied zustande *(sie sang):* „Donau so blau, so blau, so blau…"

„Vielleicht war der Komponist blau, als er es komponiert hat."

„Oh, sieh mal, das ist schön: die Häuser von Passau… sie sind in die Berge integriert… da der Mischwald in der Abendsonne… dazwischen blühende Bäume… da-ha!" Tina deutete mit den Händen auf die beeindruckende Landschaft.

„Ja-ha, ich habe Augen im Kopf. Warte mal bis die Schlösser und Burgen auftauchen. Die sahen schon im Prospekt grandios aus. Übrigens: heute Nacht könnte es rumplig werden, denn wir werden sozusagen überall eingeschleust!"

„Und morgen sind wir dann in Wien… ich freue mich auf die Stadt, wie ein kleines Kind. Irgendwas zieht mich da magisch hin. Kommst du mit zum Sacher-Torte essen?"

„Klar und ins Riesenrad. Aber erst einmal hauen wir uns aufs Ohr."

Abwechselnd freuten sich die Frauen über ihre gut ausgestatteten Kabinen, die wegen der großzügigen Fensterfront einen herrlichen Ausblick boten. Danach fielen sie todmüde ins Bett.

Am Morgen trafen sich Anita und Tina nach dem Frühstück auf dem Oberdeck. „Was für ein Tag", strahlte die eine und „wir hätten Badezeug mitnehmen können", die andere. Mit der Sonne im Gesicht setzten sie sich auf bequeme Stühle und genossen die traumhaft schöne Landschaft, die gemächlich an ihnen vorbei zog.

„Wie ging es in deiner Familie eigentlich weiter, Anita, vor allem mit Fred. Er hat dich bestimmt sehr geliebt... wenn er drei Kinder akzeptiert und sich für sie sogar verantwortlich fühlt?"

„Er liebt mich noch. Das wirst auch du feststellen, wenn ich weiter berichte:"

Romy oder Lilly

Wir hatten einen Schonplatz, denn wir waren schwanger: meine Kollegin Liane und ich. Uns in der Neptunwerft an einem Doppel-Schreibtisch gegenüber sitzend, konnten wir sozusagen eine ruhige Kugel schieben, nämlich unsere runden Bäuche wie einen Ball in den Schoß legen und nur Arme und Augen bewegen. Ein Jahr vor Beendigung meines Studiums wechselte ich innerhalb der Werft vom Sozialwesen in die Technikabteilung und lernte hier Liane kennen. Während wir sonst über halbfertige Schiffe kraxelten und mit unseren Lärm-, Staub-, oder Vibrations-Messgeräten herum buckeln mussten, hatten wir nun die Aufgabe, Arbeitszeitaufnahmen oder Messungen unserer Kollegen zu überprüfen bzw. diese in das dafür existierende Computerprogramm einzuarbeiten.

Noch vor ein paar Wochen balancierte ich auf den sich im Bau befindlichen Schiffen quer über ziemlich vage aufgelegte Bretter oder Bohlen, zwängte mich durch Gerüste oder schob mich, schön mit dem Hintern an der Wand, über schmale Metallüberstände mit Blick auf einen, ein paar Stockwerke tiefer liegenden Abgrund. Dabei schaukelte mein Lärmmessgerät, einem schweren, alten Kassettenradio ähnlich, belastend an meinem Hals und machte den Hürdenlauf nicht leichter, son-

dern eher gefährlich. Meinem Fred standen stets die Haare zu Berge, wenn ich von meinen tollkühnen Abenteuern erzählte. Besonders, als ich ihm schilderte, wie plötzlich ein Kranhaken von einer Last absprang, über das Deck sauste und ich mich, gerade noch rechtzeitig, auf den Boden werfen konnte, um ihn an mir vorbeirauschen zu lassen. Das haute auch meinen fast zwei Meter hohen Beschützer um, er war blass, als er mahnte: „Du musst damit aufhören, das ist Wahnsinn. Verwechsele bitte nicht Mut mit Übermut!"

Liane kaute an einem Bleistiftende, strich sich ihre halblangen blonden Haare aus dem Gesicht und klemmte sich die Haarpracht hinter die Ohren. Mit ihren klaren blauen Augen blinzelnd, sah sie mich an. „Wann soll deine Tochter geboren werden? Meine Mitte Januar."

Da ich damit beschäftigt war, Messwerte in Tabellen zu schreiben und hinter meinem Computerschirm nur kurz nickte, schloss sie daraus: „Deine auch. Meine wird Romy heißen."

Mit zusammengekniffenen Lippen schüttelte ich den Kopf.

„Wieso? Sag bloß nicht, dass dein Baby auch so heißen soll?!" Ich nickte bestätigend und arbeitete weiter.

„Das kannst du nicht machen, ich habe es zuerst gesagt!"

Nun hob und senkte ich meine Schultern.

„Mach mich nicht verrückt", jammerte sie, „dann heißt meine Tochter eben Lilly."

„Siehst du, geht doch!"

Unser Gruppenleiter, Herr Bruse trat ein: „Schön fleißig, die Damen? Hier habe ich noch ein paar Rechenaufgaben für Sie. Kontrollieren Sie bitte, ob unsere Herren der Schöpfung die neuen MAK-Werte bei ihren Berechnungen über die Asbestkonzentration im Plattenlager verwendet haben, ansonsten kann ich meinen Hut nehmen."

„Auch gut", sagte die kesse Liane. Sie hatte ein gottloses Mundwerk, aber vorsichtshalber ergänzte sie dann doch: „Die neuen Maximal-Werte meine ich. Wir überprüfen das."

Während „Hein Mück", wie Liane unseren Vorgesetzten heimlich betitelte, sich auf dem Absatz umdrehte und wie nebenbei ein paar Aktendeckel voller Arbeit auf unseren Tisch gleiten ließ, zog Liane eine Grimasse. Wie jede ordentliche Frau schauten wir ihm beim Wegge-

hen auf den Hintern und amüsierten uns. „Der hat aber auch gar nichts Knackiges", stellte Liane fest, „hast du gesehen, dass er abgefressene Fingernägel hat? Seine Haare könnte er auch mal waschen."
„Pst. Was sollen unsere Kinder von uns denken?"
Lustlos blätterte ich in der Mappe meines Kollegen Horst, der, bevor ich meinen Schonplatz erhielt, neben mir im Büro saß und ständig alles besser wusste. Vielleicht würde ich sogar einen Fehler bei ihm finden, das wäre nett. Mit Asbestmessungen kannte ich mich inzwischen aus. Meistens führten wir sie beim Zuschnitt von Möbelplatten durch, die für die Innenverkleidung von Schiffen verwendet wurden. Natürlich war es Pflicht, dabei eine Halbmaske zu tragen, aber da es die Handwerker nicht für nötig hielten, wollten wir nicht wie „Klugscheißer und Sesselfurzer" auftreten, obwohl wir diese Titel längst von ihnen erhalten hatten. Das Messgerät war einfach zu handhaben und funktionierte ähnlich wie ein Fotoapparat. Auslöser drücken und fertig... zunächst.

Ein mulmiges Gefühl bekam ich, wenn ich die Teilchen, die sich nach der Messung auf einem Partikel-Filter befanden, unter dem Mikroskop nach vorgegebenem Verfahren auszählte und Asbestfasern entdeckte. Ich wusste, dass sie sehr gefährliche Eigenschaften auf die Lunge des Menschen, also auch auf meine, haben könnten. Würden sie inhaliert, könnten sie im ungünstigsten Fall im Lungengewebe stecken bleiben. Nach durchschnittlich dreißig Jahren käme es dann zu Lungentumoren. Ich schüttelte mich, als ich den Bildnachweis meines Kollegen betrachtete.

Trotzdem wurde Asbest in der DDR sehr häufig verwendet, häufiger, als in anderen Ländern. Meistens fand es Anwendung im Bauwesen, beispielsweise als Dämmstoff. Noch heute könnte es in alten, ehemaligen DDR-Bauten zu finden sein. Sicher ließen sich darin Asbestfasern in der Atemluft oder im Hausstaub feststellen. *(Deshalb wurde zum Beispiel der „Palast der Republik", den die Berliner in ihrer Heimatstadt kess „Palazzo Protzo" nannten, rückgebaut, obwohl er noch nach der Wende zu den schicksten und neuesten Gebäuden der Stadt zählte... behauptete eigentlich...wer? Ich kann mich nicht genau erinnern).*
Als das Wohnungsbauprogramm in Form von riesigen Hochbauten

voranschritt, waren besonders die jungen Familien glücklich über eine neue Wohnung, aber wer sich auskannte, kontrollierte dort Farbanstriche und andere Versiegelungen, damit seine Gesundheit nicht durch freigesetzte Asbestfasern geschädigt werden könne.

Mir fiel ein, dass meine Eltern das Spitzdach auf unserem Elternhaus mit Asbestplatten versehen hatten. Mein Vater strich die Platten regelmäßig mit Farbe, was natürlich richtig war, besonders an kleinen Abbruchkanten. Als ich ihn bei einem meiner Besuche aber beim Plattensägen und –bohren ertappte, musste er sich eine Belehrung erster Sahne von seiner klugen Tochter anhören. Wenigstens band er sich danach ein Taschentuch vor Nase und Mund, auch wenn er sagte: „Quatsch, sowas!" Irgendwie sah er aus wie Zorro, anstatt auf dem Pferd, rittlings auf dem Dach sitzend.

Ich blätterte um und schaute auf die Berechnungen, die Kollege Horst angestellt hatte. Mein Finger glitt über die Zahlen. Ha! Ich hatte ihn und den Fehlerteufel. Alles war falsch, weil der gesamte Ansatz falsch war! Auf ein Neues, lieber Horst. Ich bin ja nicht nachtragend, aber diese Mappe trage ich dir nach!

Beim Betreten meines ehemaligen Arbeitsraum, saßen wie immer drei Herren im Büro, links vom großen Schreibtischquadrat Klaus und Heinz, rechts hinter dem von mir freigewordenen Drehstuhl schaute Horst aus dem Fenster des Büros. Ein schöner Ausblick aus dem vierten Stockwerk! Überall bewegten sich Kräne über halbfertige Schiffsegmente, stoben Funken aus Schweißgeräten, wuselten Menschen hin und her... mit Helmen, auf Fahrrädern, zu Fuß oder sie saßen auf oder in einem Transporter. Siebentausend Werftarbeiter an der Wasserkante, dachte ich. Ich bin eine Ameise in diesem Haufen, aber ich könnte jetzt wenigstens meinem Kollegen sanft ans Bein pinkeln. Es würde brennen.

Noch drehte der dunkelhaarige Horst sich gut gelaunt um und rief mir mit erhobenen Händen zu: „Was bringst du, wenn du selber kommst? Ist das nicht ein Wetter heute? Samenhaft!"
Ich legte ihm seine Mappe vor die Nase, auf der ein Klebezettel mit der Aufschrift prangte: „Du hast dich verrechnet!"

Er stierte darauf und sagte: „Das habe ich mich bei dir immer. Ha, ha. Kennst du das Lied von Essa-Mussa-Wassa?"
Ich starrte ihn an, während meine beiden Kollegen, auf den billigen Plätzen des Büros, in lautes Gelächter ausbrachen: „Sing mal." Heinz schien sich auf die Darbietung zu freuen. Horst grölte los: „Es-sa muss-a was-sa Wunderbares sei-ana, von dir-a geliebt-a zu werden-a…"
Jetzt gingen die Pferde wohl mit ihm durch? Ich winkte ab, tippte einmal auf den Zettel, konnte mir das Lachen jedoch nichtverkneifen.
Klaus nahm einen Stift und erklärte: „Horst bekommt einen Minuspunkt. Zeitgleich malte er auf seinen Kalender ein großes Minus und daneben einen dicken Punkt. Kinderkram! Trotzdem vermisste ich die wilden Kerle. Es arbeitete sich besser mit ihnen, als mit Frauen, hatte ich das Gefühl. Wir hänselten uns gegenseitig, unterstützten uns jedoch, wenn es darauf ankam und niemand tratschte über den anderen. Liane war inzwischen eine Freundin für mich, auch wenn ich mir nicht sicher war, ob es ihr auch so ging. Als ich zurück kam und die Tür von unserem Schonplatzbüro langsam öffnete, erschrak sie, denn sie hatte einer Kollegin soeben erzählt: „Nun kommen auch noch beide Mädchen fast gleichzeitig auf die Welt und den Namen hat sie mir geklaut."
Beruhigend sagte ich: „Wir waren uns doch einig: meine Tochter wird Romy heißen und deine Lilly."

Verstrickungen
Wieder lag ich auf der Liege einer Arztpraxis und schaute auf ein Minigeschöpf, das sich auf dem Ultraschallbild wohlig zu räkeln schien. Im Bauch fühlte es sich eher zappelig an. Bei meinem vierten Kind ließ ich gelassen alle Prozeduren über mich ergehen, denn schließlich kannte ich mich damit bestens aus. Nur schade, dass mein Lieblingsarzt Doktor Müller inzwischen in den Ruhestand gegangen war. Bei seiner Verabschiedung, vor einigen Monaten, stellte ich eine Flasche Sekt auf seinen Arbeitstisch, zum Dank dafür, dass er mich genau fünf-

undzwanzig Jahre bestens ärztlich betreut hatte. „Andere feiern dann Silberhochzeit", lachte er und wünschte mir viel Glück für meine recht späte Schwangerschaft mit fast achtunddreißig Jahren....

„Oh, was ist das?" Die junge Ärztin, in deren Nacken ein geflochtener Gold-Zopf hing, fuhr nervös mit dem Ultraschall über die glitschige Masse auf meinem Bauch und unterbrach meine Gedanken: „Herr Doktor, kommen Sie bitte mal", rief sie ihrem Kollegen zu, der sich nebenan die Hände wusch. Der Arzt nickte mir kurz zu und rückte seine Brille zurecht. Dann sagte er gedehnt und den Bildschirm anstarrend: „Das ist ja seltsam. Ihr Kind hat sehr ungewöhnliche Proportionen. Der Kopf ist viel zu groß."

Ist es nicht immer so, dass der Kopf anfangs sehr groß erscheint, überlegte ich angespannt und bemühte mich, ruhig zu bleiben. Die Schwester flüsterte: „Sie sollte sofort ins Krankenhaus. Wir können dafür keine Verantwortung übernehmen. Dann folgten ein paar lateinische Begriffe.

Was sollte das? Ich forderte eine ordentliche Auskunft ohne das Latein-Bla-bla.

„Die Erklärung führt zu nichts. Wir sind uns nicht sicher, aber es könnte sich um eine Anomalie handeln. Ich stelle Ihnen eine Überweisung für die Klinik aus. Begeben Sie sich bitte ohne Umwege dahin."

„Einen Teufel werde ich", maulte ich und glaubte kein Wort. Schnell kleidete ich mich an und begab mich zum nächsten Telefon. Erregt schilderte ich meinem Mann, was mir und unserer kleinen Maus, wie wir sie liebevoll nannten, passiert war.

„Lass dich nicht verrückt machen", sagte Fred, „schade, dass ich nicht dabei sein konnte. Na, vielleicht auch besser. Ich hätte den Herrschaften auf meine Art etwas Taktgefühl beigebracht."

Bildlich stelle ich mir vor, wie das ausgesehen haben könnte...

Diesen Mann konnte man nur lieben oder hassen. Ich liebte ihn so, dass ich eine erneute Schwangerschaft gern auf mich nahm und während dessen wurde mir klar, dass dieser Zustand ein völlig anderer war, als sonst. Mein erstes Kind bekam ich, weil ich nicht genügend aufgeklärt worden war, mein zweites aus Vernunft *(ein Einzelkind wäre zu allein, zu unerzogen und würde nie teilen – so die allgemeine An-*

nahme der emanzipierten Frauen der DDR), das dritte, weil ich die Einnahme der Pille aussetzte und dem Traum einer intakten Familie nachhing. Nun aber bekam ich ein Wunschkind, eins aus Liebe.

Obwohl ich wegen einer fortgeschrittenen Bauchhöhlenschwangerschaft vor einigen Jahren einen Eileiter bei einer lebensbedrohlichen Operation verloren hatte und der andere nach Aussage des Klinikarztes verklebt war, wurde ich schwanger. Für ihn und für mich. Schützend legte ich die Hand auf meinen Leib und atmete ruhig.

Der Vater unseres Babys zeterte weiter am anderen Ende der Leitung: „Bleib wo du bist. Ich hole dich ab, dann packen wir ein paar Sachen zusammen und erst danach fahren wir zur Klinik."

Zu Befehl. Manchmal mochte ich seinen derben Ton nicht, aber der war es, der ihn *(und oft auch mich)* im Leben vorwärts brachte.

„Ein bisschen schwanger gibt es nicht", unterbrach Fred häufig meine diplomatisch gemeinten Sätze und er verlangte: „Sag genau, was du willst, dann gibt es keine Missverständnisse. Klar und deutlich, Anita, hör auf, herum zu eiern."

Während Fred mich durch die langen Gänge des Krankenhauses zog, war ich froh, dass ich diesen Weg nicht allein gehen musste. Immer war er zur Stelle, wenn ich ihn brauchte. Schon früher, als wir einander näher gekommen waren, hatte er die Gabe, mich aufzustöbern, wenn ich traurig war. Er fuhr meine Lieblingsplätze mit seinem Motorroller ab und fand mich meistens auf Anhieb: am Strand, im Garten, oder am Stadthafen. Dann setzte er sich leise neben mich, wartete, bis ich zum Sprechen bereit war und gab mir ein paar Ratschläge. Die wurden mit einem Kuss besiegelt und er verschwand, wie er gekommen war: leise und rechtzeitig. So konnte unser Gefühl füreinander wachsen, wie eine Pflanze, die gehegt und gepflegt wurde. Er war meine zweite Hälfte und ich konnte und wollte mir ein Leben ohne diesen „langen Lulatsch", wie meine Mutter ihn inzwischen liebevoll nannte, nicht mehr vorstellen.

Nach mehreren Untersuchungen in der Klinik wurde der Verdacht einer Anomalie fallen gelassen. Der Chefarzt erklärte während der Visite: „Der Mutterkuchen weist Verkalkungen auf. Das Baby wird nicht genügend versorgt. Es ist seit der letzten Untersuchung kaum gewachsen und kann die letzten beiden Monate so nicht überstehen. Bleiben Sie einfach hier, verhalten Sie sich ruhig und lassen Sie uns gemeinsam hoffen, dass die Kleine noch eine Weile durchhält und Nahrung aufnimmt. Wir werden sie rechtzeitig holen, haben Sie keine Angst."

Das sagt sich so leicht. Schon bei einer vorhergehenden Fruchtwasserspiegelung hatte ich Furcht vor einer ungewollten Abtreibung. Aber um auszuschließen, dass das Kind wegen meines Alters vielleicht mongoloid sein könne, musste ich die Prozedur über mich ergehen lassen. Erst als ich hörte: „Alles ist gut, das Kind hat schöne schwarze Haare", atmete ich wieder auf.

Nun hoffte ich von Woche zu Woche und verbrachte vier davon im Klinikbett. Ich begann einen Pullover für Caroline zu stricken, wahllos mit mehreren Farben, bis sich kurioserweise das Abbild von Manhattan mit steilen Hochhäusern von einem altrosa Hintergrund abhob. Donnerwetter. Niemand hätte gedacht, dass ich so etwas fertig brächte, ich auch nicht. Nebenbei hörte ich ständig Musik. Mein Baby nahm nur wenig zu, schien sich aber ansonsten wohl zu fühlen. Alle anderen Befunde waren gut. Wenn aus dem Radio anstatt der leisen Töne, die ich hier bevorzugt hören wollte, rhythmisch kräftigere erklangen, hatte ich sofort das Gefühl, mein Nachwuchs tanze mit. Was für ein fröhlicher Quirl.

Einmal dachte ich angestrengt darüber nach, wie meine Tochter und ich die nächsten vier Wochen bis zum Geburtstermin überstehen würden, da öffnete sich die Tür des Krankenzimmers einen Spalt breit und ein bunter Rosenstrauß zeigte sich in der Öffnung. Natürlich wusste ich sofort, von wem er kreisend hin und her bewegt wurde, denn die kräftige Hand, die ihn hielt, kannte ich nur zu gut. Schon schob sich ein schwarzer Haarschopf darüber und Fred grinste wie ein Honigkuchenpferd: „Hallo Schatz, heute komme ich in geheimer Mission."

„Wie, in gemeiner Mission?"

„In ge-hei-mer."

„Dann komm rein und mach die Tür zu, sonst erfährt noch jemand das Geheimnis. Was gibt es denn?"

„Also, wie sag ich es dir und meinem Kinde…"

Er brachte mich zum Lachen, weil er tief einatmete und sich, während er laut hörbar ausatmete, auf mein Bett fallen ließ: „Also."

„Sagtest du bereits."

„Unterbrich mich nicht, ich habe etwas Ernstes mit dir zu bereden!"

„Rede doch."

„Ja, hetz mich nicht. Also…" Er nahm meine Hände und drückte sie gegen seinen Brustkorb: „Fühl mal, was mein Herz dir sagen will."

„Ich fühle: du liebst mich und du freust dich auf unser Kind."

Fred nickte vielsagend mit dem Kopf: „Und: ich möchte dich heiraten, damit mein Kind auch meinen Namen erhält, wenn es auf die Welt kommt."

„Romy soll Fred heißen", zog ich ihn auf.

„Bleib doch mal ernst. Willst du meine Frau werden?"

„Ja, hm… wenn du meinst. Wir wollten doch nicht heiraten. Unsere Eltern fallen aus allen Wolken, wenn sie das hören und du musst erst einmal klären, ob deine dralle Braut Klinik-Ausgang dafür bekommen kann."

„Ist geritzt!"

Mein Romeo wedelte mit dem Zeigefinger seitlich gegen seine Stirn und verschwand.

Tags darauf stürmte eine gute Bekannte von uns in mein Zimmer. Regina, blond, mittelgroß und schlank. Ohne lange Vorrede kam sie sofort zum Thema: „Dein Mann schickt mich. Ich nähe dein Hochzeitskleid. Wie findest du das?"

„Toll, fragt sich nur, wie du das findest, denn du brauchst eine Menge Stoff." Wir umarmten uns und sie flüsterte: „Herzlichen Glückwunsch." Das Baby gab mir einen Tritt: Macht Platz, ich bin auch noch da! Regina faltete ein riesiges Schnittmuster auseinander und freute sich: „Das ist aus dem Westen." Dann zeigte sie mir einen türkisfarbenen Stofffetzen: „Das Material ist… Schiet… nee, nicht Schiet, jetzt hab ich's vergessen… irgendwas mit Seide und Polyester, was ganz Neues von… unter dem Ladentisch."

„Sowas arbeitet im Stoffladen", kritisierte ich spöttisch, während Regina mich aus dem Bett und ein Zentimetermaß aus der Tasche zog:

„Ich kann dir sagen, ich habe nur drei Tage Zeit. Morgen ist Anprobe."
Mein Blick traf ihren und sie gackerte los: „Eh, weißt du nicht, dass du am Sechzehnten heiratest? Dein Mann hat alles organisiert. Du bekommst einen Tag und eine Nacht frei, aber dann geht es hurtig wieder in dieses hübsche Bettchen."
Erstaunt setzte ich mich auf eben dieses.
„Hoch mit dir, wir sind noch nicht fertig. Wie war das jetzt?" Regina schaute an die Decke, als ob sie die Maße da oben ablesen könne.
„Du hast dich vermessen", stänkerte ich, freute mich aber über ihren Eifer.

Während ich in ihre blau-grünen Augen sah, erinnerte ich mich an einen traurigen Tag, an dem sie voller Tränen hingen. Sie erzählte mir damals, dass ihre Schwester ein Verhältnis mit ihrem, Reginas Ehemann, angefangen hatte und er sich nun von ihr scheiden lassen wolle. Ihre halbwüchsigen Kinder würden ohne Vater aufwachsen. Irgendwann später klagte sie sich bei mir darüber aus, dass es ein Horror wäre, wenn sie den Exmann und die Schwester bei ihren Eltern anträfe und diese mehr zu den Beiden, als zu ihr, der jüngeren Tochter, halten würden. Sie tat mir leid. Scheinbar war jetzt genug Gras über die Geschichte gewachsen und ihr fröhliches Lachen war wieder klar und ansteckend.

Wie abgesprochen, kam Regina am nächsten Tag zur Anprobe: „Los Dicke, krabble mal hier rein. Du musst aufpassen, dass du dich nicht an den Stecknadeln piekst."

„So leicht lasse ich mich nicht bestechen", sagte ich vergnügt, denn was ich vor mir sah, war ein hübscher Zweiteiler: ein geschwungener Rock mit einem weiten Oberteil, in dem der Babybauch genügend Platz fand. Die kleine Schneiderin fand selbst Gefallen daran, zupfte hier und steckte dort. Dann packte sie das seidenschimmernde Kleid wieder in eine riesige Tüte, winkte kurz und rief: „Bis morgen."

„Auch so."

Als hätte sie meinem zukünftigen Ehemann die Klinke in die Hand gegeben, erschien der und setzte sich zu mir: „Alles ist vorbereitet. Die Feier ist in Kühlungsborn im Hotel, direkt am Wasser. Es kommen zirka fünfundzwanzig Gäste. Meine Eltern sind überglücklich und unterstützen uns finanziell. Deine Eltern werden nicht dabei sein. Dein Vater hat mich am Telefon abblitzen lassen und deine Mutter hat gemeint, sie könne ohne ihn ja nichts machen."

Mir schossen Tränen in die Augen. Mein Exmann Robert hatte ganze Arbeit geleistet. Nach jedem seiner Besuche, die er meinen Eltern nach unserer Trennung regelmäßig abstattete, erfuhr ich, dass er dort Unfrieden stiftete: Fred hätte sich in unsere Ehe gedrängt, er, der arme Robert, wisse nicht, warum wir geschieden wurden, ich hätte etwas dagegen, dass er seine Kinder zu sehen bekäme...

In Wahrheit hatte er sich viel schneller getröstet als ich. Seine Liebschaft in Berlin war zwar inzwischen vorbei, aber er hatte das getan, was er Fred eigentlich vorhielt: einem Taucherkollegen die Frau ausgespannt und sie kurzerhand geheiratet. Mit seiner Frau verlor sein Kollege, den wir im Taucherlager „Mücke" nannten, auch seine einjährige, süße Tochter, die ihm, wie er uns traurig berichtet hatte, sehr fehle.

Wenn Fred meine Hand hielt, waren wir, wie durch ein unsichtbares Band, miteinander verbunden. So ließ ich mich beruhigen: „Wir feiern trotzdem, denk nicht darüber nach. Morgen früh hole ich dich zum Frühstück ab und mittags bist du meine Frau. In Echt. Meine Ehefrau. Ich freue mich wahnsinnig." Mein Kopf neigte sich gegen seinen. Vielleicht verschwindet der bittere Beigeschmack: Eine Hochzeit ohne Eltern ist eine traurige Hochzeit.

Wider Erwarten wurde es eine fröhliche Feier. Kurz nach Mitternacht hob Fred die Tafel auf- und mich anschießend zuhause über die Türschwelle. „Keiner kann sagen, du wärst ein leichtes Mädchen", stöhnte mein Gatte, „ich glaube, unsere Tochter hat ganz schön gefuttert und du auch."

Nachts kuschelten wir uns glücklich aneinander und die Kleine versetzte ihm einen Tritt: Spiel dich nicht so auf, du bist auch nicht gerade schlank!

Ein paar Tage später musste an einem frühen Nachmittag die Geburt eingeleitet werden. Ich bekam einen Wehen-Tropf und quälte mich leise, ohne Erfolg. Fred saß neben mir und kündigte jede Wehe vorher an, weil die Kurve auf dem Bildschirm des Messgerätes, vor dem er saß, anstieg: „Hol tief Luft, denk daran, ordentlich in den Bauch zu atmen, damit unsere Kleine durchhält."

„Sie machen das gut und Ihre Frau ist sehr tapfer", lobte eine junge Schwester, die plötzlich hinter meinem Frauenflüsterer auftauchte: „Da kann sich mancher ein Beispiel nehmen!"

Hinter der Zwischenwand heulte nämlich unaufhörlich eine junge Frau und schrie plötzlich: „Wie kommt das Kind denn raus?"

Die Schwester sagte belehrend: „Genau wie es rein kam. Und es ist sogar mehr daraus geworden."

Dann gab sie mir *(anstatt vielleicht der Heulsuse?)* eine Spritze gegen die Schmerzen und streichelte meinen Arm: „Tut es noch sehr weh?" Verschwitzt stöhnte ich: „Nur wenn ich lache."

Noch spät abends hatte ich unregelmäßige Wehen, so dass der Arzt zu meinem Mann sagte: „Es wird noch die Nacht lang dauern. Gehen Sie ruhig nach Hause. Schlafen Sie und kommen Sie morgen früh wieder her."

„Aber wenn.."

Der Doktor unterbrach ihn: „Wenn, rufen wir Sie selbstverständlich an." Widerwillig verabschiedete sich mein Beschützer und ich wurde aus Mangel an Betten und vielleicht aus Vorsicht in einen Operationssaal geschoben.

Da mein Baby ständig aufmuckte, lag ich meistens wach. Meine Pritsche ähnelte annähernd einem Bett, aber es war im doppelten Sinn des Wortes „hart" darauf zu liegen. Links von mir befand sich ein Fenster, durch das der Mond etwas Licht herein schickte. Rechts neben mir stand ein Tisch mit Messinstrumenten. Ich verfolgte den Herzschlag meines Kindes und meinen. Es schien alles in Ordnung zu sein, soweit ich etwas von dieser Materie verstand. Wenn eine Wehe kam, geriet alles auf dem Monitor in Unordnung, aber ich fürchtete mich nicht. Obwohl..? Weiter hinten, in einer Ecke stand ein Frauenarztstuhl wie ein dunkles Ungetüm. Auf einem OP-Tisch daneben schimmerten einige OP-Werkzeuge silbern. Ein wenig gruselig sah es dort schon aus und ich war mutterseelenallein. Ob mein Fred jetzt schlief? Sicher wühlte er unruhig im Bett herum oder machte Inventur im Kühlschrank. Ein

Stück Käse, ein Stück Wurst...Trostpflaster für den Papa... und ich arme Mama?

Plötzlich öffnete sich die Tür. Herein spazierte eine korpulente Schwester, von der ich nur die Umrisse sah, weil das matte Flurlicht sie umgab. Sie sieht aus, wie ein Engel, dachte ich, fehlt nur noch der Heiligenschein. Dass der Pummel kein Engel war, begriff ich spätestens, als mir von dieser Gestalt energisch der Blutdruck gemessen und auf meinem Bauch herum gedrückt wurde. Dann wurde die Öffnung des Muttermundes kontrolliert und an der Sonde gezerrt, die am Köpfchen meines Babys angebracht war. Das war mehr als unangenehm. Ich war froh, als die Tür sich wieder hinter der Erscheinung schloss und insgeheim wünschte ich sie in ihre, von mir erdachte Nachbarabteilung: zum Teufel.

Morgens entschloss sich der diensthabende Arzt, die Fruchtblase zu öffnen. Doch auch danach verstärkten sich die Wehen nicht. Also schlug er vor: „Ihr Mann ist im Flur, er soll, wenn Sie sich gut fühlen, ein paar Schritte mit Ihnen dort herumspazieren. Vielleicht kommt die Kleine in Schwung." Ich schaute ihn ungläubig an, denn bisher hörte ich, man solle, wenn die Fruchtblase geplatzt sei, möglichst nicht mehr viel laufen, damit die Nabelschnur nicht vorfallen und dem Baby die Luft nehmen könne. Bevor ich fragen konnte, beruhigte er mich: „Haben Sie Vertrauen. Sie sind in guten Händen und wir in der Nähe. Wir lassen Sie nicht aus den Augen."

Also spazierten wir. Hin und her, her und hin. Fred tat mir leid. Er musste sich zu kurzen Schritten zwingen und sich ständig zu mir herab beugen, wenn er mir leise etwas sagen wollte, was ihm bei seinem Bass sowieso schon schwer fiel: „Wir kriegen das hin. Ich freue mich so auf unsere kleine Maus. Endlich kann ich eins meiner Kinder aufwachsen sehen und ihm hoffentlich ein guter Vater sein."

Sicher ein strenger, aber gerechter Vater. Es muss alles gut gehen.

Gegen Mittag schwächelten wir, denn meine Schritte wurden ununterbrochen durch Wehen gebremst und der werdende Vater, der mich kräftig stützen musste, fing auch an zu stöhnen: „Ich hole den Arzt. Jetzt sind wir wohl alle Drei reif."

(...für die Klapsmühle, ergänzte er sicher im Geiste, ...für die Insel, dachte ich... und Romy war reif für ihren Auftritt.)

Der Zeiger der Uhr, die mir ein paar Minuten später im Kreißsaal gegenüber hing, klickte von Minute zu Minute vorwärts. Um zwölf Uhr mittags hörte ich den Arzt nervös sagen: „Das schaffen wir so nicht. Wir machen einen Kaiserschnitt. Bitte unterschreiben Sie hier."

Fred führte meine Hand und ich unterschrieb. Irgendwas. Wird schon nicht mein Todesurteil sein. Während ich zurück auf mein verschwitztes Kopfkissen sank, ergriff mich Panik: Was? Kaiserschnitt? Wieso? Schritte entfernten sich. Wo war die Hand von meinem Mann, die Hand, die mich ständig festhielt, wenn ich nicht weiter wusste. Da. Ich war erleichtert, aber warum schrie ich trotzdem auf? Presswehen! Mein kleiner Spross wollte nicht mehr warten.

„Anita, mach langsam, es ist kein Mensch mehr hier, alle machen sich für die Operation fertig. Langsam! Oh Gott, das Köpfchen... Schwester!"

Die dunkle Stimme des werdenden Vaters hallte durch den Raum und die Hebamme kam angerauscht. Im Laufen schnappte sie sich das Geburtstischchen und schob es an meine Liege.

„Du meine Güte, die Kleine kommt im Eiltempo und eine schöne Kette hat sie auch noch um... Vorsicht, das ist natürlich die Nabelschnur, die könnte sie ersticken. Ich mach das." Sie schob meinen Mann mit ihrer Hüfte zur Seite und bestimmte: „Pressen Sie!"

Zwischen meinen aufgestellten Beinen sah ich das hübsche Gesicht meiner Geburtshelferin, blonde lockige Haare kringelten sich aus ihrer Kopfhaube und große blaue Augen schauten mich entgeistert an, als ich es nicht tat. „Pressen Sie, bitte."

Ich begriff nichts und rührte mich nicht. Mein kräftiger Mann schob seinen Arm unter meinen Kopf, packte meine Unterschenkel und klappte mich zusammen, wie ein Taschenmesser: „Pressen, los doch. Die Kleine stirbt sonst." Ich erschrak und wollte mir Mühe geben, aber ich war zu schwach. Wieder wurde ich kurzerhand zusammengefaltet.

„Gleich, gleich, freute sich die Hebamme. Wo haben Sie das gelernt?"

„Schule des Lebens", brummte der selbsternannte Geburtsassistent, der umgehend auch ein frischgebackener Vater wurde. „Uäh", quengelte leise unser Neugeborenes.

Inzwischen waren Ärzte und Schwestern, die sich auf einen Kaiserschnitt eingerichtet hatten, freudestrahlend zurückgekehrt.

„Ist das eine süße Puppe", hörte ich.

Mühsam ackerte ich mich ein wenig hoch: Ein hübsches Mädchen, freute ich mich und zuckte zusammen, weil der Arzt befahl: „Schnell wiegen, vielleicht können wir das Baby hier behalten!"

Was hieß das denn? Mir wurde schwindlig. Als es mir besser ging, erklärte Fred: „Romy ist zu klein und wiegt zu wenig. Für ein paar Tage muss sie in die Kinderklinik. Wir können sie vorher noch einmal kurz sehen."

Ich heulte leise vor mich hin. Sonst durfte ich das Baby nach den Anstrengungen in den Arm nehmen, dieses Mal nicht. Das tat einfach nur weh. Nach einigen Minuten wurde ein Wärmebettchen zu uns heran geschoben.

„Fast ist sie nicht fertig geworden, ihre Haare sehen aus wie dichtes, schwarzes Wuschelfell", lachte der Arzthelfer, der uns unsere Tochter zeigen sollte. Über das ganze Baby-Gesicht war ein Verband gelegt. Schon wieder machte ich mir Sorgen: „Wozu ist der?"

„Kein Problem, die Kleine wird beatmet. Wo sollten wir an dieser Miniatur unter der Nase den Schlauch festmachen?"

Das war einleuchtend. Hauptsache, sie ist gesund. Der Rest wird sich finden.

„Ich komme mit zur Klinik, wenn Sie erlauben, dann weiß ich gleich, wo ich meine Tochter finden kann", sagte mein Mann betont sanft. Er schmatzte mir einen gezielten Kuss auf den Mund, winkte mir zu und verschwunden waren Mann und Maus.

„Sie werden vier, fünf Tage hier bleiben, dann können Sie nach Hause", sagte die Schwester, als mein Bett mit ihrer Hilfe seinen Stellplatz am Fenster eines großen Raumes gefunden hatte. Für den Moment war mir das egal. Ich schaute auf die Flasche, die im Ständer neben meinem Bett hing und verfolgte ein paar Tropfen, die durch einen

Schlauch träufelten: Tropf, Tropf… und schlief ein.

Babygeschrei riss mich hoch. War das meins? Meine kleine Tochter, meine Romy? Nervös schaute ich mich um.

„Fütterungszeit", sagte eine Schwester energisch und ich erkannte Stimme und Umriss: Frau Engel… zum Teufel bitte!

Zunehmend begriff ich, dass mein Baby nicht bei mir und wahrscheinlich in Lebensgefahr war. Warum eigentlich hatte man mich in diesen Saal gebracht, wo sechs Frauen gleichzeitig begannen, ihre Kinder zu stillen? Die Natur nahm auf mich keinerlei Rücksicht und stattete mich genauso mit Muttermilch aus, wie die anderen. Ich werde wieder mühevoll abpumpen, dachte ich, aber vielleicht kann ich den Milchfluss aufrecht halten und später doch noch stillen. Mein Frühchen wird es brauchen. Kraftlos ließ ich mich zurück auf mein Bett fallen, holte tief Luft und stöhnte sie wieder aus. Langsam wurde es ruhiger um mich herum, nur ein Kind schrie noch erbärmlich. Die junge Mutter neben mir jammerte: „Warum willst du denn nicht trinken?"

Weil du dich zu dumm anstellst, bemängelte ich gedanklich und rührte mich nicht. Natürlich merkte ich, dass die Frau mich nun gezielt ansprach: „Können Sie mir vielleicht helfen? Bitte. Sie haben doch bestimmt Erfahrung?" *Gott, jetzt sehe ich auch noch so alt aus? Nicht bewegen, ich bin nicht gemeint.* Das Geschrei wurde lauter. „Bitte, rufen Sie wenigstens die Schwester", wurde ich angeklagt. Bis die hier angeflattert kommt, ist das Baby verhungert, überlegte ich und schraubte mich umständlich aus dem Bett, schob meine Füße in die Badelatschen und trottete auf die Stören-Frieda zu. „Erlauben Sie", sagte ich kurz, griff mit einer Hand beherzt die rechte Brust der jungen Frau und öffnete mit der anderen den Kiefer des Kindes, indem ich meinen Daumen und Zeigefinger über die Pausbäckchen des Babys legte und einen sanften Klammergriff zur Anwendung brachte. Die Futterluke klappte auf, ich schob die Brustwarze der Mutter hinein und fertig. Ruhe! Ich erntete dankbare Blicke aus allen Betten und sah ein schmatzendes Baby mehr in der Runde.

Fröstelnd schlüpfte ich zurück in mein Bett, zog die Decke über meinen Kopf und weinte leise. Meine kleine Tochter fehlte mir, jetzt erst recht. Endlich kam mein Mann und schälte mich aus meiner Höhle: „Wohin hast du dich denn verkrochen? Unserem Baby geht es gut, aber vier Wochen fehlen ihr eben. Sie wird künstlich ernährt und beatmet, trotzdem konnte ich sie wickeln und eine Weile auf dem Arm halten. Jetzt gehe ich dreimal täglich zu ihr in die Klinik, mit meiner Arbeitsstelle habe ich das abgesprochen. Abends komme ich dann und erstatte Bericht. Zufrieden?" Ich fiel ihm in den Arm. Sein Herz schlug laut, aber ruhig und mein Herzschlag passte sich seinem an.

Mühsam ernährt sich nicht nur das Eichhörnchen
Unermüdlich legte ich unser Baby an meine Brust. Schnapp doch endlich zu, du Dummchen. Trotz aller Tricks, die ich beherrschte, gelang es mir nicht, meine Tochter zu stillen.

„Dann bekommt sie eben wieder den Schlauch", sagte die unsympathische Schwester neben uns.

„Bekommt sie nicht", befahl der Vater und streichelte erst meine und dann die Wange der Kostverächterin. Die Kleine schien bemerkt zu haben, dass es hier sozusagen „um die Wurst ging".
Überraschend schnappte sie zu und sog ein, was die Brust hergab.

„Geschafft", triumphierte Fred, „jetzt wird es aufwärts gehen, denn die Muttermilch ist genau auf die Bedürfnisse des Kindes abgestimmt."

Drei Wochen vergingen, in denen zunächst Fred - und dann er und ich - dreimal täglich die Kinderklinik aufsuchten, um unser Baby zu versorgen. Die Schwestern lobten den umsichtigen Vater jedes Mal und stellten ihn sogar für junge Mütter als Vorbild hin: „Sehen Sie, wie dieser Papa das macht. So und so. Fertig."

Ich war stolz auf ihn. Früher, als er mich anbettelte: „Lass uns zusammen ein Kind haben, du brauchst es mir nur heraus drücken, alles andere erledige ich", bekam ich einen Lachkrampf. Jetzt nicht mehr. Unermüdlich kümmerte er sich um die Kleine, auch nachts. Natürlich grinste ich während der Stillzeit manches Mal, denn alles konnte er nun doch nicht. Zum Glück. So fielen mir die angenehmeren Aufgaben zu und ihm die, die nicht nur einen Mann anstinken können.

Nach den ersten Wochen zu Hause kamen Gerda und Hans zu Besuch. Mein Schwiegervater gestand uns: „Damals, als Romy in der Klinik im Wärmebettchen lag, habe ich geglaubt, dass sie nicht überleben würde. Sie war niedlicher als die anderen Neulinge, aber so winzig. Gemeinsam und mit viel Liebe habt ihr es geschafft, sie aufzupäppeln."

„Und weil ihr uns zur Seite gestanden habt, gibt es jetzt eine Überraschung", sagte ich, klappte das Buch der Familie auf und zeigte den Großeltern die Geburtsurkunde.

„Gott, sie heißt ja mit zweitem Namen Gerda", rief die Oma gleichen Namens, „das ist mir wirklich eine Ehre. Danke schön."

„Wir möchten euch noch etwas sagen", begann Fred erneut, „Anita und ich wollen hier wegziehen. Raus aus der Wohnung mit den alten Erinnerungen und weg von den sogenannten Freunden, vielleicht irgendwohin aufs Land, wo die Kleine im Grünen und in Ruhe aufwachsen kann."

„Habt Ihr schon etwas in Aussicht", fragte Gerda neugierig, „zieht nicht zu weit weg von Rostock. Vati ist kein guter Autofahrer."

„Ich komme schon hin, wo ich hin will", grinste der „auch wenn der Motor sich manchmal aufbäumt, wie nur eine Pferdestärke!"

„Ja Vati", lachte Fred, „das *R* auf dem Schalthebel zeigt den Rückwärtsgang an und bedeutet nicht: *R* wie *Rally*."

Ein fröhlicher Tag ging zu Ende. Abends rief ich meine ältere Schwester Marie an, die inzwischen eine Arbeitsstelle in der Stadtverwaltung des Ostseebades Kühlungsborn angenommen hatte: „Kannst du dich mal nach einem Haus für uns umhören? Es kann ein alter Schinken sein, nicht so modern wie dein Domizil an der Ostsee, sonst können wir es nicht bezahlen."

Romy schrie empört dazwischen: „Näh!"

Der (Alb-)Traum vom Haus
Kaum war Fred von der Arbeit nach Hause gekommen, regte er sich über seinen Chef auf: „Wäre ich bloß nicht in die Margarinewerke gegangen. Alles wird mir aufgehalst, weil ich stellvertretender Direktor bin, aber wenn es darum geht, unsere Roten Gewürzsoßen auf einer Messe auszustellen, fährt der große Manitu selbst dort hin, besonders, wenn es ins kapitalistische Ausland geht, für welches wir ja in erster Linie produzieren." Ich reckte mich, um seine Wange zu erreichen, schmatzte einen Kuss darauf und tröstete ihn: „Mach dir nichts draus, immerhin hast du jetzt einen Spitzenverdienst und mich."

Schmollend ließ er sich in seinen Lieblingssessel fallen, streckte die Beine von sich und zog mich zu sich heran: „Komm her, ich muss dir noch etwas Lustiges erzählen: Unsere Caroline macht doch bei uns im Betrieb Ferienarbeit. Die Abteilungsleiterin der Soßenproduktion hat mir erzählt, dass sie überall herum posaunt, sie sei die Tochter des stellvertretenden Direktors und müsse schließlich nicht jede Arbeit erledigen. Ich habe deshalb veranlasst, dass sie für einen Tag in die Aufschmelze geht, um alte Margarine mit den Händen aus den Bechern zu holen und in den Schmelztiegel zurück zu werfen. Du kannst dir ja vorstellen, wie diese Arbeit bei der Hitze abläuft. Abends sah sie aus wie ihr eigenes Fettnäpfchen, in das sie oft tappt. Die Haare, Stiefel, der Kittel, alles triefte an ihr. Ich hoffe, die Kur ist ihr bekommen."

„Klar, ab morgen läuft sie sicher wie geschmiert", amüsierte ich mich. Du hast schließlich auch dazugelernt, zum Beispiel, dass man seine Nase nicht in eine Tonne mit unbekanntem Inhalt stecken sollte." Damit erinnerte ich ihn daran, dass er zu Beginn seiner Tätigkeit im wahren Sinn des Wortes „herumschnüffelte", was sich in den vielen Fässern der Fertigungshalle befand. Beim Meerrettich schossen ihm Tränen in die Augen und die Nase begann wegzulaufen. Sehr heilsam, diese Fabrik.

Das Telefon unterbrach unser Gelächter. „Hallo", kicherte ich in den Hörer.

„Hier ist auch Hallo", antwortete meine Schwester Marie. „Nimm dir einen Zettel und schreib."

„Schreiben? Kann ich gar nicht", scherzte ich.

„Los, los: Adresse von Haus Nummer eins, Adresse von Nummer zwei…"

Ich hielt kurz die Luft an: „Wie hast du…"

„Stand im Rathaus am Schwarzen Brett, beide Häuser stehen zum Verkauf. Macht euch auf die Socken, bevor sie euch jemand wegschnappt."

„Wird gemacht", freute ich mich und bekritzelte den Zeitungsrand.

Am nächsten Tag kamen Oma Gerda und Opa Hans zu uns, um die Kinder zu beaufsichtigen und wir fuhren los.

„Wittenbeck, Wittenbeck, Nähe Kühlungsborn" brummelte mein Gatte vor sich hin, „das ist so klein auf der Landkarte, dass wir es bestimmt nicht so leicht finden werden." Wir fanden es schließlich und hielten vor Objekt Nummer Eins, einem baufälligen Bauernhaus an einer kleinen Weggabelung. Die Haustür stand offen. Als wir den Motor abstellten, erschien im Türrahmen eine betagte grauhaarige Dame, dürr und wie so oft auf den Dörfern üblich, umhüllt von einer bunten Kittelschürze. Die Füße stecken in karierten Hauslatschen.

„Guten Tag", grüßte mein Ehemann höflich und bewegte sich auf die Hausbesitzerin zu. Dabei schaute er auf meine Notizen: „Sind wir hier oben richtig… bei…" Sie fiel ihm ins Wort und sagte überraschenderweise: „Weiß ich doch nicht, ob Sie hier oben richtig sind", dabei tippte sie dreist gegen ihre Stirn.

„Entschuldigen Sie, wir haben diese Adresse. Das Haus soll zum Verkauf stehen?"

„Ich verkaufe nicht!"

„Aber…"

„Nö-hö, dat wat nix", bekamen wir zu hören und zwar in norddeutscher Sprechweise und ebensolcher Gelassenheit. Die Hausbesitzerin machte eine abwertende Handbewegung, drehte sich auf dem Hacken um und wackelte zurück ins Haus. Dabei knallte sie Fred die schwere Holztür, die sowieso schon altersschwach in den Angeln hing, vor der Nase zu.

„Typischer Fall von Denkste… auf zu Haus Nummer Zwei", stöhnte Fred und klemmte sich wieder hinter das Lenkrad.

Wir fuhren nur ein paar hundert Meter weiter, trotzdem prangte uns ein weiteres Ortsschild in Honiggelb entgegen. „Hinter Bollhagen", brummelte mein Mann und ergänzte: „gleich links hinterm Mond", trotzdem bogen wir nach rechts ab und rumpelten auf einem alten Beton-Weg zwischen zwei Butterblumenwiesen abwärts auf ein altes Bauernhaus zu. Als der Weg offenbarte, was hinter der letzten Biegung lag, regte Fred sich auf: „Das kann doch nicht wahr sein. Schau dir diese Scheiße an." Diese krasse Ausdrucksweise war ich von meinem Partner nicht gewöhnt, aber ich fand was ich sah gleichermaßen... sagen wir mal: schietig. Zu beiden Seiten des Hofes standen mehrere Stallungen. Auf der einen mischten ein paar Schweine den Boden per Schnauze auf und sahen nicht gerade zum Anbeißen aus: „Die werden hier wohl nicht nach Trüffeln suchen", versuchte ich meinen Mann aufzuheitern.

„Ne-he, schüttelte er den Kopf und kurbelte schnell das Autofenster hoch: „Riecht auch nicht so. Schau mal da rüber, überall sieht man Kuhköppe. Das sind bestimmt... wenn nicht noch mehr..."
Er hielt die Hand schräg vor Stirn und Augen und pustete: „Ih gitt!"

Kurz vor dem Garteneingang am Haus befand sich eine überdimensionale Betonplatte, in deren Mitte sich eine grau-braune Brühe ergoss. „Das glaubt einem kein Mensch", wütete Fred, der sich wahrscheinlich soeben die Hygiene-Bedingungen seines Betriebes ins Gedächtnis gerufen hatte: „Da türmt sich der Misthaufen und daneben lagert das Futter. In der Mitte quatscht alles zusammen, wie eklig. Hier setze ich keinen Fuß raus, Anita, das tun wir uns nicht an."

Im Grunde war ich seiner Meinung. Da wir dem Hausbesitzer unsere Ankunft aber telefonisch angekündigt hatten, würde er jetzt vielleicht auf uns warten.

„Der kann lange nach uns Ausschau halten", las Fred meine Gedanken und wendete den Wagen gekonnt wie ein Rennfahrer. Eine schwarze Katze sprang rechtzeitig zur Seite: „Das auch noch: Katze von rechts bedeutet was Schlechts", maulte er und ließ den Motor heulen.

„Seit wann bist du abergläubisch? Lass mich wenigstens Bescheid sagen."

„Seit eben! Geh doch und grüß schön", klang es hinter mir beim Aussteigen.

Die alte Gartenpforte ächzte, als ich sie aufschob und erst jetzt sah ich, dass es an der uns zugewandten Giebelseite des anderthalbstöckigen Gebäudes gar keinen Eingang gab. Der obere Bereich des Hauses bestand aus roten Backsteinen und darin befanden sich mittig drei schöne, aber steinalte Rundbogenfenster. Der untere Bereich war grob grau verputzt und die beiden mittelgroßen Holzfenster darin, die scheinbar einmal weiß waren, hatten eines gemeinsam: sie waren altersschwach und ihre Farbe bröckelig. Seitlich neben dem Haus entdeckte ich eine etwa zwei Meter hohe Mauer, ebenfalls mit grauem Putz versehen, in der eine schwarze, schwere Holztür mit einem Rundbogen im oberen Bereich in schweren metallenen Beschlägen hing. Das sieht aus, wie in meinem Märchenbuch, vielleicht wohnt hier Rumpelstilzchen, schmunzelte ich und klopfte. Nichts rührte sich. Noch einmal... dann rief ich: „Hallooo?"

Stille. Gespannt drückte ich die leicht eingerostete Klinke herunter und schob den Kopf durch den Türspalt. Gott wie schön, triumphierte mein Herz. Der kleine Weg, auf dem ich stand, führte auf eine Veranda zu. Daneben war ein kleiner Gartenteich mit allerlei Blumen, ein wenig Unkraut und Grasgewirr. Dahinter stand eine riesige Birke, die ihre Zweige im Wind baumeln ließ. Wie ein Bilderrahmen erhob sich hinter ihrem weißen Stamm eine blühende Fliederhecke in lila und weiß. Dahinter führte das Haus weiter. Ach ja, hier stand nur eine Haushälfte zum Verkauf.

Ich pochte an die Verandatür: „Hallo, ist jemand zu Hause?" Im Haus blieb es ruhig.

Als ich mich zum Gehen umdrehte, sah ich ein leicht abfallendes, breites Grundstück, in seiner Mitte stand majestätisch ein mächtiger Walnussbaum, dahinter erstreckten sich Felder, Wiesen, ein Wald...

Hier hatte der liebe Gott ganze Arbeit geleistet. Diese Weite war faszinierend. Die Haufenwolken am blauen Himmel tauchten ab in das Gelb eines riesigen, blühenden Rapsfeldes und schienen provokant zu fragen: Na, wollt Ihr nicht noch einmal nachdenken?

Ein paar Schritte ging ich zurück und rief durch das Märchentor: „Fred, komm her und guck dir das wenigstens einmal an."

Widerwillig schob er seine Beine aus dem Auto und setzte vorsichtig seine fast neuen Schuhe auf die matschige Erde. „Pfui... Mist..., was gibt es denn in dieser Pampa?"

„Schatz, hier ist der Teich, den wir immer gern gehabt hätten, eine Wiese voller Veilchen, Gänseblümchen und Tausendschönchen, auf der Romy spielen könnte... Bäume zum Klettern... und diese Ruhe... nur ein paar Vögel zwitschern!"

„Sehr komische Vögel, die machen Muh oder grunzen. Und stinken. Anita, hier stinkt mich alles an. Hast du mit dem Hausbesitzer schon gesprochen?"

Während ich noch den Kopf schüttelte, sah ich einen älteren Herrn den Gartenweg entlang kommen, der eigentlich eher ein ausgetretener Pfad im Grünen war. Der Mann trug grüne Gummistiefel, eine blaue Latzhose und als er den Hut lüftete, erklang zeitgleich ein freundliches Lachen, als wäre es geradewegs aus seinem fast kahlen Kopf geschlüpft. „Entschuldigen Sie die Verspätung. Darf ich Ihnen das Haus zeigen?"

„Ja, gern", sagte Fred und verblüffte mich gänzlich, als er die Manschetten seines weißen Hemdes hochzog, seinem Gegenüber die Hand schüttelte und ihm beim Weitergehen freundschaftlich auf die Schulter klopfte: „Fred", stellte er sich vor und das erstaunte mich noch mehr, denn sonst bestand er auf dem „Sie."

„Heiner", freute sich der Gastgeber, „hier ist lange nichts mehr gemacht worden. Meine Frau ist vor zehn Jahren verstorben und seitdem wirtschafte ich hier allein." Er zog seine Füße aus den Stiefeln, schlüpfte in die üblichen Opa-Hausschuhe, grob gelb-braun-kariert und schlurfte uns gut gelaunt voran. „Hier ist das Wohnzimmer, bitte schön." Ausgerechnet mit Blick auf die Stallungen! Wenn man denn von einem Ausblick sprechen mochte, weil das gesamte Fenster beherrscht wurde von einer weitverzweigten Hibiskus-Pflanze. Immerhin blühte sie prächtig, fast klatschmohnrot mit strahlend gelber Mitte. Langsam gewöhnten sich unsere Augen an das düstere Umfeld. Die Tapete war großgemustert und grün, die Möbel dunkel und braun. Der Teppich wirkte stark angegriffen und offenbarte keine Farbe, sondern einen Trampelpfad: „Hier ist ein Schlafzimmer und da noch eins. Das eine war nie beheizt und ist etwas feucht, das andere ist gut. Jetzt geht's in den Flur, da hinten ist noch einer und das Bad und eine Waschküche, hier die eigentliche Küche, Speisekammer und…."

Mir schwanden die Sinne. Gott, ist hier viel Platz. Ich fragte nach den Heizmöglichkeiten und bekam zur Antwort: „Öfen. Holz ist hier überall." Aha. Warum fragte ich das eigentlich und warum wollte Fred in einer Tour so viel wissen? Wir wollten das Haus doch nicht kaufen… oder? Nein, wollten wir nicht, aber wir sagten stattdessen: „Danke schön. Wir werden uns alles gut überlegen und uns bei Ihnen melden. Bis dann."

Wortlos, mit unseren Eindrücken beschäftigt, legten wir den Weg nach Rostock zurück. Abwechselnd holten wir tief Luft, setzten zum Sprechen an und ließen es dann doch. Abwarten…

Kurz vor Erreichen unseres Häuserblocks hörte ich mich sagen: „Ich bin durch dieses Haus gegangen und habe mich gut gefühlt. Zu Hause. Irgendwie, na-ja", schwächte ich meine Begeisterung wieder ab.

„Was mich fasziniert hat, war das Grundstück. Es hat viele Obstbäume zum Plündern. Schön fand ich, dass es durch einen Bach begrenzt ist. Und diese Weite! Und die Ruhe. Das Haus ist so marode, über die anfallenden Arbeiten mag ich gar nicht nachdenken. Aber es hat Platz ohne Ende, was?" Fred lachte und bremste scharf: „Wäre es richtig, hier weg zu ziehen?"

Ich schaute aus dem Auto auf die langgestreckte triste Häuserfassade, in der sich hoch oben unsere Wohnung befand: Tür an Tür, Fenster an Fenster. Ab und an kleine Vorgärten mit lichten Hecken, ein Baum, ein Strauch, Mülltonnen in Reih und Glied. Vor uns parkte rasant ein junger Mann ein und füllte die letzte freie Parklücke. „Siehst du, das macht einen hier glücklich. Eine Parklücke vor der Tür", sagte Fred.

Inzwischen wurde es dunkel. Im Nachbarhaus, das an unserem, dem nächsten und übernächsten Haus hing, saß in der unteren Etage ein alter Mann am Küchentisch unter einer Hängelampe und hielt eine Rede… lauthals, zum offene Fenster: „Ihr werdet es erleben, irgendwann kommt das Unglück auf uns alle herab."

„Das ist doch ein guter Grund zum Abhauen", Fred bückte sich, um die Haustür aufzuschließen. Ich wusste nicht, ob er den Redner meinte, der uns so manche Nacht mit seinen Weisheiten aus dem Schlaf riss, oder das drohende Unglück, welches dieser der Bevölkerung von Rostock gerade prophezeite.

Ein paar Tage später saß Fred abends vor einem Blatt Papier und zeichnete einen Grundriss. „Wie war das da noch mit den beiden Fluren", fragte er mich, „so, oder so?"

„Wieso interessiert dich das?"

„Weil wir doch absagen müssen", grinste er, „ich wollte nur mal sehen, wie wir da untergekommen wären."

„Großzügig, zu großzügig", winkte ich ab und ließ mich neben ihm auf dem Sofa nieder. Ehe wir uns versahen, waren ein paar Stunden vergangen, aber das Ergebnis unserer gemeinsamen Planungs- und Gedächtnisleistung konnte sich sehen lassen.

„Das müssen etwa zweihundert Quadratmeter Wohnfläche sein", Fred rieb sich die Augen, „hast du gesehen, dass es nur zwei Öfen im ganzen Haus gab? Im Bad stand ein elektrischer Heizkörper. Der frisst Strom ohne Ende. *Und hier war... da ist... man müsste noch... wenn man hier, könnte man da... du meine Güte, ein Fass ohne Boden, aber irgendwann vielleicht unser Zuhause...*

An einem Sonntagmorgen läuteten uns die Glocken der Rostocker Marienkirche, deren Türme man aus unserem Schlafzimmerfenster deutlich sehen konnte, aus den Träumen. „Nee, da läutete noch was. Das ist die Klingel. Ich mach mal die Tür auf." Fred schlurfte verschlafen durch den Korridor und ich hörte ihn erstaunt sagen: „Kennen wir uns?" Dann folgte Gemurmel und: „Kommen Sie rein."

Schnell schlüpfte ich in meinen Hausanzug und strich die zerzausten Haare glatt. Wer konnte das sein? Die Stimme kannte ich nicht und deshalb lauschte ich angestrengt, während ich meinen zweiten Stoffturnschuh suchte: „Entschuldigen Sie, mein Vater schickt mich zu Ihnen. Er möchte, dass *Sie* das Haus in Hinter Bollhagen kaufen, er bietet es Ihnen zu einem guten Preis an. Aber unter einer Bedingung. Sein Wunsch ist es seit langem, eine Wohnung im Ostseebad Kühlungsborn zu haben: drei Zimmer, Küche, Bad. Können Sie die besorgen?" Oh Gott, dachte ich, ein einzelner Mensch bekommt in unserer Deutschen Demokratischen niemals so eine große Wohnung. Da braucht man einen, der einen kennt, der wieder einen kennt. Prompt fiel mir ein: meine Schwester arbeitet im Rathaus! Fröhlich ging ich ins Wohnzimmer und teilte munter meine Gedanken mit. Ein strafender Blick von meinem mir Angetrauten sagte mir: Halt lieber den Mund, Quasselstrippe und dann erklärte er: „Das ist gut und schön, aber wir haben uns noch gar nicht dazu entschlossen, das Haus zu kaufen."

Haben wir nicht? Wozu dann die ganze Planung? Ich setzte mich genervt dem Fremdling gegenüber hin, der sich mit „Henning" vorgestellt hatte und schwieg. Fred und er schienen annähernd im gleichen Alter zu sein, knapp vierzig Jahre alt. Hennings Haare waren kurz, mittelblond, seitlich gescheitelt und seine Augen eisblau. Sie wirkten kalt. Da sie sich unruhig hin und her bewegten, spürte man, wie unangenehm ihm dieser Auftritt war. Das karierte Hemd, das er trug, stand ihm nicht und seine Manchesterhose beulte sich noch im Sitzen über den Knien. Wenigstens jedoch hatte er mein Mitleid, an diesem frühen Morgen schon als Fürsprecher auftreten zu müssen. Henning fühlte sich anscheinend beobachtet und erhob sich verwirrt: „Sie können es sich ja überlegen, wir haben noch einen Käufer. Der würde sogar mehr zahlen, aber mein Vater mag ihn nicht. Das ist der Preis." Er legte einen Zettel mit einer runden, aber nicht zu hohen Kaufsumme hin. Fred schaute mich fragend an und ich nickte ohne lange nachzudenken. Es war ein automatisches Nicken, aber daraus folgte, dass mein Mann nach Hennings Hand griff und entschlossen sagte: „Wir kaufen das Haus." Ich glaubte, einen Feldstein rollen zu hören, als Henning sich erhob und dankbar sagte: „Gut, denken Sie an die Wohnung, Tschüss."

Als die Wohnungstür ins Schloss fiel, klatschte Fred in die Hände und schoss einen Fuß vor und jubelte, als hätte er soeben den Treffer seines Lebens gelandet. Während ich wie benommen da stand, wurde ich geherzt und geküsst. „Ein Haus, Anita, ein eigenes Haus!"

„Und was für eins", ängstigte ich mich.

„Wir schaffen das. So wie wir gebaut sind?" Er schwenkte mich mit Leichtigkeit herum, bis ich japste: „Es reicht, wenn einer durchdreht."

Nun begann eine Woche voller Tatendrang. Wie würden wir unser Haus gestalten, wo zuerst anfangen? Während wir gedanklich ganze Wände versetzten, versetzte meine ältere Schwester die Kollegen beim Wohnungsamt in Angst und Schrecken: „Eine Drei-Zimmer-Wohnung? Für *eine* Person? Niemals!... Na, weil Sie es sind, Moment: Hier sind Stempel und Unterschrift, aber bewahren Sie Stillschweigen darüber."

„Natürlich... Anita, ich soll dir nicht erzählen, dass ich die gewünschte Wohnung für euren Heiner habe. Freust du dich?" Die Stimme meiner Schwester überschlug sich fast am Telefon, klang alles andere als „geheim" und ich fragte dümmlich: „Im Ernst?"

„Nee, im Heiner!"

Zwei Wochen waren vergangen, als Henning wieder den Klingelknopf unserer Rostocker Wohnung drückte: „Hereinspaziert", freuten wir uns. Henning machte ein ernstes Gesicht: „Mein Vater will nicht mehr verkaufen. Einen alten Baum verpflanzt man nicht", erklärte er. Wir standen unbeweglich vor ihm, wie vom Donner gerührt. Fred fasste sich zuerst: „Schade, die Wohnung haben wir schon für ihn, mit direktem Blick auf die Ostsee. Aber wenn er es sich anders überlegt hat, kann man nichts machen. Er wird sicher nur schwer einen Käufer für sein altes Gemäuer finden, aber wir sehen das nicht so verbissen, denn wir haben noch ein anderes Haus in Aussicht."

Verdattert drehte Henning seine Schirmmütze in der Hand, hob die Schultern und ging still davon. Die Tür klappte hinter ihm zu und war für mich das Signal, los zu heulen: „Das kann doch nicht wahr sein. Wir haben uns so gefreut!"

„Abwarten", Fred nahm mich in den Arm, „noch ist nicht aller Tage Abend." Sehr weise! Nachts zerwühlten wir unsere Betten, weil das Haus uns nicht los ließ. Irgendwann zitierte ich aus meinem Lieblings-Märchenbuch: „Der Morgen ist klüger als der Abend."

So war es auch. Das Telefon klingelte am Tag darauf und Henning teilte mir mit: „Wenn Sie einverstanden sind, treffen wir uns in der nächsten Woche zur Vertragsunterzeichnung. Mein Vater hat es sich

wieder anders überlegt." Ich schrie vor Glück: „Fred, Heiner verkauft uns nun doch sein Haus!" Dann flog ich meinem Mann um den Hals und der fragte sichtlich überfordert: „War das sein Ernst?"
„Nein, sein Heiner!"
Nach dem Hauskauf gingen wir zur Bank und nahmen einen Umbaukredit auf *(DDR-Zinssatz: 1%)*.
Unseren gesamten Jahresurlaub nutzten wir für Renovierungsarbeiten. „Erst einmal muss der fremde Geruch raus!" Fred griff zu einem Malerquast und strich alles um sich herum an. Außer den Wänden bekamen meine Hände und die Nase bei passender Gelegenheit einen Farb-Klecks, dann markierte er, während ich eine Leiste hoch hielt, kreisrund und punktgenau, wo im dunklen Pulli sich mein Busen befand und später, als ich ihm meinen Po beim Aufheben von Tapetenresten unbedacht entgegenstreckte, bemalte er meine schwarze Jeans am Hintern blitzartig mit Zebrastreifen.

Nachdem wir vier Wochen täglich geschuftet und wie Fred feststellte, „die Schnauze gestrichen voll" hatten, zogen wir um. Von der Stadt aus in Richtung Mond und dann auch noch nach „links dahinter."
Wir, das waren außer uns: Caroline, Jan und Romy.
Ulrike meisterte inzwischen ihr Leben selbständig.

Vom Regen in die Traufe
Endlich hatten wir unsere Möbel so verteilt, dass wir einigermaßen zurechtkommen konnten. Caroline und Jan halfen tüchtig beim Einräumen und freuten sich darüber, dass ihnen jeweils ein eigenes Zimmer zur Verfügung stand. Baby Romy krähte ständig zur falschen Zeit nach Nahrung, aber da ich noch stillte, konnte ich sie schnell zufrieden stellen. Wenn sie, gemütlich eingebettet, mit dem Kinderwagen unter der großen Birke auf dem Hof stand, folgten ihre Augen den Bewegungen der lang herab hängenden Zweige und die wirkten auf sie einschläfernd wie ein Zigeuner-Pendel. Hin-her, hin-her und: Gute Nacht.

Erst nach unserem Einzug begriffen wir, was wir uns aufgehalst hatten. Eine riesige Haushälfte, in der es ständig hallte: „Wo bist du?"
„Hier."
„Wo ist... hier?"
„Zweiter Flur, rechts..." oder so ähnlich.
Wenn ich nach Jan rief, tönte es meistens irgendwo auf den Weiten des Hofes oder hinter deren windschiefen Gebäuden: „Ja, ich bin hier, ich komme gleich."
Ganz gut, dass wir ihn oft nicht sahen, denn er saß am liebsten sehr hoch oben in einem Baum.
„Ich werde ihm ein Baumhaus bauen", verpflichtete sich Fred, als er es bemerkte, „er kriegt eine Räuberleiter, ein Dach über den Kopf und irgendwo hab ich noch lederne Sitzpolster... wegen der Gemütlichkeit." Ich freute mich und liebte meinen Mann gleich doppelt.

Vor kurzem, als Jan sich ausklagte, er würde anders heißen, als seine ganze Familie und in der Schule mache man sich darüber lustig, erklärte Fred: „Dein Sohn ist jetzt auch mein Sohn und wenn er es möchte, bekommt auch er meinen Nachnamen."
Innerhalb weniger Tage war ihm die Umschreibung gegen eine Gebühr gelungen und der Spuk in der Schule hörte auf. Trotz der vielen Arbeit, die Haus und Hof uns abverlangten, bekam Jan ein Baumhaus mit einer Räuberleiter in einer hohen Weide und zur „ Abschreckung von Feinden" wurde der Standort markiert mit einer Piratenflagge, handgemalt von Mama.

Caroline fühlte sich nicht wohl auf dem Land. „Das ist hier nicht mein Zuhause, das ist in Rostock", meuterte sie fast täglich. Da sie jetzt die neunte und danach die zehnte Klasse in Rostock beenden wollte, verließ sie morgens um sechs Uhr das Haus und kam abends um Sechs zurück. Es waren noch ein paar Wochen bis zu den Ferien und wir machten uns jeden Tag Sorgen um ihre Gesundheit.
„Siehst du nicht, wie blass sie ist? Und sie versucht gar nicht, sich in unsere Familie einzufügen", Fred war ungehalten, „auf der letzten

Elternversammlung hat man uns den Rat gegeben, sie umzuschulen, weil ihre schulischen Leistungen nachlassen."
„Ja, ich war dabei, aber wenn sie nicht will", ich zuckte mit den Schultern, „lass uns abwarten."

In der Ferienzeit fand Caroline ihr neues Zuhause „toll". Sie fuhr gern mit dem Fahrrad und anderen Mädchen an den nahe gelegenen Strand und genoss den Sommer. Zum Ende der Ferien bekam sie eine Lungenentzündung und schwächelte wieder. Ich nahm sie ins Gebet: „Wir sind der Meinung, dass du die zehnte Klasse in Kühlungsborn absolvieren solltest, denn wir möchten nicht, dass du irgendwann zusammenbrichst."
„Das könnt ihr mir nicht antun", schrie sie pubertär, „das ist alles bloß wegen Fred!"
„Nein, es ist deinetwegen. Ich habe mit der Direktorin in Kühlungsborn gesprochen und dich dort angemeldet."
„Das kannst du vergessen", heulte sie, „meine Freundinnen sind in Rostock und Oma und Opa!" Sie rannte aus dem Haus und knallte die Tür hinter sich zu. Eine tiefe Stimme rief von irgendwo: „Du hast die Tür nicht bezahlt!"
Bald darauf ging Caroline in Kühlungsborn zur Schule und meckerte: „Die sind da alle hinterwäldlerisch und bekloppt. Und wie billig die angezogen sind. Kotzerbärmlich."
„Jetzt reicht es aber", herrschte ich sie an „nur weil es uns gut geht, brauchst du dich nicht so aufzuspielen. Lass mal deine Riesen-Ohrringe weg und male dich weniger an, dann wirst du auch Fuß fassen!"
„Ph", sie pustete eine glatte Haarsträhne aus ihrem Gesicht und erboste sich weiter: „das lass mal meine Sorge sein."
Langsam beruhigte sich Caroline wieder. Ich bat sie, die Wäsche von der Leine zu holen und ihr Bett frisch zu beziehen. Noch ein wenig maulend brachte sie das Bettzeug rein und verschwand damit in ihrem Zimmer. Plötzlich schrie sie, als ob jemand ihr an die eigene Wäsche wolle. Voller Sorge stürzte ich, wie ich vermuten musste, zu ihrem Unglücksort. Da stand meine Tochter, die Hände hoch erhoben und

mit Panik verzerrtem Gesicht. Mein Blick flog durchs Zimmer: Da war niemand, der sie bedrohte. „Warum zum Teufel schreist du so?"

Erst jetzt sah ich, dass zu ihren Füßen das halb bezogene Deckbett lag und das erregte mich noch mehr: „Seit wann schmeißt man Bettzeug auf die Erde und dann noch frisch gewaschenes?"

Mühsam fand meine Tochter die Sprache wieder: „Das stinkt nach Schweinemist. In sowas kann man nicht schlafen!"

Während ich noch sagte: „Stell dich nicht so an, Prinzessin", bückte ich mich und roch zur Kontrolle selbst daran. „Oh Schiet, das ist ja wirklich nicht auszuhalten. Steck das schnell wieder in die Waschmaschine. Opa Heiner, von dem wir das Haus haben, hat gesagt, der Wind käme höchstens einmal im Jahr von der Stallseite zu uns herüber, aber wir müssen wohl mehr auf die Windrichtung achten, bevor wir waschen."

Caroline schob sich mit der Stinkewäsche an mir vorbei durch den Türrahmen und gab mir ein Küsschen auf die Wange. Alles Schlechte hat auch was Gutes, dachte ich an die Worte meiner Mutter und ging in die Küche. Immer wenn ich sie betrat, fing ich an zu singen.

Auch so eine Marotte von meiner Mama... Gesang macht fröhlich.

Ein paar Tage vergingen. Außer, dass unser Kater uns morgens weckte, weil er draußen in aufrechter Haltung wie ein Hase mit seinen Pfoten gegen das Fenster trommelte und, dass ab und an ein Hahn nach uns krähte, passierte nichts Ungewöhnliches.

In einer Vollmondnacht wurde ich wach. Ich bin wirklich mondsüchtig, ärgerte ich mich und wollte mich zum Weiterschlafen einkuscheln, da hörte ich Geräusche. Da geht doch Jemand? Quatsch! Seit ich in diesem Haus wohnte, war meine Angst verflogen. Nachts spazierte ich wie selbstverständlich durch die Dunkelheit, um ins Bad zu gehen und ohne irgendwo anzuecken. Hier hätte ich also Heimvorteil. Leise schlich ich über die ein wenig knackenden Dielen in den Flur und schaute gezwungenermaßen zuerst durchs Fenster in Richtung Mond. War ja klar. Dann ging ich seinen Strahlen nach, bis in die Küche und schaltete mutig das Licht an. Niemand da. Ich schaute nach den Kindern.

Vor Jans Bett lagen drei aufgeklappte Bücher. Die liest er gleichzeitig, überlegte ich kurz, ist das nun klug oder blöd? Mein Sohn hatte struppige Haare wie ein Hund, der nach dem Waschen trocken gerubbelt wurde. Er schwitzte oft und brabbelte unverständliches Zeug im Schlaf. Leise quietschend öffnete ich Carolines Tür. Ein breiter Mondstrahl fiel genau auf ihr Gesicht. Gott, die hat scheinbar der Blitz getroffen, schmunzelte ich, denn ihre halblangen Haare lagen kreuz und quer um ihren Kopf herum auf dem Kopfkissen. Sie schnarchte leise. Unerwartet knackte es hinter mir. Da sind doch Schritte verdammt! Ich begann meinen Rückzug und patrouillierte durch die restlichen Räume. Nichts. Noch einmal die Haustür prüfen: Zu. Jetzt wurde mir kalt.

Wieder im Bett steckte ich meine sowieso ewig kalten Füße unter die Decke meines Gatten. Wozu hatte ich sonst diesen Backofen? Er erschrak: „Oh, bist du des Wahnsinns fette Beute?" Aus Versehen war ich mit meinen Eisbeinen zu nahe an ihn heran gekrochen.

„Gut, dass du wach bist. Ich hör überall Schritte."

„Dann hör mal weiter, ich horch lieber in mich rein." Mit meinem Ellenbogen verhinderte ich, dass mein Beschützer gleich wieder einschlafen konnte: „Hör doch mal, ich glaube das ist oben auf dem Boden. Da geht einer."

Ungläubig knurrend schaltete Fred das Licht an. „Du glaubst doch nicht ernsthaft, dass ich jetzt auf den Boden gehe? ...Halt, sei mal ruhig. Jetzt höre ich auch was."

„Siehst du!"

„Pst!"

Fred wollte mir mit seiner Hand den Mund zu halten, bedeckte aber mit seiner Pranke mein ganzes Gesicht. Ich wehrte ab.

„Los geh jetzt. Du bist des Hauses Oberhaupt."

„Und tue, was die Frau erlaubt, den Spruch kenne ich." Missmutig schob Fred seine Beine aus dem Bett und die Füße in seine Lederlatschen.

Müde, schlurfend und laut gähnend *(für meine Begriffe zu laut, bestimmt um den Rüpel auf dem Boden zu verscheuchen,)* hörte ich ihn die Bodentreppe hinauf steigen. Gespannt lauschte ich. Fred rief: „Hallo, ist da jemand?"

Wie dämlich ist das denn? Der wird sich gerade melden, ärgerte ich mich. Mein Ehegespenst nahm mich einfach nicht ernst. Fred wollte mir nur einen Gefallen tun und anschließend seine Ruhe haben!

Oben rumorte es, irgendetwas polterte zu Boden und rollte donnernd weiter. Langsam machte ich mir Sorgen, bis endlich mein Gatte, spärlich bekleidet und schwitzend wieder auftauchte.

„Beinahe hatte ich ihn!"

„Oh Gott, wen?"

„Den Marder. Wahrscheinlich hat der noch Frau und Kinder. Eine Eule wohnt da oben auch noch im Gebälk. Und vermutlich Mäuse."

„Hör auf, Mensch. Wir wollen doch keinen Zoo aufmachen."

„Wollen wir nicht, wir wollen schlafen."

Mein Held warf sich aufs Bett und stellte sich tot. Beinahe wäre ich eingeschlafen, da hörte ich ihn brummen: „Wir haben ein echtes Problem. Das Dach hat Löcher, der Mond schien schön überall rein."

„Das ist schön, solange es nicht regnet", murmelte ich und träumte, dass ich an einer Wildwasserfahrt teilnehmen musste und aus dem Boot geschleudert wurde.

Ein paar Tage später regnete es. Erst mäßig, dann übermäßig. Auf dem Dachboden standen schon fünf Wassereimer, die auffingen, was das alte Papp-Dach nicht mehr abhalten konnte. „Wir müssen das Dach reparieren", stöhnte ich und zog eine alte Zinkwanne unter ein dickes Rinnsal.

„Wir brauchen eher ein neues Dach", hörte ich aus einer dunklen Ecke. Ich sah mich um. Früher wurde dieser Boden als Kornspeicher genutzt. Die hölzernen Dielen waren stellenweise von Nagern beschädigt worden und bewegten sich leicht federnd unter unseren Füßen.

„Pass auf, dass du nicht durchbrichst", sagte Fred und machte sich an einem der wenigen kleinen Fenster, die noch unter den Dachschrägen Platz gefunden hatten, zu schaffen.

„So zart bin ich auch nicht, dass ich gleich durchbreche." Ich grinste, weil ich wusste, was eigentlich gemeint war.

Der Regen wurde stärker, die Eimer größer, bis Fred beschloss, Abhilfe zu schaffen. Er kaufte große Planen, spannte sie unter das Dach und dort, wo das Wasser zusammen lief, schnitt er ein Loch in die Plane, drehte einen Waschbeckenabfluss hinein und befestigte ein paar Rohre so geschickt, dass das Regenwasser durch schmale Fensterspalte nach draußen abfließen konnte. Die Konstruktion war genial und, wie sein Erbauer prahlte: „…sie rettete uns vor dem Untergang!"

Ausgebüchst
Es war gemütlich in unserem Haus, aber anstrengend, besonders im Winter. Jeder aus unserer Familie, der das vom Kachelofen erwärmte Wohnzimmer verlassen wollte, holte vorher tief Luft, weil er wusste, dass ihm gleich eisige Kälte entgegenschlagen würde. Dann ging es schnell in den Flur und in die spärlich vom Elektroheizkörper erwärmte Küche, oder weiter vor sich hin klappernd durch den nächsten Flur, um in das warme Bad zu kommen, welches in erster Linie für unser Baby beheizt wurde.

Mit Romy kam ich erstmalig in den Genuss, eine Elternzeit von einem Jahr in Anspruch zu nehmen, trotzdem sehnte mich nach meiner Arbeitsstelle in der Neptunwerft. Dort war ich unter Menschen, konnte selbständig arbeiten und nicht zuletzt wurde ich gern auch mal gelobt für meine Arbeit. Jetzt pflegte ich hier die Kleine, verrichtete die üblichen Hausarbeiten und unterhielt mich mit Nachbars Katze. Mit viel Glück die Nachbarin hinter dem Tier und sagte ein paar Worte mehr als nur „Miau."

Fred kam täglich am frühen Nachmittag von seiner „Mann-für-alle-Fälle-Tätigkeit" zurück, die er seit unserem Umzug als Inspektor der LPG verrichtete. Nachdem er in Rostock den Genossen seiner Sozialistischen Einheitspartei die Meinung „wegen Klüngelei und anderer Machenschaften" gegeigt und sein Parteibuch mit den Worten: „Mit so etwas will ich nichts zu tun haben", auf den Tisch geknallt hatte, fühlte er sich im Dorf besser aufgehoben. Natürlich verdiente er hier nur die Hälfte von dem, was er als stellvertretender Direktor in den Margarinewerken Rostocks bezog, aber wir hatten Zeit füreinander und besonders für unseren süßen Fratz.

Wenn Fred nach Hause kam und ich ihn fragte: „Na, wie war's?" lautete die Antwort stets gleich: „Wie soll es schon gewesen sein?" Ich wusste, was ihm fehlte. Er war sehr stolz und das strahlte er aus. Für manche Leute war er ein „Arroganter Schnösel", für andere: „Jemand mit einem guten Herzen." Besonders die alten Leute im Dorf vertrauten ihm und wenn sie überhaupt jemals um Hilfe baten, dann „nur beim Inspektor."

Fred rühmte sich selten mit dem, was er erreicht hatte. Zwischen seinen Lebensetappen vom Bootsbauer zum Maschinenbaumeister und weiter zum Wirtschaftswissenschaftler, hatte er sich in der Rostocker Neptunwerft damit hervorgetan, dass er sich, erstmalig in der DDR, für die Betreuung alkoholkranker Menschen und deren Wiedereingliederung „in das gesellschaftliche Leben" *(wie es zu DDR-Zeiten hieß)* einsetzte. Mit einem Psychologen arbeitete er an einem Projekt, über welches später sogar ein Film gedreht wurde. Er war ein Mann, wie ich ihn mir gewünscht hatte. Ich konnte fragen und bekam qualifizierte Antworten, ich konnte um Unterstützung bitten und ich hatte sie. Seine Liebe schenkte er mir sowieso und das tat unendlich gut.

Am ersten Geburtstag unserer Tochter, im Dezember, saßen wir gemütlich mit den Großeltern Gerda und Hans in der Veranda vor der Küche *(nachdem wir ausnahmsweise alle zur Verfügung stehenden Heizkörper in Betrieb genommen hatten.)*

Romy blinzelte in ihre Geburtstagskerze und biss herzhaft in ein Würstchen. Kuchen wollte sie nicht, ihr Stück war längst auf dem Teller ihres stets hungrigen Vaters gelandet. *(Da schlug bei dem Kind wahrscheinlich ein Gen quer: ich nehme an, das von Oma Gerda, die fast täglich Bockwürste vertilgt.)*

Dann bekam Romy ihr Geschenk. Ein Gerät zum Herumhopsen, das aussah wie eine stabile Hose, die an einer dicken Metallfeder hing. Diese wurde an einem Haken befestigt, den Fred vorher in einem Holzbalken im Durchgang zwischen Küche und Veranda befestigt hat-

te. Der Sitz wurde so aufgehängt, dass die Kleine, wenn sie drinnen saß, gerade mit den Fußspitzen aufkam und herumspringen konnte. Sie lachte und zappelte vor Freude. Ihre glatten schwarzen Haare hatten Kinnlänge erreicht und waren von gleicher, kräftiger Beschaffenheit wie die des Vaters. Ihr Pony hing fast in den dunklen Kulleraugen und Gerda meinte: „Schau mal, die fröhliche Japanerin."
„Ja, bis auf die großen Augen", lachte ich, schaukelte die Kleine im Vorbeigehen und das gefiel ihr sichtlich. Wenn sie wieder wie ein Sack still abhing, erbarmte sich Jan und versetzte der Hängekonstruktion von seinem Platz aus von Zeit zu Zeit einen Schubs mit der Hand, wobei er sich extrem recken musste. Erst als ihm das zu viel wurde, benutzte er seine Fußspitze und das hätte er lieber nicht tun sollen, denn so lernte der Hosenmatz, dass Füße noch für andere Sachen herhalten können.
(Später waren es Tritte ihrerseits gegen das Schienbein des Bruders, wenn niemand hinsah und ihr etwas nicht passte.)

Für den Rest des Winters hantierten wir in unserem Haus, sanierten hier und werkelten da und so wurde es endlich Frühling. Romy bekam einen Krippenplatz in Kühlungsborn und ich nahm meine Tätigkeit in der Werft wieder auf. Fred verzichtete zu meinen Gunsten auf unseren Lada, ein älteres Modell, welches wir Peter abkaufen konnten und zwängte sich mit Romy in unsere DDR-Pappe namens „Trabant".
In jeder freien Minute kümmerte er sich um sein „Mauselein" wie er es mir vor ihrer Geburt versprochen hatte und nun übernahm er auch noch den Part der Kinderkrippe. „Ich kann mir beim Autofahren mit den Knien die Ohren zuhalten, dann ist der Motor nicht so laut", spaßte er.

Jeden Morgen fuhr ich nach Rostock zum Dienst und wenn ich abends zurückkam, war „alles paletti."
An den Wochenenden machten wir „Klar Schiff" im Garten, wie Fred es ausdrückte. Ein paar windschiefe Stallungen wurden abgerissen, der Müll entsorgt und als wir die Reste wegharken wollten, bemerkten wir, dass es immer neue „Reste" gab. Fred stöhnte und war hochrot im

Gesicht: „Schiete, hier wurde der Müll vergraben, Anita, und dann obendrüber gebaut. Deshalb stand keine Wand gerade. Hier lassen wir uns Erde auffahren und säen Rasen."

Im Hintergrund krähte Romy und Jan sagte derb: „Nein, da ist ein Teich. Da gehst du nicht hin!"

„Oh Gott, Fred, Jan hat Recht. Wir müssen den Teich einzäunen, damit die Kleine da nicht hinein fällt. Mir reichen die Tauchversuche von Jan."

„Dann lass uns das machen. Hier kriegt man sich ja nicht mehr ein."

Wie auf Kommando warf ich die Harke von mir und trat die Scherben einer alten Tasse in den Boden. „Sammeltasse", sagte ich verschmitzt, „wer weiß, wer die in tausend Jahren ausbuddelt und versucht, sie wieder zusammen zu setzen." Dabei machte ich einen Schritt rückwärts und trat auf die mit den Zinken nach oben ragende Harke. Ihr Stiel schlug mir ins Kreuz.

„Das hat Stil", lachte mein Gartenfachgehilfe.

„Das war: Stiel, Blödi", ärgerte ich mich, „ich kann dir mal zeigen, was eine Harke ist!" Ich nahm die Harke und fuchtelte ihm unter der Nase damit herum. Er wehrte ab und hielt den Harken-Stiel fest: „Wir sollten uns nicht beharken, wir lieben uns doch." Ich bekam einen derben Kuss und schimpfte über seinen kratzigen Bart: „Du stachelst mich an!"

„Und du mich auf." Fred schlang seine Arme um mich und hielt mich fest. Ich liebte es, so dazustehen und murmelte freundlich: „Mein Fels in der Brandung."

„Genug geplaudert. Lass uns den Teich einzäunen."

Nach zwei Stunden umrahmte ein Maschendrahtzaun das Wasser. Romy gewöhnte sich so an den viereckig vorgegebenen Weg, dass sie später noch genauso zackig um den Teich herum wanderte, als der Zaun schon längst nicht mehr da war.

Im darauf folgenden Spätsommer kamen meine Eltern uns erstmalig besuchen. Mein Vater hatte meiner Bitte nachgegeben und war bereit, Fred näher kennen zu lernen. Wir zeigten ihnen Haus und Hof und hielten Romy dabei abwechselnd an der Hand. Endlich schien zwischen den Herren der Schöpfung das Kriegsbeil begraben zu sein. Am Bach kam der Angler wieder in meinem Vater durch: „Gibt es hier Fische drin", fragte er meinen Mann.

„Wahrscheinlich." Fred hatte die Hände, genau wie mein Vater, in den Hosentaschen vergraben und gemeinsam starrten sie auf die vom Wind leicht gekräuselte Wasseroberfläche. „Dann bringe ich nächstes Mal meine Angel mit", sagte mein Vater fast drohend ins Wasser."

„Ja, mach doch den Fischen nicht schon vorher Angst", scherzte ich.

An meinem dürftigen Gemüsebeet stand meine Mutter und sagte: „Du solltest hier wenigstens das große Unkraut herausziehen."

Sollte ich. In jedem meiner Gärten sollte ich das.

(Dies war schon der dritte, den ich mit urbar gemacht hatte, denn kurz bevor wir nach Hinter Bollhagen zogen, übernahmen Fred und ich eine wilde Wiese als Gartenparzelle in Rostock. Am Ende übernahmen wir uns und den Garten übernahm die Wildnis.)

Wir hatten einen schönen Nachmittag. Als wir zum Kaffee trinken ins Haus gehen wollten, stand plötzlich eine junge dunkelhaarige Frau vor uns und hielt Romy an der Hand. „Ist das Ihr Kind?"

„Sie war eben doch noch hier", ich begriff nichts.

„Ich habe sie oben an der Straße aufgelesen und sie nach ihrem Namen gefragt. Sie hat gebrabbelt: RR... Han.en und zeigte mit ihrem Mausefinger in diese Richtung."

„Sie heißt Romy. Vielen Dank, dass Sie die Kleine zurück gebracht haben!" Ich nahm die Rennsemmel auf den Arm und erklärte zum vierten Mal einem meiner Kinder, warum es nicht weglaufen dürfe.

Kleinvieh macht auch Mist

Romy wuchs und gedieh. Endlich nahm sie der Kindergarten, der sich praktischer Weise nur ein Haus von unserem Wohnhaus befand, in die Jüngste Gruppe auf und wir sparten uns nicht nur den Weg nach Kühlungsborn zur Kinderkrippe sondern auch noch den Monatsbeitrag, der zu dieser Zeit „nicht von schlechten Eltern" war.

Kaum hatte unser Familienoberhaupt etwas mehr Zeit zur Verfügung, wurde ich von ihm mit neuen Plänen für Haus und Hof bombardiert: „Was hältst Du von einem Teich?"

„Wir haben doch einen."

„Ich meine einen größeren. Vielleicht zehn mal fünf Meter... oder so. Da kommen dann Fische und Frösche rein und wenn du willst, auch Seerosen."

„Wer soll den Teich buddeln?"

„Na, ich natürlich. Vor dir steht dein Buddel-Flink." So wie er sich vor mir reckte, mit nach oben gekehrten Handflächen und überzeugter Miene, blieb mir nichts anderes übrig, als mich einverstanden zu erklären.

Von nun an hatte ich abends, meistens im Dunkeln, das Problem, meinen Gatten aufzustöbern, der etwa sechzig Meter vom Wohnhaus entfernt, den Konkurrenzkampf zu unseren Maulwürfen angetreten hatte. *(Sogar seine Erdhaufen waren größer)*

„Wo bist du", rief ich eines Abends laut.

„Ein-ge-locht!" schallte ein seltsames Echo.

„Ja, wo, rechts, links?"

„Unten, wo sonst."

Weil sich meine Augen mühsam an das Dunkel gewöhnt hatten, entdeckte ich den Baumeister, als er aus einer tiefen Grube auf den nächst höheren Bereich des Teichbodens kletterte und stolz bekannt gab: „Das Seerosen-Bett ist fertig."

„Donnerwetter!" Ich sprang etwa einen halben Meter tiefer und umarmte den Dreckspatz so gut ich konnte, denn der Schaufelstiel klemmte zwischen ihm und meinen Brüsten und hielt mich zurück.

Auf dem Rückweg ins Haus plante Fred schon die nächste Neueröffnung: „Schau mal, aus dem Ding da mache ich einen Hühnerstall."

Er zeigte auf die Umrisse des alten Schweinestalls, in dem Heiner, der Hausverkäufer, seine Schweinebraten herangezogen hatte.

„Du willst das flatterhafte Federvieh in Beton-Buchten sperren", fragte ich entsetzt.

„Quatsch, die fliegen doch da raus."

„Wer? Die Hühner?"

„Die Buchten, Menschenskind! Aber erst mache ich den Teich fertig."

Nach ein paar Wochen standen mein Mann und ich vor dem Wasser, oder besser: vor der braunen Brühe, die sich über die eingebrachte Teichfolie zog. Ein paar rötliche Blätter reckten sich matt im Bereich der Seerosen und in einer Ecke des riesigen Teiches stand ein mickriger Rohrkolben, von uns Norddeutschen auch: „Pompesel" genannt. *(Als Kind hat mein Cousin Reiner versucht, so ein Ding wie eine Zigarre zu rauchen, danach sah er genauso mickrig aus.)*

„Das Projekt des Teichbaus ist abgeschlossen", sagte der stolze Erbauer, machte eine Schwimmbewegung mit den Armen über das Gewässer, als hätte er einen Badesee geschaffen und legte seine schwere Hand auf meine Schulter. Ein Wunder, dass er nicht versucht, wie Jesus übers Wasser zu gehen, dachte ich und grinste, bis ich gefragt wurde: „Wie findest du es?"

„Schön, oder nicht schön, das, ähm..." Ich sprach den Rest nicht aus. Fred wirkte enttäuscht und ließ mich mit meinen Eindrücken allein.

Als ich mich zu ihm umdrehte, erschrak ich, weil ich sah, wie er mit einem riesigen Vorschlaghammer im ehemaligen Schweinestall verschwand. Zum Glück rief er mir aus dem Fenster zu: „Keine Angst, ich fange erst morgen an!"

Nachdem die Nachbarn der Umgebung mich nacheinander gefragt hatten, wann endlich die Klopperei aufhören würde, war Fred doppelt fertig. „Was für ein Scheiß-Beton", zeterte er, „Kacke nicht rühren, nicht stinken!" Doch das Ergebnis konnte sich sehen lassen. Ich bewunderte das noch nach seinen Vorgängern riechende Projekt *(es war immerhin ein Saustall)* und lobte meinen Mann: „Was für ein Machwerk! Es gibt sogar Laufstege und Stangen für das Federvieh und eine Klappe zum Ausgehen! Ich bin begeistert!"

„Ja, du sollst hier nicht einziehen! Wo kriegen wir nun Hühner her? Und eine Glucke? Es wäre schön, wenn Romy sehen könnte, wie Küken aus den Eiern schlüpfen und aufwachsen."

„Oh ja", hörten wir plötzlich hinter uns. Jan führte seine Schwester aus *(und ausnahmsweise nicht an)*, fand die Idee „richtig gut" und wusste sogar, wer im Dorf Hühner zu verkaufen hatte.

Genau wie der Teich sich klärte, gewöhnten sich auch die Hühner an uns. Aus den zwölf befruchteten Eiern schlüpften neun niedliche Küken. Da wir mit unserer neuen Aufgabe als Viehzüchter völlig überfordert waren, segneten drei Hühnerkinder später das Zeitliche und wir waren froh, dass unsere Tochter noch nicht auf die Idee gekommen war, sie zu zählen. Jeden Morgen ging Fred vor Tagesanbruch in den Stall, um nachzusehen, ob die Glucke ihre Kinder heil gelassen hatte und brachte im Notfall das „Korpus Delikti" *(sprich: Körper des verblichenen Kükens)* noch einmal um die Ecke, um es im Garten zu bestatten. Romy schien zu bemerken, dass hier etwas nicht mit rechten Dingen zuging und eines Morgens fragte sie erstaunt: „Sind das alle Küken?" Um die Kleine abzulenken antwortete Fred rasch: „Klar. Weißt du eigentlich, dass du zwei Kaninchen bekommst? Wir können sie heute abholen." Sofort flog Romy ihrem Papa um den Hals und setzte sich zum Abmarsch auf seinen Arm. Ihr weiter Rock, schwarz-weiß getupft und mit Spitze am Saum, legte sich wie ein hübscher Rüschenumhang über den Arm des Vaters und der ging, stolz wie ein Spanier, an mir vorbei und zwinkerte mir mit einem Auge zu. Romys Lieblingsrock, den sie liebevoll „Jumm-Rock" getauft hatte, weil er so schön „jumm - jumm" mitschwang, wenn sie sich hin und her drehte, wippte jetzt auf und ab. Fehlen nur noch die Flamenco-Schritte, dachte ich und ließ die Beiden ziehen.

Die Hasen, Hoppel und Moppel, entwickelten sich bei uns prächtig und jeder unserer Besucher stellte wegen des massigen Körpergewichts der Schlappohren Überlegungen an, ob sie in einer handelsüblichen Schmorpfanne Platz finden würden. Manchmal dachten auch wir darüber nach, weil die Tiere unsere Geduld herausforderten: sie gruben in ihrem eingezäunten Revier tiefe Gänge und überbuddelten die gesteckten Grenzen. Nicht nur unsere Autorität wurde von ihnen untergraben, sondern der gesamte Rasen. Mehrmals machten wir Fehltritte in ihr Tunnelsystem und bevor wir uns die Beine brechen würden, rief Fred den Züchter an, von dem wir die hyperaktiven Viecher geholt hatten. Er schaltete den Lautsprecher ein, damit ich mithören konnte: „Hallo Hans. Wir haben ein Problem! Nimm uns die Kaninchen wieder ab, bitte!"

„Zieht ihnen doch das Fell über die Ohren und lasst sie in die Röhre schauen", schlug Hans lauthals vor, „in die Bratröhre!"
„Niemals. Wir kennen sie doch, sie haben sogar Namen."
„Dann hab ich eine bessere Idee, wir tauschen sie gegen meine Gans, Auguste, die ich nicht verzehren kann, weil ich sie zu gut kenne."
„Nur wenn sie schon aussieht wie ein Braten", rief ich dazwischen, „sonst geht der Tierzirkus wieder los."

Wenn das Blatt sich wendet
Die Nachrichten der „Aktuellen Kamera" des Fernsehens der DDR hatten uns lange Zeit nicht interessiert, weil uns die eintönige Leier über den Aufschwung der Wirtschaft und die ruhmreiche Parteiführung *(mit Begriffen und Floskeln, die ständig wiederholt wurden)* zum Hals heraus hing. In letzter Zeit jedoch war das anders. Die „Bürger der DDR" begehrten auf und das gegen ihre Regierung! Auf Umwegen verließen vor allem jüngere Menschen das Land, stürmten die Botschaften von Prag, Warschau und Budapest, bis sie irgendwann die Genehmigung bekamen, mit einem Sonderzug nach Westdeutschland zu fahren.
Im Inland der DDR kämpften die Menschen *(vorwiegend friedlich)* gegen die SED-Herrschaft und die Unterdrückung durch die Staatssicherheit. „Demokratie und Freiheit", schrien sie auf ihren Demonstrationen, besonders in den Städten Leipzig und Berlin. Noch am „Siebten Oktober" 1989 ignorierte die Staatsführung alle Proteste und feierte „Vierzig Jahre DDR".
Wir spürten das Brodeln und Kochen, auch wenn zensierte Nachrichten uns etwas Anderes vorgaukeln wollten.
Am neunten November des gleichen Jahres saßen Fred und ich vor dem Fernseher und verfolgten abends eine Pressekonferenz mit Günter Schabowski, Funktionär der SED und Mitglied des Politbüros. Die Konferenz wurde zeitgleich im Radio übertragen und somit von vielen Menschen mit verfolgt. Ein italienischer Reporter fragte, in

(leicht abgewandelter) deutscher Sprache, nach dem Entwurf eines neuen Reisegesetzes, der vor ein paar Tagen verabschiedet worden und auf heftige Kritik gestoßen war: „Glauben Sie nicht, dass es war ein großer Fehler, diesen Reisegesetzentwurf, das Sie haben jetzt vorgestellt vor wenigen Tagen?"

Fred hatte sich ein paar Erdnüsse in den Mund geworfen und hustete, weil er sich über die Frage amüsiert und dabei verschluckt hatte. Ich legte meine Füße auf den Couchtisch und lauschte der ausweichenden und umständlich formulierten Antwort des Herrn Schabowski, der auf einmal sagte: „Und deshalb haben wir uns dazu entschlossen, heute eine Regelung zu treffen, die es jedem Bürger der DDR möglich macht, über Grenzübergangspunkte auszureisen."

Fred sah mich ungläubig an: „Wie bitte?" Gebannt schauten wir auf den Bildschirm. Was sollte das heißen: *Jeder* kann ausreisen? Ein Journalist rief jetzt dazwischen: „Ab *wann* tritt das in Kraft? Ab *sofort*?"

Herr Schabowski las einen Passus über Privatreisen vor. Sie sollten wirklich möglich sein, sogar „ständige Ausreisen".

Ein Bild-Reporter drängte fragend weiter, weil er es anscheinend auch nicht glauben konnte: „*Wann* tritt das in Kraft?"

„Das tritt nach meiner Kenntnis... ist das sofort, unverzüglich...", stotterte Genosse Schabowski.

Wir sprangen auf und machten einen Schritt auf den Fernseher zu. Konnte das wahr sein? Unmittelbar danach verbreiteten Funk und Fernsehen: „Die Mauer ist offen!"

Die DDR-Bürger stürmten begeistert über die Grenzübergänge und wurden auf der „anderen Seite" ebenso begeistert empfangen. Wildfremde Menschen umarmten und beschenkten sich, lachten und gaben mit ihren Autos Hubkonzerte. „Wenn ich es nicht mit eigenen Augen sehen würde", sagte Fred, „könnte ich es nicht glauben. Anita, morgen hauen wir auch ab. Wenigstes bis nach Lübeck. Lass uns dabei sein."

Am nächsten Tag gerieten wir im Grenzbereich in einen kilometerlangen Stau. Jubelnde Menschen klopften auf unser Autodach, warfen uns alles Mögliche zur Begrüßung ins Auto, schenkten Kaffee aus, steckten ihre Köpfe durch unser Autofenster und klatschten gegen unsere Hände – sogar noch, als wir wieder langsam an und weiter fuhren. Eine unbeschreibliche Begeisterung lag in der Luft und wir konnten gar nicht fassen, dass wir ohne Passkontrolle in Lübeck einfuhren.

„Nächste Woche besuchen wir Peter und Eva in Kiel", strahlte Fred und ich schlug vor: „Und unsere Verwandten in Gelsenkirchen!"

Nachdem die erste Euphorie verflogen und die hundert (D-)Mark Begrüßungsgeld ausgegeben waren, saßen wir an einem Abend im Schneidersitz auf unseren Betten und überlegten, wie es nun weiter gehen würde.

Von meinem Abteilungsleiter hatte ich einen Brief erhalten, in dem mir mitgeteilt worden war, dass geplant sei, die Neptunwerft in eine Kapitalgesellschaft umzuwandeln, aber ich könne weiterhin in meinem Arbeitsbereich Schiffbau arbeiten. Bei Fred sah es da schon anders aus. Die LPG-Mitglieder wurden reihenweise entlassen, weil die Landwirtschaftliche Produktionsgenossenschaft zur Agrar-AG wurde. Von gut dreihundert Mitgliedern verblieben die Gründer der Aktiengesellschaft: zehn. Fred ging freiwillig. Monate zuvor hatte er sich dafür eingesetzt, das Grundgehalt seiner älteren Kollegen aufzustocken und damit sicherte er so manchen Lebensabend. Seitdem grüßten ihn nicht nur die Dorfbewohner, die davon profitieren konnten, sondern auch die, die es durch den „Buschfunk" erfahren hatten.

„Du brauchst dringend eine neue Arbeit", sagte ich an einem gemütlichen Abend zu meinem Gatten und prostete ihm mit einem Glas Rotwein zu: „Da wär ich gar nicht drauf gekommen", sagte er, stellte das Glas ab und flüsterte mir zu: „Ich hab schon was."

„Was", flüsterte ich nun unsinnigerweise auch.

„Ich gehe zur Vermögensberatung nach Hamburg und lasse mich dort ausbilden. Dann mache ich meinen Maklerschein, oder besser: den kompletten Vierunddreißig C."

„Den Vierunddreißig- *Was?*"

„Das ist ein Paragraph der Gewerbeordnung, der die Maklertätigkeit regelt. Ich wäre damit berechtigt, Grundstücke, Wohnräume oder Dar-

lehen zu vermitteln. Ich könnte sogar Anteilscheine einer Kapitalgesellschaft oder Investmentanteile erwerben, verwalten, oder..."
„Das hört sich gut an. Wie lange wird das dauern?"
„Etwa ein Jahr. Für diesen Zeitraum käme ich nur an den Wochenenden nach Hause, aber ich würde danach richtig gut verdienen. Ich könnte mich sogar selbständig machen."
„Das machst du ja schon", maulte ich, „sowas muss man doch miteinander besprechen."
„Mach ich ja schon", echote er, „oder was tun wir hier momentan?"
Ich hakte mich in den Arm meines Mannes, zog daran und jammerte: „Menno, bleib hier. Romy ist noch so klein..."
Fred hielt mir kurz seine Hand vor den Mund. Dann gab er mir ein paar winzige Küsse und schmatzte dazwischen: „Von *(hm)* Nix *(hm)* kommt *(hm)* Nix *(hm, hm)*.
Ob wohl oder übel: ich hatte keine bessere Lösung und ließ ihn zwei Wochen später ziehen.

Durch Dick und Dünn
„Wie alt bist du, Jan?"
„Zwölf Jahre alt."
„Pass mal auf, ich spreche dir jetzt einige Sätze vor und du sprichst sie bitte nach. Ganz klar und deutlich. Verstanden?" Die Ärztin der Hals-Nasen-Ohren-Abteilung der Universitätsklinik Rostock testete meinen Jungen nun schon länger als eine halbe Stunde lang, aber ich wusste, dass es sein musste. Meine Schwiegereltern hatten uns Frau Dr. Wenz empfohlen, die nicht nur eine ausgezeichnete Oberärztin war, sondern auch Studenten der Universität Rostock unterrichtete. Gerda und Hans waren seit Jahren mit ihr und ihrem Mann, der sich als Augenarzt einen Namen gemacht hatte, befreundet. Da unsere Hausärztin nicht mehr weiter wusste, waren wir hier an der richtigen Adresse, denn es kam keine voreilige Diagnose, sondern eine präzise Erklärung: „Ihr Sohn hat Polypen, Sie haben es schon richtig vermutet.

An und für sich ist ein Eingriff, um sie zu entfernen, kein Problem, aber bei Jan ist es hochgefährlich."

Sie fasste sein Kinn, betrachtete aufmerksam sein Muttermal und wirkte angespannt: „Dieser Blutschwamm wird uns zu schaffen machen. Die Blutgefäße sind stark angereichert mit Blut und würden wir eins verletzen, bestünde die Gefahr, dass wir die Blutung nicht stoppen können."

„Er könnte verbluten?" Da ich aufgesprungen war, legte die Assistentin, die hinter mir stand, ihre Hand auf meine Schulter und drückte mich sanft zurück in meinen Stuhl: „Ganz ruhig! Atmen Sie tief durch."

„Verzeihung", sagte ich leise, „ich wollte nicht hysterisch sein, aber natürlich habe ich jetzt mehr Angst als Vaterlandsliebe."

Jan schaute mich mit großen Augen an: „Mama, müssen wir das machen?"

„Nur wenn wir sicher sind und ich denke, hier bist du es. Du würdest wieder leichter atmen können…"

Ich zwang mich, nicht zu weinen und dachte daran, dass Jan selbst bei einfachen sportlichen Aktivitäten an seine Grenzen kam und manchmal, wenn er zu viel herumsprang, plötzlich ohnmächtig wurde. Frau Dr. Wenz machte eine beruhigende Geste: „Natürlich machen wir alle nur möglichen Voruntersuchungen und entscheiden dann. Machen Sie sich erst einmal einen schönen Tag. Ach so, hier sind noch die Untersuchungsergebnisse ihrer kleinen Tochter Romy. Sie waren doch vor einer Woche hier, wegen ihrer ständigen Ohrenschmerzen."

Ich fing an zu zittern. Bitte nicht noch einen Befund, der…

Die Ärztin schlug die Krankenkarte auf und sagte: „Wir können das Problem lösen und ihr Röhrchen ins Trommelfell setzen, das hört sich gefährlich an, ist aber nicht so schlimm. Vorsichtigerweise würde ich einen kurzen Krankenhausaufenthalt empfehlen."

„Kann man das auch später machen? Sie ist doch erst drei Jahre alt."

„Lieber eher."

„Ich weiß nicht… sie war noch nie von zuhause weg und in der Klinik…"

„Ich schlage vor, wir warten noch auf Jans Befunde und vielleicht können wir die Beiden gleichzeitig einweisen. Sie vertragen sich doch, oder?"

„Wenn weiter niemand da ist", ich lächelte, „nein, Jan ist sehr lieb zu ihr und ich wäre sehr erleichtert." Mit einem Packen Zettel machten wir uns auf, sie abzuarbeiten: EKG, EEG...

Zwei Wochen später standen wir in einem Raum mit vier Betten. Romy schaute sich um und sagte: „Mama ich will hier nicht schlafen, entschuldige dich bitte." Obwohl sich mein Magen anscheinend auf und ab bewegte, musste ich lachen: „Jan bleibt auch hier in der Klinik. Vielleicht bekommst du das Bett neben ihm und außerdem habe ich dir ja etwas mitgebracht..." Ich fasste in meine Tasche und zog ihr Kuschelkissen heraus. Sofort riss sie es mir aus der Hand und wuschelte mit dem Daumen über die ausgefranste Ecke. Dann sagte sie glückstrahlend: „Da freust du mich aber!" An ihrem Sprachverständnis müssen wir noch arbeiten, dachte ich, umarmte sie und meinen Großen: „Pass auf die Kleine auf und hab keine Angst. Wir sind in Gedanken bei euch und morgen bin ich wieder hier." Jan hob und senkte die Schultern und wurde neugierig, als ich wieder in die meine Handtasche fasste: „Hier habe ich ein schönes Buch für dich."

Schnell gab ich ihm ein Küsschen auf die Wange und verschwand, um nicht zu weinen. Irgendetwas hat er noch gesagt, überlegte ich, und da klang es auch schon nach: „Dein Glück, dass das kein Kuschelkissen ist!" Frecher Bengel!

Als Fred und ich am nächsten Spätnachmittag das Krankenzimmer betraten, kam Romy uns entgegen und sang: „Ich bin ja schon fertig, ha, ha, bloß Jan noch *ni-hi-cht.*" Fred nahm die Kleine auf den Arm, setzte sich mit ihr zu Jan aufs Bett und sah ihn fragend an.

„Ich soll nicht mehr so viel herumspringen und morgen hab ich es auch geschafft." Mit der Hand fuhr ich durch den blonden Stoppelkopf meines Jungen: „Ich bin stolz auf dich. Du sollst mal sehen, in ein paar Tagen bist du wieder zu Hause und dann geht es dir richtig gut."

„Richtig gut", wiederholte Romy.

Fred streichelte mit dem Handrückenrücken über Jans Wange und Jan berichtete: „Ach so, Frau Dr. Wenz war hier und hat mir auf einer Aufnahme gezeigt, wie die Blutgefäße unter der Haut aussehen und sie hat gesagt, dass sie nun genau wissen, wie und wo sie die Polypen abknipsen können. Jetzt kann nichts mehr schief gehen."

„Und meine Ohren haben jetzt innerlich Löcher, aber die werden wieder zu", meldete sich Romy zu Wort, „mir tut *nicke-s* mehr weh, Mama, kannst du mir einen *Getun* fallen? Kann ich mit nach Hause?"

„Morgen", sagte ich sorgenvoll, „morgen."

Nachdem Fred am nächsten Tag besorgt mehrere Telefonate mit der Klinik geführt und jedes Mal die Auskunft bekommen hatte, es ginge meinem Sohn den Umständen entsprechend gut, fuhren wir zur Klinik und fanden ihn leichenblass und verschwitzt in seinem Bett vor. Die Krankenschwester neben ihm machte eine beruhigende Handbewegung: „Alles ist gut. Er ist nur müde und muss sich jetzt ausruhen. Romy kann heute mit nach Hause. Ich gebe Ihnen noch einen Zettel mit den Verhaltensregeln nach dem Eingriff mit."

Entgegen ihrer Gewohnheit, bei freudigen Nachrichten sofort Hurra zu schreien, blieb Romy still und fragte leise: „Oder soll ich *lieberstens* noch hier bleiben, damit Jan nicht so allein ist?"

Ich verteilte Streicheleinheiten nach links und rechts, während ich dankbar dachte: Dass diese kleine Motte schon so fließend spricht, ist zu einem Großteil der Verdienst ihres Bruders… wenn sie auch einiges verwechselt. Er beantwortet ihr alle Fragen und überhörte nie ihr ständiges: Warum ist das so.

Kurze Zeit danach war Jan gesund, munter und wieder zu Hause.

Einmal abends, als ich vom Dienst zurückkam, hörte ich hinter der Tür: „Jan, warum hat die Katze eigentlich einen Schwanz?"

„Damit sie besser um die Ecke kommt."

„Und warum ist die Banane krumm?" Dann krähten sie zweistimmig: „Weil keiner in den Urwald zog und die Banane gerade bog!"

„Gut-Ding" will Weile haben
Nach unseren ersten Besuchen in den Baumärkten des Westens erkannten wir schnell, dass die Renovierung unseres Hauses „für die Katz" war, wie Fred treffend in „Harrys Fliesenmarkt" von Kiel feststellte und ich teilte sein: „Wahnsinn, was es hier zu kaufen gibt" und „Ich glaube mein Schatz: Wir fangen noch einmal richtig und zwar ganz von vorne an."
So kam was kommen musste: Wir bestellten in Kiel schon mal eine Doppelbadewanne von Kaldewei, nahmen uns vor, hier auch eine Ölheizung zu kaufen und hatten plötzlich ganz neue Ideen und Pläne, die wir nun in die Tat umsetzen wollten.
In der Zwischenzeit teilte uns jedoch die Kreditbank überraschend mit, dass unser DDR-Zinssatz von ursprünglich 1% jetzt auf 9,6% heraufgesetzt wurde. Diese finanzielle Belastung war für unsere momentane Situation viel zu hoch, so dass wir uns gezwungen sahen, das bereits in Anspruch genommene Geld so schnell wie möglich zurückzuzahlen. Das dafür gekaufte Baumaterial lagerte bereits im regennassen Nebengebäude unseres Hauses und wartete darauf, von meinem Schwager Jochen, der Maurer von Beruf war und versprochen hatte uns zu helfen, verbaut zu werden. Wir geduldeten uns mehrere Monate und als wir nachfragten, bekamen wir zur Antwort: „Ich habe keine Zeit, jetzt muss sich jeder um sich selbst kümmern."
So vergammelte schließlich das Material, ohne genutzt zu werden.

„Das ist nicht gut", jammerte ich, als ich Klumpen von Zement und aufgequollene Hölzer vorfand.
„Was ist schon gut", sagte Fred und stieß missmutig mit dem Fuß gegen einen Farbeimer: „wir wohnen wenigstens auf einem Gut. Das ist gut, oder?"
Dass wir auf einem ehemaligen Gutshof lebten, bekamen wir bald hautnah zu spüren, als wir mit ersten Bauplänen, die wir trotz aller Hindernisse umsetzen wollten, vor unserem Haus standen. Auf dem davor liegenden, unbefestigten Parkplatz, hielt rasant ein schwarzes Mercedes-Cabrio. Heraus stieg mit langen Beinen und roten Absatzschuhen „Ein blondes Gift", wie Fred meinte und er ergänzte: „das Gift

hat sie genommen, ha, ha." Neben ihr schraubte sich ein älterer Herr mit grünem Lodenmantel aus dem Wagen und schon ging das Mundwerk der Giftnatter nicht mehr zu: „Schau mal Papa, das hier hat einmal dir gehört! Sieh mal, wie sich hier alles verändert hat. Aber Matsche ist noch überall, meine Güte!" Sie drehte den Kopf elegant nach hinten und betrachtete am erhobenen Fuß ihren Absatz: „Ih gitt, ich glaube das ist Hühnerkacke. Was meinst du Papa?"

„Ach komm."

Fred wollte sofort erkannt haben, dass der ehemalige Gutsherr „hier aufgeschlagen" sei und der solle lieber „Leine ziehen", sonst träte er ihm kräftig in seinen „Ehrwürdigen".

Ich sagte: „Pst."

„Was heißt hier: pst", echote mein Nebenmann, drückte mir seine gesammelten Werke in die Hand und ging den Herrschaften nach. Als er fragte: „Kann ich Ihnen weiter helfen", wusste ich, dass er lieber gesagt hätte: Suchen Sie gefälligst das Weite. Den abfälligen Blick der herausgeputzten Dame ignorierte er und auch, dass sie angeberisch von sich gab: „*Wir* kennen uns hier bestens aus, nicht wahr Papa? Mein Vater ist Besitzer von diesem Gut gewesen."

„Lass mal gut sein", hörte ich die heisere Stimme des edlen Herrn, „jetzt gehört es mir ja nicht mehr."

„Nö-hö", sagte mein Gatte so laut, dass die Nachbarn im Gutshaus neugierig aus dem Fenster schauten, „das war ja hier auch ein Staatsgut und Sie hatten es nur gepachtet."

Der graue Haarschopf des Lodenmantelträgers bewegte sich zögernd zu einem Nicken, anscheinend tat er das nicht gern.

Soeben wollte ich den Schauplatz verlassen, da hörte ich bruchstückchenweise, dass Fred angriffslustig wurde: er hätte von mehreren Leuten gehört, dass der Gutsherr „lieber in die Flasche als auf seine Felder geschaut" habe und „dass niemand im Dorf ihn leiden konnte, schon gar nicht diejenigen, die für ihn arbeiten mussten."

„Papa, das brauchen wir uns wirklich nicht zu gefallen zu gelassen!" Empört schob die Gnädige ihren Vater vor sich her und auf den Beifahrersitz ihres Cabrios. Beim rasanten Anfahren, zeigte sie ihren Stinkefinger und Fred rief mir zu: „Wie hat *die* nur ihre Fahrerlaubnis ge-

schafft?"
„Uns hat sie geschafft. Stell dir mal vor, die würden hier wieder unsere Nachbarn werden. Nicht auszudenken!"
„Egal, sie sind weg!" Fred von Berlichingen klatschte sich mit einer Hand auf seinen Po und machte eine Wegwerfbewegung in Richtung Straße. Dann wurde er ernst: „Weißt du, wir haben ein Bodenreformgrundstück übernommen und das ist in erster Linie nur vererbbar. Ausnahmen gelten für diejenigen, die bei Ablauf des 15. 3. 1990 in der Landwirtschaft tätig waren, wie ich eben."
„Ach du Schreck, dann gehört mir hier *Nichts*, obwohl wir beide den Kaufpreis gezahlt haben?"
„Theoretisch ist es so, wir müssen sehen, dass du aufgrund unserer Ehegemeinschaft mit ins Grundbuch eingetragen wirst, sonst..."
Ich unterbrach meinen *(wie ich nun ehrwürdig dachte)* Ehemann: „Vielleicht sollte ich lieber *vor* dem Umbau die Kurve kratzen?"
„Bitte nicht", er umarmte mich, „wir kriegen das hin. Komm, lass uns ein Stück gehen."
„Ja, aber wenn du mir meinen Teil überträgst und er wird uns weggenommen, weil ich von der Landwirtschaft weniger verstehe, als die Kuh vom Gras?" Meine Stimme wurde unruhig: „Allerdings hätte ich sie schon ganz gern, meine Hälfte."
Fred sah mich an und lachte: „Du kennst mich doch. Erst reiflich überlegen, dann handeln!"

Nachdenklich, Hand in Hand, überquerten wir die weite, grüne Wiese hinter dem Haus. Vor zwei Wochen war sie noch von Butterblumen übersät, nun schossen wir die Pusteblumen mit unseren Fußspitzen in den Wind und der trug die leichten Samen eilig davon.
Könnte man trübe Gedanken doch auch so verscheuchen. Ich erinnerte mich daran, dass mein Vater meine Mutter nie als gleichberechtigte Partnerin behandelt hatte. Er stand allein im Grundbuch, sparte sein eigenes Geld und teilte meiner Mutter alles zu. Als er in den Ruhestand ging, kaufte er sogar ohne sie seine Autos. So eine Ehe war für mich undenkbar. Meine Finger drängten sich zwischen die meines Partners und ich fühlte einen sanften Gegendruck. Längst hatte ich

begriffen, dass unser Eigentum noch nicht in trockenen Tüchern war, hoffte aber, dass eventuell nur die umliegenden Flächen und nicht das Hofgrundstück betroffen sein würden, falls die Bundesregierung eine neue Entscheidung auf den Tisch brächte.

Der geschäftsmäßige Ton meines Mannes ließ mich aufhorchen und gewohnheitsmäßig ganz genau zuhören, vor allem war ich verblüfft, als er sprach, als ob er wusste, worüber ich nachgedacht hatte: „Es gibt ständig Änderungen innerhalb der Regierung und somit auch Gesetzesänderungen. Viele der 1945 enteigneten Großgrundbesitzer stehen heute wieder auf der Matte und möchten ihr Land zurück, welches an Neubauern *(sog. neue Eigentümer der Grundstücke)* und landarme Bauern verteilt worden war. Diese erhielten einen Eigentümereintrag im Grundbuch *(nach DDR-Verfassung)* aber auch Verfügungsbeschränkungen. Dazu gab es ein Gebot zur landwirtschaftlichen Nutzung. Wenn kein Erbe des übernommenen Bodenreformgrundstückes vorhanden, bzw. bereit war, es landwirtschaftlich zu nutzen, wurde das Eigentum an diesen Grundstücken wieder in den staatlichen Bodenfonds zurückgeführt. Inzwischen hat die Regierung eine zweite Vermögensrechtsänderung geplant, die auf eine gerechte Abwägung und eine Gleichbehandlung der Erben zielt. Anscheinend fliegen in den Gerichtshöfen immer noch die Fetzen. Du weißt ja, dass tatsächlich einige Grundstücke zurückgegeben werden mussten. Das betrifft vorwiegend die Grundstückseigentümer, die unter hundert Hektar Land hatten. Ich habe kürzlich mit einem Herrn gesprochen, der sein Land bei mir unter Vertrag geben will, wenn ich als Makler arbeite. Erst hat er gejammert, er müsse unbedingt in sein Elternhaus zurück und schon soll es verhökert werden."

Wie ein kleines Kind ließ ich mich auf den Rasen plumpsen. Mein Begleiter plumpste hinterher, legte einen Arm um mich und hielt mir eine blühende Diestel vor die Nase: „Statt Blumen."
„Wie aufmerksam", sagte ich wohlwollend, „genauso stachelig wie du." Er gab mir einen langen Kuss und brummte dazwischen: „Sei froh, dass ich *so b-n*, ich *kn-n* dich beschütz..."

Von nun an hörten wir wieder regelmäßig und diszipliniert die Nachrichten, Fred wurde dazu berufen, die erste Wahl der Gemeindevertreter des Dorfes zu leiten und dann verfielen wir wieder in unseren Alltagstrott.

An einem herrlichen Sonntagmorgen kam die Verlustangst zurück. Sie kam in Form einer Gruppe von Fremdlingen. Ich stand noch hinter der Gardine unseres Schlafzimmers, weil ich das Fenster geöffnet hatte und hörte, wie eine männliche Person sagte: „Hier wier de Schlafstuv." Noch recht heiter dachte ich: „Stimmt, hier *ist* die Schlafstube, aber woher weißt du das? Und welche Sprache ist der plattdeutschen so ähnlich? Vielleicht Holländisch?

Es folgten genaue Beschreibungen der Zimmer, des Dachbodens sogar der Bäder und Kloschüsseln...
Ich war erstaunt und schlich ohne zu atmen ins Wohnzimmer zu meinem Goliath. Aufgeregt flüsterte ich:
„Fred, da draußen sind drei Männer und zwei Frauen, wahrscheinlich Holländer. Die kennen hier im Haus alle Räumlichkeiten ganz genau, sogar den Boden und die Stallungen. Ich glaub, ich krieg mich nicht ein... vielleicht sind das Leute, die ihr Haus zurück haben wollen?!"
Aufgeregt krallte ich beide Hände in den Pullover meines Mannes. Ich sah Besorgnis in seinem Blick, aber um mich aufzumuntern sagte er: „Ich geh mal raus. Im Ernstfall hetzen wir unseren Kater auf sie."
Von Fenster zu Fenster verfolgte ich die neugierigen Besucher und vor allem Fred, der sich angeregt mit ihnen unterhielt, obwohl er ständig behauptet hatte, er könne kein Platt. Nach einer halben Stunde gab er Entwarnung und erzählte, dass die Männer hier zu Kriegszeiten auf dem Gut als Zwangsarbeiter geschuftet und am Gutsbesitzer kein gutes Haar gelassen hätten: „Sie haben in der zweiten Haushälfte auf dem Dachboden unter schlechtesten Bedingungen gehaust und irgendwann das Weite gesucht. Nun ist klar, warum sie sich so gut auskannten. Ich habe sie bereitwillig herumgeführt und das, was ich dem Gnädigen Herrn gesagt habe, hat den Nagel auf den Kopf getroffen."
„Mein Gott, wer oder was kommt als Nächstes?" Ich holte tief Luft, zog die Schultern hoch und ließ sie wieder fallen. Fred machte die glei-

che Bewegung: „Vielleicht bauen wir die Mauer wieder auf... und wenn sie nur um unseren Hof herumführt."
„Ja, die große Mauer will ich auch nicht zurück, aber Ruhe und Sicherheit wären schön."

Kuddel-Muddel mit der Treuhand
Seit einiger Zeit war die zweite Haushälfte unseres Wohnhauses (die uns nicht gehörte) leer. Deren Mieter zogen aus dem maroderen Teil des Gebäudes in eine andere Gegend und wir damit das „Große Los", denn von nun an würden uns weder das „I-A" des Esels der einen Familie, noch das Gebell des Hundes der anderen, jeden Morgen um fünf Uhr aus dem Bett werfen. Als ehemalige Einwohner einer Großstadt, gewöhnten wir uns schneller an den Traktor, der täglich, eine Stunde vor Beginn des tierischen Lärms, um vier Uhr, an unserem Schlafzimmer vorbei donnerte, weil sich in voller Länge des Hauses anstatt eines Gehweges eine breite Betonzufahrt zu den Stallanlagen befand. Die endlich eingekehrte Ruhe konnten wir nicht lange genießen, denn wir hörten durch Zufall von Arno, einem freundlichen älteren Herrn, *(der nicht umsonst „die Dorfzeitung" genannt wurde)*, dass der Bürgermeister unseres Dorfes plane, wieder eine Nachbar-Familie bei uns einzuquartieren. Und was für eine! Lediglich durch das Vorbeifahren an ihrer bisherigen Wohnstätte musste man sie kennen lernen, ob man wollte oder nicht, denn sie machten dem Sprichwort: „Wie der Herr, so´s „Gescherr" alle Ehre.
Der „Herr" dieses Hofes trank übermäßig viel Alkohol, wahrscheinlich, weil seine Frau ständig umher schrie. Die Frau, im Gegenzug, schrie wegen seiner Trunksucht. Und das „Gescherr" waren vier verwahrloste Kinder, zwei pubertierende Jungen und ein fast erwachsenes Mädchen mit einem vorfristig fertiggebrachten Baby. Sie waren ständig in aller Munde, weil sie überall Unfrieden stifteten. Um ihr zerfallenes Wohnhaus herum stapelte sich allerlei Unrat. Nein, eigentlich war der nicht einmal gestapelt: Bretter, Metallteile, ein ausge-

schlachteter Traktor, ein kaputtes Fahrrad, ein alter Küchenherd... dazwischen kraxelten zwei Ziegen und ein paar aufgescheuchte Hühner umher... und noch da zwischen grassierten deren Bioabfälle.

Bisher hatten wir im Vorbeifahren nur den Kopf geschüttelt und gewitzelt: „Denen sollte man mal den Hof machen", aber nun ging es uns etwas an, denn sie sollten auf *unseren* Hof! Sofort standen uns die Haare zu Berge und Fred klopfte etwas zu derb auf Arnos Schulter, als er sagte: „Ich muss los!"

Arno jammerte: „Mensch, meine Arthrose! Wo willst denn hin?"

„Verhindern, dass diese Leute unsere Nachbarn werden."

Jetzt jaulten ein Motor, ein Hund und Arno: „Wat ein Tüdelkram!" *(plattdeutsch für: was für ein Durcheinander!)*

Zu Fuß und voller Sorge ging ich nach Hause.

Endlich kam Fred zurück und berichtete aufgeregt: „Ich war in Kröpelin. Dort wird die Wohnung in unserem Nebenhaus verwaltet. Ich habe einfach die gesamte zweite Haushälfte gemietet! Sag, dass ich ein Genie bin!" Er machte einen Schritt auf mich zu, umarmte mich, hob mich mit Leichtigkeit hoch und drehte sich mit mir. Als er mich nach einigem Kreiseln wieder absetzte, fragte ich nervös: „Können wir denn die Miete zahlen? Ich weiß nicht so recht..."

„Klar, das schaffen wir mit Links! Und nun hab ich Hunger!"

Ein paar Tage vergingen, dann stand der Bürgermeister vor der Eingangstür der anderen Haushälfte und hinter ihm vier Personen, die viel schlechter aussahen, als er in seinem grauen Anzug. Während das Oberhaupt des Dorfes nacheinander die Schlüssel ausprobierte, um den passenden zu finden, redeten alle Personen gleichzeitig und waren nicht zu überhören. „Oh man", sagte Fred, „jetzt müssen wir wohl Farbe bekennen. Ich gehe gleich mal hin."

„Hallo", begrüßte ihn der Bürgermeister, „hier sind Ihre neuen Nachbarn. Darf ich vorstellen..."

„Müssen Sie nicht, ich kenne die Herrschaften. Leider habe ich keine guten Nachrichten für sie." Fred ihm den unterschriebenen Pachtvertrag unter die Nase: „Ich brauche die Haushälfte, weil ich mich Selbständig machen werde. Außerdem hat mich die Deutsche Vermögens-

beratung als Makler eingestellt. Bald gibt es hier ein Versicherungs- und ein Immobilienbüro. So wahr mir Gott helfe... oder meine Frau."
Fred hob die Hand, wie zum Schwur.
War das ein Schmunzeln, was der Herr Bürgermeister sich verkniff? Trotzdem sagte er streng: „Das ist aber nicht schön! Dass die Wohnung nicht zu haben ist, meine ich."
Er drehte sich zu seinem Gefolge um, welches nun nicht mehr folgsam war. Die Mietanwärterin schrie: „Ich lass mich von diesen Kerl aus die Stadt doch *nich* verarschen! Das lass ich *mit mich nich* veranstalten, so was!" Seltsamerweise schwieg ihr Ehemann. Vielleicht wollte er nicht, dass sein mit Alkohol angereicherter Atem uns wie ein Blitz traf. Die pubertären Söhne, dick und naja, zeigten uns beim Weggehen mit ein paar Gesten, was sie mit den Händen auf dem Rücken auszudrücken imstande waren.
Der Bürgermeister sagte kurz: „Tschüss" und Fred: „Auch so."

Fred machte seine Pläne wahr. Er meldete sein Büro beim Gewerbeamt an, bekam Dank bestandener Lehrgänge die Gewerbeerlaubnis und zog nun von Haustür zu Haustür (was ihm nicht gefiel), vermittelte Versicherungen und bat jeden, der eine Immobilie oder Land veräußern wollte, in sein „neues Immobilienbüro" zu kommen und alles unter Vertrag zu geben. Ich saß stundenweise in dem einzig zumutbaren, aber frisch gestrichenen Raum der angemieteten Haushälfte und erledigte den anfallenden Schreibkram auf meiner neu erworbenen Schreibmaschine, die einem Computer ähnlich, bereits eine Speicherfunktion aufweisen konnte.

Der erste Kunde kam tatsächlich und sagte: „Das ist ja wie bei Herrn Springer. Der hat auch *nur* mit einer Schreibmaschine angefangen."
Fast war ich beleidigt, aber als er sich auf einen der Schwingstühle vor meinen Schreibtisch setzte, ein paar Fotos von einem hübschen Haus auf den Tisch legte und darauf tippend verkündete: „Das will ich verkaufen", wurde er mir sympathisch und mutig notierte ich, was mir anvertraut wurde. Abends sprang ich meinem Mann entgegen und küsste ihn wild: „Unser erster Auftrag, unser erster Auftrag", strahlte

ich und er freute sich sichtlich: „Vielleicht kann ich irgendwann das Klinkenputzen lassen. Das hast du toll gemacht!

Im Zuge der Wende und der Abwicklung der Vermögensverhältnisse der DDR durch die Treuhand, die ein enormes Tempo dabei vorlegte, *(so dass die meisten DDR-Bürger überfordert dabei zusahen, oder beklagten, dass keine Rücksicht auf menschliche Aspekte genommen wurde,)* erfuhren wir, dass nun auch die von uns angemietete Haushälfte zum Verkauf stünde. Da die meisten Investoren aus dem Westen kamen, hatten wir wenig Hoffnung, sie kaufen zu können, aber Fred meinte, er habe schließlich gute Bilanzen und: „Versuch macht klug."

Wir schrieben eine ellenlange Bewerbung und da sie professionell formuliert worden war, eine Wertermittlung eines Sachverständigen und ein entsprechendes Kaufangebot unsererseits enthielt, kamen wir in die engere Auswahl und wurden in das Büro der Treuhandgesellschaft bestellt. Bevor wir anklopften, sagte Fred: „Hier ist es wohl. Wo Frau Strack dran steht, ist vielleicht Frau Strack drin."

„Ist sie, rief eine freundliche Frauenstimme von innen", sie hatte seinen Bass gehört. Wir waren aufgeregt, als die blonde Dame, die einen schicken dunklen Hosenanzug und eine weiße Bluse trug, uns erklärte, dass unsere Wertermittlung durch einen Sachverständigen der Treuhand überprüft werden müsse und bat uns um Geduld. „Sie bekommen einen neuen Termin", sagte sie höflich, stand auf und reichte uns ihre Hand, die, geschmückt mit mehreren Goldringen und knallrot lackierten Nägeln, sehr gepflegt aussah.

Es vergingen mehrere Wochen, bis wir wieder einbestellt wurden. Vor der Tür begrüßte uns eine Sekretärin, die uns mitteilte, Frau Strack wäre momentan anderweitig beschäftigt und wir möchten ein paar Türen weiter und zu ihrem Stellvertreter gehen.

Die Vertretung war wasserstoffblond, rank und schlank, ebenfalls eine Dame. Sie erhob sich hinter ihrem Schreibtisch und sagte höflich: „Bitte nehmen Sie Platz, ich suche die Unterlagen heraus."

Mit ihrem engen schwarzen Kleid und Schuhen mit extrem hohen Absätzen ging sie trippelnd zum Aktenschrank, hielt sich dabei aber schön gerade und erntete dafür von uns einen anerkennenden Blick. Während sie mit einer Hand in der Hüfte anscheinend staunend vor dem Regal stand, wackelte Fred dezent mit dem Kopf und flüsterte: „Was da so alles drin ist, th, th, th…"

Nach einigem Suchen, zog sie einen Ordner vor, auf dem groß „Gutachten" stand und sagte etwas piepsig: „Da haben wir es ja", sie blätterte gefühlte zehn Minuten hin und her, her und hin, und dann kam das, was wir hören wollten: „Der Kaufpreis ist… ich glaube der ist… ja, sechzigtausend Mark."

Als wir den Preis hörten, der von uns verlangt wurde, waren wir baff. Fred konnte sich kaum beherrschen: „Sechzigtausend? Wie kommen Sie auf diesen Preis? Der ist unrealistisch, denn das Haus ist keine Wohnstätte, sondern ein Albtraum! Wenn ich mir dagegen ansehe, wie unsere DDR-Betriebe, zum Beispiel das Geräte- und Reglerwerk in Teltow, für eine symbolische Mark, verscherbelt werden, kann ich das nicht nachvollziehen!"

Das blonde Wesen wurde unruhig. In ihrem tiefen Blusenausschnitt meinte ich ihr Herz klopfen zu sehen, als sie stotterte: „Da ist ja auch noch eine Menge Land dran, das müssen Sie auch berücksichtigen und…"

„Das wollen wir gar nicht haben", unterbrach Fred sie: „das Haus ist schon zu DDR-Zeiten frei gezogen worden, weil dort die Pilze aus der Wand und nicht auf der Wiese davor wachsen. Die gesamte Rückseite ist nur aus altem Holz und hat einem Esel als Heim gedient. Es gibt noch Lehmfußböden, das Dach ist kaputt, die Wände sind windschief und was sich dazwischen befindet, alle Leitungen zum Beispiel, sind maroder als marode. Das Haus wurde 1886 erbaut und nur notdürftig instand gehalten, Menschenskind."

„Ich… ich schaue noch mal, ob das hier alles ist, ja?" Nervös stöberte sie die Mappen, die auf ihrem Tisch lagen durch.

„Hier, Moment." Dann rief sie mit heller Stimme und höchst erstaunt: „Da ist noch ein *anderer* Interessent."

„Wer", entfuhr es uns gleichzeitig.

„Herr Lachner", antwortete der rot bemalte Mund.

Fred schoss von seinem Stuhl hoch: „Wie kommt er auf dieses Objekt?"

„Er ist...Entschuldigung, ich begreife es auch nicht, er ist der von uns beauftragte Wertgutachter und... pardon, das haben Sie jetzt bitte nicht von mir, er wird den Zuschlag wohl auch bekommen."

„Weil er hier an der Quelle sitzt, oder warum?" Fred wurde wütend, versuchte jedoch sich zu beherrschen: „Er missbraucht betriebsinternes Wissen, um uns das Objekt abzujagen. Wieviel hat er geboten?"

„Das darf ich Ihnen wirklich nicht sagen, aber bitte, wenn Sie mich nicht verraten... er braucht nur eine Mark mehr bieten als Sie und er will den Preis *Ihres* zuerst vorgelegten Wertgutachtens zahlen, also viertausendfünfhundert*undeine* Mark."

Nachdem Fred das gehört hatte, sprang er auf und wurde laut: „Und warum, meine Gnädigste, warum sollen *wir* sechzigtausend Mark zahlen?"

„Weil das von Herrn Lachner so geschätzt und dieser Preis festgelegt wurde... vielleicht, damit Sie es *nicht* kaufen."

Das Gesicht meines Mannes nahm die rote Farbe seines Pullovers an und er drohte: „Ich will den Chef sprechen! Die Sache hat ein Nachspiel! Herr Lachner nutzt seine Position schamlos aus. Das ist ein Fall für die Bildzeitung!"

Wieder an der frischen Luft, normalisierte sich sein Puls und er sagte nachdenklich: „Ich würde das Haus nicht kaufen, aber es könnte eine gute Altersvorsorge werden, wenn der Kredit abgezahlt ist."

„Falls wir ihn überhaupt bekommen", maulte ich, „aber immerhin haben wir den DDR-Kredit inzwischen getilgt und sind schuldenfrei."

Es folgten monatelange, nervenaufreibende Gespräche, Vorhaltungen, Entschuldigungen... meistens kämpfte Fred sich allein da durch. Seine Schläfen wurden grau, er begann Blutdruck senkende Tabletten zu schlucken, gab aber nicht auf, obwohl er sonst gern Marx zitierte: „Letzte Worte sind für Narren, die noch nicht genug gesagt haben."
Von nun an hieß es bei ihm: „Da ist das letzte Wort noch nicht gesprochen."

Irgendwann konnten wir die Haushälfte kaufen, allerdings nicht für Lachners selbst gebotenen Kaufpreis, sondern aufgrund der nochmals erfolgten Überprüfung durch den Chef der Treuhand für fünfundvierzigtausend Mark.
Fluch oder Segen?

Frisch ans Werk
Es war eine gute Entscheidung, das Immobilienbüro in die Kreisstadt Bad Doberan zu verlegen, denn kaum hatten wir es dort eingerichtet, lief es, „wie Schmidts Katze."

Unser Büro befand sich von nun an in einem nostalgisch anmutenden Haus mit einem geschwungenen Giebel, den im oberen Bereich rechts und links zwei Kugeln auf einem Sockel zierten. Es beherbergte nur die beiden von uns angemieteten Räume. Das bis in den Giebel reichende, mit Sprossen unterteilte Schaufenster und die Eingangstür waren aus Holz und mit Schnitzereien versehen. Das Haus stand unter Denkmalschutz und so sah es auch aus, als wir es übernahmen. Nach aufwendiger Renovierung der Räumlichkeiten, Einbau einer Heizung und malermäßiger Instandsetzung der Fassade, war es ein Hingucker geworden, besonders die nun goldfarbenen Kugeln leuchteten weithin über dem Giebel und wir waren stolz, dass wir in kürzester Zeit eine so anstrengende Arbeit bewältigen konnten.

In den letzten zwei Jahren war es Fred gelungen, eine enorme Anzahl von Grundstücksflächen unter Vertrag zu nehmen, unter anderem dreihundert Hektar zusammenhängende Flächen für den Neubau eines Golfplatzes, die er dem Investor wie auf einem Silbertablett präsentieren konnte. Über die Vermittlung von Häusern konnten wir uns auch nicht beklagen und so ging es endlich mit uns finanziell bergauf.

Obwohl wir versuchten, im Büro Hand in Hand zu arbeiten, gelang es nicht immer. Wir waren schließlich verheiratet...

Manches Mal gab es Streit, weil ich andere Vorstellungen vom Ablauf seiner Geschäftstätigkeit hatte als Fred, aber er beharrte auf seiner Methode: „Einer kann nur das Sagen haben. Gewöhn dich daran, oder lass es. Da drüben ist das Arbeitsamt." Das ärgerte mich. Einmal war ich so wütend, dass ich um den Kamp der Stadt rannte, und das tatsächlich in die mir zugewiesene Richtung. Kurz bevor ich das Amt erreicht hatte *(ich wollte nicht ernsthaft hinein)* quietschten Bremsen und aus der geöffneten Autotür klang der mir wohlbekannte Bass: „Entschuldige. Steig ein… bitte."

Maulend ließ ich mich auf den Autositz fallen und schon hatte mein Anführer wieder Oberwasser: „Ich liebe dich, Schatz. Aber *ich* bin der Chef." Da das Büro gut lief, konnte ich an seiner Arbeitsweise kaum etwas bemängeln und so ich gewöhnte mich daran.

An einem späten Freitagnachmittag, als Fred aus dem hinteren Raum freudig krähte: „Feierabend", kam ein freundlicher, hochgewachsener junger Mann hereingestürmt und fragte: „Ist offen?"

„Jetzt ja", lachte ich, „nehmen Sie Platz."

Nach einigen umständlichen Erklärungen, er wäre Architekt, suche ein Büro und fände keins, folgte zu meinem Verdruss noch der Satz: „Ich kann die Provision nur in Raten zahlen."

„Das Wort zum Sonntag hat der Chef", sagte ich nachdenklich und wies mit der offenen Handfläche auf meinen Mann, der bereits in der Zwischentür wie in einem Rahmen stand. Er kratzte sich kurz am Kopf und sagte - für mich und den Langen, der sich mit Vornamen „Hendrik" vorgestellt hatte - völlig überraschend: „Das kriegen wir hin. Ich habe Räume in Eins-A-Lage für Sie, wenn Sie sich bereit erklären, für uns zu arbeiten. Hier für dieses Büro mit ordentlicher Bezahlung und privat für einen Freundschaftspreis."

„Das mach ich doch glatt!" Hendrik sprang auf und staunte nicht schlecht, als Fred bat: „Dann folgen Sie mir mal unauffällig. Ihr neues Domizil ist ganz in der Nähe und ein paar Meter weiter befindet sich das Bauamt." Die Tür klemmte, als die Herren den Raum verließen. Fred zog sie kräftig zu und meckerte: „Schiet-Ding."

„Ich weiß, was Sie da machen müssen", grinste der Neuankömmling.

Das ist dann wohl der Beginn einer wunderbaren Freundschaft, dachte ich und tatsächlich kam es genauso.

Hendrik zeichnete die Baupläne für unser Haus. Wir waren begeistert, fuhren damit zur Bank und stellten den Antrag für einen Kredit zum Umbau des gesamten Gebäudes. Es sollte von jetzt dreihundert Quadratmeter Wohnfläche, die sich bisher auf das Erdgeschoss der beiden Haushälften beschränkten, auf sechshundert erweitert werden, in dem es aufgestockt werden würde.

Von der Bankberaterin erhielten wir die mündliche Zusage, dass die Bank die Finanzierung übernehmen würde, wenn wir „ein vernünftiges Finanzierungskonzept vorlegen" können. Hendrik zeichnete sofort die Grundrisse, errechnete die Baumassen und kam auf eine stattliche Summe im siebenstelligen Bereich. Als wir damit konfrontiert wurden, schwanden uns die Sinne. Fred stöhnte Hendrik entgegen: „Lass mich rechnen" und mir befahl er: „Lass mich in Ruhe."

Eine Woche verging und wenn ich meinen Mann hinter dem Schreibtisch sah, dann nur, weil sein Kopf rauchte, denn vor ihm türmte sich eine Menge Papier, von dem ich „auf keinen Fall etwas anfassen" durfte. Irgendwann kroch er wie ein Igel aus dem Blätterhaufen hervor und sagte fordernd: „Pass auf!"

„Ich passe!"

„Hör zu, das ist jetzt wirklich ernst. Unter Berücksichtigung unserer Eigenleistungen, unserer privaten finanziellen Mittel und meiner Idee, Wohnungen zu schaffen, die den Kredit mittragen, verbleibt von der errechneten Summe des Architekten nur noch die Hälfte. Mit diesem Kredit könnten wir leben, denke ich."

Es dauerte weitere vier Wochen und wir lebten damit. Hochmotiviert und mit dem nötigen Humor, ohne den dieses Wahnsinnsvorhaben zum Scheitern verurteilt wäre, legten wir los.

Nach den ersten Kostenvoranschlägen waren wir nahe daran, aufzugeben, aber Fred holte immer neue ein, bis er endlich sagte: „Jetzt könnte es klappen, wenn wir die Drecksarbeit machen. Du weißt sicher, dass alles was Dreck macht, oder langwierig und aufwendig ist, am meisten kostet. Ich gehe mit dem Vorschlaghammer sauber vorne rein und komme dreckig hinten wieder raus. Du schippst und fegst und…"

„Oh Gott", unterbrach ich ihn, „das hört sich nicht gut an."

„Was?"

„Na, dass du einen Hammer in die Hand nehmen willst. Da bleibt doch kein Stein auf dem anderen."

„Soll ja auch nicht. Wir fangen im unteren Bereich des Hauses an. Die Fenster werden nach den Plänen von Hendrik vergrößert, oder an eine andere Stelle gebracht. Das bedeutet: zumauern oder auf kloppen. Dann wird entkernt und so weiter."

Den Begriff „Entkernen" hatte mir unser Architekt erklärt: „Alles muss raus", lachte er dabei, „wie beim Schlussverkauf. Auch die Fußböden… die noch vorhandenen Kellerräume müssen zugeschüttet werden… wegen der Statik. Wir dürfen uns nicht an den tragenden Wänden vergreifen, sonst…

…danach werden Leitungen und Rohre verlegt…"

„Halt, das will ich gar nicht so genau wissen, sonst sterbe ich vor Angst", hatte ich damals seinen Redefluss gestoppt und auch jetzt fühlte ich mich nicht wohl bei den Gedanken an Baulärm, Staub und schwere Arbeit – kombiniert mit Kindergeschrei, Schulaufgaben und Selbständigkeit.

In der unbewohnten Haushälfte ging die Arbeit mit ein paar Handwerkern, die mein Schwager Reiner uns nach langem Bitten vermittelt hatte, gut voran. Die Fenster waren größtenteils da, wo Hendrik sie haben wollte, um dem Haus ein „Gesicht" zu verleihen, aber die Größe entsprach nicht seinen Vorstellungen und so wurden mindestens zwanzig neue Fensterstürze eingezogen. Vorher mussten diese, weil sie aus Metall waren, gestrichen werden und das übernahm Tag für Tag unser jüngster Helfer: Jan. Oft tat er mir leid und ich machte mir Vorwürfe, dass er ständig mithelfen musste, aber er freute sich auf sein neues Zuhause und ließ sich keine Unlust anmerken. Auch später, als die Bauschuttberge kein Ende nehmen wollten, packte er mit an, bemängelte allerdings, dass die Nachbarn, die es sich jetzt, an den schönsten Sommertagen des Jahres im Garten gut gehen ließen, es besser hätten: „Die grillen, saufen und faulenzen und schuften nicht wie wir Blöden bei dreißig Grad im Schatten."

Ich versuchte meinen Jungen zu trösten: „Wenn die riesigen Schuttcontainer nicht wären, die zügig abgefahren werden müssen, weil jeder Tag viel Geld kostet, könnten wir es langsamer angehen. Glaub mir, keiner von uns hätte gedacht, dass wir mehr als zehn Riesencontainer füllen werden, aber Papa meint, es werden höchstens noch zwei bis drei."

Am Ende waren es noch fünf. Der letzte Schuttberg war so nicht geplant:

Ich stand mit Fred in einem Raum und staunte nicht schlecht, als dort aus einem breiten Riss der Wand kleine weiße Pilze wuchsen. Jetzt erst verstand ich den Satz, den Fred bei der Treuhand gesagt hatte. „Was ist das", fragte ich erschrocken, „sieht so vielleicht Schwammbefall aus?"

Fred legte den Kopf zur Seite und sprach munter wie ein uriger Bayer: „Joh, meih, meinst denn, nur weil´s die Bayernbatzis die Pilz´n Schwammerln nennen?" Wir mussten lachen, doch dann wurde Fred wieder ernst: „Nein, schau mal unter den Riss. Unser Vorgänger hat versucht, die Wand mit Beton zu verputzen. Siehst du den Riesenbatzen da? Dann wurde hier lange nicht gelüftet und die Feuchtigkeit hat die beste Grundlage für diese Dinger geschaffen, von denen ich allerdings auch nicht weiß, wie sie entstehen konnten. Schon gar nicht weiß ich, wie sie heißen." Ich zuckte mit den Achseln, während Fred an die gegenüber liegende Wand klopfte und einen Mitarbeiter unseres Baukommandos rief: „Hallo Heinz, bist du da?"

„Hier, bei die Arbeit", grölte Heinz auf der anderen Seite. Fred klopfte noch einmal und als er gerade feststellte: „Klingt ganz schön hohl…" krachte es nebenan entsetzlich.

„Verdammte Scheiße!" Heinz war anscheinend höchst erschrocken, denn so hatten wir unsere Ulknudel noch nie schimpfen gehört.

„Was ist passiert? Geht es dir gut?"

„Ja", kam die die zögerliche Antwort, „ich mag es euch gar nicht sagen: die Wand ist eingestürzt und zwar komplett."

Wir schauten uns ungläubig an. „Hier steht sie doch", sagte Fred genervt.

„Nein leider, das ist nur die Tapete. Echte DDR-Qualität."
Eine Faust kam durch dieselbe und dahinter erschien ein verstaubtes, bärtiges Gesicht mit kessen blauen Augen. Heinz pustete zweimal: „Th, Ph" und schüttelte dabei seinen Kopf. Der Staub rieselte aus seinen sonst dunklen Haaren und er sah aus wie ein Gespenst: „Bitte keinen Neid!" Er schob uns seine schmutzigen Handflächen entgegen und sagte: „Warschau!" *(Seemannsbegriff für Vorsicht),* dann spazierte er wie ein Held durch die Tapete, sagte dabei: „Datatata" und „nehmt es leicht", während der Rest der Papierwand in sich zusammenfiel.

Fred und ich wussten nicht, ob wir weinen oder lachen sollten, entschieden uns aber für letzteres und riefen lauthals: „Jan, Hil-fe!"

Dänemark
„Für den 'ne Mark und den 'ne Mark, wir fahren heut nach Dänemark." Der Sprechgesang unser Kinder Jan und Romy, die auf der Rückbank unseres neuen Autos vom Typ Citroen munter wie Fische im Wasser waren, machte uns langsam nervös.

„Da hinten ist ein Parkplatz", stöhnte Fred, wir machen eine Pause, denn bis nach Esbjerg sind es noch etliche Kilometer."

„Wieso", wunderte sich Jan, „wir sind doch schon lange in Dänemark", er unterbrach sich selbst: „abbiegen Papa, da hinten ist ein *Rahstahplahtz* oder so", er kugelte sich vor Lachen und Romy äffte ihren Bruder nach. Endlich konnten wir das Auto und uns „durchlüften", wie Fred meinte, „uns nach der vielen Arbeit am Haus ein wenig erholen" und was momentan am Wichtigsten war: „etwas Kräftiges in uns hineinfuttern."

Als wir gemütlich an einem Betontisch mit benachbartem Müllbehälter saßen und Kartoffelsalat und Würstchen auf Pappteller drapierten, hielt hinter uns der Audi unserer Freunde, Liane und Mick, mit integriertem „Küken" Lilly. *(Zur Erinnerung: Ich hatte mich zu Schwanger-*

schaftszeiten mit meiner Kollegin Liane um die Namen unserer fast gleichalterigen Kinder gestritten).

Mick, der ziemlich die gleiche Größe wie Fred hatte, schraubte sich mühsam von seinem Sitz und riss die Arme hoch: „Mensch das ist eine Strecke, was? Und dann müssen wir noch in Esbjerg auf die Fähre..."

„Sind doch bloß zwanzig Minuten Überfahrt", Liane zog ihre Tochter vom Rücksitz und hatte währenddessen schon ein dick belegtes Brötchen zwischen den Zähnen. Mick beugte sich vor, als ob er seiner Frau einen Kuss geben wollte und biss von der anderen Seite aus in das gebackene Teigstück hinein. „Fresssack", schimpfte Liane, weil er den Sieg mitsamt Brötchen davon und zu uns an den Tisch trug.

Romy und Lilly klebten sofort aneinander wie die Kletten und hatten sich mit ihren knapp vier Jahren „ganz schön viel zu erzählen", wie Jan neidvoll feststellte. Es war wirklich erstaunlich, wie viele zusammenhängende Sätze die Knirpse bilden konnten. Wahrscheinlich haben sie uns, den Erwachsenen, mehr zugehört, als wir dachten.

Während unsere Fahrzeuge von der kleinen Fähre auf die Insel Fanö rollten, schalteten wir unseren Sprechfunk ein. Eine Idee von Mick, „um einander nicht irgendwo zu verlieren." Auch wenn ständig freche Kinder-Schnuten dazwischen funkten, fanden wir die Idee bestens für uns geeignet – besonders, als uns eine schmale, geteerte Straße zwischen hohen Stranddünen auf und ab ins Nirgendwo zu führen schien.

„Wo seid Ihr abgebogen? Nach rechts?"

„Nee", schrie Romy: „wir sind schon *umme Ecke*" und Lilli meldete im Auto der Freunde: „Wir sind hier rauf und runter!"

Jan stöhnte dazwischen: „Kann man die Stören-Friedas nicht irgendwie abstellen?"

Kurz bevor wir das von uns angemietete Ferienhaus erreicht hatten, sprangen viele kleine, wahrscheinlich „wild gewordene" Hasen zackig vor uns her und zwangen uns oftmals zum Anhalten.

„Wenn es diesen Ostersonntag *(den wir auf der Insel Fanö verbringen wollten)* keine Ostereier gibt, dann weiß ich auch nicht", knatterte Lianes Stimme aus dem Sprechfunkgerät.

Wir verbrachten ein langes, schönes Wochenende in Dänemark, „mit tausend Zeit", wie Liane sagte, ließen uns vom Wind durchpusten, spazierten mit Gummistiefeln durch das Watt und sammelten Muscheln und „Stinke-Zeug zum Wegwerfen" *(Zitat Jan).*

Einmal stürzten wir in letzter Minute in die Autos, weil die Flut schneller als gedacht kam, ein anderes Mal sausten wir in wilder Fahrt durch riesige Pfützen, die bei Ebbe entstanden waren. *(Das war auf Fanö erlaubt, auch das Autofahren auf dem festen Strandbereich).*
So etwas machte natürlich nicht nur den Kindern, sondern besonders den „männlichen" Kraftfahrern einen Heidenspaß. Sie jagten mit einem Affenzahn durch zwanzig bis dreißig Meter lange Pfützen der Nordsee und freuten sich über die unglaublich hohen Fontänen, die seitlich der Fahrzeuge empor schossen und in tausende von Wasserperlen zerstoben...
Jan schickte seinen neuen Drachen in den Himmel und die Kleinen sahen zu, oder saßen mit Bilderbüchern in den windgeschützten Stranddünen und „lasen" sich allerlei Kauderwelsch vor. Abends waren wir stets matt und müde und schliefen wie die Ratten... wir „ratzten", sozusagen.

Am Abreisetag räumten wir unsere Sachen ein und suchten ständig nach den Mädchen, deren Köpfe, blond oder dunkelhaarig, nur kurzzeitig zwischen den zum Abtransport bereitgestellten Gepäckstücken auftauchten. Romy meckerte über ihre Freundin: „Mama, Lilly sagt immer: *Verdampft nochmal, verdampft nochmal...*" Ehe ich antworten konnte, hatte sie ihre eigene Lösung parat: „Das heißt doch: *Verdankt noch mal,* nicht, Mama?!"
Wie auch immer... wir freuten uns über diese wohlverdiente Auszeit.

6

Kurz vor Wien gab es an Bord des Schiffes auf einmal schallendes Gelächter, weil der Bordfunk gemeldet hatte: „Wir passieren ein paar niedrige Brücken. Bleiben Sie am besten sitzen und ziehen Sie, wenn nötig, den Kopf ein." Für einen baumlangen jungen Mann kam die Warnung ganz knapp. Er bog sich sofort und nicht nur vor Lachen.

Anita freute sich beim mehrgängigen Mittagsmenü schon auf die Stadtrundfahrt und Tina schwärmte: „Nun sehe ich endlich, wovon ich so lange geträumt habe: den Prater, den Stephansdom, das Burgtheater, die Hofburg…"

„Wien ist Wien", nickte Anita, „ich freue mich auf Mozartkugeln, Sachertorte und auf das Riesenrad!"

Der Tag wurde wie erhofft für alle Stadtbesucher zu einem Erlebnis. Nach dem organisierten Programm bummelte jeder, wohin er wollte. Martina und Anita saßen in einem Restaurant und mäkelten an der Sachertorte herum: „Die ist viel zu süß…"

„…und viel zu teuer."

Hinter einer hohen Glasvitrine stand ein Konditor und hörte das Gespräch. Er ging auf die Damen zu, hüstelte und sagte hinter Tinas Rücken stehend: „Entschuldigung, die Torte ist in der ganzen Welt ein anerkanntes Meisterwerk. Wer sie hier nicht gegessen hat, war nicht in Wien."

„Das wüsste ich aber!" Tina sprang auf, drehte sich um und stellte sich auf Zehenspitzen, damit sie größer erschien und wenigstens andeutungsweise auf Augenhöhe mit dem Herrn in der weißen Schürze sein würde.

Anita wunderte sich, dass ihre Bekannte, die den Mund weit aufgemacht hatte, ihn wie hypnotisiert zuklappen ließ. Tina stellte sich wieder normal hin, ließ die Arme hängen und starrte den Mann an. Ihre blonden Haare hingen schulterlang frei hinter ihrem Rücken herab.

„Was ist los?" Anita überlegte noch, was diese Szene zu bedeuten habe, da hörte sie von dem Mann: „Tina? Martina! Bist du es?!

Tina stand da wie ein Denkmal, dann stammelte sie: „Ulli! Wo warst du, verdammt nochmal? Wie bist du hier her gekommen?" Ulli streichelte liebevoll Tinas Haar: „Das ist eine längere Geschichte."
„Es sind auch viele Jahre vergangen! Unser Flussschiff ist noch bis morgen Abend hier. Können wir uns noch einmal treffen?"
„Natürlich. Gleiche Zeit, gleicher Ort?! Tina... meine Tina!" Ulli griff nach Tinas Händen, doch die wehrte ab: „Nix, meine Tina. Du hast dich einfach nicht mehr gemeldet! Du, du..."
„Ist ja gut, beschimpf mich morgen."
„Mach ich, Tschüss!" Sie schnappte ihre Jacke und rannte aus dem Café. Abends wollte sie allein sein und am nächsten Tag auch. Doch kurz bevor das Schiff mit Kurs auf Budapest *(Ungarn)* ablegen wollte, standen Tina und ihre Jugendliebe Ulli davor und hielten sich an den Händen.
„Du bist mir noch so vertraut, dass ich dich nicht mehr gehen lassen möchte. Deine blauen Augen, dein volles Haar..."
„Es würde nicht so sein, wie früher", sagte Tina leise, „aber wir bleiben in Verbindung."
„Ich *will* wieder in den Norden Deutschlands und ich *werde* es in Angriff nehmen. Ich finde dich Tina, das verspreche ich dir."
„Mit meiner Adresse und einem Navigationsgerät könnte das funktionieren, denke ich..." Ihre Stimme klang ein wenig spöttisch. Schnell ging sie an Bord, damit er ihre Tränen nicht sah.
Aufgewühlt klärte Tina Anita am Abend in der Bar auf: „Ulli war meine Jugendliebe. Er war Berufssoldat bei der Marine. Nach einem langen Auslandseinsatz war er plötzlich von der Bildfläche verschwunden. Er war der Meinung, er dürfe sich nicht binden. Seine Einsätze waren oft brandgefährlich... er ist heute noch Single."
„Ich wünsche euch ganz viel Glück."
„Wozu? Denkst du, er wird kommen?"
„Ich bin mir ganz sicher."

Die Reise der Passagiere der MS Deutschland ging weiter durch die bezaubernde Landschaft des Donauknies nach Budapest.

„Ach, lenk mich ab, Anita, was hat sich denn in deiner Familie noch so ereignet? Ich bin ganz Ohr." Tina rutschte ungeduldig auf ihrem Barhocker hin und her und wollte nicht mehr an Ulli denken.

Anita nippte an ihrem Cocktail und erzählte weiter:

Der Ausreißer
Da Ulrike mit ihrem neuen Freund nach Hamburg gezogen war, konnte Caroline während der Lehrzeit in die Wohnung ihrer Schwester, die Fred zu DDR-Zeiten „unter der Hand" besorgt hatte, ziehen. Weil die Mädchen den gleichen Nachnamen trugen, musste nicht einmal das Namensschild an der Wohnungstür ausgewechselt werden und „um keine schlafenden Hunde zu wecken", meldeten wir die Wohnung nicht um. Natürlich war das nicht in Ordnung und Caroline hatte alle Hände voll damit zu tun, nicht aufzufliegen, denn so schnell hätte sie sicher keine eigene und dazu noch preiswerte Wohnung gefunden. Zum Glück wohnten rechts und links neben ihr zwei hochbetagte Damen, die sich das Gesicht unserer älteren Tochter wegen deren längerer Abwesenheit nicht gemerkt hatten. Eine der beiden Nachbarinnen stellte nur irgendwann fest: „Sie sind wohl noch gewachsen."
Es war damals schwer, eine Lehrstelle für Caroline zu finden und ich hatte die Hoffnung fast aufgegeben, als Fred zufällig einen Freund traf, der Chef in der Schiffsmaklerei Rostock und bereit war, unsere Tochter auszubilden.
Inzwischen konnte sie stolz sein, weil sie einen guten Abschluss als Verkehrskauffrau in der Tasche hatte und recht selbständig geworden war. Ihr nächstes Ziel war Hamburg.

Jan besuchte zu dieser Zeit die neunte Klasse und kümmerte sich weiterhin umsichtig um seine Schwester Romy, die nach ihrer Einschulung die riesige Schultüte geschlachtet und den Inhalt mit ihm geteilt hatte. Die Schokolade fand ein jähes Ende und als die Bonbons zum Untergang verurteilt wurden, dachte ich an eine gemeinsame Karibik-Kreuzfahrt, auf der sie sich auch so gut vertragen hatten.

Romy war damals erst vier Jahre alt und jedes Mal beim Abendbrot auf dem Schiff fiel nach der Vorspeise ihr Kopf auf den Tisch, weil sie schnurstracks einschlief. Jan brachte sie liebevoll in die Kabine und ins Bett, wohlwissend, dass er vielleicht den Hauptgang verpassen könne. Dafür gab es dann aber doppelt Nachtisch und andere Leckereien...

Ich freute mich über meinen Sohn und war dankbar für seine Hilfe in Haus, Hof und Garten. Wenn ich mich zum Beispiel mit einer voll beladenen Schubkarre abrackerte und sie nicht vorwärts schieben konnte, kam mein Großer und stupste mich zur Seite: „Gib mal her, Mama." Die Ladung kam mühelos dahin, wo sie hin gehörte. „Ein Kerl wie ein Baum", lobte ich ihn.

„Das gibt richtig Muckis." Und tatsächlich schritt sein Muskelaufbau stetig voran.

Doch als es Halbjahres-Zeugnisse gab, hagelte es Ärger, denn Jans Schulnoten hatten sich verschlechtert. „Ausgerechnet jetzt, wo es drauf ankommt. Was ist bloß in dich gefahren? Welchen Beruf willst du mit diesen Leistungen ergreifen?"

Ich machte mir ernsthafte Sorgen darüber, was aus Jan werden würde. Er hatte so viel Potenzial, aber wenn er sich weiter hängen ließe, wäre das fatal.

„Jan wird sich wieder fangen", behauptete ich schließlich.

„Oder er wird Abschmecker in der Kläranlage", stänkerte mein Mann.

An einem ganz normalen Schulmorgen war unser Sohn verschwunden. Ich erschrak, als ich sein aufgeschlagenes Bett sah. Fred rannte zum Schuppen und rief von draußen: „Sein Moped ist auch weg."

Ich setzte mich auf das Bett und starrte geradeaus. Was ist jetzt passiert? Wo ist Jan?

Hatten wir es übertrieben mit unserem Gezeter über die Schulnoten? War es ihm zu viel geworden, dass Fred jeden Morgen die gleichen Kommandos gab: „Wasch dich, kämm dich, putz dir die Zähne."

Von mir hörte er sie ja nicht, weil ich erst später aufstand, als meine Männer. Das war nicht richtig. Ich machte mir Vorwürfe und fing an zu weinen. Dann suchten wir noch einmal den ganzen Hof ab und gaben bei der Polizei eine Vermissten-Anzeige auf.

Der Diensthabende kannte uns und unseren Sohn, weil Jan sich mit seinem Moped einmal auf eine Wettfahrt mit der Polizei eingelassen hatte. Er hatte damals noch keine Fahrerlaubnis und wollte nicht erwischt werden. Wurde er aber doch. Jetzt fragte Herr Witt: „Wohin könnte er gefahren sein?"

„Wissen wir nicht."

„Würde ihr Sohn einbrechen, um zu Geld zu kommen?"

„Nein", antwortete Fred scharf.

„Würde er Alkohol trinken, Drogen nehmen?"

„Nein, verdammt."

„Ich will ja nur helfen", beruhigte der Polizist uns, „wir werden heute Nachmittag die Fahndung einleiten, wenn er sich bis dahin nicht gemeldet hat."

„Wie läuft das ab", fragte ich nervös.

„Wie immer: Hundestaffeln, Hubschrauber, Bekanntgabe der Umstände seines Verschwindens, Veröffentlichung eines Fotos in den Medien und wenn Sie Pech haben, müssen Sie das alles selber bezahlen." Mir wurde schlecht und ich fing insgeheim an zu beten.

„Das ist ja wie im Krimi", sagte Fred matt, „aber es muss wohl sein. Hauptsache, wir finden ihn und vor allem heil und gesund."

Zurück in der Wohnung sah Fred auf die Uhr: „Noch eine Stunde bis zur Fahndung. Vielleicht geschieht noch ein Wunder."

Da klingelte das Telefon! Lauter, als gewollt, reif ich in den Hörer: „Hallo?" Eine vertraute Stimme meldete sich: „Hier ist Petra, Jan ist bei uns in Aachen. Er weiß nicht, dass ich anrufe, aber Ihr sterbt bestimmt inzwischen tausend Tode."

„Petra, Gott sei Dank! Hauptsache, ihm ist nichts passiert." Schnell schilderte unsere Bekannte, die aus unserem Dorf und so weit weg gezogen war, dass Jan sein Moped nach ein paar Kilometern abgestellt und den Zug genommen hatte. Er wolle in Aachen bleiben und sich bei der Armee melden, wo Petras Mann Oliver als Berufsoffizier arbeitete und wo man erhebliche Aufstiegschancen hätte. Mein Blutdruck stieg. Ich erinnerte mich an das Gespräch zwischen Oliver und Jan.

Petra erklärte: „Oliver hat ein wenig übertrieben, das wissen wir jetzt, aber er hat immer davon gesprochen, dass ein guter Schulabschluss wichtig sei. Wenn ihr einverstanden seid, bleibt Jan ein paar Tage hier und wir werden ihm klar machen, dass seine Vorstellungen vom Leben nicht real sind und dass er wieder nach Hause und in die Schule gehen muss."

Ich konnte nicht mehr antworten. In mir war eine unbeschreibliche Leere, ein bohrendes Fragen: was und warum habe ich so viel falsch gemacht? Jan wurde erwachsen und fühlte sich von seinen Ziehvater bevormundet. Der wollte das Beste für den Jungen, aber ich nahm Jan andauernd in Schutz und das tat ihm nicht gut. Meinem Mann auch nicht. Manchmal klagte Fred: „Ich habe es satt, jeden Morgen die gleichen Sätze zu leiern, damit aus dem Jungen ein ordentlicher Mensch wird. Er schaltet ständig auf Durchgang und weiß am Ende alles besser." Damit war er im Recht. Wenn ich konsequenter gewesen wäre, hätte Jan nicht den Eindruck gewonnen, dass Fred ständig an ihm herum mäkelte, während ich es nicht tat. Sicher war auch Romy eine Belastung für Jan und störte ihn beim Flügge werden. Sie war die Jüngste und unser gemeinsames Kind, weshalb unsere Liebe ihr gegenüber vielleicht offensichtlicher wurde.

Aber ich liebe ihn doch auch! Ich werde es ihm sagen.

Fred nahm mir den Hörer aus der Hand und bedankte sich bei Petra, wählte sofort die Nummer der Polizei und sagte erleichtert: „Sie können die Fahndung nach unserem Jungen zurücknehmen, wir haben ihn gefunden, Gott sei Dank."

Fred nahm mich in den Arm und ich heulte ihm die Brust nass. Wenn er mich umarmte, fühlte ich mich beschützt. Er war ein Kerl, wie ein Baum, groß und kräftig und seine tiefe Stimme beruhigte mich: „Alles wird gut."

Zum vereinbarten Termin, früh morgens, um drei Uhr, fuhren wir in den beginnenden Tag hinein und die Autobahn entlang Richtung

Aachen, um unseren Junior nach Hause zu holen. Luftlinie sechshundert Kilometer, gefühlte Baustellen-Linie: tausend!
Bei der Ankunft machten wir unserem Sohn keine Vorwürfe, fragten nur: „Warum?"
Nach ein paar Ungereimtheiten und Ausflüchten gaben wir uns mit der Antwort zufrieden, luden seine beiden Herbergseltern Petra und Oliver zum Mittagessen ein und fuhren am gleichen Nachmittag die gesamte Strecke zurück. Ab Hamburg wechselten mein Mann und ich sich vor Erschöpfung alle zehn Minuten mit dem Autofahren ab.
Jan hatte sich auf dem Rücksitz zusammen gerollt wie ein Kater und schlief den Schlaf der Gerechten, die sich ungerecht behandelt fühlen. Wir waren froh, ihn wieder zu haben.

Hoch hinaus
Wir atmeten auf, als die unbewohnte Seite des Hauses endlich Fenster und Türen hatte. Natürlich konnte man sie noch lange nicht beziehen, aber der Anfang war gemacht. Nun wagten wir uns auf unsere Seite und das Chaos nahm kein Ende. Solange es möglich war, zogen wir von einem Raum in den anderen, bis wir zu viert im Wohnzimmer landeten. Hier lagen auf dem Fußboden Matratzen zum Schlafen, die Anbauwand war vollgestopft mit Kleidung, Geschirr und Esswaren. Wir entdeckten zeitweise zum Waschen wieder die guten alten Waschschüsseln und schränkten uns in jeder Hinsicht ein. Ich weiß nicht mehr, wie wir es wochenlang geschafft haben, täglich sauber zur Arbeit zu erscheinen und dass die Kinder genauso ordentlich in ihre Einrichtungen kamen, aber ich erinnere mich an Abende zum Totlachen auf engstem Raum, mit Geschichten, Berichten und kuscheligem Beieinander sein. Die Kinder genossen unsere Nähe und auch, dass wir gezwungen waren, ihnen zuzuhören.

Zu dieser Zeit jagte in unserem Immobilienbüro ein Termin den nächsten, so dass Fred konstatierte: „Ich weiß nicht, was ich zuerst machen soll und ich glaube, ich kann langsam bei Ebbe Land verkaufen. Wenn die Flut kommt, haue ich ab." Weil die beiden Notare unserer Kreisstadt mit unserem Immobilien-Verkaufstempo nicht mithalten konnten, fuhren wir nun, zeitweise wöchentlich, in ein Notarbüro nach Lübeck oder Kiel.

„Ein neues Auto muss her", klagte Fred, „sonst schaffen wir das nicht mehr" und so erstanden wir einen Mercedes der S-Klasse, an den die Politesse der Stadt fortan bevorzugt ihre Strafzettel heftete. Die Scheibe bot dafür viel Platz. Weil sein Besitzer an einem solcher Tage plötzlich aufkreuzte, sagte sie wohlwollend: „Der Schlitten steht Ihnen. Sie sehen aus wie rein geboren."

Gereizt antwortete Fred: „Sie haben sich der Parkuhr auch schön angepasst..." und rauschte davon.

Immer häufiger kamen Hans und Gerda zu uns, um auf die Kinder zu achten, oder zu helfen. Mein Schwiegervater ging seiner Lieblingsbeschäftigung nach: er schwang unaufhörlich den Besen und wenn er fertig war, konnte er von vorn anfangen. Gerda war ständig mit Staubwedeln, Wischlappen und Eimern bewaffnet, obwohl sie von Natur aus „eine aufwendig zurecht gemachte Mutter" war, wie Fred festgestellt hatte. Wir waren dankbar für alles, was uns aus dem Weg geräumt wurde.

Als der Herbst kam, hatten wir rundherum alles dicht. Nun fehlte eine Heizung und wir erinnerten uns an unsere Stippvisiten im Westen, speziell an Kiel. Peter und Eva, die sich in dieser Stadt inzwischen bestens auskannten, vermittelten uns an eine ihnen bekannte Heizungsfirma, die uns ein unschlagbares Kostenangebot machte. Also fuhren wir etwa zweihundert Kilometer hin und wieder her, mit einem überlangen Anhänger im Schlepptau, der auf dem Rückweg mit zwei Behältern für je tausendfünfhundert Liter Heizöl, dem Heizkessel und allerlei anderen Utensilien beladen war.

„Von hinten sehen wir bestimmt aus wie ein LKW", stellte ich gut gelaunt fest, obwohl es begonnen hatte, in Strömen zu regnen und wir nur langsam vorwärts kamen.

„Das pladdert ja wie aus Kannen", antwortete mein Baulöwe neben mir und beugte sich vor, um besser sehen zu können. Die Scheibenwischer flitzten auf höchster Stufe über die Frontscheibe und waren trotzdem nicht schnell genug.

Endlich trafen wir, nach mehrstündiger Fahrt, wieder zu Hause ein. Fred bremste den Wagen vorsichtig ab und schaute erleichtert in den Rückspiegel: „Geschafft! Das war eine Odyssee, was? Ich kam mir auf den letzten Kilometern vor, wie Sindbad der Seefahrer. Wir lassen jetzt alles hier so stehen und rennen ins Haus. Auf Los geht's los, meine holde Isolde. Achtung, fertig…"

„Bin schon weg!" Wir huschten über den Hof, in die Veranda und überließen den voll beladenen Hänger seinem Schicksal. „Wer klaut, ist selber schuld", sagte mein klatschnasser Regenmann und schälte erst sich und dann mich aus der beliebten, gelben Wetterjacke, den „Ostfriesennerz". Dann umarmten wir uns glücklich. Bald schon würden unsere tiefgekühlten Winterräume der Vergangenheit angehören.

Bald darauf stand die Heizung und nahm den kompletten Hausanbau in Anspruch, der ehemals als Brennstofflager für Holz und Briketts gedient hatte und bis zur Decke davon voll war. Wen wundert es, dass der vorher ausgeräumt werden musste… und da Heizkörper angeschlossen, Leitungen und leider auch viele Werkzeuge verlegt wurden, dauerte es noch einmal so lange, bis uns endlich warm ums Herz *(und um die Füße)* wurde.

Zu Weihnachten kamen Ulrike und Caroline zu Besuch und waren entsetzt, als sie unser Schlafzimmer betraten, um die Geschenke abzulegen. „Oh Gott", bedauerte uns Caroline, „ihr habt ja am Bett noch unverputzte Wände. Wie kann man in sowas schlafen?"

„Indem man nach getaner Arbeit wie ein Stein umfällt", erklärte ich meiner Tochter und dann bat ich die Mädchen, mit mir auf den Dachboden zu kommen, damit ich ihnen unsere Vorstellungen zum Umbau darlegen könne.

Oben warteten wir einen Moment, bis sich unsere Augen an das Halbdunkel gewöhnt hatten und dann legte ich mit ausgebreiteten Armen und tänzelnden Seitenschritten los: „Von hier bis hier geht das

Wohnzimmer... na, vielleicht auch etwas weiter, es soll ziemlich groß werden. Da wird die Küche sein, da ein Gäste-WC, das Schlafzimmer... Hier will ich vom Bett aus ins Grüne schauen!"
Ich setzte mich auf einen umgekehrten alten Metalleimer und wies auf das etwa einen Quadratmeter große, ziemlich wackelige Bodenfenster mir gegenüber, welches eher einer Schießscharte glich und über das sich die baufällige Dachschräge erhob. Überall waren Staub und Gerümpel und ich glaube, Caroline stippte mit ihrem Finger gegen ihre Stirn, als ich gerade nicht hinsah. Trotzdem ließ ich mich nicht beirren und sah im Geiste alles schon fertig vor mir: „Das wird der Flur, ein Bad mit großen Fenstern, ein Zimmer, ein..."
Meine Mädchen folgten meinen irren Bewegungen fassungslos und als ich wieder vor ihnen stand sagte Ulrike voller Mitleid: „Arme Momsi" und Caroline: „Träum mal weiter."

Mit dem Frühjahrsputz kam Ordnung ins Haus. Sogar unsere Doppelbadewanne – ebenfalls aus Kiel herangekarrt - stand in unserem frisch gefliesten Bad. Das Fliesenlegen hatte mein Cousin Franz übernommen und die Malerarbeiten um uns herum sein Vater, der auch Franz gerufen wurde. *(Was hatte man sich bei der Namensgebung gedacht? Einmal rufen und dann kommen beide?)*
Von Zeit zu Zeit kam meine Tante Lola mit ihrem Mann mit. Sie las mir trotz unserer Zeitnot ihre selbstgedachten Geschichten oder Gedichte vor, erklärte mir, wie man Honig aus Butterblumen herstellt, dass Bäder mit abgekochten Löwenzahnblättern zur Hautverbesserung beitragen und man Brennnesseltee trinken bzw. Brennnesselwurzeln kochen und zur Haarkräftigung einsetzen könne. Hochinteressant! Wenn ich über eine Wiese gehe, muss ich an das Kräuter-Hexlein denken, ob ich will, oder nicht.

Dann kamen Tage des Grauens: das Dach und die Giebel unseres Hauses wurden abgetragen, um einem neuen Dach Platz zu machen. Bevor das jedoch seinem Bestimmungsort zugeführt werden konnte, kam Hendrik des Wegs und befahl: „Die oberen Mauerschichten sind nicht in Ordnung, oder zu weit heruntergenommen worden. Die Mau-

rer müssen alles ausbessern und die Außenwände insgesamt einen Meter höher mauern. Und dann fertigen wir einen starken Ringanker."
Während ich noch dachte: das ist eine schöne Bezeichnung und bestimmt nicht schlimm, las Hendrik aus seinem Plan vor: „Wir setzen ein U-Profil aus Gas-Beton oben drauf, da hinein kommt drei Zentimeter dicker Armierungsstahl in einer Länge von je sechs Metern und das fünffach. Mit einer Spezial-Förderpumpe bringen wir den Beton ein und dann kann nichts mehr passieren."

„Das Ganze hat dann summa summarum eine Gesamtlänge von hundert Metern", jammerte Fred, „das kostet Zeit und vor allem Geld."

„Lässt sich nicht ändern", bedauerte Hendrik, „ich will nicht irgendwann euer Dach vorbei fliegen sehen."

Wenn wir täglich nach Feierabend von Bad Doberan aus zu uns nach Hause fuhren, sahen wir etwa einen Kilometer vor Ankunft schon hinter einer Kurve und am Ende einer weitläufigen Wiese unser Haus. Nun wurde es mit jedem Tag unscheinbarer und eines Abends… war es weg!

Wir kamen gerädert vom Dienst und schauten uns an dieser Stelle die Augen aus dem Kopf. Fred war so erschrocken, dass er bremste: „Siehst du auch, was ich nicht sehe?"

„Gott, wo ist unser Haus? Ist es jetzt eingestürzt? Wir hatten doch schon so viel fertig", stammelte ich.

„Ach, das kann nicht sein. Es ist schon ziemlich dunkel." Fred trat aufs Gaspedal und schoss die kleine Anhöhe vor unserem Ort hinauf. Von da aus schauten wir abwärts, dahin, wo unser Haus stehen musste und jetzt sahen wir, was los war. Eine überdimensionale Plane bedeckte das nun quaderförmige Gebäude, und zwar so, dass die Fenster noch zur Hälfte mit verdeckt wurden.

„Unglaublich", staunte Fred, „ich habe noch nie eine Plane in dieser Größe gesehen."

„Zumindest in dieser Nacht haben Angreifer bei uns keine Chance", sagte ich und als wir langsam auf das „verplante Ungeheuer" los rollten, taten wir das in aller Ehrfurcht und mit erweiterten Pupillen.

Die Erklärung war einfach: Für die kommende Nacht war Regen angesagt.

Mit einem enormen Arbeitseinsatz und vielen fleißigen Helfern, nahmen wir bei besserem Wetter den Ringanker in Angriff und als wir auch diese Hürde genommen hatten, warteten wir auf das bestellte, komplett vorgefertigte Ständerwerk, welches aus Preisgründen wieder aus dem Westen kommen musste.

Damit wollten wir unserem Werk eine ihm gebührende Krone aufsetzen.

„Heute müssen wir uns beeilen, um auf den Bau zu kommen", sagte Fred am nächsten Tag, „die Firma aus Husum will am späten Nachmittag eintreffen."

Der Begriff „Bau" bezeichnete eindeutig, in welchem Zustand sich unser Zuhause befand. Als wir auf dem Hof eintrafen, standen da schon ein hoher Kran, ein LKW mit zwei großen Anhängern und drei Herren im Blaumann, die eifrig mit unserem Architekten Hendrik diskutierten. Ein Kranführer, wie wir ahnten und zwei Männer, die die Riesendreiecke wahrscheinlich auf dem Dach verankern sollten. Das kann dauern, dachte ich, hoffentlich fängt es nicht wieder an zu regnen.

Die Männer machten sich ans Werk: der Kran bugsierte den ersten Teil der Dachkonstruktion an seinen Platz. Erst jetzt erkannte ich, welches Ausmaß dieses Haus haben würde und welche Höhe! Entsetzt setzte ich mich auf einen Holzstapel, schaute nach oben und heulte fast: „Schiet, das wird bestimmt zehn Meter hoch! Ich wollte doch keinen Neubaublock."

„Zu spät", lachten die Kerle in luftiger Höhe, „wir haben noch ein paar Ziergauben mitgebracht, damit können wir die Länge des Daches unterbrechen."

„Ich breche auch gleich! Oder besser: unserem Architekten die Knochen! Wo ist der Typ eigentlich? Kaum will man ihm an die Gurgel, kratzt er die Kurve."

„Der ist schon weg, tu mir was Schönes an!" Fred hatte sich neben mir auf dem Bretterhaufen niedergelassen und fing an, seine Nase an meiner zu reiben. „Was soll jetzt der Eskimo-Gruß" wehrte ich ab, der

Winter ist vorbei."

„Das sind Frühlingsgefühle", schallte es vom Dach herunter. Und wieder hinauf: „Haltet euch da raus!"

Endlich feierten wir Richtfest. Fred hatte eigenhändig eine große Krone aus dickem Draht zurecht gebogen und ein paar Nachbarn, die die Kunst beherrschten, Eichenlaub zu bündeln und daran zu befestigen, halfen gern bei der grünen Hülle, wohl in der Hoffnung auf ein paar gute Schnäpschen. Ich wand helles, mehrfarbiges Schleifenband um das kräftige Grün und ließ die Enden lang herunter hängen, damit der Wind sie erfassen und fröhlich flattern lassen konnte.

Dann begann die Arbeit der Dachdecker und als sie beendet war, fing der Sommer an.

In die Nesseln gesetzt

„Dieses Grundstück hätten wir wirklich nicht gebraucht", bedauerte ich meinen Mann, der mit einem neu erworbenen Mähbalken dem Brennnesselfeld hinter der zweiten Haushälfte zu Leibe rückte. Früher wurde dieser Teil (etwa zweihundertfünfzig Quadratmeter) als Garten genutzt und jetzt hatte dort ein Wildwuchs eingesetzt, in welchem ich meinen mähwütigen Partner in seiner leicht gebückten Haltung kaum ausmachen konnte. Fred war in Schweiß gebadet und pustete: „Das ist mit dem Ding, als wenn du ein schweres Moped schiebst. Dauernd verhaken sich die Messer in diesem unebenen Boden oder in den miteinander verflochtenen Brennnesselwurzeln und dann die Fliegen, Mücken und Pferdebremsen! Ich bin schon total zerstochen und...*(er rang nach Luft)* kann ich bitte mal was zu Trinken bekommen?"

„Ja, sag doch was, du armes Pferd." Ich ging zurück zum Haus und hörte sein missmutiges: „Tue ich ja."

Kaum hatte ich Fred die Flasche mit kaltem Wasser gereicht, trank er sie gierig bis zur Hälfte aus und schüttete sich den Rest über den Kopf. Die Flüssigkeit fand keinen Weg, die Kopfhaut zu benetzen. Sie lief perlförmig über die dicken dunklen Haare, rieselte über den Vollbart und endete dann im Kragen seines grünen Lieblingspullovers mit der Aufschrift: Globetrotter. Fred schaute sich um und fragte: „Ob wir die Brennnesseln irgendwie tot kriegen? Vielleicht könnte man die verbrennen?"

„Klar, sind ja Brennnesseln, aber man darf es nicht...hab ich gehört... zum Schutze der Natur... wegen der Kleintiere, die darin herumwuseln."

Wie abgesprochen, setzten wir uns auf den Gartenboden und sprangen sofort wieder auf. „Aua", riefen wir gleichzeitig. Wir hatten uns nicht nur in die Nesseln gesetzt, sondern übersehen, dass auch vertrocknete Disteln dazwischen herumlagen.

„Da siehst du mal, was hier gehauen und gestochen ist!" Ich umrundete meinen Liebling, um ihm die Reste einer Distel und diverse Kletten von der Kleidung zu zupfen: „Komm, wir setzen uns in den alten Strandkorb und lassen den lieben Gott allein weiter machen." Ich schob den schlappen Gartenarbeiter vorwärts. Widerwillig ging er los und sah sich nochmal um: „Du siehst ja, was dabei herauskommt, wenn der alte Herrgott da allein wirtschaftet." Sein Finger zeigte auf den Rest der verwilderten Landschaft.

Wir nahmen auf dem verblichenen Markisenstoff des Strandkorbes Platz und streckten die Beine weit von uns. Schelmisch grinsend fragte ich Fred: „Wann wird generell Heu gemäht?"

„Na, ich denke jetzt, im Juni, vielleicht noch Anfang Juli, oder?"

„Reingefallen!" Ich zappelte vor Lachen mit meinen sonngebräunten Beinen, an deren Ende blaue Holzpantoffeln hingen, „Heu wird doch nicht gemäht, sondern Gras, du Schaf." Fred schmunzelte und fasste mich um: „Ist es hier nicht schön, Schatz?"

„Ja, es ist hier *nicht* schön, Schatz! Du brauchst gar nicht von deinen miesen Ackerkenntnissen abzulenken." Ich knuffte meinen Nebenmann in die Seite und blinzelte in die Sonne: „Weißt du noch, dass hier früher zwei Ratten unter den Schubladen des Strandkorbes saßen und uns frech angesehen haben, wenn wir vorbeigingen? Sie hatten überhaupt keine Angst... eigentlich sahen sie niedlich aus, diese Viecher. Bestimmt haben sie in diesem Korb gewohnt."

Fred stand auf und sagte mit einem Blick auf das verwitterte Korbgeflecht und als wäre es belanglos: „Rattan eben."
„Der Witz war gut."
Die Pause hatte uns gut getan und nun ging es wieder an die Arbeit. Ohne lange Absprachen sah jeder von uns, was am dringendsten zu erledigen war und nie ruhte der eine, wenn der andere schuftete. Das war und blieb bei uns ein ungeschriebenes Gesetz. Es war Ehrensache. Und: Liebe. Vielleicht wussten wir auch so genau was zu tun war, weil wir nachts oft wach waren und stundenlang Pläne schmiedeten. Nicht selten sprangen wir dann mit Feuereifer aus dem Bett, schauten auf das vom Mondschein matt belichtete Grundstück, zeigten auf diverse Schatten und plapperten ununterbrochen: „Da machen wir das, hier dies und dort…" Kein Wunder, dass wir morgens müde waren, wenn wir sogar im Traum noch rackerten.

Am nächsten Tag waren Fred und ich dabei, die langstieligen Nesseln auf mehrere Haufen zu verteilen, um sie abfahren zu können, da stand ein Nachbar hinter dem Zaun, grüßte und rief uns zu: „Die Plage werden Sie so nicht los, Sie müssen den Boden verdichten, das mögen Brennnesseln nicht." Ich wischte mir den Schweiß von der Stirn. Sehr witzig! Veräppeln kann ich mich allein. Aber Fred ging zu ihm hin und reichte ihm seine Hand über den Zaun: „Sagen Sie mir, wie das geht und ich lade Sie schon jetzt zu einem Umtrunk ein." Der Nachbar lachte, als würde er die Einladung gern annehmen wollen: „Am besten wäre es, wenn sie den Boden tellern lassen. Kennen Sie Charlie? Er wohnt am Dorfrand und sitzt jeden Abend in seiner Garage mit ein paar Kumpels aus dem Dorf… na und mit ein paar *„Troppen Allohohl"*, Sie wissen schon, wegen der Gemütlichkeit. Charlie hat einen Traktor und macht das hier sicher für eine gute Flasche Blauen Würger. *(Klarer mit blauem Etikett).* Natürlich trinkt er sie erst nach der Arbeit."
Wieder erklang das freundliche Lachen.
„Ich wäre verrückt, sie ihm vorher zu geben", grinste Fred, ich will ja eine ebene Fläche haben und keine Mondlandschaft."
„Ja, mit der Ebene ist das so eine Sache. Die Bodensenken verschwinden zwar, aber Sie haben in dem gelockerten Boden noch die von den

Tellern zerteilten Quecken und Brennnesselwurzeln, die nur darauf warten, wieder anwachsen und sich erheblich vermehren zu können. Das ist, als wenn man einem Drachen den Kopf abschlägt, ha, ha, ha." Jetzt warf ich die Heugabel von mir und schimpfte: „Ja, warum machen wir es dann? Sie haben doch gesagt, der Boden soll verdichtet werden. Oder wollen Sie uns auf den Arm nehmen?"

„Nein, nein, denken Sie nicht so schlecht über mich. Natürlich könnten Sie danach den Boden walzen, aber wenn Sie eine schöne grüne Wiese haben wollen, wäre es besser, das Gröbste heraus und alles glatt zu harken." Mein Mund klappte auf und ich schmeckte eine Salzperle vom Schweiß: „Harken? Die ganze Fläche? Kann man das nicht mit einer Egge glatt bekommen?"

„Oh, Sie haben ja schon ein paar Ackergeräte kennengelernt, aber ich fürchte, der Traktor, der die Egge zieht, würde zu derbe Spuren hinterlassen." Der Nachbar kratzte sich am Kopf und schien zu überlegen, während Fred befahl: „Feierabend. Wir fragen jetzt Charlie. Vielen Dank vorerst."

Charlie kam, sah und tellerte *(um anschließend zu bechern)*. Wir harkten, sammelten Steine, harkten wieder, bis wir fast tot umfielen, aber es ist, wie mit dem Boden, am Ende alles glatt gegangen. Gut, ich gebe zu, dass wir noch sechzehn Tonnen Mutterboden auffahren ließen und diese Menge verteilt haben. Aber dann machte es uns richtig Spaß, den Rasensamen auszuwerfen und sich zu fühlen, wie die Bauern im Mittelalter.

Anstrengender war es für Fred, eine riesige Walze hinter sich her zu ziehen, bis er genauso platt war, wie die angelegte Fläche. Er japste: „Was gäbe ich jetzt für ein Pferd, oder wenigstens einen Esel…", ich murmelte: „Was macht das vor der Walze für einen Unterschied, …ob du… ein Esel… ein Pferd…"

„Das habe ich genau gehört!"

Die Welt ist klein
Mit einer Tüte Kaffee und einem Blumentopf in der Hand spazierte ich geradewegs auf unser Immobilienbüro zu, als ich hörte, wie zwei Herren vor dem Schaufenster, in dem unsere Angebote hingen, sich darüber unterhielten: „Das ist ja höchst interessant! Schau mal die Villa hier und dort das Mehrfamilienhaus."
„Da sind auch Bauflächen in der Nähe der Ostsee. Gar nicht so übel. Sollten wir mal hinein gehen?"
Weil die Herrschaften einen tadellosen und vor allem gut betuchten Eindruck auf mich machten, sprach ich sie mutig an: „Seien Sie uns herzlich willkommen. Der Kaffee ist so gut wie fertig."
Ich öffnete die Tür und machte mit freundlichem Lächeln eine einladende Bewegung.
„Das ist ja eine nette Begrüßung", galant reichte mir der jüngere der Männer seine Hand und stellte sich vor: „Freiherr von… und das ist mein Bruder: Graf von… zu …"
Ach du meine Güte, dachte ich, hoffentlich habe ich mich nicht zu weit aus dem Fenster gelehnt und mich daneben benommen. Mit Höflichkeitsfloskeln auf dieser Ebene kannte ich mich überhaupt nicht aus. Da der wohl „edlere Herr von und zu" *(die Herren mögen mir meine Unkenntnis verzeihen)* mir einen Handkuss auf den Handrücken hauchte, fühlte ich mich völlig aus der Bahn geworfen. Glücklicherweise hatte Fred unser Gespräch gehört, begrüßte die Besucher mit einem festen Händedruck und erinnerte sich rechtzeitig an den in der Kindheit erlernten Diener: er verneigte sich ehrwürdig, aber nur ein wenig. Schließlich hatte *er* hier das Sagen.
Die Herren, die von weit her angereist waren, erzählten munter, dass sie jetzt - nach Öffnung der Grenze - ihre Verwandten besuchen und kennen lernen wollten. Als wir hörten, um wen es sich dabei handelte, atmeten wir tief ein und aus, denn das Kennenlernen wäre eventuell nicht unbedingt nötig gewesen… diesen Teil der Familie kannten wir zufällig. Natürlich behielten wir das für uns, obwohl ich doch gern für Aufklärung…
Fred las es in meinen Augen und sagte rechtzeitig: „Wo bleibt der Kaffee?"

Eine Stunde verging mit Gesprächen über Grundstücke in Mecklenburg und über Gott und die Welt. Dann horchte ich auf. Ein Herr erzählte: „Gestern waren wir in einem kleinen Dorf, Zepelin. Da gibt es ein Denkmal von einem unserer Urahnen. Sie kennen bestimmt den Grafen Ferdinand von Zeppelin, den Bezwinger der Lüfte?"

„Nicht persönlich", spaßte Fred, „aber das Denkmal kenne ich genau. Darauf steht: *Gewidmet dem Grafen Ferdinand von Zeppelin an seiner Ursprungsstätte* und auf der Rückseite ist das Familienwappen eingemeißelt."

„Dass Sie das kennen?! Es steht doch mitten im Wald und ganz schön weit vom Dorf entfernt. Wir haben nur durch einen Zufall davon erfahren."

Jetzt konnte ich mich nicht mehr bremsen: „Ich kenne es noch besser. Ich bin in dem Dorf aufgewachsen."

„Wie", wunderte sich der jüngere Freiherr, „Sie sind auch von Zeppelin?"

„*Aus*" verbesserte ich, „*aus* Zepelin!" *(Erinnerung: der Ortsname wird nur mit einem „p" geschrieben).*

Alle lachten. Der gnädige Herr von … berichtete weiter, er habe am Spritzenhaus der Feuerwehr gestanden und sich mit einem netten Herrn, der gerade aus einem idyllisch aussehenden, kleinen Holzhaus kam, angeregt unterhalten. „Der wusste sehr gut Bescheid und hat mir vieles erklärt", sagte er.

„Kein Wunder, er war früher der Bürgermeister des Dorfes und hat sich sehr um eine Dorfchronik bemüht", entgegnete ich.

„Wie, kennen Sie den auch?"

„Bestens. Er ist mein Vater."

Wieder gab es Gelächter. Die Herren luden uns zum Essen ein und freuten sich, uns kennen gelernt zu haben.

„Die Welt ist klein", stellten sie fest.

Blutvergiftung
Caroline und Ulrike waren mit ihren Freunden, den Brüdern Daniel und Werner, auf einem Segeltörn. Ich kannte die jungen Männer nur vom Erzählen her, machte mir jedoch keine Sorgen, denn ich wusste von ihnen, dass sie seit Jahren einem Segelclub angehörten und sich dort bereits als Segler einen Namen gemacht hatten. Und meine Mädchen waren schließlich erwachsen und selbständig, sie wussten seit langem „woher der Wind weht."

Nachdem sie ein paar Tage unterwegs waren, rief Caroline bei uns an. Sie klang erschöpft: „Mui, weißt du, was passiert ist…"

Mein Herz rutschte vor Sorge eine Etage tiefer und erschrocken fragte ich: „Von wo aus rufst du an und was ist los? Seid Ihr schon in Dänemark?" Vor meinem geistigen Auge sah ich ein gestrandetes Boot und vier junge Leute in Aufruhr.

Caroline machte eine längere Pause beim Sprechen und ich zwang mich zur Ruhe. Dann bemerkte ich, dass sie sich das Weinen verkniff, als sie leise sagte: „Wir sind in der Nähe der dänischen Grenze, ich bin im Krankenhaus. Mama, mit Blutvergiftung. Mehrere Stellen an meinem Bein haben sich entzündet und sollen jetzt herausgeschält werden. Hoffentlich geht alles gut, ich habe ganz schön Schiss."

Mit langen Reden konnte ich ihr jetzt nicht helfen. Hektisch sagte ich: „Wir kommen, Caro." Ich schrieb mir Ort und Namen des Krankenhauses auf, rannte zu Fred auf den Hof und erzählte ihm voller Panik, was ich gerade erfahren hatte. „Immer schön ruhig", bremste er mich, „Hektik ist der Feind aller Herausforderungen. Wir organisieren jetzt, dass hier alles klargeht und dann fahren wir los."

Endlich studierte Fred seine Straßenkarte: „Mensch, das sind etliche Kilometer… mindestens drei Stunden Fahrt… na, Caroline braucht jetzt moralische Unterstützung und wir haben ein gutes Auto."

„Danke", sagte ich erleichtert und fiel meinem Mann um den Hals. Meine Sorgen eilten voraus: Was, wenn es schlimmer würde? Hätte ich meiner Tochter schon am Telefon Mut zusprechen müssen, ihr sagen, dass ich sie liebe? Warum war das in unserer Familie eigentlich unüblich? Wir hatten stark und nicht krank zu sein. Meine Eltern hatten mich so erzogen und ich gab es nach bestem Wissen und Gewissen weiter: Nicht jammern, sondern kämpfen! *Allerdings kämpft es sich schwer, wenn man allein auf weiter Flur ist... wir sind bald bei dir mein Mädchen!*

Erst als Fred mit überhöhter Geschwindigkeit Kilometer für Kilometer auf unser Ziel zuraste, beruhigte ich mich ein wenig.

In der Klinik klopfte mein Herz wieder schneller. Die Tür des Krankenzimmers, in welchem Caroline sich nach Auskunft des Pförtners befinden sollte, öffnete sich, als wir davor standen und heraus kam ein großer, junger Mann, von dem ich annahm, es wäre Daniel. Sicher gleichermaßen aufgeregt, grüßten wir nur kurz und gaben uns die Klinke in die Hand.

Caroline lag mit dem Kopf auf einem zusammengerollten Kissen und sah kreidebleich aus. Ihre Haare, die sie meistens am Hinterkopf mit einer Spange zusammenhielt, hingen lose und verschwitzt herunter. Ich gab ihr einen Kuss auf die Wange und sagte, wie wohl aller Mütter in ähnlicher Situation: „Kind, was machst du bloß für Sachen."

Meine Tochter zuckte müde mit den Schultern und lächelte endlich: „Ich wurde schon operiert, es musste schnell gehen. Nun sind die Ärzte der Meinung, dass sie alles im Griff haben. Hoffentlich."

„Ach", meine Stimme klang unsicher, „das wird schon wieder!" Ohne es zu merken, drückte ich ihre Hand ein wenig zu fest.

„Alles im Griff auf dem sinkenden Schiff", versuchte Caroline nun, mich zu beruhigen. Dann erzählte sie, was sie bisher erlebt hatte und Fred fühlte sich überflüssig: „Schnattert mal tüchtig, das tut euch gut, ich gehe inzwischen irgendwo einen Kaffee trinken."

Caroline berichtete von Daniel und bestätigte, dass ich ihm an der Tür begegnet war. Dann erzählte sie traurig, dass der Kollege einer benachbarten Abteilung ihres Betriebes, von dem sie bisher ständig schwärmte, sie nicht einmal zurück gerufen habe und Daniel im Gegenzug dazu in jeder Lebenslage zu ihr hielt.

Diesen besagten Kollegen hatte sie uns bereits in unserem Haus vorgestellt. Er war recht gut aussehend und ein wahrscheinlich ebenso gut situierter Mann, der noch dazu einen Mercedes fuhr. „Ein Blender", urteilte Fred nach dem Besuch. Vor Kurzem – so lag mir Carolines Tele-

fonat noch im Ohr - hatte er ihr mitgeteilt, er würde mit seiner „ehemaligen Lebensgefährtin" demnächst eine Urlaubsreise in die Karibik antreten, aber nur, weil die Kollegen ihnen diese Reise geschenkt hätten. Ha, „Nachtigall ick hör dir trabsen", (Berliner Redensart) dachte ich, aber Caro wollte meine Bedenken nicht hören. Anscheinend hatte sie sich unsterblich verliebt.

„Nimm Daniel", ich wunderte mich selbst über meine übereilte Aussage, „ich habe ihn nur kurz gesehen, aber ich glaube, er ist der Richtige für dich."

„Nee, antwortete Caroline zögernd, „der hat so einen komischen Haarschnitt und unebene Schneidezähne."

„Das lässt sich leicht ändern. Aber ein Spinner wird nicht ehrlich."

Caro zog eine Flunsch und ich ließ sie lieber in Ruhe. Sie sollte gesund werden und das möglichst schnell.

Auf dem Rückweg sagte Fred im Auto: „Ich habe mit dem Arzt gesprochen. Mach dir keine Sorgen, deine Tochter ist bereits auf dem Weg der Besserung." Ich lehnte mich zurück und während die Scheinwerfer sich ins Dunkel der Straße bohrten, erinnerte ich mich daran, dass Caro schon einmal mit einem fast körperdeckenden Hautausschlag zwei Wochen lang in der Hautklinik von Rostock lag.

Sie hatte während eines Campingurlaubs eine kleine Entzündung hinter dem Ohr, der wir keine besondere Bedeutung beigemessen hatten. Da sie damit im See badete und die Bedingungen in den sanitären Anlagen auch nicht sonderlich hygienisch waren, entstand in Windeseile ein Ausschlag, der nicht zu stoppen war. Ich war rasend vor Sorge und machte mir Vorwürfe, die Entzündung nicht rechtzeitig desinfiziert zu haben. Wenn wir Caro in der Klinik besuchen wollten, sagte Fred regelmäßig vor der Tür: „Nimm dich zusammen. Dein Mitleid hilft ihr gar nicht. Mach ihr Mut!" Das war leicht gesagt. Wenn ich meine Tochter blau bepinselt vorfand, in einem Bett, was natürlich von der heilenden Lösung auch blau getränkt war, kamen mir vor Mitleid die Tränen. Caro jedoch war tapfer und überstand die Prozedur ohne Narben.

Dieses Mal wird sie ein paar Hautvertiefungen behalten, dachte ich, aber es werden nicht die letzten Narben ihres Lebens sein. Leider.

Sein oder nicht Sein
Der Direktor des Gymnasiums nahm an seinem Schreibtisch Platz und räusperte sich. Fred und ich saßen ihm gegenüber, fühlten uns wie in alte Zeiten versetzt und somit nicht wohl. Es ging um den Schulabschluss unseres Sohnes und nicht um uns. Trotzdem strafften sich unsere Körper, als Herr Lenz zu sprechen begann: „Jan hat seine schulischen Leistungen im letzten Jahr noch verschlechtert. Ich schlage Ihnen, auch im Namen der anderen Lehrer vor, sich dringend zu überlegen, ob er die elfte und zwölfte Klasse absolvieren soll. Wir alle halten es nicht für ratsam. Es gab einige Auseinandersetzungen mit seinen Mitschülern auf dem Schulhof und sie wissen ja selbst, dass er nach der letzten Klassenfeier nicht, wie von uns gefordert, nach Hause ging, sondern Sie mussten ihn nachts in der ganzen Stadt suchen. Fred nickte verstört und ich wusste, woran er dachte.

Wir hatten damals vereinbart, dass Jan nach der Schulfeier bis spätestens abends um zehn Uhr zu Hause sein sollte und er hatte es versprochen. Um Elf Uhr wurden wir nervös, weil er nicht zurückkam. Wir tätigten einige Anrufe und fragten Verwandte und Freunde, ohne Erfolg. Gegen Mitternacht sagte Fred: „Ich suche ihn. Versuch dich zu beruhigen, es wird schon nichts passiert sein." Er suchte alle Straßen in Bad Doberan ab und war immer noch unterwegs, als Jan endlich nach Hause kam. Ich schrie ihn voller Panik an: „Wo warst du? Papa sucht dich überall!"

„Na und", war die knappe Antwort und mein Sohn verschwand in seinem Zimmer. Einige Zeit später erschein Fred. Er war todmüde und zuckte mit den Achseln: „Ich konnte ihn nirgends finden, ich habe überall gefragt und sogar die Kneipen abgesucht." Ich fiel ihm ins Wort: „Jan ist eben nach Hause gekommen und es scheint ihn gar nicht zu beeindrucken, dass wir uns um ihn gesorgt haben." In das blasse Gesicht meines Gatten schoss Blut: „Das ist doch nicht zu fassen." Er riss die Tür zu Jans Zimmer auf: „Wo warst du, verdammt noch mal?" Jan stand bockig da und schrie: „Was geht dich das an?" Fred vergaß sich und gab ihm eine Ohrfeige. Dann ging er schuldbewusst an mir vorbei und murmelte: „Entschuldige, mir sind die Nerven durchgegangen." Jan brüllte ihm wütend nach: „Du hast mir gar nichts zu sagen. Du bist

nicht mein Vater!"
Unsere Blicke trafen sich, als der Direktor fragte: „Also, was schlagen Sie vor?"
„Was raten Sie uns", fragten wir wie aus einem Munde.
Herr Lenz sagte väterlich: „Entgegen den Gepflogenheiten der letzten Jahre ist es den Gymnasiasten in diesem Jahr und am Ende der zehnten Klasse erlaubt, mit einem Realschulabschluss-Zeugnis abzugehen. Vielleicht nutzen Sie diese Chance, denn noch kann sich das Zeugnis einigermaßen sehen lassen. Wer weiß, wie es in zwei Jahren aussieht und da Jan mir bereits gesagt hat, dass er keine Lust mehr hat weiter zu machen, wäre das eine gute Lösung." Betroffen standen wir auf und gaben dem Direktor die Hand: „Abgemacht."
Einige Zeit vor den Ferien verschwand unser Sohn abends immer häufiger, wie er sagte: zu seinem Freund Marko. Wir machten uns keine Gedanken darüber und freuten uns im Gegenteil, dass er endlich mit einem gleichaltrigen Jungen seine Freizeit verbrachte.
Kurz vor der Zeugnisausgabe und dem Schulende tauchte plötzlich Herr Lenz in unserem Büro auf. Er hielt einen Brief in der Hand: „Ihr Sohn hat mich beauftragt, Ihnen diesen Brief zu übergeben. Ich fürchte, er kommt nicht mehr nach Hause zurück."
Obwohl ich wusste, dass ich mich unhöflich verhielt, riss ich dem Direktor den Brief aus der Hand und begann zu lesen, ohne zu begreifen, was ich las. Fred stand inzwischen hinter mir und schaute über meine Schulter in das Schriftstück: „Jetzt, nach fast zehn Jahren, zieht Jan zu seinem Vater. Begreif es, oder nicht. Es ist seine Entscheidung. Ich hoffe, wir haben ihm genug beigebracht, damit er einen vernünftigen Lebensweg einschlägt."
Der Brief sank auf den Boden und Herr Lenz ging ohne ein Wort zu sagen und mit gesenktem Kopf zur Tür.

„Jan ist gar nicht nach Hause gekommen", jammerte Romy abends und während ich mich umkleidete, um mich in den Garten zu verkriechen, versuchte Fred der Kleinen zu erklären, warum ihr Bruder für lange Zeit nicht mehr nach Hause käme: „Er ist jetzt bei seinem richtigen Vater", sagte er und streichelte die Wange unserer Tochter.

„Der ist total doof. Du bist sein Vater. Er kriegt doch genauso Mecker wie ich."

„Ja", hörte ich hinter der offenen Tür, „vielleicht habe ich zu viel gemeckert."

Wir erhielten einen dicken Brief vom Anwalt meines Ex-Ehemannes. Er weise u.a. darauf hin, dass der Junge „der häuslichen Gewalt entfliehen" musste. Mir, seiner Mutter, würde das Erziehungsrecht entzogen und dieses meinem Ex-Mann übertragen. Das Kindergeld stünde ihm ab sofort auch zu und der Junge sei schließlich alt genug, um zu wählen, bei wem er weiterhin leben möchte. Er hatte gewählt... ich war enttäuscht und versuchte jedoch, mich damit abzufinden.

Kurz darauf bekam ich Post vom Jugendamt und wurde vorgeladen. In Rostock erklärte mir eine füllige, ältere Dame, dass mein Sohn sich über die Zustände in unserer Familie beschwert hätte und bei ihren Drohungen, welche Mittel sie anwenden könne, falls ich trotzdem mein Erziehungsrecht zurückverlangen würde, verging mir Hören und Sehen. Ich war so durch den Wind, dass ich heute noch nicht weiß, wie ich die Strecke von Rostock nach Hinter Bollhagen mit dem PKW hinter mich gebracht habe. Ich erinnere mich an einen LKW, den ich beinahe gerammt hätte, weil ich wütend und heulend drauflos gefahren bin. Ich schrie ihm entgegen: „Scheißkerl" und machte mir auch sonst Luft. Ja, eigentlich schlechte Luft... mit „Scheiße, Scheiße und nochmals..."

An einem Sonntagnachmittag wanderten wir mit Romy am Strand entlang und trafen Herrn Lenz und seine Frau. Wir nickten ihnen kurz zu und wollten weiter gehen, aber er sprach uns an: „Hallo. Jan ist nun doch wieder am Gymnasium. Sein Vater wollte es so, obwohl wir davon abgeraten hatten. Wie wir hörten, hat er ein neues Moped bekommen, was er bei seinem Vater abzahlen soll. Deshalb arbeitet er abends in einer Computerfirma und ist morgens ständig müde und lustlos. Sein Benehmen den Mitschülern gegenüber lässt auch zu wünschen übrig. Ich sehe mich gezwungen, ihn von der Schule werfen. Was sagen Sie dazu?" Fred nahm Romys Hand und ging achselzuckend weiter. Ich sagte: „Behandeln Sie ihn so, wie sie alle Anderen behandeln würden. Wir haben nichts mehr zu sagen."

Wenn ich durch die Stadt ging, fuhr Jan oft mit seinem neuen Moped an mir vorbei. Demonstrativ drehte er dann den Kopf zur anderen Seite und gab mir zu verstehen: Ich kenne dich nicht. Ich bin nicht mehr dein Sohn. *Es lässt sich nicht beschreiben, wie solche Momente, die eigentlich vorbeihuschen, wehtun. Sie quetschen ein Mutterherz bis zum Geht nicht mehr und hinterlassen deutliche Spuren.*

Im ersten Halbjahr der elften Klasse wurde Jan von der Schule verwiesen. Dann sah und hörte ich längere Zeit nichts von ihm. Ich machte mir Sorgen und rief Vera, die Frau von Robert an. Sie ereiferte sich: „Jan ist einfach abgehauen, aber das ist mir egal. Mich hat niemand gefragt, ob ich ihn hier haben will. Meine beiden Kleinen reichen mir…, *(Pause)* Jan hat das Kellerzimmer bewohnt, Robert hat ihm die lange Leine gelassen und erlaubt, er könne kommen und gehen, wann immer er wolle. Das war nicht richtig. Jedenfalls braucht er sich hier nicht mehr sehen zu lassen."

Nach einigen Nachforschungen und dadurch, dass unsere Familie stadtbekannt war, erfuhr ich, dass Jan sich inzwischen in einem Kinderheim befand. Ich war entsetzt, ging ihn öfter besuchen, aber konnte nichts für ihn tun. Im Grunde wollte ich es auch nicht. Nicht jetzt. Er musste erst einiges lernen.

Trotz allem rief ich später bei Robert an: „Du wolltest das Erziehungsrecht, jetzt nimm es auch wahr, sonst kannst du mich kennen lernen." Ich hatte nicht erwartet, dass mein Ex-Gatte etwas ändern würde, aber er versuchte es, indem er dem Jugendamt vorschlug, den Jungen auf eigene Beine zu stellen und ihn im Gartenhaus wohnen zu lassen. Das erfuhr ich wenig später im Jugendamt von der dicken Tante, die mich vor längerer Zeit zur Schnecke gemacht und moralisch vor einen LKW geworfen hatte. Jetzt meinte sie, wir sollen dem Jungen einen Kleiderschrank und andere Sachen kaufen, damit er es *(an der befahrenen Straße, gegenüber vom Altstoffhandel)* „gemütlich" habe.

Ich war auf Konfrontation aus und gab der Dicken zurück, was sie mir an den Kopf geworfen hatte und unter anderem spottete ich: „Unser Sohn hatte sein Zuhause, mit Kleiderschrank, Bett und allem, was er braucht. Ja mehr noch: wir sind mit ihm ein Jahr lang, jede Woche, nach Hamburg gefahren, um sein Muttermal mit einem Spezialverfahren beseitigen zu lassen... wir haben uns um ihn gesorgt und ihn geliebt, auch wenn wir oft unterschiedlicher Meinung waren... das kommt während der Pubertät eines Kindes wohl in jeder Familie vor!"

Ich schnappte nach Luft und wetterte weiter: „Haben Sie eigentlich gesehen, wie schmutzig das Gartenhaus ist und dass es fließendes Wasser nur mitten im Garten und aus einem Gartenschlauch gibt? Wir haben Jan Putzmittel, Lebensmittel, Bettzeug und Sachen zum Anziehen gebracht und danach von meinem Ex das Verbot erhalten, das Grundstück je wieder zu betreten. Ha. Und jetzt kommen Sie!"

Die Dicke war genervt: „Regen Sie sich doch nicht so auf. Wir werden den Jungen im Auge behalten."

„Dann passen Sie mal auf, dass Sie nicht bald schielen. *Sie* sollen ihn unterstützen, verdammt."

„Ja, ja, das tun wir auch. Wir werden sogar dafür sorgen, dass er bevorzugt einen Ausbildungsvertrag bekommt, aber bis dahin muss er mit uns zusammen arbeiten und in dem Gartenhaus bleiben." Missmutig verabschiedeten wir uns voneinander und sagten höflich: „Auf Wiedersehen." Gedanklich fügte ich ein „Nimmer" vor das Wiedersehen und war erleichtert, als ich wieder draußen war.

Nachdem wir unseren Sohn weiterhin einige Zeit mit Lebensmitteln unterstützt hatten, die wir ihm nun über den Zaun reichen mussten, rief unsere Tochter Ulrike bei uns an. Sie war frisch verheiratet mit ihrem Nick und schien glücklich zu sein.

Nun, am Telefon, ging es nicht darum. Ulrike sagte energisch: „Ich war im Gartenhaus und habe Jan einfach mit zu uns nach Kiel genommen. Unser Vater hat ja wohl ein Ding zu laufen, ihn dort wohnen zu lassen. Ein tolles Umfeld, so ein Altstoffhandel...", zog sie vom Leder.

Ich erschrak, weil ich von der dicken Tante des Jugendamtes Order und Bescheid bekommen hatte, den Jungen unbedingt in der Obhut des Jugendamtes und im Gartenhaus zu lassen, damit er bald eine Lehrstelle bekäme. Meine Einwände schlug meine Tochter in den Wind: „Egal jetzt. Vielleicht hat er hier eine Chance. Er bleibt in unserm Haushalt und basta." Ich war überfordert. Da ich sowieso kein Erzie-

hungsrecht mehr hatte, musste ich nachgeben: „Versuch es, hoffentlich hält deine junge Ehe das aus und Jan weiß es zu schätzen. Du warst immer zur Stelle, wenn es um deinen Bruder ging, aber jetzt habe ich noch mehr Angst – um ihn und um dich."
„Ich mach das schon, Tschüss."
Einige Zeit später war ich stolz auf meine Große und genauso auf meinen Jungen, der mit ihrer Hilfe endlich eine kaufmännische Lehre angefangen hatte.

Zwei Jahre danach wurde Ulrikes Ehe geschieden und mein Sohn hatte ein halbes Jahr vor seinem Abschluss die Lehrstelle von sich aus gekündigt. Das erfuhr ich allerdings erst, als er endlich wieder persönlich vor mir stand und mir stolz sein gutes Abschluss-Zertifikat unter die Nase hielt. Während ich ihn noch lobte, gestand er mir, dass er eigentlich gekündigt habe, weil er nicht damit zufrieden war, „wie man mit ihm als Lehrling umging." Hätte ich nicht sein Zeugnis noch in der Hand, wäre ich tot umgefallen. Er sah es mir an: „Ist ja gut! Als die Prüfungen kamen, hab ich es mir wieder anders überlegt und ich durfte daran teilnehmen. Siehst ja, es hat geklappt."
Irgendwie kam mir das mit dem fehlenden halben Jahr und der dennoch bestandenen Prüfung bekannt vor...

7

Bei der Einfahrt in Budapest klicken die Fotoapparate der Passagiere an Bord der *MS Deutschland*. Tina lief wie von der Tarantel gestochen über das Deck, nach rechts, nach links und als sie wieder an Anita vorbeihuschte, strahlte sie hinter ihrer Videokamera: „So viele barocke Bauten und Brücken habe ich noch nie gesehen."
„Ich auch nicht und das will was heißen, denn ich habe die Welt schon fast umrundet!" Anita zog an Tinas Arm: „Sieh mal, oberhalb der

berühmten Kettenbrücke ist das Parlament. Sieht aus wie ein Schloss! Ein beeindruckendes Bauwerk, nicht? Die Brücke verbindet die Stadtteile Buda und Pest *(gesprochen Pescht)*, Buda (*mit B wie Berg*), hat den berühmten Gallertberg mit einer riesigen Freiheitsstatue und vorwiegend Wohnbauten, Pest ist zweimal so groß und hat eine hübsche Flaniermeile mit guten Einkaufsmöglichkeiten."

„Es soll da auch viele Restaurants geben, die bei gemütlicher Beleuchtung, mit Stehgeigern und reichlich gedeckten Tischen, zum Verweilen einladen... stand in der Bordzeitung."

„Dann nichts wie hin! Lass uns etwas erleben!"

Nach einem unvergesslich schönen Tag in Budapest, glitt das Schiff am späten Abend durch die traumhaft beleuchtete Kulisse der Stadt und fuhr in Richtung Bratislava *(Slowakei)*. Anita war sich sicher: „Die Atmosphäre ist zum Heulen schön!"

Tina lehnte sich über die Reling: „Solche Augenblicke bleiben für immer in meinem Herzen... wie der mit Ulli."

Ein Kellner brachte jedem Gast ein Glas Sekt. Die beiden Frauen setzten sich in den offenen Restaurantbereich und träumten vor sich hin, bis Tina bat: „Anita, wie ging es bei dir weiter?"

„Ach in meinem Leben waren auch traurige Episoden, die passen jetzt nicht hier her..."

„Ich bin eine gute Zuhörerin und möchte bitte *nicht an Ulli* denken!"

„Also gut", sagte Anita:

Nicht weinen, Rosi
Sicher komme ich zu spät dachte ich, als ich vor dem eisernen Friedhofstor bremste und aus dem Auto sprang. Warum musste sie so früh sterben, dachte ich traurig. Ich hatte meine Tante Lola sehr gern und wie meistens kam auch diese Nachricht von ihrem Ableben „plötzlich und unerwartet."

Meine Mutter weinte am Telefon, als sie erzählte, dass ihre Schwester verstorben sei. Nun habe sie niemanden mehr, dem sie ihr Herz ausschütten könne, schluchzte sie.

Das hüfthohe Friedhofstor ächzte in seinen Angeln, als würde es mir nur ungern Einlass gewähren. Ich schob es mit dem Fuß soweit auf, dass ich mit dem Blumengesteck in meinen Armen, das voll von rosa Gerbera war, hindurch konnte. Die Last drohte, mich aus dem Gleichgewicht zu bringen, als ich das Tor mit dem Fuß wieder zuschieben wollte. Die weite Hose meines dunklen Hosenanzugs schob sich dazwischen. „Das auch noch", ärgerte ich mich, befreite mich umständlich und blieb erstaunt stehen: Der breite Hauptweg des Friedhofes war über und über mit den Blütenköpfen blauer Kornblumen besät. Der wunderschöne Blumenteppich führte mich bis in die kleine Kapelle, an den Stühlen der Trauergäste vorbei und endete an der Ruhestatt der Verstorbenen. Ich schaute durch die wenigen Reihen der aufgestellten Stühle, sah meine Eltern, Schwestern, meinen Onkel und seine beiden Söhne. Da die Musik einsetzte, legte ich meinen Blumenschmuck ab und setzte mich. Mein Blick fiel auf meine Cousine Rosi, die Jüngste der Familie. Sie war inzwischen eine hübsche junge Frau geworden. Aus ihren braunen Augen liefen ungehindert Tränen, zogen zwei feuchte Bahnen über ihre Wangen und kleckten vom Kinn auf ihre dunkle Jacke. Dabei verzog sie keine Miene. Die Hände im Schoß gefaltet, starrte sie mich an und ich wusste, dass sie mich nicht sah. Sie war unglücklich, weil sie ihre Mutter sehr geliebt hat.

Meine Gedanken zogen mit der traurigen Musik davon, über den blumengeschmückten Sarg, durch die Wände der Kapelle... in die Vergangenheit. *Ich sah meine freundliche Tante in ihrer Küche sitzen und hörte sie fragen: „Möchtest du eine Honigschnitte und heiße Milch? Beides sehr gesund!" Wie nebenbei warf sie ein Holzscheit nach der aufdringlichen Katze und hätte fast ihren Mann getroffen...*

Ich sah sie im kleinen Wohnzimmer an der Nähmaschine sitzen und für mich ein Kleid nähen. „Das kannst du zur Hochzeit deiner Schwester Marie anziehen. Gefällt dir der Stoff? Schau mal, so schön rot und gelb, ganz modern... ich zeige dir, wie man Falten in den Rock bekommt..."

Ich sah sie im Garten: „Hast du diese Blumen schon gesehen? Ich habe sie mit deiner Mutter auf einem verlassenen Hof entdeckt und ausgebuddelt... wir haben sie uns einfach mit dem Spaten geteilt, so: zack..." Ich hörte ihre fröhlichen Worte am Telefon und dachte an nie enden wollende Gespräche mit ihr, auch an das plattdeutsche Geplapper, wenn sie mit meiner Mutter zusammen war und wir Kinder nichts verstehen sollten...

Ihr Gesicht war mir so vertraut, dass ich es deutlich vor mir sah. Vielleicht spiegelte es sich ein wenig in dem ihrer Tochter Rosi, die immer noch durch mich hindurch schaute. Der Pastor begann, vom Leben meiner Tante zu berichten. Was wusste er schon? Einiges, aber nicht das, was alle Anwesenden wussten: sie starb zu früh. Fast im gleichen Alter wie ihre Mutter, Josepha.

Als der Trauerzug sich zur Grabstätte in Bewegung setzte, sah ich, dass auch dieser Weg mit Kornblumen besät war. Genau wie meine Mutter *(und ich, vielleicht auch Rosi)* liebte meine Tante wilde Blumen, die passten zu ihrer Natur. Sie hatte, wie sie mir vorschwärmte: „lieber viele kleine Blumen, als wenig große" und ihre Tochter Rosi erwies ihr nun damit die letzte Ehre. Mehrmals hob sie verzweifelt die blauen Blüten vor dem Grab ihrer Mutter mit beiden Händen vom Boden auf und warf sie ihr nach, als könne sie damit noch etwas bewirken...

Bei der kleinen Trauerfeier in der gemütlichen Küche meines Onkels erinnerten wir uns an vergangene Zeiten und stellten fest, dass es gemeinsame, schöne Erinnerungen waren, die wir nun teilen konnten. Meine Tante hatte uns wieder zusammen und trotz der Trauer zum Lachen gebracht. Sie hätte nicht gewollt, dass wir um sie weinen.

Zusammengeschrieben

„Mutti, ich muss dir etwas sagen...", Ulrikes Stimme klang ruhig am Telefon, „ich bin nämlich frisch verheiratet."

In meinem Kopf begann es zu arbeiten: Sie wollte nach der Scheidung von Nick ihren neuen Freund, den Segler Werner, eigentlich nicht heiraten, obwohl sie inzwischen von ihm schwanger war und mit ihm zusammen wohnte. Ich amüsierte mich jedes Mal, wenn sie von den Zetteln erzählte, die Werner ihr früh morgens auf den Tisch legte, bevor er zur Arbeit fuhr. Aus dem Wortlaut war nicht schwer zu erraten, dass er sie liebte und ich wusste, dass beide sich auf das gemeinsame Kind freuten, aber warum..."

„Hallo, Momsi, bist du noch dran? Du fragst dich bestimmt, warum Ihr nicht dabei gewesen seid... für mich kam es auch überraschend, aber Werner wollte es so... wir haben uns auf dem Standesamt nur zusammenschreiben lassen, weißt du."

„Ja, ja", stotterte ich, „trotzdem schade."

„Glaub mir, ich konnte es nicht ändern. Eigentlich wollten wir *gar nicht* feiern, aber dann kamen einige Kumpels vom Segelclub und da..."

„Schon gut, mach dir keine unnötigen Sorgen. Ich muss jetzt los, hab noch einen Termin." Ich legte den Hörer auf und starrte aus dem Fenster. Mich beschlich eine unbeschreibliche Traurigkeit.

Niedergeschlagen erzählte ich Fred, was ich soeben erfahren hatte: „Ulrike hat geheiratet... an deinem Geburtstag. Es gab keine besondere Feier, Werner wollte, dass sie sich nur zusammenschreiben lassen." Fred nahm mich in den Arm, neigte den Kopf an mein Ohr und fragte nachdenklich: „An meinem Geburtstag? Da wäre doch die Hochzeit ein schöner Grund für ein Familienfest gewesen."

„Das kam mir auch in den Sinn. Vielleicht war das Datum nur ein Zufall." Insgeheim fragte ich mich: War es so? Oder hatte Werner sich etwas dabei gedacht? Ich konnte nicht einschätzen, wie er zu uns, seinen Schwiegereltern stand. Er hatte seinen Vater sehr früh verloren, war für seinen jüngeren Bruder Daniel ein Ersatzvater und für seine Mutter immer zur Stelle, wenn sie nur eine Bitte aussprach. Was dachte er über uns? Besonders über Fred... wenn das Urteil seiner Frau schon feststand: Sie mochte meinen Mann nicht besonders und vielleicht gab sie ihrem Partner das so zu verstehen? War es meiner Tochter deshalb egal, ob wir bei ihrer Trauung anwesend waren oder nicht?

Weil sie Fred nicht dabei haben wollte und wusste, dass ich ohne ihn nicht käme?

Fred stich mit dem Daumen über meine Stirnfalte und versuchte mich zu trösten: „Sicher erinnert man sich, wenn man den schönsten Tag seines Lebens feiert, intensiver an einen fröhlichen Tag mit den Menschen, die man gern hat, als an die Unterschrift auf dem Standesamt, aber es war Werners Wunsch und den müssen wir respektieren." Plötzlich schrie ich los: „Ja, aber ich bin doch ihre Mutter... ich habe sie geboren und großgezogen und nun fühle ich mich einfach mies... ausgeschlossen aus ihrem Leben!" Ich wand mich aus den langen Armen meines Mannes und ging weg, als sei er an allem schuld. Fred wusste, dass mein Weg mich an unseren großen Teich führen würde, denn wenn ich traurig war, verzog ich mich dorthin, um allein zu sein. Ich setzte mich auf die alte, schmiedeeiserne Gartenbank und stierte auf das grünliche Wasser. Die roten und weißen Seerosen waren dabei, ihre Kelche zu schließen, weil die Sonne unterging und die Goldfische, anscheinend auch schon müde geworden, glitten nur langsam dahin. Auch das Abendkonzert der Frösche konnte mich nicht aufmuntern. Also stand ich auf, schlenderte über die Wiese und dachte: Die Hauptsache ist doch, dass meine Tochter mit ihrer Familie gesund und glücklich ist.

Im Hochsommer erblickte meine Enkeltochter Hanna das Licht der Welt. Ich war stolz wie Oma und Fred stolz wie Oskar. Nach dem Motto: Deine Kinder sind meine Kinder, machten wir auch in Nachkommens-Angelegenheiten keine Unterschiede.

Vor zwei Jahren hatte Fred noch geunkt: „Mit einer Oma gehe ich später nicht ins Bett." Kurz darauf rief seine Tochter Anna an und offerierte ihm: „Papa, du wirst Opa! Wie findest du das?" Da Fred den Lautsprecher eingeschaltet hatte, plauzte ich dazwischen: „Toll findet er das und ich erst mal. Herzlichen Glückwunsch. Fred hatte es die Sprache verschlagen und ich blinzelte ihm zu: „Mit einem Opa gehe ich nicht ins Bett."

Als Ulrike und Werner mit dem Baby zu Besuch kamen, freuten wir uns sehr und meine Enttäuschung wegen der Hochzeit war verflogen.

Ulrike legte mir die Kleine in den Arm und sagte: „Omi, halt mal."
Ich war überglücklich und dachte: Bitte, kleines Wesen, liebe und achte deine Mutter, vergiss sie nie und vor allem nicht, wenn du denkst, du wärst längst erwachsen.

Geteiltes Leid ist doppeltes Leid
Nach und nach wurden die Stallungen vor unserem Haus abgerissen. Auch die alte Dungplatte verschwand und der Boden darunter, durch die Verdauungsprodukte der Tiere angereichert mit Phosphaten und Nitraten, wurde aufgenommen und gegen gesunden Mutterboden ausgetauscht. Etwa ein Jahr später stand nur noch ein Stallgebäude und zwar das, welches sich zu einem Teil auf unserem Gartengrundstück befand und von dem eine Längshälfte uns gehören sollte.
Beim Nachfolger der Treuhand, der Landgesellschaft Mecklenburg/Vorpommern, erfuhr Fred, dass wir bereits als rechtmäßiger Eigentümer mit dieser Stallhälfte im Grundbuch eingetragen seien und somit nicht nur der Gebäudeanteil sondern „auch alle darin befindlichen baulichen Anlagen" uns gehörten. Das war ein Schock, denn ausgerechnet unser Anteil war bestückt mit einbetonierten Elektroanlagen, Versorgungskabeln und Rohrleitungen. Alles war marode, windschief und voller Ungeziefer. Die Kosten für den Abriss würden wir nicht allein tragen können und so schrieben, baten, drohten wir bei jeder dafür in Frage kommenden Instanz, dass man uns unterstützen müsse.
Wir hatten bereits einen Haufen Geld dafür gezahlt, dass die drei Meter breite Betonstraße vor unserem Haus aufgenommen worden war und dieser Streifen, der uns bisher nicht gehörte, als Zugang für unser Haus in unser Privateigentum übergehen konnte. Das riesige, leblose Feld voller Steine davor, konnten wir pachten und weil fremde Hilfe zu teuer war, mussten wir es per Hand in eine Rasenfläche verwandeln und so waren wir einfach nur noch erschöpft und genervt.

Zwischenzeitlich fing unser Nachbar Albert, der Sohn von Heiner *(unserem Hausverkäufer)* an, ständig zu streiten: um Zugangs- oder Zufahrtsrechte, neu vermessene Grundstücksgrenzen und jeden Strohhalm der quer lag. Oft gab es Gezeter am Zaun *(später vor Gericht, wo wir zum Glück gewannen)* und Fred zitierte ständig den Lieblingssatz seines Vaters: „Neid und Missgunst muss man sich hart erarbeiten."

Durch Zufall kam ein Ehepaar aus den „Alten Bundesländern" und wollte unser Teilgrundstück nebst Inhalt erwerben, um „irgendwann einmal ein Grundstück in Ostseenähe zu haben." Wir verkauften das halbe Stallgebäude und räumten uns „für den Fall, dass von den Erwerbern nicht innerhalb eines Jahres erhebliche Veränderungen getroffen würden" ein Rücktrittsrecht vom Vertrag ein. Das Jahr verging, ohne dass sich jemand blicken ließ, uns verging die Lust zu warten und so zahlten wir „das schöne Geld" zurück und begannen von vorn damit, uns für den Abriss des Gebäudes stark zu machen.

Die Landgesellschaft machte nun den Vorschlag, den Stall abzureißen, wenn sie ein zweistöckiges Doppelhaus, so hoch wie unseres, dort errichten könne. Wir stellten uns dagegen und Fred bekam zu hören: „Was sind Sie für ein Makler, der eine grüne Wiese bevorzugt!" Wieder ging viel Zeit ins Land. Dann kam ein Brief, man würde glatt eine Mauer ziehen und nur auf der Seite der Landgesellschaft ein Haus errichten.

Eine Mauer, aha. Wir stritten erneut.

Noch wussten wir nicht, dass insgesamt sieben Jahre vergehen würden, bis das Gebäude einer Butterblumenwiese weichen konnte und wir auch dafür, weil uns ja die Hälfte gehörte, wieder unser Sparbuch plündern mussten.

Das Leben ist kurz
Es war ein Tag wie jeder andere. Vor einigen Jahren hatten meine Schwiegereltern sich entschlossen, zu uns aufs Land zu ziehen und es bisher nie bereut. Nun wohnten wir mit ihnen Tür an Tür und vertrugen uns gut.

Wie an jedem Morgen spazierten wir, bevor wir zur Arbeit fuhren, in die Wohnung von Gerda und Hans und wünschten ihnen einen schönen Tag. „Auch so", winkte Freds Vater freudig und stieß mit seinem Knie gegen die Tischkante. Das Frühstücksgeschirr auf dem Wohnzimmertisch klapperte laut. „Achtung, der Kaffee!" Gerda griff beherzt nach der Tasse und beruhigte den schwankenden schwarzen Inhalt. Dann winkte auch sie und wir hörten stets den gleichen Satz, wenn wir gingen: „Fahrt vorsichtig."

Wir fuhren nach Wittenbeck. Dort hatten Fred und ich seit längerer Zeit ein Reisecafé eröffnet und eine junge Frau eingestellt, die als Geschäftsführerin dort arbeitete. Sie kannte sich gut mit dem Computer aus und sollte unserem Unternehmen auf die Beine helfen. Jetzt wartete sie schon auf uns.

Die Idee, ein Reisecafé zu eröffnen, entstand, als wir endlich die neu gewonnene Freiheit genießen und unsere erste Kreuzfahrt buchen wollten. Stehend mussten wir im Reisebüro der Stadt unendlich lange warteten, bis wir an der Reihe waren. Fred sagte gedehnt: „Bei uns würde es wenigstens einen Kaffee geben" und ich ergänzte: „Bei Kaffee und Kuchen gemütlich buchen. Das wär´s doch."

Nicht lange danach stand in der Zeitung: „Immer für neue Ideen gut" und darunter war ein riesiges Foto von Fred und mir. Wir waren sehr stolz darauf, das erste Reisecafé Deutschlands gegründet zu haben.

Jeden Morgen sprachen wir ab, was reisebürotechnisch zu erledigen war und nebenbei durfte der Bistro-Betrieb, für den wir uns zusätzlich entschieden hatten, auch nicht zu kurz kommen, denn selbst an einer befahrenen Landstraße nur ein Büro betreiben zu wollen, wäre Selbstmord. Nach der Absprache fuhr ich mit Fred nach Bad Doberan, um ihm als „Vorzimmerlöwe" in seinem Immobilienbüro zu helfen.

Der Vormittag verlief ruhig. Die späte Herbstsonne hatte meinen Schreibtisch eingenommen und brachte mir gute Laune. Wenn ich geradeaus durch das hohe Bürofenster auf die abgerundete Fläche des Doberaner Kampes schaute, sah ich einen hübschen Pavillon, in dem regelmäßig kleine Kunstwerke ausgestellt wurden. Ein breiter naturbelassener Weg führte daran vorbei und unterbrach die riesige Rasenfläche, auf der hohe Linden und Rotbuchen standen. Sanft trudelten große, gelbe oder rote Blätter abwärts, legten sich wie Schmuckstücke auf den Weg oder flatterten über das Grün der Parkanlage, wenn sie vom Wind erfasst wurden. Sehr hübsch.

Das Telefon unterbrach die Stille und riss mich aus meinen Träumereien. Fred hatte es schneller abgenommen als ich. Kein Wunder, Schlafmütze, dachte ich und wurde aufmerksam. Seit langem kannte ich den Ablauf seiner Telefonate, aber das, was aus dem Nebenraum zu hören war, klang heute alarmierend: „Ja... nein, um Gottes Willen, ruf den Notarzt, ich komme."

Schon stand Fred vor mir: „Mein Vater hat wahrscheinlich Herzinfarkt oder einen Schlaganfall. Komm!" Er stürmte aus der Tür, rannte über die Straße und zum Auto. Ich rammte mit dem Oberschenkel die Schreibtischkante, verschloss das Büro und humpelte hinter ihm her. Vor einer Stunde war noch alles in Ordnung, dachte ich gehetzt und kaum hatte ich meine Beine im Auto, raste Fred auch schon los.

Plötzlich ein Polizist mit Stopp-Kelle: „Guten Tag. Ach Sie sind es. Darf ich mal Ihren Flugschein sehen, Herr Hansen?"

„Bitte", rief ich und erkannte den Polizeibeamten, „es geht um Leben und Tod."

„Das geht es immer", sagte der, merkte dann aber doch, dass die Situation ernst war: „Also gut, aber erst hinter dem Ortsschild wieder Gas geben. Den Rest erzählen Sie mir später." Wir sagten schnell „Danke" und fuhren weiter.

Die schöne Buchenallee, die wir in Richtung Heiligendamm passierten, nahmen wir nicht mehr als solche wahr. Die riesigen Bäume, deren Baumkronen sich über der Straße begegneten, rauschten an uns vorbei und vor uns hatte sich zwischen bunten Blättern eine schwarze

Asphaltspur gebildet, die uns den Weg zu weisen schien. Fred sprach kein Wort. An seiner Halsschlagader war erkennbar, wie sich sein Blutdruck erhöhte. Ich wendete mich nach rechts, schaute über den frisch gepflügten Acker, an dem wir nun vorbei rasten und versuchte mich zu beruhigen, in dem ich irrsinniger weise feststellte: es gibt doch solche Bäume, die aussehen, wie auf unserer Thermoskanne. Da, ganz weit hinten...

Auf unserem Hof angekommen, öffneten sich die Autotüren gleichzeitig, blieben offen und wir rannten zu der Wohnung von Gerda und Hans. Die Wohnungstür war nur angelehnt. Zwei Rettungssanitäter wollten sich gerade mit der Trage, auf der Freds Vater bereits angeschnallt lag, durch den engen Flur zwängen.

„Moment, ich bin sein Sohn. Was ist passiert?"

„Ihr Vater hat einen Schlaganfall erlitten. Wir haben die Erstversorgung durchgeführt. Der Notarzt wird auf dem Weg zum Krankenhaus zusteigen. Er ist unterwegs." Fred ergriff die Hand seines Vaters. Der sah ihn wider Erwarten an.

„Es wird alles gut, Papa. Ich komme mit und passe auf dich auf." Scheinbar beruhigt, schlossen sich die Augen von Hans wieder und die kleine Prozession verließ das Haus. Nur Gerda und ich blieben davor stehen und sahen den davonrasenden Fahrzeugen nach, dem Krankenwagen und Fred in unserem Auto. Ich tröstete meine weinende Schwiegermutter auf dem Weg durch ihre Wohnung: „Du wirst sehen, er ist bald wieder zu Hause." Obwohl Hans schon einige leichte Schlaganfälle überstanden hatte war ich mir nun allerdings nicht mehr so sicher.

Ich blieb ich bei Gerda, bis sie sich wieder gefangen hatte und ging, selbst etwas ruhiger geworden, nach nebenan in unsere Wohnung. Unser Wohnzimmer im Obergeschoss bot wie immer einen herrlichen Ausblick in drei Himmelsrichtungen und die hintere Zufahrt zu unserem Haus war weithin einsehbar. Ich würde Fred rechtzeitig ankommen sehen...

Stunde um Stunde verging und ich sah alle fünf Minuten aus dem Fenster. Erst als die Sonne hinter dem Waldrand abtauchte, kam Fred zurück. Er raste über die schmale Betonzufahrt und bremste wie ein

Rennfahrer. War das nun ein gutes Zeichen, oder nicht? So weit wie möglich, lehnte ich mich aus dem Fenster und wartete bis Fred ausgestiegen war. Umständlich öffnete er die hintere Tür des Wagens und nahm eine Plastiktüte vom Sitz. Sicher hat er noch eingekauft, dachte ich und rief ihm zu: „Na, lebt Papa noch?"

Mein Mann sah zu mir hoch. Dann kam das Unfassbare: Er schüttelte den Kopf. Ich begriff nicht und stand wie angewurzelt da, bis Fred den Beutel aus der Hand gleiten ließ, sich auf die Kofferraumhaube setzte und laut weinte: „Er ist tot, Anita. Einfach tot."

Neben mir knallte eine Blumenvase auf die Erde und zersprang, weil ich mich wie angeschossen umdrehte und die Treppe hinunter rannte. Zu ihm. Ihn umarmen. Mit ihm weinen. Ihn trösten, wenn das möglich ist. An seiner Seite sein, ihm Halt geben… Wie war das möglich? So plötzlich!

Während ich mich an meinem Mann festkrallte, flüsterte eine Stimme in mir: „Was willst du, es ist immer plötzlich. Und unerwartet. Und immer zu spät für Irgendetwas. Das weißt du doch." Ich wollte diese Stimme nicht hören, die fast tröstlich klang und heulte lauter als ich sie vernahm. Dann sagte ich schluchzend: „Was jetzt? Wie sollen wir das deiner Mutter erklären?" Fred hob den Einkaufsbeutel auf und sagte: „So viel ist von einem Menschenleben übrig. Ein paar Sachen in einer Tüte. Wir müssen über unser Leben nachdenken und jede Stunde wahrnehmen, damit es sich lohnt zu leben. Er umarmte und küsste mich, wie er es lange nicht mehr getan hatte. „Ich liebe dich."

„Ich dich auch."

Gerda stand mit offenem Mund und weit aufgerissenen Augen vor ihrem Sohn, als der berichtete, was sich unterwegs und in der Klinik abgespielt hatte: „Der Notarzt konnte nicht mehr helfen. Er kam zu spät."

Die Ärzte im Krankenhaus hatten sich bemüht, den leblosen Körper wiederzubeleben. Erfolglos. Als alle Versuche fehlgeschlagen waren, hielt Fred seinen Vater solange fest, bis die technischen Hilfsmittel von den Geräten abgezogen wurden. „Er atmete doch noch", schluchzte er „ich konnte nicht begreifen, dass er tot sein sollte."

Wieder hörte ich die Stimme: „Ist ja gut, beruhigt euch." Was war das? Lieber Gott, lass mich nicht durchdrehen, betete ich und wurde ruhig.

Am nächsten Tag fuhren wir in die Klinik, um Abschied zu nehmen. In einem kalt-weißen, quadratischen Raum stand in der Mitte eine Liege, auf der Hans lag. Er war bis zum Hals mit einem weißen Tuch bedeckt und um Haar und Kinn hatte man ihm einen Verband angelegt. Meine Mutter hatte mir mal erklärt, dass man das Kinn halten müsse, bevor die Leichenstarre einsetze. Ich sah in das bleiche Gesicht mit dem kleinen Schnauzbart und dachte: achtundsiebzig Jahre. Das ist doch kein Alter heutzutage. Ein wenig hättest du noch bleiben können. Dein Sohn hätte es sich gewünscht. Sicher wollte er dir noch so viel sagen."

Da war wieder diese Stimme: „Schön, dass ihr gekommen seid. Macht euch um mich keine Sorgen. Es geht mir gut."

Ich schüttelte mich, um die Worte zu verscheuchen. Fred streichelte die Wange seines Vaters. Seine Mutter stand weinend daneben und schaute ihren Mann verständnislos an. Ihre Augen fragten: Warum bist du tot? „Es war an der Zeit."

Ich sah mich um. Niemand da, keine fühlbare Kälte. Immer nur diese Stimme, die fast fröhlich klang: „Es geht mir gut!" Deshalb weinte ich keine Träne, aber wenn ich Fred und seine Mutter ansah, wusste ich: Es tat entsetzlich weh...

Wir gingen aus dem Raum und ich hörte hinter mir: „Ich bleibe bei euch. Ihr werdet sehen."

Gab es wirklich etwas zwischen Himmel und Erde, vielleicht diese Nah-Tod-Erfahrung, von der Viele erzählten?

Vor einigen Jahren sollte ich an der Galle operiert werden, weil das vorher angedachte Verfahren, nämlich meine Gallensteine mittels Laserstrahlen zu zertrümmern, bei mir nicht funktioniert hatte. Ich bekam dabei einen Kreislaufzusammenbruch und wurde bis zur OP wieder nach Hause geschickt. Später, erneut im Krankenhaus, nahm ich einen Abend vor der Operation die mir verordneten Beruhigungsmittel ein. Was in der folgenden Nacht geschah, erzählten mir die beiden Frauen, die mir gegenüber im gleichen Zimmer schliefen. Obwohl die Ärzte behauptet hatten: „Sie werden schlafen wie ein Stein", hatte ich mich plötzlich aufgerichtet und die Beine aus dem Bett genommen. Mein Oberkörper schwankte vor und zurück und ich drohte mit dem Kopf auf den Heizkörper vor meinem Bett zu schlagen. Die beiden Zimmerkolleginnen klingelten nach der Nachtschwester. Die versuchte mich wieder hinzulegen. Ich erinnere mich daran, dass ich – meiner Meinung nach – mit verschränkten Armen gutgelaunt am Fußende meines Bettes saß und dieser Szenerie zusah. Dabei dachte ich: Das ist ja schrecklich, wie die sich anstellt. Dann hörte ich: „Oh Gott, sie erbricht, ich brauche Hilfe, klingeln Sie bitte nochmal... jetzt kommt es oben und unten." Manchmal fühlte ich, wie die Frau vor mir, über die ich mich eben amüsiert hatte, hin und her gerollt wurde, aber dann war alles wieder ganz leicht. Plötzlich tat etwas entsetzlich weh, irgendwer klatschte in mein Gesicht und rief energisch: „Aufwachen, wachen Sie auf!" Während ich zu mir kam, stellte ich fest: Gott, das bin ja ich. Was geschieht hier? Ich schaute in weit geöffnete Augen eines Arztes und in sein hochrotes Gesicht. Dann sah ich den Leitungen nach, die seitlich über mir baumelten: Ich hänge schon wieder am Tropf und an nervig piepsenden Armaturen. Der Doktor sagte ein tief ausgeatmetes: „Gott sei Dank, wir haben sie wieder" und ich schlief einfach weiter. Am nächsten Tag wurde ich nicht operiert sondern für zwei Wochen noch einmal nach Hause geschickt. Ich hatte wahrscheinlich Medikamente bekommen, auf die ich allergisch reagierte, aber wer will das beweisen? Und ich kann nicht beweisen, dass ich, vielleicht, weil ich auf der Schwelle zwischen Tod und Leben stand, diese beruhigende Stimme hören konnte: „Es geht mir gut. Ich bleibe bei euch."

„Mit Verwandten iss und lach, aber nie Geschäfte mach!"
Dieses alte Sprichwort hätte ich beherzigen müssen, als meine Schwester Marie aufgeregt in unser Immobilienbüro kam und jammerte: „Jochen ist sehr krank und er wird seine Firma aufgeben müssen. Momentan liegt er in der Klinik. Ihr müsst uns helfen, sein Geschäfts-

haus, in dem die Büros seiner Baufirma sind, ganz schnell zu verkaufen, denn die Bank will die Zwangsversteigerung. Es gibt nur den Ausweg, *sofort* zu verkaufen, uns ist egal an wen…"

Meine unglückliche Schwester rührte mein Herz und ich versprach, mich gemeinsam mit Fred darum zu kümmern.

Es war nicht leicht, jemanden zu finden, der bereit war, ein Haus zu kaufen, das links einen Einkaufsmarkt und rechts die Städtische Feuerwehr sowie eine Tankstelle zum Nachbarn hatte. Endlich fanden wir einen Geschäftsmann, der bereit war, sich das Objekt anzusehen.

Bei der Besichtigung sagte er zu Fred: „Ich möchte das Haus haben, zumal ich eine andere Lebenspartnerin kennengelernt und in dieser Stadt, in bester Lage, bereits ein neues Geschäft eröffnet habe. Sollte der Verkäufer mit einem Mietkauf einverstanden sein, kann er sich mit meinem Anwalt für alles Weitere in Verbindung setzen. Hier ist seine Visitenkarte… ach ja und hier ist meine."

Hocherfreut nahm Marie die gute Nachricht entgegen und setzte sich mit dem Anwalt des Interessenten zusammen, um den Vertrag auszuhandeln.

Es wurde vereinbart, dass der Käufer den Kaufpreis in vierundzwanzig Monatsraten zu zahlen hatte. Also dreiundzwanzig Raten monatlich und die vierundzwanzigste Rate war für die Restzahlung des Kaufpreises vorgesehen. Außerdem hatten beide Vertragspartner sich vor Zahlung der letzten Rate ein gegenseitiges Rücktrittsrecht eingeräumt. Bei einem Rücktritt durch den Käufer wären die Mieten Eigentum des Vertragspartners, bei einem Kauf würden sie auf die vorher festgelegte Kaufsumme angerechnet.

Marie handelte aus, prüfte und schloss diesen Vertrag ab.

Fred sagte intuitiv: „Lass das mal die Profis machen. Wir halten uns da raus. Übrigens habe ich die Provision auf ein Minimum beschränkt und auf eine Zahlung von Seiten des Verkäufers, also deiner Schwester, ganz verzichtet."

Zwei Jahre lang wurden die Raten in vereinbarter Höhe für das Haus gezahlt. Wir freuten uns darüber, dass Marie und Jochen ihre Schulden tilgen konnten und noch einen Teil der des Geldes übrig behielten.

Kurz vor dem Termin, an dem die Entscheidung zum Kauf oder Nichtkauf des Hauses fallen sollte, machten wir zwei Wochen Urlaub auf Kuba. Gut erholt kamen wir zurück und fuhren auf dem Nachhauseweg am Gewerbegrundstück der Beiden vorbei. Am Haus hing ein großes Schild: „Zu verkaufen" und darunter stand der Name eines anderen Immobilienbüros.
Unruhig geworden, fragte ich: „Hast du das gelesen, Fred? Was kann da passiert sein und warum konnten sie nicht auf uns warten?"
Fred zuckte mit den Schultern: „Wir rufen gleich an, wenn wir zu Hause sind."

Als meine Schwester den Hörer aufgenommen hatte, musste ich meinen vom Ohr fernhalten, weil sie mich anschrie: *„Du* hast an allem die Schuld! *Du* hast gesagt, der Mann wäre reich! *Du* machst schön Urlaub, während wir hier Probleme haben. *Deinetwegen!* Der Kerl hat die letzten beiden Raten nicht mehr pünktlich bezahlt und die Bank hat mit Schwierigkeiten gedroht… das Haus sah aus wie ein Saustall. Mehrere Katzen haben alles verdreckt. Ich habe Papa das gezeigt. Der hat vielleicht eine Wut auf dich. So eine Sauerei hat er noch nie gesehen…" Ich atmete schwer und kam nicht zu Wort. Als Marie endlich nach Luft schnappte, legte ich los: „Jetzt hörst du *mir* mal zu! *Du* kanntest den Vertrag und seine Bedingungen, denn den hast *du* mit dem Anwalt der Gegenseite selbst ausgehandelt. Über zwei Jahre lang hast *du* regelmäßig weit mehr als das Geld bekommen, was zurückzuzahlen war und wenn *du* jetzt nicht so überreagiert hättest, wären wir wieder für euch in die Bresche gesprungen und hätten das Haus erneut verkauft."
„Klar, damit Ihr nochmal absahnen könnt!"
„Sei nicht ungerecht!" Langsam reichte mir der Disput: „Wir haben von dir keinen Pfennig und nur ein Minimum dessen, was uns zugestanden hätte von deinem Geschäftspartner verlangt. Als wir bei einem anderen Haus-Wiederverkauf für euch fünfzigtausend Mark Gewinn herausgeholt haben, hast du dich nicht beschwert! Und auch jetzt hättest du keinen Grund dazu, wenn du etwas gespart hättest! Außerdem kennst du Fred und seine Fähigkeiten als Geschäftsmann!"

„Bla, bla, bla. Das andere Immobilienbüro wird das Haus gut verkaufen."

„Nicht *zu dem Preis*, Schwesterherz, darüber sind wir uns wohl einig. Er war von Anfang an zu hoch angesetzt."

„Lass mich in Ruhe, du hast mich in den Ruin gestürzt und das werde ich dir mein Leben lang nicht verzeihen."

„Marie..." Aufgelegt. Ich fing fürchterlich an zu weinen, nein ich heulte, wie ein Schlosshund. Hatte ich wegen dieser Sache meine Schwester verloren?

Fred nahm mich, nach einem Weinkrampf, in den Arm: „Ich habe gehofft, dass es nicht so endet. Geld verdirbt nicht nur den Charakter, wie man so schön sagt, Geld macht neidisch, gierig und entzweit." Er wischte mit seinen Daumen die Tränen unter meinen Augen weg und küsste mich auf die Stirn. Das ist wohl der einzige trockene Fleck auf meinem Gesicht, dachte ich und hoffte, dass der Sturm sich legen möge. Während ich in mein Taschentuch schnaubte, nahm ich mir vor, nie, nie und nie wieder Geld in Verbindung mit meiner Familie oder meine Freunde zu bringen.

Bei meinem nächsten Besuch in Zepelin war meine Mutter freundlich, aber einsilbig, mein Vater hatte sich im Garten hinter einem riesigen Holzhaufen verschanzt und spaltete mühsam die dicken Kloben, um sie in Scheite für den Ofen zu spalten. Während ich ihm zur Begrüßung einen Kuss auf die verschwitzte Wange gab, sagte er kein Wort. Verbissen trieb er einen Metallkeil in eine dicke Baumscheibe, indem er mit dem stumpfen Ende seiner Axt auf das Metall donnerte, bis das Holz zerbarst.

„Warum machst du nur so schwere Arbeit? Kann dir niemand dabei helfen?"

„Mir braucht keiner zu helfen. Was willst du eigentlich hier? Du hast deine Schwester ins Unglück gestürzt. Sie wird viel Geld verlieren, denn ihr Haus ist nun ein Schweinestall."

„Und, was kann *ich* dafür? Wenn sie den Mieter wie eine Furie aus dem Haus jagt... vielleicht hätte er es sonst ordentlich übergeben. Weißt du eigentlich, dass Marie von dem Kauf zurück getreten ist? Die Notarin hat es mir gesagt."

„Das hätte ich auch gemacht. Sie war so wütend, weil die letzten Raten nicht pünktlich gezahlt wurden."

„Und das war eine gute Gelegenheit, dich gleich mit dem Zustand des Hauses vertraut zu machen und dir die Ohren voll zu jammern."

„Ich werde ihr helfen. Ich mache das auf meine Art wieder gut."

„Papa, da ist nichts gut zu machen. Sie konnte über zwei Jahre lang die Bank bedienen und hätte sie den Rest des Geldes gespart, wäre es ihr leicht gefallen, alles in dem Haus wieder in einen ordentlichen Zustand zu versetzen. Was meinst du, wie viel Geld verloren gewesen wäre, wenn es zu einer Zwangsversteigerung gekommen wäre? Marie brauchte der Bank gegenüber einen Sündenbock und der sah in ihrer Fantasie zufällig so aus wie ich."

„Hör jetzt auf zu quatschen! Sie will dich vor Gericht bringen und dann wird man ja sehen, wer Recht hat."

Ich sperrte Mund und Augen auf und als ich den Satz verdaut hatte, fragte ich: „Du willst, dass ich, *deine Tochter*, vor Gericht gezerrt werde? Weshalb? Weil Marie als Anwalt ihre eigenen Verträge nicht kennen will? Weil du ihr glaubst und mir nicht?" Verzweifelt schlug ich mit der Hand in den Wind. Dann sagte ich mit fester Stimme: „Tschüss Papa, ich komme vorläufig nicht nach Hause, damit du dich nicht noch mehr aufregst."

Wieder knallte Metall auf Metall und es war, als fühle ich es in meinem Kopf.

Tatsächlich kam eines Tages ein Brief vom Staatsanwalt mit einer Aufforderung an Fred, sich zu diesem Vorfall zu äußern. Er besprach die Angelegenheit mit seinem Anwalt und dieser schilderte wiederum den Sachverhalt der Staatsanwaltschaft, die daraufhin das Verfahren wegen des angeblichen Betruges für gegenstandslos hielt und es einstellte. Das Dröhnen in meinem Kopf hielt noch lange an.

Erst als Ulrike mich anrief, ich hätte ein weiteres Enkelkind, einen gesunden, blonden Jungen, mit dem Namen Lars, beruhigte ich mich. Außerdem riet sie mir, mich nicht auf Diskussionen mit meinem Vater einzulassen, auch wenn es weh täte... kluges Mädchen.

Wie schön, dass ich meine Kinder habe.

Mehr als nur ein Beinbruch
Als meine Mutter mir am Telefon sagte, sie würde sich ihre ständig schmerzende Hüfte operieren lassen, war ich froh darüber, zuckte aber sofort zusammen, als ich hörte, sie würde deshalb in wenigen Tagen in das Kreiskrankenhaus nach Bad Doberan kommen.
„Um Gottes Willen", entfuhr es mir, „Mutti, wie kommst du denn auf dieses kleine Krankenhaus. Hier werden sehr wenig Hüft- und Knieoperationen durchgeführt. Besser wäre für dich eine Spezialklinik! Deine alte Prothese muss erst entfernt und dann eine neue eingesetzt werden."
„Ja, ja, die Garantie ist seit einigen Jahren abgelaufen", lachte sie, „aber das wird schon gut gehen. Marie hat mir dazu geraten und mich beim Chefarzt angemeldet."
Ich wollte meiner Mutter nicht den gefassten Mut nehmen und sagte ruhig: „Na gut, dann bist du wenigstens in unserer Nähe. Marie und ich haben nur einen kurzen Weg, um dich nach Dienstschluss zu besuchen."
„Schön, Jana kümmert sich von Bützow aus um Papa und dann ist alles palletti."
Zwischen mir und meinen Schwestern herrschte meistens Funkstille, aber wenn es um unsere Eltern ging, verhielten wir uns wie vernünftige, erwachsene Menschen und besprachen kurz und knapp, was zu bedenken oder zu erledigen war, damit es ihnen möglichst gut ginge.

Nachdem unsere Mutter die Operation endlich überstanden hatte und die Reha-Maßnahmen drei Wochen danach abgeschlossen waren, machte die „reparierte Patientin" einen zufriedenen Eindruck. Vielleicht habe ich den Chefarzt unterschätzt. Sorgen machten mir jedoch seine Worte nach der Abschlussuntersuchung: „Der Oberschenkelknochen ihrer Mutter ist bei der Operation ein wenig eingerissen. Wir haben eine Art Fenster geschnitten, damit der Riss nicht stärker werden kann. Sicher wird das halten."
„Was für ein Fenster? Sie haben den Riss herausgeschnitten?" Dass ich den Arzt überhaupt verstanden hatte, lag sicher daran, dass er mit dem Zeigefinger ein fast fertiges Viereck auf seine Schreibtischplatte

zeichnete.

„In etwa", war die knappe Antwort und da ich in Klinikangelegenheiten ziemlich unerfahren war, gab ich mich damit zufrieden.

Wenige Tage später rief meine jüngere Schwester, Jana, mich an und war ganz aufgeregt: „Kannst du ins Krankenhaus fahren? Mutti ist schon wieder eingeliefert worden... ihr Oberschenkel ist gebrochen... kompliziert... ihre Prothese hat nicht gehalten... jetzt liegt sie im Streckverband... sie war auf dem Weg in die Küche und ist davor zusammengesackt... sie hat fast vier Stunden völlig verrenkt im Flur gelegen, weil Papa zum Angeln gefahren war... der Flur war ziemlich kalt... zu allem Unglück hatte sie sich auch noch eingeschlossen... als Papa zurückkam, hat er einen Teil der Holzwand von der Veranda abgeschraubt und endlich den Notarzt gerufen..."

Fassungslos hörte ich das Stammeln meiner jüngeren Schwester und suchte mir einen Stuhl, um mich hinzusetzen. Ich holte tief Luft und sagte so ruhig wie möglich: „Ist gut, ich fahre gleich hin. Kümmere dich um Papa, ja?"

Ein undefinierbares „Hm-hm" war wohl die Bestätigung und mit flauem Gefühl im Magen stieg ich ins Auto und fuhr los.

Nach einigem Suchen fand ich meine Mutter in einem kleinen Zweibettzimmer. Sie lag da, wie ein Häufchen Unglück, das gebrochene Bein in einem Gestell, welches mich an die Werkbank meines Vaters, mit einigen Schraubzwingen bestückt, erinnerte.

„Schön, dass du kommst", sagte sie leise und ich wusste, dass sie sich anstrengen musste, „jetzt bin ich hier festgeschraubt und kann nicht mehr abhauen." Es folgte kein Lächeln, aber ich wusste, dass es folgen sollte.

„Mama, das ist ja schrecklich", bedauerte ich sie und streichelte ihre Hand. „Ich habe nichts gemacht, ich schwöre", murmelte sie aus ihrem Kopfkissen, „ich wollte in die Küche gehen, da knackte es in meinem Oberschenkel und ich schlug lang hin, na, eigentlich nicht so lang, sondern völlig verdreht in dem engen Flur... ich hatte höllische Schmerzen und rief um Hilfe, aber natürlich hat mich niemand gehört... wäre ja auch ein Wunder gewesen. Es war kalt, elend kalt, zum Glück konnte ich mich mit der großen Fußmatte ein wenig zudecken... na und dann kam ja Papa endlich... so wie ein Geist durch die Wand, aschfahl im Gesicht und völlig entsetzt, das kannst du dir ja vorstellen... er rief den Notarzt und ich bekam endlich Schmerzmittel."

Ich saß da wie eine Statue und wollte mir dieses Dilemma nicht vorstellen. Der jammervolle Anblick, den meine Mutter bot, brachte mich auch so schon fast zum Weinen. Mühsam sprach sie weiter: „Während wir hier her unterwegs waren, musste ich an deine - neulich gemachte - komische Bemerkung über Holzhäuser denken: wer den Schlüssel vergessen hat, kann sich mit der Kreissäge Einlass verschaffen..."
Ein wenig zuckten ihre Mundwinkel: „Gut, dass Papa die Holzbretter abschrauben konnte, sonst hätten die Fenster dran glauben müssen."

Meine Mutter schloss die Augen und ich sah, dass sie sich völlig verausgabt hatte. Woher nimmt sie diese Kraft, überlegte ich, will mir die Angst nehmen und stirbt selbst fast daran.

Auf leisen Sohlen verließ ich das Krankenzimmer und bat die Stationsschwester um eine Rücksprache mit dem Chefarzt. Vor seiner Tür traf ich meine Schwester Marie, die das Gleiche vorhatte. Sie flüstere mir zu: „Ich denke, das hätte nicht passieren dürfen, aber wie will man das beweisen. Hören wir erst einmal, was der Doktor zu sagen hat."

Wir hörten, dass „garantiert unsere Mutter erst gefallen" sei und aus dem Sturz der Bruch resultiere, „nicht etwa umgekehrt." Ein paar Tage müsse sie im Streckverband aushalten, weil das Gelenk noch einmal erneuert werden müsse und dieses Mal hätten sie einen Spezialisten aus Berlin für die Operation angefordert, der nicht sofort abkömmlich sei. Außerdem würde jetzt ein Spezialgelenk zur Anwendung kommen, welches dem Gewicht, der Körpergröße und Knochenstruktur unserer Mutter angepasst sei. Wir fragten nervös, warum dieses Gelenk nicht vorher verwendet wurde, stritten und beruhigten uns wieder.
Im Flur sagte Marie: „Jetzt werden sie alles richtig machen, glaub mir, sonst kehre ich den Anwalt raus und dann: Gnade ihnen Gott."

Einen Augenblick lang fühlte ich erleichtert, dass meine „große Schwester" neben mir ging. Trotzdem wir den Aufstand geprobt und den Arzt vollgemeckert hatten, dauerte es fast zwei Wochen, bis die Operation endlich stattfand.

Nie wieder, das habe ich mir geschworen, werde ich verfrüht einen Kranken besuchen, der auf einer Intensivstation liegt. Bei meiner Mutter tat ich es und als ich sie leichenblass in ihrem Bett liegen sah, erschrak ich heftig, weil ich sie für tot hielt. Meine Augen auf ihre knapp zugedeckte und mit Kabeln versehene Brust gerichtet, stand ich unbeweglich da, bis ich erkannte, dass sie atmete. Danke Gott. Sie hat es geschafft. Bitte, lass sie schnell wieder gesund werden.

Plötzlich öffnete meine Mutter ein wenig die Augen und atmete heftig. Sie versuchte zu sprechen und ich hatte den Eindruck, sie wolle mir *unbedingt* etwas sagen. Ich beruhigte sie, erklärte ihr, dass sie die OP überstanden hätte und ich es sofort unserem Papa mitteilen würde. Nein? Das war es nicht, was sie hören wollte. Sie schüttelte unmerklich den Kopf, bäumte sich auf und würgte förmlich heraus: „Ich... wll..."

„Was Mama, was willst du mir sagen? Ich zitterte am ganzen Körper und war fast erleichtert, als eine Krankenschwester mich aus dem Raum schob: „Lassen Sie sie schlafen. Kommen Sie morgen wieder, dann geht es ihr sicher besser."

Die Nacht über kam ich nicht zur Ruhe und als ich meine Mutter am nächsten Tag besuchte und nachfragte, konnte sie sich nicht einmal daran erinnern, dass ich bei ihr war.

Erneut begann für sie die Rehabilitation und es dauerte mehrere Wochen, bis meine Mutter zu Kräften kam und einigermaßen laufen konnte. Während dieser Zeit besuchten meine Schwester Marie und ich sie jeden Tag nach Dienstschluss. Für mich waren diese Abende erheblich anstrengender, als für Marie, weil meine Mutter mich darum bat, dass ich sie abends duschen möge. „Die Schwestern sind so ruppig", klagte sie und so erklärte ich mich dazu bereit. Es war jeden Abend eine Riesenanstrengung für mich, bis ich nach einiger Zeit sagte: „Lass dich doch bitte vom Personal waschen, ich bin fix und fertig, wenn ich nach Hause gehe und gesprochen haben wir kaum miteinander."

Mit der Kommunikation haperte es oft auch, wenn meine Schwester ein- und auftrat. Sie beherrschte sofort die Szene, plauderte wie ein Wasserfall, fragte und wartete gar nicht erst auf Antworten. Trotzdem gelang es ihr meistens, unsere Mutter zum Lachen zu bringen, während mir das Lachen bereits vergangen war.

An manchen (guten) Tagen redeten wir miteinander, als ob nie etwas zwischen uns gestanden hätte und eines Abends, als wir gemeinsam das Krankenzimmer verlassen hatten, nahm ich meinen ganzen Mut zusammen und fragte sie: „Sag mal Schwesterherz, soll das nun mit uns so weiter gehen, oder können wir uns wieder vertragen?" Ich weiß nicht, welche Antwort ich erwartet hatte, jedenfalls nicht diese: „Du wagst es, mich das zu fragen? Du hast mich fast in den Ruin gestürzt! Ich habe einen Haufen Geld verloren und dein Mann hat schönes Geld eingestrichen."

„Nicht von euch", konterte ich, „und wesentlich weniger, als üblich. Deinetwegen! Du hast unserem Vater die Geschichte so erzählt, als hättet *ihr* uns bezahlen müssen... und dass *du* vom Kaufvertrag zurück getreten bist, hast du auch unterschlagen. Ganz vergessen zu erwähnen, hast du bei der „Hausbesichtigung" *(ich wurde giftig)*, dass du genügend Mittel gehabt hättest, das Haus zu renovieren, wenn du dir nicht mal ganz schnell neue Möbel gekauft hättest. Deine Art und Weise mit Geld umzugehen, will ich gar nicht bewerten. Von unseren Eltern hattet Ihr auch schon einiges geliehen."

„Und zurück gezahlt!" Die dunklen Augen meiner Schwester funkelten tiefschwarz und in ihrem halbgeöffneten Mund zeigten sich zwei Reihen ebenmäßiger Zähne, die denen meines Vaters sehr ähnlich waren. Wie schnell ihre Stimmung umschlägt, dachte ich und: hätte ich lieber meinen Mund gehalten. Nun war es sowieso schon zu spät und so musste auch noch aus mir heraus: „Schönen Dank übrigens, dass Fred angezeigt wurde, obwohl er euch den Kragen gerettet hat!"

„Das war Reiner", keuchte sie und ich zischte, weil jemand uns auf der Treppe zum Ausgang entgegenkam: „Und du hast es gewusst, oder sogar vorgeschlagen!?"

„Ach hör auf!"

„Ja, mach ich, du hast unseren Vater so beeinflusst, dass ich nicht mehr nach Hause kommen brauche und wenn du keine Anstalten machen willst, dich mit mir zu vertragen, werde ich garantiert nicht noch einmal darum bitten!"

Inzwischen war meine Schwester ein paar Schritte vor mir. Sie öffnete die Schwingtür und jagte sie mir entgegen, wobei sie sagte: „Du bist für mich sowas von gestorben!"

Das tat doppelt weh! Doch die Tür traf mich nicht so sehr, wie der letzte Satz meiner Schwester. Wir sind der gleichen Mutter aus dem Leib gekrochen, dachte ich, und doch so verschieden. Sie wird sich an dieser Sache festfressen, wie mein Vater es immer tut und niemand wird etwas daran ändern. Meine Mutter hätte gesagt: „Dagegen ist kein Kraut gewachsen..."

Hochzeit im Septemberwind

Es war ein schöner Anblick, als meine Caroline in einem langen, weißen Brautkleid neben ihrem frisch angetrauten Ehemann Daniel auf dem Bootssteg des Segelvereins, dem die beiden seit Jahren angehörten, standen. Ich bekam Gänsehaut, nicht weil der Septemberwind ziemlich kühl war, sondern, weil nun eine neue Lebensetappe für meine Tochter – und bestimmt auch für mich – beginnen würde.

„Sei nicht traurig", stupste mich Fred an, „sie hat sicher die richtige Wahl getroffen. Ich finde, da steht ein schmuckes Paar."

„Stimmt", sagte ich mühsam und verbot mir zu weinen. Ein wenig schnupfen musste ich dann doch, als die kleinen Segelschüler, die Caro seit einiger Zeit ausbildete, mit orange-roten Schwimmwesten ausgestattet, vor dem Hochzeitspaar Spalier standen und ihre Glückwünsche darbrachten. Die „Opti-Kinder", wie sie im Club liebevoll genannt wurden, verehrten ihre Ausbilderin und zeigten es mit fröhlichen Gesten.

("Opti": Abkürzung von Optimist/Bootsklasse: kleine leichte Jolle.)

Mit den vielen einzeln aufsteigenden Luftballons, schickte ich meine guten Wünsche für das frisch vermählte Paar in den Himmel. Dann ertönte ein Hubkonzert und mit vielen geschmückten Fahrzeugen ging es quer durch die Stadt, allen voran fuhr das Fahrzeug mit dem Brautpaar, das standesgemäß in einem Segelboot Platz genommen hatte. Das Boot war auf einem Bootsanhänger befestigt, hinter dem ein Haufen klappernder Dosen über den Asphalt donnerte. Dass es hier sozusagen mit fliegenden Fahnen, oder besser einem flatternden Segel zuging, erfreute die vielen Zuschauer am Straßenrand der Kleinstadt und jeder winkte. Die Kinder rannten, mehrere hundert Meter weit, johlend hinter dem Brautpaar her und ich bedauerte meine Tochter, die in ihrem kurzärmligen Kleid zu frieren schien. Außerdem waren ihr Mann und sie ständig damit beschäftigt, das Segel auf Kurs zu halten, damit es ihnen nicht um die Ohren schlug.

„Mein Gott, hör auf zu glucken", stöhnte mein Mann, als ich ihm meine Bedenken mitteilte, „sie fühlen sich pudelwohl... sozusagen: in ihrem Element."

Etwas beruhigter, kniete ich mich auf den Beifahrersitz und schob den Kopf aus dem Autodachfenster, um die fröhliche Gesellschaft hinter uns zu filmen. Warum war an diesem Tag mein Herz so schwer? Weil mir klar wurde, wie schnell die vielen Jahre vorbeigezogen waren? Gerade war sie noch klein, ein Schulkind, ein Lehrling... und nun fährt vor mir eine frisch gebackene Ehefrau in einem Boot auf Rädern und jongliert das Segel gekonnt in die richtige Richtung. Sie wird den richtigen Kurs in ihrem Leben halten...

Bei der Feier am Abend in einer hübschen Gaststätte, wurde mein Zustand nicht besser. Ich konnte nicht richtig fröhlich sein. Warum? Ich freute mich doch für mein Mädchen. Vielleicht war ich zu angespannt von der vielen Arbeit im Betrieb? Ständig jagten wir von einem Termin zum anderen und vergaßen, Luft zu holen. Fred sah ebenso geschafft aus. An fröhliches Tanzen war nicht zu denken.

Es war gut, dass die fünf Freundinnen von Caroline zwischendurch einen ulkigen Tanz aufführten. Sie waren schlanke Gestalten, fast gleich groß und reizten die Gäste schon allein durch ihre zappelnden Gliedmaßen zum Lachen. Sie hatten rote, blonde und eine schwarze Perücke aufgestülpt *(vom Typ Angela Davis)* und sangen zu Abba-Klängen: *Sailing-Queen.*

Ich kippelte das Glas Rotwein in meiner Hand nach links und rechts und dann trank ich samtene Flüssigkeit in einem Zug aus. Vielleicht hilft das... Ich sah hinüber zu Daniels Mutter. Die kleine grauhaarige Frau saß allein da. Ich hatte mich vorher ein paar Mal bemüht, mich mit ihr zu unterhalten, aber es gelang mir nicht. Sie war mit sich und alten Erinnerungen beschäftigt, erzählte in kurzen Sätzen vom Tod ihres Mannes vor vielen Jahren, von ihrem Haus und ihren Söhnen Werner und Daniel. Dabei brachte sie einiges durcheinander. Traurig, dachte ich. Ihr fehlt ein Stück von ihrem Herzen. Sicher hat sie Angst, noch viel mehr und viel öfter allein zu sein, als bisher...

Immer wieder präsentierten sich die Freude des Segelclubs: mit Spielen, Sprüchen und kleinen Ansprachen. Fred sagte: „Ich will dir ja nicht wehtun, aber ich fühle mich langsam fehl am Platz. Und du? Hast du schon *einen* Satz mit deiner Tochter gesprochen?

„Ja, sie kam an meinem Stuhl vorbei und sagte: Tolles Fest, nicht? Sie hat gar nicht gemerkt, dass ich nicht geantwortet habe. Aber es ist *ihr* Tag und da wir uns so selten sehen, sind ihr die Freunde wichtiger, als die Eltern."

„Ach so", sagte Fred müde.

Die Hochzeitstorte wurde angeschnitten... der Schleier abgetanzt, der Brautstrauß geworfen...

Reiß dich zusammen, Brautmutter. Es ist der schönste Tag im Leben deines Kindes. Zeig Verständnis.

Legionellen

„Mama, es ist so schön hier", rief Romy aus der riesigen Badelandschaft des hochmodernen Urlaubshotels in Doha auf Katar. Dann tauchte sie ab wie eine kleine Nixe, die langen dunklen Haare bedeckten komplett die Schultern, die Arme hielt sie gestreckt am Körper und auch die Beine bewegte sie kaum. Trotzdem glitt sie mit schnellen, wellenförmigen Bewegungen und enorm lange unter der klaren Wasseroberfläche entlang, dass ich im Geiste für sie am Beckenrand tief Luft holte. „Mein Gott, Romy", mahnte ich, als sie in meinem Schatten grinsend auftauchte, „manche Schwimmbecken sind mit Vorsicht zu genießen. Oft sind sie voller Bakterien. Denk an Papa, der auf Mallorca plötzlich entzündete Ohren hatte, weil ..."

„Ja, ja Mama, ich weiß Bescheid." Mit einer zackigen Bewegung des Oberkörpers glitt sie wieder abwärts und paddelte kurz mit den Beinen, dass ich nass wurde. Hinter mir hörte ich Fred: „Lass die kleine Meerjungfrau. Sie ist schon dreizehn Jahre alt und ich denke, wir haben ihr das Taucheinmaleins beigebracht. Sieh mal, da leuchtet ihr knallgrüner Bikini. Sie ist schon weit weg."

„Ja, ich werde immer eine Glucke bleiben", winkte ich ab und wischte mir das Wasser vom Bauch, wobei ich nicht wusste, ob es aus dem Schwimmbecken stammte, oder der unerträglichen Hitze Arabiens zuzuordnen war.

„Nein, keine Glucke, du bist ein schöner, großer, weißer Vogel, der ausgesprochen gut schwimmen kann", sagte Fred betont. Seine dunklen Augen schauten kess unter seinem, von häufigem Waschen weiß geränderten, dunkelgrünen Schlapphut heraus, auf dem eine ausgeblichene Stickerei gerade noch das Wort „Jamaika" hervorbrachte. Der sonst dunkle Vollbart meines Gatten machte ebenfalls einen helleren Eindruck, so dass ich mir nicht verkneifen konnte zu sagen: „Du wirkst verblichen! Außerdem kenne ich den Satz des Komikers Heinz Ehrhard, der mit dem Großen Weißen Vogel eine dumme Gans beschrieben hat. Ich fühle mich beleidigt." Natürlich war ich das nicht wirklich und so setzten wir uns gutgelaunt auf unsere Strandliegen und blinzelten auf den Persischen Golf, der mit seiner Badewannentemperatur keine Erfrischung bieten konnte.

„Ist dir eigentlich bekannt, dass das Emirat Katar im Süden an Saudi Arabien grenzt?" fragte Fred nach einer Weile.

„Nö", gähnte und streckte mich aus, „aber da würde ich gern auch noch mal hin... schauen, wie die Pilger in Mekka im Innenhof einer riesigen Moschee beim Beten ständig im Kreis laufen. Einmal habe ich einen witzigen Satz darüber gelesen. Jemand schrieb: „Irgendwann müssen sie die Tür doch finden."

„Über den Glauben, egal welchen, macht man keine Scherze", kritisierte Fred, „die Pilger umkreisen die sogenannte Kaaba, ein quaderförmiges, schwarzes Gebäude, sieben Mal. Die genaue Bedeutung der Zahl kenne ich nicht. Ich weiß nur, dass es zu den Pflichten eines Moslems gehört, einmal im Leben dort zu beten, damit ihm an der Geburtsstätte Mohammeds alle Sünden vergeben werden."

„Das ist ja richtig", gab ich zu, „normalerweise achte ich jede Glaubensrichtung. Vielleicht bin ich zu neugierig, aber ich möchte da wirklich mal hin."

„Wohin möchtest du denn nicht? Solche Ziele sind nicht jedermanns Sache. Von Katar stand im Internet nur, dass sich der Tourismus hier im Aufbruch befindet und man zurückhaltend auftreten soll. Mehr wussten wir vor der Abreise nicht."

„Deshalb sind wir hergekommen", ich setzte mich aufrecht hin, „wir waren schon in anderen arabischen Ländern und wissen beide, wenn man Rücksicht auf religiöse, traditionelle und soziale Traditionen nimmt, passiert einem so leicht nichts. Es ist interessant und erweitert den Horizont ungemein, wenn man sieht, wie andere Völker leben. Ich bin glücklich über jede Reise, weil ich daraus für mein eigenes Leben so vieles lernen kann."

„Machen wir heute noch einen Einkaufsbummel", platschte uns plötzlich eine klatschnasse Romy in unser Gespräch. Trotz der Hitze hatte sie bläuliche Lippen und gedanklich machte ich mich dafür verantwortlich, sie nicht vorsichtshalber darauf hingewiesen zu haben, dass ihr zum Atmen unter Wasser keine Kiemen zur Verfügung stünden.

Mit einem Taxi fuhren wir abends in ein riesiges Einkaufszentrum, spazierten durch lichtdurchflutete Geschäfte mit übervollen Regalen, stöberten und schnökerten, was das Zeug hielt, denn die Preise waren recht moderat. Romy war glücklich: „Endlich ein paar schicke Klamotten", jubelte sie.

„Und Uhren", freute sich Fred, „das sind keine Imitate, die sind echt... und bezahlbar."

„Sicher, weil die Touristen diese Stadt noch nicht überfluten. Von den restlichen sechs Tagen, die uns in diesem Urlaub noch vergönnt sind, werden fünf davon für diese gigantische Einkaufsstätte eingeplant. Nicht um ständig etwas zu kaufen, sondern um staunend zu erkunden, was es hier so alles gibt."

Am Abreisetag saßen wir beim Sonnenuntergang am Wasser und genossen mit ein paar Familien die Ruhe um uns herum. Plötzlich gab es hinter der meterhohen Mauer, die das Hotel umgab, einen entsetzlichen Knall. Wir zuckten zusammen. „Das war eine Bombe", entfuhr es mir, obwohl ich glücklicherweise noch nie damit konfrontiert worden war. Ehe wir uns versahen, sprangen alle Kinder auf, rannten zu der Mauer und kletterten kurzerhand obendrauf. Romy rief in den von Sand angereicherten Wind: „Da brennt ein Auto, viele Leute laufen und schreien... überall ist Blut."

„Komm da runter!" Fred war entsetzt und rannte unserer Tochter entgegen, die sofort gehorchte und ihrem Vater in die Arme sprang. Verstört griff sie seine Hand und zog daran, als könne er ihr dann besser zuhören: „Überall war Polizei... Ärzte, Krankenwagen... und Blut Papa, ganz viel Blut!"

„Beruhige dich, hier wird uns nichts passieren. Wir gehen vorsichtshalber ins Hotel und in einer Stunde werden wir zum Flughafen gebracht." Mir raunte er zu: „Mein Gott, um diese Zeit sind wir täglich mit dem Taxi genau diese Straße entlang gefahren, ausnahmsweise heute nicht." Ich fühlte mich plötzlich unwohl.

Auf dem Weg zum Flughafen Doha, hatte man uns anstatt mit einer Limousine des Hotels in einen Bus gestopft und das Gepäck fast obendrauf geladen. Wir wussten, warum. Der Fahrer raste die besagte Straße entlang, vorbei an einem Haufen Schrott und blutgetränkten, frisch von Sand bedeckten Flächen, als ginge es um unser aller Leben. Vielleicht ging es das auch. Was wussten wir eigentlich über dieses Land? Nur, dass im Internet geschrieben stand, alle Emirate wären sicher, auch dieses. Was war hier geschehen?

Bei unserer Ankunft auf dem Flughafen Frankfurt kauften wir uns sofort die Bild-Zeitung. Ausnahmsweise. Fred ulkte stets, die dürfe man nicht schräg halten, sonst käme Blut heraus. Jetzt aber wollten wir wissen, wessen Blut tatsächlich vergossen wurde. Wir fanden nach längerem Suchen eine ganz kleine Anzeige: *„In Doha auf Katar wurde gestern der tschetschenische Ministerpräsident mittels einer Autobombe von den Russen getötet..."*

Wieder zu Hause angekommen, sagte Fred: „Dieses Mal hätte es uns erwischen können und zwar heftig. Wir waren zur richtigen Zeit am richtigen Ort, Gott sei Dank..."

Dann erwischte es uns doch noch, insbesondere unsere Tochter Romy, die plötzlich eigenartig hustete. Wir fuhren mit ihr in die nächstgelegene Arztpraxis. Die Ärztin, die einen kompetenten Eindruck auf uns machte, diagnostizierte: „Bronchitis. Ist nicht so schlimm. Ich verschreibe ihr etwas." Romy schluckte brav die Medizin, hustete weiter und zwar tiefer und schwerer als zuvor.

Bei einem erneuten Arztbesuch blieb die Ärztin bei ihrer Diagnose: „Sie können mir schon glauben, dass das eine Bronchitis ist. Damit kenne ich mich aus." Sie verschrieb etwas „Wirksameres." Obwohl Fred ihr von unserem Auslandsurlaub berichtete, meinte sie: „Machen Sie sich nicht verrückt. Das kriegen wir schon hin."

Romys Zustand verschlechterte sich zunehmend. Sie weinte bei jedem Hustenanfall, bekam Fieber und wurde apathisch. Abwechselnd saßen Fred und ich an ihrem Bett, um ihr mit Brust- oder Wadenwickeln zu helfen.

Eines Nachts wachte ich auf, weil ich glaubte, deutlich gehört zu haben, dass sie nach mir rief: „Mama?"

Wie bei allen meiner Kinder war das für mich das Zeichen zum Augen aufreißen, Hochschnellen und die dann meist bedrohliche Situation zu erfassen. Zu meinem Erstaunen stand meine Tochter nicht neben meinem Bett. Überrascht und voller Sorge huschte ich in ihr Zimmer und sah, dass sie schlief. Sie war klatschnass und stöhnte. Wie war das möglich? Vielleicht gibt es mehr Verbindungen zwischen Mutter und Kind, als man annimmt, dachte ich, kühlte ihr die glühende Stirn und hielt ihre Hand. Als ein schwerer Hustenanfall folgte, weckte ich Fred. In seinen müden Augen spiegelte sich die Sorge um den kritischen Zustand unserer Tochter: „Das schaue ich mir nicht länger an. Niemals ist das Bronchitis!" Er wickelte Romy in eine Decke, trug sie zum Auto und flüsterte ihr beim Einsteigen ins Ohr: „Wir fahren jetzt nach Rostock in die Kinderklinik. Halt durch, mein Schatz, ich bin mir sicher, dass die Ärzte dort wissen, was du hast und wie du wieder gesund wirst."

Ich war erleichtert, als „Mann und Maus" nach unendlichen Stunden wieder zurück waren. Fred hatte dem Arzt geschildert, wo wir den Urlaub verbrachten und dass er vermute, Romy habe eine seltene Krankheit. „Ich dachte, ich sterbe vor Angst, als mehrere Ärzte und Schwestern um unsere Tochter herum hantierten und lange schwiegen. Sie nahmen ihr eine Menge Blut ab, sprachen von zu hohem Fieber und untersuchten gründlich ihren kranken Körper. Dann bekam sie eine Spritze, ich glaube, ein Antibiotikum und irgendwann kam endlich der Laborbericht, der bestätigte, was der Chefarzt bereits vermutet hatte: Romy hat Legionellen, eine bakterielle Infektion, die leicht verlaufen, aber wie bei ihr, auch eine lebensgefährliche Lungenentzündung auslösen kann. Mein Herz schlug bei jedem Satz, den ich hörte, schneller."

„Wie… lebensbedrohlich…", stotterte ich und drückte meine Hände gegen meinen Magen, weil er aufbegehren wollte. Fred umarmte mich und flüsterte: „Der Chefarzt hat gesagt, dass sie nicht überlebt hätte, wenn wir eine halbe Stunde später gekommen wären." Ich atmete tief ein, wandte mich ab und rannte ins Bad um mich zu übergeben. Später las ich im Internet nach, was über Legionellen bekannt war. Die Liste war endlos. *(In wenig ausgelasteten Hotels (wie dem in Doha) mit selten genutzten Wasserleitungen, beziehungsweise langen Verweilzeiten des Wassers, finden die Bakterien optimale Lebensbedingungen, insbesondere im Temperaturbereich von fünfundzwanzig bis fünfzig Grad. Sie können in Süß- und Salzwasser vorkommen, in Schwimmbädern, Duschen, Tanks…*

Mit dem gezielten Einsatz richtiger Medikamente sowie dem Tag- und Nachtdienst fleißiger Eltern, wurde Romy nach vier Wochen wieder gesund und ich nahm mir vor, mich zukünftig intensiver mit geplanten Urlaubszielen auseinanderzusetzen.

8

„Hattest du eine Vorstellung von Bratislava? Schon am Donauufer präsentiert sich eine alte, restaurierte und doch modern wirkende Stadt und hier in der Altstadt gefällt es mir besonders", Tina schleckte an ihrem Eis und bekleckerte sich, weil die Sonne es zu schnell schmelzen ließ: „Auch das noch..."

Anita stand vor einem Schaufenster: „Wie liebevoll hier alles dekoriert wurde... und die hübschen Fassaden... sind dir eigentlich die vielen jungen Leute aufgefallen? Die Stadt wirkt quirlig und doch entspannt. So schön habe ich es mir hier auch nicht vorgestellt."

„Wir müssen zurück, Anita, morgen haben wir schon die letzte Station unserer Reise erreicht..."

„Dürnstein, Österreich, ist bestimmt genauso interessant, mit den vielen Weinbergen und seinem bekannten und beliebten Stromtal, der Wachau. Eigentlich sind sieben Tage viel zu wenig, um alles zu genießen."

„Vielleicht hätte man noch eine Übernachtung in der Drei-Flüsse-Stadt Passau buchen müssen. Welche Flüsse kommen da eigentlich zusammen? Donau, Inn und..."

„Die Ilz."

„Angeber!"

„Bin ja auch schon älter!"

„Wir sind durch vier Länder gekommen... in so kurzer Zeit... auf einem Verwöhn-Schiff. Und es war schön, dich kennenzulernen."

„Auch so."

Die MS Deutschland zog gemächlich die Donau entlang. Die Sonne spiegelte sich auf dem glatten Fluss und ließ, an seinen Rändern, die angrenzenden Bäume auf dem Kopf stehen. Tina saß nachdenklich auf dem Oberdeck, hatte sich ein Tuch um die blonden Haare geschlungen und eine Tasse Kaffee in der Hand. Als sie Anita endlich kommen sah, fragte sie sofort: „Möchtest du auch Kaffee?" Anita nickte und setzte sich zu ihr. Sie streckte die Beine aus und stellte ihre Füße auf den unteren Teil der Reling, dann zeigte sie auf einen Berg: „Da oben ist Stift Melk. Jetzt sind wir bald wieder in Passau."

„Aber bevor wir dort ankommen, möchte ich noch mehr aus deinem Leben erfahren…"
„Und ich aus deinem."
„Wenn ich so recht überlege, hat sich bei mir kaum etwas ereignet… stets der gleiche Trott… da ging es bei dir mehr zur Sache."
Der Kellner reichte Anita einen Becher Kaffee. „Danke, der reicht bis zum Anlegen."
Sie umfasste die Tasse mit beiden Händen, als wolle sie sich daran wärmen, dann erzählte sie weiter:

Wenn man das Gras wachsen hört
Wieder hockte ich in meinen Staudenrabatten und befreite sie von Unkraut und ständig wiederkehrenden Grasbüscheln, die sich wahrscheinlich schon im Keim besondere Überflugrechte gesichert hatten. Fred kurvte seit Stunden mit dem Rasentraktor über die parkähnliche Gartenlandschaft hinter unserem Haus und mähte um die Fläche herum, auf der ich ackerte.
Enorm schwitzend überlegte ich: was mache ich hier eigentlich bei dieser Hitze, da hielt er neben mir an, schaltete das dröhnende Gefährt ab und schrie, als ob der Motor noch eingeschaltet wäre: „Diese bekloppten Rabatten! Hier ein paar Blümchen, da kleine Büschelchen! Ich fahre herum wie Schumacher und langsam wird mir übel! Kannst du mir mal vormachen, wie ich um diese Ecken, Feldsteine und Hölzer herum kommen soll?"
„Nimm doch den Handmäher, Menno, ich möchte, dass alles schön natürlich aussieht."
„Natührlich, natüührlich", antwortet Fred gedehnt, winkte ab und fuhr weiter. „Tschüss bis neulich!"
Ich straffte meinen Rücken und ärgerte mich. Vielleicht auch ein wenig über mich selbst. Jedes Wochenende schufteten wir von morgens bis abends und wenn der Tag zur Neige ging, waren wir doppelt fertig, schauten über unser Grundstück und dachten: „Schön" oder „Gott sei

Dank". Gerda meinte oft: „Ihr müsst doch mal ausruhen, wenigstens einen Kaffee trinken, oder den Garten selbst genießen."
„Wann denn", bekam sie dann einstimmig von uns zu hören.

Inzwischen hatte Fred den Handmäher angeworfen und schob ihn missmutig an mir vorbei. Aus den Augenwinkeln registrierte ich seine saure Miene und da ich wusste, dass meistens etwas schief ging, wenn er keine Lust zu etwas hatte, schlug ich vorsichtshalber ohne aufzuschauen vor: „Lass uns das morgen machen, es läuft ja nicht weg."

„Was du heute kannst besorgen, das verschieb auf Übermorgen", meinte ich zu verstehen und dann ratterte es unrhythmisch im Hintergrund. Wenig später gab der Mäher seinen Geist auf. Scheinbar sollte er das auch. Fred drehte und säuberte ihn, versuchte ihn wieder anzuwerfen und meckerte: „Der Scheiß ist verstopft!" Schließlich stocherte er, bei wieder laufendem Motor, mit einem Stock im Auswurf des Mähers herum und da nahm das Unglück seinen Lauf. Der Rasenmäher machte sich selbständig, fuhr über seinen Fuß und Fred schrie entsetzlich: „Aaaah!" Ich rannte, noch etwas krumm vom langen Bücken, zu ihm. Vor ihm lag ein Teil seines Schuhs und jetzt bekam ich den Schock meines Lebens. Sein großer Zeh war bis zur Hälfte abgefahren und auch die kleinen waren verletzt. Fred stand blass und wankend vor mir: „Hol Verbandszeug, ich habe genau zwei Minuten, dann fängt es an zu bluten und der Schmerz wird einsetzen!" Bevor ich verstand, was er sagte, humpelte er über die Wiese, aber nicht etwa ins Haus, sondern daran vorbei und ließ sich ins Auto fallen. Ich begriff nichts, sah nur, wie er mit aufheulendem Motor los fuhr und durch die Absperrkette der Hofeinfahrt knallte.

„Ins Krankenhaus... zum Arzt... schnell", stammelte ich vor mich hin, stand jedoch wie angewurzelt da und wusste nicht, was zu tun war. Endlich stieg ich mit zitternden Knien in mein Auto und fuhr hinterher. „Wenn ihm bloß nichts passiert, er steht unter Schock", betete ich laut und wünschte mir für meine Augen Scheibenwischer, denn die Tränen wollten nicht aufhören zu fließen. Ich weiß nicht wie, aber kurze Zeit danach, kam ich vor der Klinik an, rauschte in die Parklücke neben Freds Auto und rannte zum Pförtner. „Sagen Sie bitte", keuchte ich

nach Luft ringend, „mein Mann..."
„....ist hier", rief eine Frauenstimme. Ich rannte in diese Richtung und den Flur entlang. Wozu doch manchmal eine Kleinstadt gut ist, dachte ich, da kennt man sich. Am Ende des Flurs winkte die kleine rothaarige Frau Zander: „Gut dass Sie kommen, er ist in der Notaufnahme und wird gleich operiert."
„Bitte, ich muss zu ihm..."
„Gut, aber nur kurz." Sie öffnete die Tür, vor der wir standen und da lag mein Liebling auf einer Liege, kreidebleich und mit einer von Blut durchtränkten Kompresse auf dem Fuß.
„Gott, bist du wahnsinnig geblieben? Du kannst doch nicht wie angestochen losfahren!" Ich schlang meine Arme um den Hals meines Mannes und gab ihm einen Kuss auf den Mund. Er wollte witzig sein, als er sagte: „Ich war ja nicht angestochen, sondern beschnitten..." Ängstlich lächelnd verlor er dann doch die Selbstironie und eine Träne.
„Ich warte, bis du die Operation überstanden hast." Beim Weggehen wurde ich prompt vom Oberarzt angerempelt, der sofort zum OP-Angriff übergehen wollte: „Wir schustern ihn wieder zusammen, machen Sie sich keine Sorgen", sagte er aufmunternd und schob mich aus dem Raum.
Nachdem zwei Stunden vergangen waren, saß ich vor dem Krankenbett meines Mannes, der zur Überwachung einen Tag in der Klinik bleiben musste. Kaum hatte man ihn zusammengeflickt, riskierte er eine dicke Lippe: „Wenn ich hier wieder raus bin, werden die Rabatten in unserem Garten um die Hälfte reduziert und die Ecken rund gemacht, verstanden?"
„Verstanden", sagte ich demütig, „runde Ecken, ganz gewiss."

Ewige Zeitnot
Seit einiger Zeit hatte ich mir angewöhnt, meine Mutter abends anzurufen. Ich tat es täglich, weil ich wusste, dass sie sich einsam fühlte. Mein Vater, der mit einem Fuß in eine von ihm selbst gefertigte Holz-

rampe vor dem Haus eingebrochen war und sich verletzt hatte, bewegte sich nur noch langsam und wurde einsilbig. Am und im Haus blieb vieles liegen und meine Mutter klagte mir ihr Leid, bis ich mich entschloss zu helfen.

Vom Frühjahr bis zum Herbst fuhr ich jeden Freitagnachmittag nach dem Dienst fünfzig Kilometer hin und spät abends dieselbe Strecke zurück. Ich grub den Garten um und hegte und pflegte die Blumen. Oft fror ich wie Espenlaub oder zitterte vor Anstrengung, weil mir nur wenig Zeit für diese Arbeit blieb, aber meine Mutter war mir sehr dankbar und ich denke, mein Vater auch, obwohl er so tat, als wäre meine Unterstützung selbstverständlich. Deshalb fragte ich gar nicht erst nach Benzingeld für mein Auto, obwohl mir die zusätzlichen Ausgaben schwer zu schaffen machten.

Gegen Abend erschien meine Schwester Jana regelmäßig mit ein paar Einkäufen für unsere Eltern und meistens mit den Worten: „Ich muss gleich wieder weg."

„Koch wenigstens Kaffee", bat ich und dann blieb sie eine Weile um Auszuruhen. Später wusch ich sogar noch das Kaffeegeschirr ab, weil mein Schwesterherz das in der Eile „ganz vergessen" hatte. Todmüde und in der Dunkelheit traf ich wieder bei meinem Mann ein. Manchmal sagte er: „Es ist schon ganz schön spät", oder „ich habe auf unserem Hof alles allein geschafft", aber er machte mir nie Vorwürfe und hatte statt dessen das Abendbrot schon zubereitet.

Ich bin froh, dass ich dich habe, dachte ich dann und: ich sollte es ihm sagen, auch, dass ich mich darüber freue, jeden Morgen ein liebevoll zubereitetes Frühstück serviert zu bekommen.

Die vielen Freitagabende waren, wenn ich wieder in Hinter Bollhagen eintraf, eintönig und langweilig. Es schien, als würden Fred und ich sich einen Wettkampf im Matt- und Schlapp-Sein liefern.

Als wir im Herbst in den Urlaub flogen, sprachen wir endlich darüber, aber uns fiel keine Lösung ein. Ich würde nicht aufhören können, meine Eltern zu unterstützen, aber es wäre ja bald Winter...

Die Sonne Thailands erwärmte zum wiederholten Male nicht nur unsere müden Glieder, sondern auch unsere Herzen. Bei entspannenden Thai-Massagen wurden wir wiederbelebt und wenn wir in den wunderschönen Tempeln sahen, wie die Menschen mit ruhigen Bewegungen und einem sanften Lächeln Buddha Lotos- und andere Blüten opferten, Räucherstäbchen entzündeten und ehrfürchtig auf die Knie sanken, fragten wir uns, warum wir ständig so unstetig, ausgelaugt und ruhelos waren. „Den Deutschen sitzt immer die Zeit im Nacken", flüsterte Fred dann, oder „die Menschen hier sind dankbar für das Wenige, was sie haben. Bei uns kann es nie genug sein, immer bleiben noch Wünsche unerfüllt."

Einmal wäre ich fast selbst zum Beten auf die Knie gesunken, weil ich beim Anblick einer andächtigen Kindergruppe spürte, dass es ihr größter Wunsch war, Körper, Geist und Seele in Einklang zu bringen. Alle Kinder trugen ihre blaue Schuluniform, lagen auf Knien und wirkten in sich gekehrt. Sie waren vielleicht zehn Jahre alt, aber über einen langen Zeitraum so diszipliniert, dass es uns unwirklich vorkam.

Während wir auf leisen Sohlen, oder besser: ohne Schuhe, den Tempel verließen, fasste ich meinen Mann an seinem Arm und zog ihn zurück: „Weißt du was wir machen? Wir kaufen für die beiden Kinder unserer Masseurin Spielzeug." Sie, Wang, die zwei Kinder von einem Holländer hatte, *(der irgendwann zum „fliegenden Holländer" wurde und sie verließ)* hatte uns erzählt, dass ihre Kinder mit aufgesammeltem Unrat spielen müssten, weil sie kein Spielzeug kaufen könne.

Bevor wir nach Hause flogen, flog Wang uns um den Hals und weinte herzzerreißend, weil sie für ihre Tochter eine kleine Puppe und für ihren Sohn ein Auto von uns geschenkt bekommen hatte.

Im Gegensatz dazu kaufte ich haufenweise Geschenke für meine vier Enkelkinder. Inzwischen waren Carolines Kinder, Lotte und Alex, mit einem Zeitabstand von einem Jahr geboren. Wir sahen die Kleinen nur selten, weil wir „selbst- und ständig" arbeiten mussten und so hoffte ich dass ich ihnen – gewissermaßen als Ausgleich – damit eine Freude machen könne. Fred jammerte manches Mal: „Du vertrödelst unseren ganzen Urlaub und nachher ist es doch nicht das Richtige…"

Später sagten meine Töchter: „Gib den Kindern lieber das Geld."

Auf den Hund gekommen

Eine unserer Mietwohnungen im Haus stand schon ein halbes Jahr lang leer und Fred rechnete wie ein Weltmeister unsere Einnahmen und Ausgaben auf. „Wenn jetzt nicht bald neue Mieter einziehen, wird es schwer die Bank zu bedienen. Wir müssen monatlich das Geld dafür aufbringen und langsam weiß ich nicht mehr wie."

„Dieses Haus frisst uns noch auf", stöhnte ich und bekam ernsthaft Angst, dass wir es verlieren könnten. Ein riesiger Kredit hing über uns, wie ein Damokles-Schwert und würde bis zum Rentenalter über unseren Köpfen pendeln, wenn nicht der Bank (oder uns) der Geduldsfaden riss, an dem die Last befestigt zu sein schien.

Was die Geduld anbelangt, so wurde diese durch unsere Mieter ständig herausgefordert und Carolines Lieblings-Sprichwort: „Geduld, die braucht man meistens dann, wenn man sie leicht verlieren kann", beruhigte unsere Gemüter vor jedem Disput mit ihnen.

Zu DDR-Zeiten gehörte Allen Alles und nun nicht mehr. Es gab plötzlich räumliche Grenzen und solche, wenn man sich gegenüber stand. Fred trat autoritär auf, vertrat seine Meinung und wurde akzeptiert. Ich war die Nette, brachte seine Ordnung oft ins Wanken und uns mit unklaren Aussagen in Schwierigkeiten. „Immer bist du auf Seiten der Mieter", meckerte Fred dann, „sei doch mal auf unserer Seite, du Schaf!" Mein Lernprozess verlief langsam, aber stetig.

Die besagte Wohnung stand leer, weil wir ein Ehepaar, speziell den Herrn der Schöpfung, heraus klagen mussten und ich endlich verstand, dass nicht jeder Mieter ein guter Mieter sein muss. Dieser, Herr Schell, schrieb uns ellenlange Briefe über Bauvorschriften und solche die es werden könnten. Zum Beispiel kritisierte er, dass der Handlauf an unserer Außentreppe fünfzehn Zentimeter unterbrochen wäre, bis er oben auf der Geraden weiterführe und erlaubt wären nur zehn! Er bemängelte alles, was ihm in den Weg kam...

Irgendwann bekamen wir einen Anruf vom Bauamtsleiter in Bad Doberan: „Ich habe hier ein Schreiben vom Ministerium für Bauwesen und soll prüfen, ob euer Haus Baumängel hat. Ich weiß, dass die Bauabnahme ordnungsgemäß und ohne Mängelbeanstandung verlief...

... übrigens: wer ist eigentlich Herr Schell?"
Das wollten wir spätestens jetzt auch wissen und beauftragten eine Detektei. Das Ergebnis war verblüffend: Herr Schell war ehemaliger Oberstleutnant des Ministeriums für Staatssicherheit. Sein Aufgabengebiet: Leiter der Untersuchungshaftanstalt der Staatssicherheit in der August Bebel Straße Rostock. Muss ich erwähnen, dass wir froh waren, als wir die von uns beantragte Entscheidung des Gerichts in den Händen hielten, in der stand, dass aufgrund des „zerrütteten Verhältnisses zwischen Vermieter und Mieter das Wohnen unter einem Dach nicht zumutbar sei?" Auf Nimmer-Wiedersehen, miese Ratte! Ich schüttelte mich angeekelt und wollte keinen weiteren Gedanken an diesen Menschen verschwenden.
(Ein Bekannter, der dort in Untersuchungshaft saß, hat uns geschildert, welche grässlichen Methoden von der Stasi angewendet wurden, um die Menschen, die ihnen in die Hände gerieten, im wahren Sinn des Wortes „auszuquetschen".)

„Es klingelt", rief Fred. Vor der Tür stand eine hübsche junge Frau mit klaren blauen Augen und blonden, kurz geschnittenen Haaren: „Guten Tag", sagte sie freundlich, „darf ich mir die Wohnung ansehen, die Sie vermieten möchten?" Sie durfte und fand die Räumlichkeiten „traumhaft!" Genauso fanden wir es, als sie sagte: „Ich nehme die Wohnung, wenn Sie erlauben. Mit meinem Lebenspartner Henning und meiner zehnjährigen Tochter Sarah. Allerdings habe ich da noch eine Frage: Wir wollen uns einen Hund anschaffen, einen kleinen Mopps, der wird nicht höher als vierzig Zentimeter." In diesem Moment zerplatzte unser Traum von einer tierfreien Zone im Haus: Ein Hund, Plautz! Na gut, wie könnte man dieser netten Frau Nina etwas abschlagen...

Die kleine zusammengewürfelte Familie zog ein, kaufte den Hund mit der Knautschnase und schien ihn sehr zu lieben. Solange er klein war, merkten nur die Mieter, dass sie ein Tier beherbergten, denn er wackelte zum Pieseln nicht ins Bad, sondern an jede x-beliebige Stelle in ihrer Wohnung. Er hatte Narrenfreiheit, also versprühte er über Laminat und Teppiche seinen „Rüden-Duft."

Uns blutete das Herz, wenn Tochter Sarah von dem „niedlichen Mo" schwärmte und bekräftigte: „Er kann ja nichts dafür." Nein, kann er nicht. *(Die schöne Wohnung...)*
Einige Zeit später hatte Mo sein Maß in jeder Hinsicht überschritten. Er war weit über die angegebene Höhe und über sich selbst hinausgewachsen und musste nun „Gassi gehen", oder gegangen werden, denn er war faul und fett. Irgendwann verblichen einige Bäume und Sträucher an unseren Hausecken wegen seiner intensiven Revier-Markierung und unter der Reihe Koniferen, die schön gewachsen an Italien erinnern sollten, roch es im Hochsommer *„Mo-rig."*

„Das kann nicht sein", beharrten Nina und Henning, als wir sie damit konfrontierten. Da sie in der Gastronomie tätig waren und regelmäßig erst nachts nach Hause kamen, konnten (und wollten) wir nicht kontrollieren, ob sie mit dem Hund „leine-zogen" und gaben uns vorerst zufrieden.

Später wurde ich regelmäßig gegen Mitternacht von Geräuschen geweckt, die ich nicht zuordnen konnte, bis ich mich aufraffte und aus dem Fenster sah: Da schlapperte Mo mit langer Zunge kräftig Wasser aus unserem kleinen Gartenteich und hinterließ eine Fettschicht, die sich bizarr im Mondlicht abzeichnete. *Iiihhh!*

„Was ist los?" Fred war mir schlaftunken gefolgt.Seine Haar kräuselte sich auf dem Kopf und ich sah sogar im Halbdunkel, dass es grau wurde. Ich zeigte auf den Sappel-Hund.

„Die Suppe werde ich ihm versalzen", sagte er, drehte sich kurzerhand um und ging in die Küche. Und er nahm wirklich ein Paket Salz aus dem Schrank.

„Was hast du vor", fragte ich nervös.

„Ich werde mich so wenig wie möglich mit den Mietern streiten, das geht auch auf andere Art", antwortete er. Kurz darauf rieselte unten Salz in den Teich und ich musste grinsen. Fred erinnerte mich in seiner kurzen Schlafhose und dem freiem Oberkörper an den Geist aus der Flasche, der aus dem (Salz-)Nebel kroch.

„Ich wünsche mir, dass ich wieder ruhig schlafen kann", murmelte ich und der „Geist" winkte mit verschmitzter Miene nach oben. Manche Wünsche werden wahr. Dieser wurde es. Nur einer nicht, nämlich, dass mein Gatte mich ständig quer über den Hof rief, obwohl ich es ihm verboten hatte. Manchmal verwechselte der dumme Mops die Stimme seines Herrchens mit der meines Mannes, riss sich von der Leine los und rannte mit seinen breiten Pfoten durch meine schönen Blumen und nicht etwa dahin, von wo er gerufen wurde, sondern geradewegs auf mich zu. Dann hechelte er mich an, dass es Gott erbarmen konnte und ich war gezwungen, das dicke Ding, was mühsam zu seiner Höchstleistung aufgelaufen war, beruhigend zu streicheln. Dabei schwor ich mir hoch und heilig: Nie wieder kommt ein Hund in unser Haus!

An dieser Stelle gebe ich zu, dass es mit der Knautsch-Nase auch einiges zu Lachen gab, beispielsweise, wenn man durch die Fenster des Wintergartens der Familie sehen konnte, dass Mo wie ein Mensch aufrecht auf einem Stuhl am Esstisch saß *(keine Ahnung, ob er einen Teller vor sich hatte)*, oder wenn er vorn auf dem Beifahrersitz neben Henning im Auto hockte und ein irres Tuch um den Hals trug. Fehlte nur die Sonnenbrille.

Einige Jahre wohnte die junge Familie bei uns und baute sich dann ein eigenes Haus. Vielleicht ist es umgeben von einem fettigen Teich und gelben Blumen.

Zwei Schritte vor, einen zurück

„Das glaube ich nicht", sagte mein Mann entgeistert ins Telefon. Er beugte sich über seinen Schreibtisch und starrte die Wand davor an, als ob darin sein Gesprächspartner zu sehen wäre. Das Ohr weiter am Hörer, verharrte er in gestraffter Haltung und ich blieb vor Schreck vor der weit offenen Zimmertür stehen. „Das werden wir erst einmal sehen, Frau…, unterbrechen Sie mich bitte nicht laufend… ich komme jetzt zu Ihnen… nein, ich will keinen Termin. Sie werden mir zuhören und zwar genau in…"*(er sah auf die Uhr)* „…zwanzig Minuten."

„Komm", sagte er energisch, als er mich neben sich gewahrte, „die Personalchefin des Hotels, in dem Romy ihre Ausbildung macht, ist plötzlich der Meinung, unsere Tochter wäre für das Hotelfach nicht geeignet. Bisher war sie nur in der Küche, den Zimmern und im Weinkeller beschäftigt. Die eigentlichen Aufgaben einer Hotelfachfrau kennt sie noch gar nicht. Die Chance dafür sollte man ihr schon geben, bevor man ein Urteil fällt, meinst du nicht?" Ich gab vorsichtshalber keine Antwort.

Während wir mit überhöhter Geschwindigkeit nach Rostock jagten, schwiegen wir beide, wie so oft, wenn unsere Gedanken sortiert werden mussten. *Ich dachte über den Werdegang unserer „Spätlese" nach. Als Romy in der siebten Klasse der Realschule war, schlug die Direktorin vor, sie aufgrund ihrer sehr guten schulischen Leistungen unbedingt auf das Gymnasium gehen zu lassen. Wir willigten ein und dort lief zunächst alles gut, aber in der neunten Klasse bekam sie plötzlich Probleme im Fach Mathematik. Bei einer Aussprache mit der Mathematik-Lehrerin bekamen wir zu hören: „Manche Leute denken, sie können so einfach von der Realschule zum Gymnasium wechseln und es dann auch noch bewältigen…" Ihre Stimme klang verächtlich.*
„Gut, sagte Fred damals kurz und knapp, „Romy muss nicht aufs Gymnasium gehen." Nach Rücksprache mit dem Schulrat besuchte sie ein paar Tage später wieder die Realschule und bekam zum Ende der zehnten Klasse einen guten Schulabschluss in allen Fächern…

„So, auf in die Höhle des Löwen", unterbrach Fred meine Gedanken. Im Hotel führten wir ein längeres Gespräch mit der Personalleiterin, erwogen mit ihr das Für und Wider einer weiteren Ausbildung unserer Tochter und nach einigem Hin und Her konnte Romy die Lehre fortsetzen. Natürlich waren wir froh darüber, denn „in den neuen Bundesländern", wie der „Osten" noch lange Jahre nach der Wende genannt wurde, war es zunehmend schwerer geworden, einen annehmbaren Ausbildungsplatz zu ergattern, weil viele Betriebe umstrukturiert, oder (wie es in der Fachsprache hieß) „abgewickelt" wurden.
Unsere Romy sah das ganz anders: ein Jahr mehr oder weniger… was würde das schon ausmachen… und schließlich wäre dieser Beruf irgendwie für sie nicht der richtige. Für uns jedoch zählte jedes Jahr,

denn wir wollten ihr in diesen unsicheren Zeiten eine sichere Lebensgrundlage schaffen und - das gebe ich offen zu - uns damit auch ein wenig entlasten.

Um unserer nun sechzehnjährigen Tochter den langen Arbeitsweg bis nach Rostock zu ersparen, mietete Fred unter seinem Namen eine kleine Wohnung in der Stadt an, für die zufällig der Sohn einer Bekannten von uns einen Nachmieter suchte. Unter strengen Auflagen des Vaters konnte sie die Wohnung nutzen: „Ich behalte einen Schlüssel... es gibt hier keinen Herrenbesuch, denn du bist noch nicht volljährig... einige Möbel kannst du mitnehmen, neue werden mit dem Geld von deinem Sparbuch bezahlt..."
„Ja, Papa, ist klar, Papa."
Nach und nach behauptete sich Romy in ihrem neuen Umfeld. Wenn ein paar Tage vor ihrer Gehaltszahlung noch „zu viel Monat" übrig war, genügte ein Anruf und ihr Lieblingsvater startete das Auto, zwar nicht mit Geld, aber mit einem gefüllten „Brotkorb", den er eigentlich längst bei ihr „höher hängen" wollte. Gut, oft saß ich daneben, weil mir unsere Kleinste Leid tat. Schon an dieser Stelle hätten wir uns ein wenig mehr zurück nehmen müssen. *(Ich schiebe das mal auf unser Alter.)*

Zum Ende der Ausbildungszeit erfuhren wir von Romys achtzehnjährigem Freund. Selbstverständlich gefiel uns die – für uns verfrühte - Beziehung nicht, aber je mehr wir redeten, umso interessanter wurde der „Fachhändler für Zweiräder" für sie. Er brachte sogar seine Eltern in unser Büro, damit die uns wortreich und emotionsvoll „auf die Liebe der Beiden" aufmerksam machen würden. Als wir uns fast „geschlagen" geben wollten, beendete Romy die Beziehung und ihre Ausbildung. Sie zog nach Hamburg, um dort als Hotelfachfrau zu arbeiten.
Nun habe ich auch das letzte meiner vier Kinder „unter Dach und Fach" freute ich mich.

„Meine sehr verehrten Damen und Herren, in wenigen Minuten erreichen wir Passau. Wir danken Ihnen, dass Sie diese Reise mit uns gemacht haben und würden uns freuen, Sie demnächst wieder an Deck begrüßen zu dürfen. Auf Wiedersehen und gute Heimreise."

Tina hielt Anitas Hand. „Schade, dass wir getrennt nach Hause reisen und danke, dass du mir dein Herz offenbart hast. Ich werde oft an dich denken und hoffe, dass wir uns bald wiedersehen. Meine Mail-Adresse hast du? Und die Telefonnummer?"

„Natürlich und ich werde bestimmt gut darauf aufpassen." Anita umarmte Tina: „Du wirst mir fehlen."

„Wir bleiben in Verbindung, versprochen. Grüß deinen Mann unbekannter Weise von mir."

„Und du deinen Ulli! Drück ihn ganz fest und lass ihn nicht mehr los. Ich weiß, dass er kommen wird… die Liebe geht oft seltsame Wege… nun aber! Ich verschwinde aus meinem Leben!"

„Bis bald…" schallte es an der Donau.

Acht Wochen später:

Überraschung für Tina

Tina kam abgespannt im Halbdunkel vom Dienst nach Hause. Vor ihrer Haustür stieg sie vom Fahrrad und mühte sich, die Tasche mit dem Einkauf vom Gepäckträger zu nehmen. „Schwer, der Scheiß!"

„So eine hübsche Frau und dann so ein Wortschatz?!"

Tina stand da wie vom Blitz getroffen. Eine Hand an der Tasche, die andere den Lenker haltend, machte sie nicht die geringste Bewegung. Oh Gott, ich bin so fertig, dachte sie, nun kriege ich auch noch Halluzinationen…

„Ich bin´s liebste Tina. Ich bin es wirklich!"

Tina geriet ins Wanken. Die schwere Tasche zog das Fahrrad in die falsche Richtung und sie wäre fast hinterher gerauscht, aber zwei kräftige Männerhände packten zu und landeten neben ihren Händen.

„Es ist besser, ich passe auf dich auf. Ohne mich kriegst du nichts auf die Reihe."

Tina löste ihren verkrampften Griff und stand mit leicht geöffnetem Mund vor ihrer Jugendliebe. Sie formte das Wort *Ulli* mit den Lippen, aber es wurde nicht hörbar.

Ulli lehnte das Fahrrad an die Hauswand, beugte sich ein wenig zu Tina herunter und sah ihr in die Augen: „Lass mich einfach nur bei dir sein." Tina lehnte den Kopf gegen seine Brust: „Bleib und halte mich fest."

Er legte seine Arme um ihren schlanken Körper: „Ich liebe dich, ich habe dich immer geliebt."

Ein Jahr später:

Todesangst
Anita und Fred hatten einen wunderschönen Urlaub, zuerst im prächtigsten Hotel der Welt, dem Emirates Palace in Abu Dhabi und dann in Thailand, am Golf von Siam, wo sie die Seele baumeln und sich die müden Glieder mit gekonnten Thaimassagen wieder in Schwung bringen ließen. Ohne Komplikationen flogen sie hin und her und bewältigten auch den Rückweg von Frankfurt Richtung Rostock bei starkem Regen mit einem Mietwagen ohne jeden Zwischenfall.

Am nächsten Tag, am sechsten November 2006, änderte sich ihr Leben von einer Sekunde zur anderen:

Sie waren morgens auf dem Weg zur Arbeit. Fred fuhr vor Anita mit dem Mietwagen, sie saß gut gelaunt in ihrem kleinen Smart, den Fred wegen Form und Größe gern als „Elefanten-Rollschuh" bezeichnete.

Noch vor Arbeitsbeginn wollte Fred das gemietete Auto zur Rückgabestation nach Rostock bringen und seine Frau freute sich auf das Reisebüro in Bad Doberan.

Der Himmel war grau und trist, das Gegenteil zu den herrlichen Sommerwolken im Urlaub. Nieselregen, nasse Fahrbahn, böiger Wind. Die kleinen Chausseebäume rechts und links der Straße bogen sich und ließen die letzten bunten Blätter durch die Luft wirbeln. Hübsch, dachte Anita.

Dann, keine fünf Minuten von zuhause entfernt, fiel ihr plötzlich eine Quittung ein, die sie benötigen würde. Sie nestelte unter dem Armaturenbrett herum, ertastete den Griff der Konsolenschublade, zog sie auf und nahm dabei den Blick nicht von der Fahrbahn. Da müsste sie sein... Aber sie fühlte kein Papier, sondern eine kleine Schachtel Bonbons, den berühmten Euro für die Supermarktkörbe, irgendwas Weiches... sie sah hin. In einer Kurve! Als Anita wieder auf sah, fuhr sie mit mindestens siebzig Stundenkilometern auf den rechten Randstreifen der Fahrbahn zu. Schnell schoben sich die schmalen Außenräder ihres Autos über den Straßenrand und rutschten sofort tiefer, anscheinend nicht bedrohlich. Sie war eine gute Fahrerin und würde das sofort in Ordnung bringen. Gegenlenken!

Die Autoreifen der Seitenräder polterten laut zurück über die Kantsteine, brachten das Auto kurz auf den richtigen Weg, doch dann glitt es unkontrolliert, mit der Seite voran, vorwärts. Oh Gott! Noch einmal, Gegenlenken! Mit einem plötzlichen Windstoß, der genau in diesem Moment die hochgebaute Karosserie ihres Zweisitzers erfasste, geriet Anita weiter ins Schleudern und in Panik. Die Gegenfahrbahn! Wenn ihr bloß Niemand entgegen...

...vor sich sah sie den Schlund eines riesigen Grabens. Als säße sie in einem Film, dachte sie: Da geht´s jetzt rein! Das ist mein Ende!

Fred traute seinen Augen nicht, als er im Rückspiegel sah, wie das Auto seiner Frau hin und her driftete und im tiefen Straßengraben verschwand. Dann schoss es die gegenüberliegende, etwa zwei Meter hohe Böschung aufwärts, flog zurück und landete auf dem Dach, die Räder zum Himmel gerichtet. Er bremste wie wahnsinnig, sperrte geistesgegenwärtig mit seinem Auto die Gegenfahrbahn und rannte zurück. In Todesangst!

Anita kam zu sich: *Oh, Gott!* Sie ärgerte sich über ihre Unachtsamkeit und nestelte am Haltegurt herum, um sich davon zu befreien, weil sie kopfüber, wie ein gefangenes Wild, darin fest hing. „Wo ist... *Was ist...*" Ihr Kopf drohte plötzlich zu platzen... überall Blut... von mir? Warum ist alles so... neblig? Was ist das für ein riesiger Schatten...

Wie aus weiter Ferne hörte sie: „Schatz ich hol dich da raus!"

Mühsam brachte sie noch hervor: „Mein Rücken…"
Dunkelheit…

Am Tag darauf:

Seit drei Wochen hatte Tina keinen Kontakt mehr zu Anita. Mehrmals hatte sie gemailt und auf den Anrufbeantworter gesprochen, es kam nie eine Antwort. „Ich kann mir nicht vorstellen, dass sie so plötzlich nichts mehr von mir wissen will", sagte sie zu Ulli, der eine Kaffeetasse neben ihr abstellte und sich zu ihr setzte, „nun bin ich so glücklich mit dir und kann es ihr gar nicht erzählen."

„Nur Geduld, du hast mir doch gesagt, dass es bei ihr oft stressig zugeht… und wollte sie nicht in den Urlaub?"

Tina hörte ihr Handy, sah auf das Display und freute sich: „Das ist sie… als hätte sie uns gehört! Hallo Anita!"

„Leider ist hier nicht Anita. Ich bin es, Fred, ihr Mann."

„Ist etwas passiert? Sie sprechen so…"

„Ja, Anita hatte einen schweren Autounfall… sie wurde sofort notoperiert… sie hat sich die Wirbelsäule gebrochen, ein Lendenwirbel ist zertrümmert, Fragmente davon liegen im Spinalkanal… es sieht nicht gut aus. In wenigen Tagen wird sie ein zweites Mal operiert… die Chancen, dass sie überlebt, stehen denkbar schlecht…"

„Das kann doch nicht…" Tina war zutiefst erschüttert.

„Bitte verstehen Sie, dass ich mich momentan nicht weiter dazu äußern möchte, aber ich verspreche Ihnen, dass ich Sie wieder anrufe, wenn es etwas Neues gibt. Ich weiß, dass Anita sich das gewünscht hätte…"

„Aufgelegt! Fred hat geweint." Schon kamen Tina auch die Tränen. „Bin ich froh, dass du da bist!" Sie fiel Ulli um den Hals und küsste ihn wild.

„Das Leben geht oft seltsame Wege", sagte Ulli beruhigend und streichelte ihr Haar. Tina schaute erstaunt auf: „Genau diesen Satz hat Anita auch gesagt. Sie wird es schaffen! Sie muss!"

„Ganz bestimmt. Anita wird wieder gesund, da bin ich mir sicher!"

Lesen Sie, wie es im Leben von Anita Hansen weitergeht in dem Buch von Monika Kunstmann

„Marsch zurück ins Leben!"

Vorschau:

Anita Hansen kam zu sich und sah graue Wolken am Himmel. Leichter Nieselregen benetzte ihr Gesicht. Sie ahnte, dass etwas Schlimmes mit ihr passiert sein musste, denn sie war nicht in der Lage, sich zu bewegen. Neben sich gewahrte sie viele Füße. Jemand sagte: „Hier ist eine Decke." Ja, sehr nett, es ist kalt und nass im Novembergras...
Dann flüsterte eine Frau: „Nun warten wir schon zehn Minuten auf den Notarzt, hoffentlich kommt er bald." Das ist nicht gut, ich habe entsetzliche Schmerzen!

Dunkelheit...

Inzwischen kam eine Ärztin angelaufen und verlangte: „Die Patientin muss sofort in die stabile Seitenlage gebracht werden!" Fred widersetzte sich dieser Maßnahme: „Meine Frau hat etwas mit ihrem Rücken. Sie bleibt genauso liegen, wie ich sie aus dem Auto gehoben habe", befahl er, „wir warten auf den Notarzt."

Als endlich der Arzt eingetroffen war und seine Patientin auf eine Unterdruck-Liege und in den Krankenwagen bringen ließ, sagte er zu Fred: „Sie kommt nicht wieder zu Bewusstsein, das ist kein gutes Zeichen."

Fred rief aufgewühlt eine von Anitas Töchtern an und versuchte, den Unfall zu schildern. Anitas Tochter Caroline konnte seinen Schock-Zustand nicht sehen und schrie ihn an: „Fred, du sagst mir sofort, was mit unserer Mutter ist!"

Während Anita sich mit Krankenwagen und Notarzt immer weiter von ihrem Mann entfernte, antwortete er verzweifelt: „Ich weiß es doch selber nicht!"

Wankend setzte er sich in den Mietwagen, um seiner Frau voller Angst nachzujagen...